U0928990

中国书籍文学馆·小说林

金店十二钗

何正坤——著

中国书籍出版社
China Book Press

图书在版编目（CIP）数据

金店十二钗 / 何正坤著 . —北京 : 中国书籍出版社 , 2018.1
ISBN 978-7-5068-6661-3

Ⅰ . ①金… Ⅱ . ①何… Ⅲ . ①短篇小说—小说集—中国—当代
Ⅳ . ① I247.7

中国版本图书馆 CIP 数据核字（2018）第 024060 号

金店十二钗

何正坤　著

图书策划　牛　超　崔付建
责任编辑　李　新
责任印制　孙马飞　马　芝
出版发行　中国书籍出版社
地　　址　北京市丰台区三路居路 97 号（邮编：100073）
电　　话　（010）52257143（总编室）（010）52257140（发行部）
电子邮箱　eo@chinabp.com.cn
经　　销　全国新华书店
印　　刷　三河市华东印刷有限公司
开　　本　650 毫米 ×940 毫米　1/16
字　　数　260 千字
印　　张　19.25
版　　次　2018 年 7 月第 1 版　　2021 年 1 月第 2 次印刷
书　　号　ISBN 978-7-5068-6661-3
定　　价　42.00 元

青春的芬芳格外香（代序）

李建军

一个月前，何尤之送我一本他新出的短篇小说集《真水无香》。装帧精美，墨香清新，我十分喜爱，带至上海的宿舍，得空便看一两篇。十八个短篇，称得上篇篇精彩，看得过瘾，意犹未尽。

这不，刚把《真水无香》放下，尤之打来电话，说打算把近年写“金店”女工的十二个中短篇小说结成集子，取名《金店十二钗》，嘱我为集子写个序。

我一边赞叹他写作的神速，一边跟他坦言，我非大腕名家，写这个序恐怕不太合适。尤之说，是不是大腕名家不重要，对于我的写作，你最了解，最有发言权。

朋友嘱办的事情，再推辞就不够意思了。

一

我与尤之相识于上世纪最后那两年。当时，在省城一家早报，我负责市区的采编和发行工作，尤之也应聘过来，一起为这张小报折腾了两年。

尤之原名何正坤，1984年从家乡阜宁县农村考上大学，跳出农门，四年后毕业于河北地质学院财会专业，是那个年代分配到港城寥寥无几的财会专业本科生。但尤之的工作似乎并不太顺，先是分配在皮塑公司下属的一家工厂，后来工厂倒闭，他又到一家展销公司上班。不巧的是这家公司兴起于机关大办三产之时，只撑了两三年就关门了，尤之这个满腹才学的会计师，便偏离“正业”，来到早报的通联站。

现在看来，尤之的这段经历跟他后来迷上文学颇有关联。在南小区那间简陋的办公室里，我们相识相知，成了交心的朋友、难得的知己。而我对文学的痴迷，一不小心把他给“传染”了。

那些日子，也是我“下海”五年、四顾茫然之时，搁笔五年重又开写的一个两万来字的小中篇发表了。我送了本杂志给尤之，没想到他看了以后，竟“跃跃欲试，有了写作的冲动”。我知道，尤之这么说是抬举我，区区一篇尚显毛糙的小说哪有这样的功效？倒是以他的聪明才智，只少许用心，写小说的那点神秘感当然一下子就让他参悟了。

新世纪的曙光里，尤之辞别妻女，到深圳求职。凭他的学历和资历，先后成为台资和日资企业的财务主管乃至行政副总。远离家乡和亲人的孤寂，让他在业余时间拿起了笔，先是诗歌散文，接着是一个个打工故事，陆续在南方的一些报纸和打工杂志上发表。

2004年，他的打工故事集《让我走在你的外侧》出版，《南方都市报》记者采访了他，并以《写作杀死了我的孤独》隆重介绍了这位初涉文坛的打工作者。

从2005年开始，尤之不再满足于写故事了，转向打工题材的短篇小说创作。当时的打工文学品牌杂志《江门文艺》每年都要发表他的六七篇小说。

2007年下半年，尤之从深圳回来，他的小说创作向更加广阔的领域拓展，当然，打工题材还是他的强项。次年一月，他迎来了开门红，一下子发表了三个短篇小说：湖北《都市小说》发表了《寻找灵感的房间》；深圳《特区文学》发表了《通天的路》和《献给母亲的礼物》，该刊总编宫瑞华说："在同一期《特区文学》上发同一个作者的两个小说实属少有。"编者称赞尤之的作品中"有一种温情在轻轻地流淌"，"作者的切入角度和关注点是目前打工文学中所缺少的"。

2009年，尤之加入了江苏省作家协会，不久，中国国土资源作家协会也向他伸出了橄榄枝。近年，他相继在两三家企业担任高管，还在南京一家连锁金店干了一年多的总经理。繁忙的工作之余，他坦然地放下一切，从容地面对电脑键盘，以文为趣，将绚丽的生活图案通过奇妙的文字编织出来，呈献给广大读者。

目前，何尤之创作的中短篇小说已达百余篇，一百二十多万字，分别发表在《雨花》《滇池》《福建文学》《安徽文学》《创作与评论》《绿洲》《阳光》《西北军事文学》《芳草》《小说月刊》《章回小说》等刊物上，可谓大江南北遍地开花。今年五月，他的短篇小说集《真水无香》由中国书籍出版社出版发行。这是一组饱含温暖和挚情的短篇佳构，以幽默风趣的笔触，描绘了处于社会底层小人物的种种生存场景，展现了他们的喜怒哀乐以及平凡生活本真的一面。

尤之从深圳回来后，我们差不多每月都要聚几次。有一段时间，几乎每晚都在盐河边漫步长谈。在尤之身上，我看到了一个作家勤奋、敏锐、真诚博爱、内心柔韧的特质。我以为，在文学创作这条道路上，尤之一定会走得更远。

二

2012年前后，何尤之受友人之邀，到南京一家连锁金店任总经理。这一特别的机缘，催生了十二个“金店”系列中短篇小说，也为文学画廊增添了十二个婀娜多姿、性格丰富、独具人格魅力的金店女工形象。

《最高境界》是“金店”系列最先发表的小说。在这篇小说里，作家把作为罗兰金店老总的“我”与十二位美女店员之间进行了情感定位，即小说女主人公紫夕所言：“男女交往的最高境界，是心贴得很近，身体离得很远。”在作家笔下，“我”和紫夕之间的关系是微妙的，“既贴不到一块，又不能分开；贴近了，紫夕给我降温，分开了，紫夕给我升温。”作家的内敛和“我”的克制在这里达成了一致，也把整个系列小说的格调以及人物的道德层面定位在一个理想的境界。在第一个出场的紫夕身上，已然看出作家塑造人物用心用力的方向：真实的人性之美和小人物独具芬芳的人格魅力。

两年前，我刚读到《沁园春》这篇小说时，就被弥漫其中的一种神秘氛围感染了。雾笼烟罩的山腰间，有块四五亩大的田园，昔日村姑、如今的金店营业员若影三天两头就要到这远离城市七八十里的地方种菜。这是为什么呢？谜底是慢慢揭开的。城里的徐老板是金店的贵宾，每月都来购买黄金饰品。他是冲着若影来的，他相中了从农村出来的“绿色环保”的若影，请她兼职种菜（金店女工都是上半天班），上山伺弄那些无污染、不上化肥农药、专供他那个富人圈子消费的原生态蔬菜。老板儿子徐唱，腻味了城里的娇艳女孩，也被这个清纯村姑深深吸引。

这块菜地是财大气粗的徐老板通过不正当手段花了大价钱弄到手的，被他视为可以旺子旺孙的风水宝地。而原本应该得到这块地的村民莫丢因此丢了媳妇，老母亲也深受刺激精神失常。在与莫丢的交往中，若影了解到这块地的真相，并跟莫丢产生了爱情。当然，这就意味着她要拒绝“富二代”徐唱的追求，随之失去一个重要的客户资源。在关键时刻，若影凸现了本真的心灵之美，而疯母恍如天意的“泼农药”之举与道德力量的绝地反击，最终让这块田园得以回归原主。

店长雨落的故事一开始就让人眼花缭乱：为了一单钻戒生意，她破例跟顾客皇小地回家取钱，哪知皇小地见色心迷，把雨落诓到刚买的新房里图谋不轨，岂料他们又在新房里撞见了皇小地的妻子小冯以及与之纠缠不清的初恋情人杨默。四个人搅和到一起，好家伙，这台戏不要乱成一锅粥啊！

作家给《为谁风露立中宵》这部中篇小说设置了一个高难度的开头。小说的主人公雨落不愧是个具备优秀素养的一店之长，她临危不乱处变不惊，在乱局中施展自己特有的魅力。她从皇小地入手，顺藤摸瓜，摸清了他家庭生活的真实状况，摸清了杨默的圆滑世故和对小冯的虚情假意，摸清了皇小地与冉冉的办公室恋情是多么不靠谱。在她的调解、安抚、撮合之下，皇小地和小冯重归于好。而风情万种善解人意的雨落店长，在挽救了别人行将破碎的婚姻之后，忽然发现自己的婚姻生活亮起了红灯。《为谁风露立中宵》展示了现实社会光怪陆离的时空场景，涉及再婚、婚外情、办公室恋情、客商潜规则等热点问题，对现代人的情感婚姻生活进行了深层次的思考。

《谁的江山，不是马蹄狂乱》也是一部中篇小说。年轻漂亮的花奴，要嫁给六十岁的富翁徐老板；妻女的强势反对，令曾经信誓旦旦要离婚娶花奴的徐老板成了缩头乌龟，因为一旦离婚，他就要净身出户，那么他“历尽沧桑、纵马驰骋而创建的伟业”以及“跻身名流”的荣光也将付之东流。花奴被抛弃了，妙龄女郎被六旬老汉抛弃，从高空跌落到平地，这落差太大，太伤自尊了。但在“我”和店长雨落的劝慰下，花奴最终恢复了自信，重新燃起了对未来的憧憬。

《浓雾》和《雪微》分别写的是店员风云和雪微的故事。看得出，作家写得很自信也很放松，总经理“我”在这两篇小说里参与和介入较多，结构紧凑，文字洗练。《浓雾》中，“我”和风云从省城进货连夜开车返回，高速公路上忽然浓雾弥漫，车速一再放慢。一路上，风云讲述她的情感故事为“我”提神：她没有老公，和儿子一起生活，但她有个情人，是个有家室的警察，对她和儿子都很好。后来，消失了十三年的儿子生父出现了，这个当年玩弄她又抛弃她的有妇之夫，在老婆死后，竟跑来找她，要“收编”她和儿子，并举报了警察和她的婚外情。善良的风云为了不牵扯警察，只好忍气吞声地顺从了恶棍。讲到这里，车子到家了，但风云的故事并没有结束。十三岁的儿子因为早已把那警察当父亲，所以仇恨生父，在一次钓鱼时把生父推下南河溺亡，自己也失踪了。生活就像浓雾一样，让人难以预料。这样的悲剧结局在尤之的小说里并不多见，令人揪心而沉重，也发人深省。

雪微是罗兰金店最文静的女孩，她的为人如她的名字一样素雅纯洁、谦和低调。但是，这一次，她竟违反店规，将顾客看中的一根项链留下不卖，说是已被朋友预订了。雪微被罚款，自己垫资将项链买下，但朋友却迟迟没有取走项链，她因此陷入了“经济危机”。后来金价暴跌，朋友竟不要那根项链了。原来，她的“朋友”是金店门前扫大街的尹姨，老人想送一根项链给未来的儿媳，结果钱攒够了，原先看好这款项链的准儿媳却又变卦不要了，善良的雪微默默地承担了项链贬值的损失。雪微有一颗金子一般的心，她的善良她的品质她的思想境界，比金子比钻石更珍贵。

感谢尤之，在小说《雪微》里，他多次提到我的散文集《一路走来》，提到集子里写外婆和母亲的几篇文章，信手拈来，贴切自然。作家陈武先生读了这篇小说后，亦称赞尤之的小说创作上了一个大台阶。议起尤之的小说技法，我们都用了两个词："举重若轻"和"游刃有余"。

《的黎波里的硝烟》是一篇具有大视野的小说。喜丹的经历告诉我们，在现代社会，在这个风云变幻的世界，每一个人都不是孤立存在的，每一个人都与国际风云的变幻息息相关。所谓覆巢之下安有完卵，城门失火殃及池鱼；云台山上一只蝴蝶翅膀的偶尔振动，也许两个月后就会引起太平洋彼岸的一场龙卷风。

尤之的金店系列小说分别发表在《芳草》《绿洲》《大地文学》《雨花》《福建文学》《特区文学》等刊物上，即将结集出版，取名《金店十二钗》。作家以幽静风趣的笔致，悲天悯人、挚热温静的情怀，描绘了处于社会底层的小人物的形象，她们活出了尊严，活出了精彩，展现了青春的魅力和人性的光华，她们的悲欢离合谱写了时代的旋律。当然，物欲之下人们心灵的迷惘困惑，感情的倾斜塌陷，价值的嬗变，道德的沦丧，也被揭示得淋漓尽致，显示了作家应有的善良本质和责任意识。尤之的小说语言干净，文字流畅，幽默诙谐，节奏明快，而且结构巧妙，布局合理，故事性强，给读者带来了阅读的快感和美的享受。

目录

最高境界

一

我是晚上九点钟给紫夕打电话的。在此之前，我对紫夕的感觉一直很好。所以，如果你认为我打这个电话是蓄意的，我也不否认。事实上，我是有那么点蓄意。其实每个男上司在工作之外给女下属打电话，不管是谈什么，都有那么点蓄意。不然，什么事儿不能拖到明天说呢？天塌不下来！

在解释这个电话之前，我先说一说紫夕。当然，说紫夕的时候，不可避免地要介绍一下我自己。我是去年应聘到罗兰金店做总经理的，那时紫夕还没入职。总经理这衔儿，听上去很美，其实也是打工的。上有老板坐在我头上呼风唤雨，我只能对店员们指手画脚。对店员们指手画脚倒也不错，金店都是女员工，个顶个的水灵鲜活，像是刚从果树上摘下来的蜜桃。整天嗅着水果飘香，谁都想咬上一口，尤其在你饥渴难耐的时候。而我，恰恰是个饥肠辘辘者。

我的老婆孩子都不在身边。我去哪儿打工，不喜欢带老婆孩子。看那些打工的携家带口，我就特不舒服，感觉他们被连根拔起了。我每年请假回去一次，和老婆过着牛郎织女的生活。剩下的时间，我宁愿饥渴难耐。在罗兰，我更难耐。店员是清一色的美女，如一道道清香可口的菜——但都不是我的菜，因为我长得不帅，也谈不上可爱，她们不会看上我，更不会示爱。可我是总经理，在美女们看来，我操持着她们的命运。所以在我面前，她们总是表现得乖巧服帖，生怕哪天怠慢了我，我努努嘴让她们消失。

我也确实让几个美女消失过。那些消失了的美女，美女不过是个尊称，她们肯定不美，美的我不舍得她们消失。其实我并没有消失权，我有建议权，消失权在老板手里。但美女们哪分得清这权那权的，你有权她就怕，就要想方设法讨你欢心。倘若表现在工作上，我是欢心的，但要表现在餐桌上，我就不欢心了。因为我不善饮，白酒半两，啤酒半瓶，就得打住。再喝，头晕。喝到一两白酒，或一瓶啤酒，你让我往东，我不会往西。

现在的美女们个个是海量，喝上半斤白酒，脸不改色心不跳。哪位美女要说今天不能喝酒，大家都懂：美女涨潮了，赤潮。这时候我很君子，不会乘人之危逼美女喝酒。谁都有不适的时候，女人有，男人也有。我每年请假回家，提前半月就戒酒了，我怕老婆闻到我身上的酒味。我老婆烦烟烦酒，见烟就呕，见酒就晕。她的嗅觉比狼犬还灵敏，我十天半月前喝了酒，她都能闻出味道。也正是她家教太严，才成就了我这么优秀的男人，烟酒不沾，一身爽净。但现在看来，这是弱点，无可挽回的弱点。面对美女们轮番敬酒，我像被骟了的公狗，没了斗志，既不敢接招，又不能不接招。美女们在酒桌上千姿百态，轻言漫语，让你无法拒绝，拒绝了你会心疼。

紫夕来应聘的时候，我不知道她会不会喝酒。更没想到她来之后，我的难言之隐从此了之。紫夕是我招进来的。记得是个初秋的午后，太阳有些炽热，金店后面的杨槐树上有只知了在唱歌，唱得我心烦。烦着烦着，我躺在沙发上就烦睡着了。睡了一会，有人推醒了我。是雨落。雨落是罗兰金店的店长，已婚。雨落说有美女来应聘了。

美女就是紫夕。这儿可不是尊称，货真价实。紫夕一米七的个子，腰那儿像打了蝴蝶结，脸蛋像刚炖出来的鸡蛋，咋看都有几分张曼玉的范儿。我是张曼玉的粉丝，突然见到个山寨版的张曼玉，马上合意了。我要留下她，没准哪天和她合个影，对哥们炫一把，说见到张曼玉了，不让哥们羡慕得眼睛出血呀。

这是我对紫夕的第一印象。除了合个影，暂且还没别的想法。

金店聚餐每月一次，发工资之后，一般比较守时。偶尔也会如女人例假，提前或推迟一两天。这一次聚餐，紫夕也在。紫夕是第一次参加聚餐。这种场合，谁都不会第一次就亮出底牌来。紫夕也是，开始不怎么喝，只是看别人喝，看我被美女们整得痛苦不堪，紫夕竟然挺身而出了。这算不上是英雄壮举，但于我而言，很勇敢，很巾帼。紫夕站起来说，老总，我帮你代一杯吧。她公然站到了美女们的对面，为我代了酒。我很受用。我像一只被人追杀到悬崖边的狼，快跌下万丈深渊了。紫夕突然送来了跳板，和我狼狈为奸。想到这个词，我卑鄙地笑了。我笑着将斟满酒的杯子递过去。紫夕接过去：一口干了。我看她一眼，想想，又看一眼，再想想，就有好感了。

宴散，夜深。晚风习习。雨落说，老总做回护花使者吧，紫夕喝多了，今晚就交给你了。美女们抱笑成团，然后飞吻频频像子弹飞，袭上我的脸。紫夕上了车，稳稳坐在副驾驶上。我发动车子，开得很慢。紫夕说，我喝多了。我看她，不像醉了。车内很黑，她的眸子像夜明珠，她的长发散落在肩上，幽静中更显妩媚。我心一荡。紫夕说老总，我帮你代酒了，你咋不表示啊？我不明所以。紫夕抿着嘴笑，说，亲我一下。我笑笑，没动，心却动了。我说，你醉了。紫夕嘁了一声，说是吗，那你不是有机可乘了？好好把握哟。我猜想，紫夕要么很开放，要么全是酒话。顿了一会，紫夕说你为什么不喝酒呢，是怕酒后乱性吗？我有点坐不住了。她说得赤裸，像导火线，呲呲地溜进我身体里，引燃了我体内休眠已久的热血。我屁股挪了挪，最终还是稳住了自己。紫夕又说，你就不怕我喝多了乱性吗？许多蚂蚁开始在我体内肆意乱窜，我说你咋乱呢？我这话多少有些挑逗了，声音都打了颤。紫夕说，你想我怎么乱？她把话说到这个份上，你肯定以为，我今晚要有一场拼杀了。我也是这么想的。所以我伸出了手，抓了她的手。她忽然哈哈笑了，说你没喝酒，咋就乱了？我嘶哑着嗓子说，你乱，我就乱。紫夕说，我乱，但不和你乱，我回家和老公乱。这时紫夕手机响了，她老公来电话了。紫夕回答说马上到家了。

那天晚上我在床上想了好久，我觉得紫夕对我有点意思。如果不是她老公不偏不巧来了电话，兴许现在这张床上就是两个人了。

二

事实上自有了紫夕后，我反而期待聚餐了。在后来的聚餐上，紫夕始终充当护草使者，为我代饮。我则充当护花使者，送她回家。我们的默契让美女们有了笑谈。雨落说鱼儿离不开水呀，花儿离不开草，你俩喝个交杯酒吧。紫夕端起杯，说多大的事啊？来，老总，干一下！雨落说啊？这就干上了？美女们个个花枝晃颤。紫夕淡淡一笑，把胳膊套进我胳膊里，一口干了。我刚要干，紫夕抢过杯子，帮我把酒干了。

那晚送紫夕回家，紫夕问我，一个人在这打工吗？我嗯了一声。她神秘一笑，说那……问你个私事？我又嗯了一声。她说，你没有需要吗？我的脸红了一下，紫夕看不到，车里暗黑。我说你说呢？她说，那……咋解决？自己解决？这回我的脸高烧了，火苗在体内呼地蹿了老高。我跟了一句更厚颜无耻的话。我说，你也自己解决？她捂着脸笑，说不，我有老公。沉默了一会，紫夕又说，没找个女朋友吗？我说想过，找不到。她说，是你没想找吧？有贼胆，没贼心。又说，咱罗兰缺什么不缺美女，你挑花眼了吧。我说美女再多，名花皆有主，名草只能养养眼，下不了手，美女也没愿意的。紫夕说，你怎么知道人家不愿意？试过吗？十个女人九个肯，就怕男人嘴不稳。我顿时心猿意马，小心翼翼地试探着说：莫非，你……愿意？若是白天，我断然不敢如此直白，但现在是车里黑，彼此像蒙面人，只见轮廓，不见表情。我站在了十字路口，心口怦怦乱跳。紫夕几乎没有犹豫，说，行啊。那口气像风，很轻，很随意。我的情丝就被轻轻吹动，一缕一缕地飘着。我的手不由自主地伸出去，在她脸上摸了一下。紫夕没有触电似地闪避，只是微微偏了下头，说开车呢，注意力集中。我的心里涨鼓鼓的，情迷意乱。今天能摸脸，明天能揽腰，这是个美好的开端。

到了紫夕家楼下，紫夕笑盈盈地说，上去坐坐？我仰头望了望，心虚地说，谢谢，不了。我挺想上去坐坐的，可她老公在家呢。三更半夜进她家，我不是找揍嘛。紫夕抿着嘴笑，说有贼心，没贼胆。这话又被倒了过来，我的贼胆贼心都有了。

两月后，雨落找我，说想提拔紫夕当店长助理。我说，紫夕……行吗？雨落笑嘻嘻的，说你说行就行，你说不行就不行，你是罗兰金店总经理哪。我被雨落问住了。说紫夕不行，是和自己过不去。说紫夕行吧，又怕被雨落戳穿心思。我把皮球踢给雨落，我说你推荐的人，行不行要你来说。雨落说，紫夕不行，我会推荐吗？我说她行没用，还得你老总亲自找她促膝谈心嘛。雨落拿出报表让我看紫夕的业绩。最近两三月，紫夕的业绩都是最高的。我说，没想到紫夕入职时间短，业绩竟如此出色，挺懂营销嘛。雨落说，男人营销靠嘴皮，女人营销靠脸皮，紫夕长得漂亮，男人见了呼吸都停了。你不知道吧？咱紫夕的追求者够一个连的呢。她让谁买珠宝，谁都求之不得。说到这儿，雨落发现我脸色不太对劲，又凑近我，小声说，别吃醋呀，紫夕追求者纵然有一个连，可你是连长呀，你占着天时地利人和呢。忽地一笑，说，这么长时间了，交杯酒也喝了，搞定了没？我板着脸，正经道，别瞎说，紫夕有老公呢，我和她之间没什么。雨落说，紫夕老公不在这儿，在水绿镇打工呢。三班倒，有时半个月回不来一次。

我还是第一次听说，紫夕老公不在这儿打工。这么说，紫夕那次让我去她家坐坐，是别有用意？我悔得咬了下舌尖，陷入在纷乱的情绪中。雨落看着我，坏坏地笑，说机会难得哦。她当店助，你和她接触的机会更多了。女人就是方便面，想吃就泡，别犹豫不决。要热情似火，才能泡开，才能吃出味道来。不温不火的泡不开，半生不熟的也不好吃。

三

现在来说说，我为什么那么晚了还要给紫夕打电话。

其实不用我说，你也能明白几分。自雨落说了那番话后，我就动心思了。紫夕是摆在我面前的方便面，我想泡。我和紫夕之间只隔了层窗户纸，稍一用力，纸就破了。

还有，雨落将了我一军。雨落推荐紫夕当店助，客观上为我提供了机会。雨落说，我把你扶上马送一程，接下来的路怎么走，看你的了。一个单身在外，一个独守空房，不发生点故事，就有问题了。你开会时不常对我们说，搞营销，关键看你有没有技巧，能不能把顾客说动心。说服了是本事，说服不了是无能。你是老总，我就不多说了，你看着办吧。

雨落三言两语，就把一副重担放在了我肩上。我挑也得挑，不挑也得挑了。

我鼓足了勇气，给紫夕打了个电话。

紫夕接了我的电话。我很官方地说，店助晚上好，打扰你休息了。紫夕扑哧一笑，说还正儿八经的呢。我没笑，郑重地说，想和你说点工作上的事。紫夕说，说吧。我说电话里说不清，怕影响你先生休息。我这是放烟雾弹，探究一下敌情。紫夕说，我一人在家，老公没回来。我还是冷峻地说，还是出来谈吧，关于金店的事，很重要。啊？紫夕吃了惊，以为店里出了大事。店里以前出过大事，项链被盗，玉器跌碎，价值几千几万的，遇上了都头疼。不但要赔偿，还有很重的处罚。若发生了这些事，从上到下皆如临大敌。

紫夕说好吧，我立即冲下楼。那速度是我有生以来最快的。如果在奥运赛场上，未必比刘翔逊色。我开车呼啸而出，等紫夕下楼来，我已经在她楼下了。紫夕着一身洁白的长裙，更显窈窕和高挑。她上了车，我说找个茶社聊聊，想去哪？她说跟我走吧。车子过了桥，进了新区，再向右拐，到了沈园小区，停在一座楼前。紫夕说，就这儿。我说这儿是哪儿。她说是她哥家。我说这么晚了来你哥家干吗？紫夕没说话，下了车。我也下车，跟着她上了六楼。紫夕拿钥匙开门，开灯，房间亮起来。我四下打量，这是个三室一厅，每个房间都有床铺被褥，客厅里有张深红色的木制长沙发，还有餐桌。楼上加了层阁楼，挺宽敞。我说你哥嫂呢？紫夕说，在水绿镇呢，周末才回来。

紫夕简单收拾下房间，我们面对面坐在餐桌前。紫夕柔声说，什么事这么重要，不能等到明天说吗？我说是这样的，这个月业绩不好，老板不高兴了。你以前每个月都是拔尖的，这月咋不露头了？紫夕说，急什么急啊，今天才多少号嘛？我说，九号。紫夕说那着什么急嘛？你急还是老板急？我想了想说，我急。紫夕莫名地看着我。我说，我急着想见你。这话很露骨，紫夕低下头，摆弄手机。我继续说些肉麻的话，句句砸着那层窗户纸。紫夕今晚特好看，白衣裙衬着白皮肤，仙女一样秀美。白衣裙是低胸的，我能看见她的小半个雪白的胸。如果我伸伸头，可以看到得更多。我没那样做，我还是蛮绅士的。

紫夕不说话，就那么默默地低着头，一副乖巧的样子。我忍不住，伸手去握她的手。她缩了回去，然后起身，走到房门前，去撕门上的对联，留给我一个撩人的背影。我也起身，站在她背后。她的发香如窃窃私语，向我倾叙。我的心里擂起了战鼓，意识在一点点模糊。该出手了，我想。我就出手了。我拉她坐到沙发上，被她拒绝了，我去抱她，也被她躲过了。我没再采取进一步行动，我觉得紫夕是真的不愿意，我的欲望突然被雨淋湿了，偃旗息鼓，体内的余火渐行熄灭。

回来的路上，我没有说话。一路的尴尬。尴尬自己的鲁莽和冒昧，尴尬自己有失身份的行为，尴尬没能完成雨落的任务。紫夕像什么也没发生，一路上饶有兴致地说话，说她当初来应聘时，对我的印象好。说了半天，才发现我没说话。紫夕说怎么了？我说没什么，只是不想说话。紫夕说，还想着刚才的事呢？这有什么呀，过了这道坎，就好了。我不明白她的意思。紫夕说，男人都这样，一时冲动，之后就好了。我还是不太懂，不过感觉紫夕挺了解男人。想起雨落说过的话，紫夕的追求者足有一个连，冲动者何止于我？大概是紫夕经历得多了。

四

你可能想到了，那个夜，我无法入眠。思绪像乱蓬蓬的发丝，在脑子里纠结。紫夕说十个女人九个肯，为什么她偏偏在九个之外呢？紫夕和我只隔层窗户纸，为什么她不肯捅破呢？紫夕在九点之后，在安谧幽静的夜晚，带我去一个隐秘的房间，为什么不肯发生故事呢？

直到微曦初露，我也没找到答案。越想，越不明白。越想，越无地自容。这事不能让雨落知道，否则何颜以对？我要重新定位和紫夕的关系，以后只限于工作联系。为了挽回面子，我在天亮时给紫夕发了个信息：对不起！紫夕没有回复。

上班的时候，我看到了紫夕。紫夕和其他店员一样，和我打着招呼。我礼节性地点点头，对每个店员都冷着铁脸。进了办公室，坐到桌前，我心不在焉地看近几天的销售报表，看了半天，一个字也没看进去。这时紫夕进来，拿出手机说，这信息什么意思？我生怕被店员看到，说没意思，快删了。紫夕删了，说：胆小鬼！我嘘了一声。紫夕小声说，昨晚我的钱包落在那儿了，你今晚陪我去一下。我说不，我再不去那个地方了。紫夕来拉我的手，娇气地说，去嘛，我没车。我正要推开她，雨落进来了，雨落在紫夕背后偷偷向我竖起了拇指。然后朝紫夕一笑，说，你们聊。转身出去了。我很有些恼。我说紫夕，以后别拉拉扯扯的，我们就是普通同事。紫夕咕哝了句小气，出去了。

晚上我在QQ上等紫夕。上午紫夕走了后，我反思了自己，不该对紫夕那个态度。我凭什么恼呢？我想在QQ上道歉一下。正等着，紫夕来电话了，还是要我陪她去拿钱包。我真的不想去那个不堪回首的地方了，但我没再拒绝。我开车陪紫夕又去了沈园。再看那张沙发时，我像看到了老虎凳，不敢往上坐。我站着，等紫夕拿了钱包就走。钱包就落在沙发上。昨天紫夕和我在沙发上拉扯时，钱包落下了。紫夕拿了钱包后，在沙发上坐下。紫夕说，坐会吧。我想，坐就坐，又不是真的老虎凳。我们并肩坐在沙发上。这次我没有冲动，我规规矩矩地坐着，还在两人间让出点缝隙来。紫夕说，还为昨天的事不开心？我说是的，对不起！紫夕说这真的没什么呀，你孤身在外，冲动是难免的。我说，我应该克制才是。紫夕说看来，你是个输不起的男人。我说至少在这方面，我输不起。紫夕用手顶着额头，发了会呆，说其实，我喜欢你。喜欢你在金店里的稳重，喜欢你在女人面前的持重。我叹息。我说可是在你面前，劣性彻底暴露了。紫夕歪着头，说，那我也喜欢！要是不喜欢，昨天你脸上就印上五指山了。我惊讶，说，你喜欢我那么做？紫夕说不行啊？我喜欢你在我面前暴露本性，但不喜欢你对别的女人也这样。我有点欣慰，却说，你太霸道了！紫夕说是啊，霸道女人才可爱！我看紫夕灯光下的神情和体态，确有几分可爱，心湖微微荡漾了。

五

现在，我和紫夕的关系果真微妙了，既贴不到一块，又不能分开。贴近了，紫夕给我降温。分开了，紫夕给我升温。紫夕说，这是男女之间的最高境界。紫夕让我进她的QQ空间，看一篇文章。文章说男女交往的最高境界，是心贴得很近，身体离得很远。我说这不可能，男人做不到。紫夕说，他们做不到，你能做到。我说我也做不到，我也不愿做到。紫夕说，我会让你做到，而且你已经做到了。是吗？我作沉思状，似乎真那么回事。我现在面对紫夕时，已经不冲动了，心还是那么近，身体却没了吸引力，不再想入非非。可是，我咋变得对紫夕没欲望了呢？紫夕说你不是没欲望，是你的思想境界高了，道德战胜了一切。

可是，可是我怎么就达到了这个悲哀的境界呢？

接下来的情况，证明我真的到那个境界了。紫夕和我常去老电影咖啡馆喝茶。在包间里，关上门，就是浪漫的二人世界。橙色的灯，低垂的帘，我们面对面坐着，什么都聊，包括性。除了拒绝肌肤相亲外，彼此没有禁区。灯下的紫夕，白皙而光滑，清纯又细腻。紫夕说她的皮肤并不好，用美容霜了。紫夕把脸凑过来，凑到我脸上，让我看个仔细。我仔细看了，脸蛋像刚剥开的熟鸡蛋，平滑光嫩。紫夕说这个月例假没来，怕是怀孕了。听得我有点难为情。紫夕说她最不自信的是胸平。我看她的胸，长得是谦虚了点。而我竟然对她说，我不喜欢大的，太霸道。紫夕说什么，我听什么，权当是听故事。即使我目测紫夕的身体时，也没丁点儿邪念。我就这样被紫夕崇高了。我担心我某个地方莫不是出了问题？紫夕说不会，要不回去找老婆试试。

紫夕让服务员上了点酒，说咱俩喝酒吧，顺便，说个故事给你听。服务员为我们斟了酒，我们边喝边聊。紫夕说的故事，是她自己的故事，十七八岁时的故事。那时她在无锡打工，和一个男人认识了，是个已婚男人，还是个小老板。

小老板和我一样，说紫夕长得像张曼玉。

小老板和我一样，在紫夕面前冲动了。

小老板和我一样，最终没能得手。

如是几番后，小老板成了第一个被紫夕崇高了的异性朋友。紫夕说我是第二个。

紫夕抿了口酒，遐思着，说那时我和他处得可好了，出差时住一个房间，有情人之心，无情人之举，何等境界啊！

我酸酸地问，现在……还联系吗？

现在？紫夕眨了眨眼睛，睫毛忽然就湿了。现在，他走了。紫夕仰起头，说，他……在天上。

他是好样的。我说，我……不如他。

他……不如你！紫夕摇头，喝一大口酒，两行清泪在俊美的脸上游走。他去了天上，把我留在了这个世界，我心都碎了。痛定思痛，我枯竭了泪水后，嫁给了现在的老公。

紫夕又灌了一口酒，说，说个小时候的故事给你听听。在我小时候，家里养了几十只小炕鸡。家里还有只花猫，爱偷吃小炕鸡。半个月下来，花猫咬死了十几只小炕鸡。奶奶发现了，就把小炕鸡放到花猫面前，花猫一张嘴，奶奶就抽它嘴巴。花猫跑了，奶奶再把它抱回来。抽了十几次，花猫对小炕鸡便提不起兴趣了。之后，花猫再不偷吃小炕鸡了。

我们喝到凌晨一点。我喝得少，湿湿唇而已。紫夕喝得多，一杯一杯地干。紫夕打着酒嗝，说今晚……你陪我，好吗？我说不。紫夕推开碗杯，伏在桌上，显得极度悲伤。紫夕说，他走之后，我很自责。你说，他是不是被我折磨走了的呢？我安慰她，怎么会呢？他不会，我也不会。紫夕又倒上酒，我想拦住，被她推开，又一口干了。然后，一头伏在桌上，睡了。我抱起紫夕，紫夕烂醉，面袋一样贴着我。我将她扶上车，送到她家里。把她扶到床上，脱了鞋，盖好被子。刚要走，紫夕一把拉住我，说，帮我把衣服脱了。我迟疑着脱了她的长裙，紫夕的身子又细又长，白嫩的肌肤令我目眩。我急忙转过头去，摸索着给她盖上被子。紫夕一脚蹬了被子，说，我喜欢裸睡。我急忙摁住紫夕，给她拉上被子，紫夕又蹬被子，蹬了几下，含糊不清地说：我要你……要你陪我……紫夕嘀咕着，呼呼睡了。我给紫夕盖好被子，然后开门，关了灯，走了。

我把车子开到大街上。夜很深，路上没人，偶尔有的士飞驰而过。

停车，我站到大街上。街角处，一只花猫在踽踽独行，不时拿眼睛瞅我。

街上很静，静得能听见远处传来的夜的破裂的呻吟。

的黎波里的硝烟

喜丹第一次打工，是她高中毕业的时候。记得是二零零七年六月，喜丹来到了凌州。凌州是个发达的南方城市，喜丹村里好多人都在这儿打工。喜丹就是跟着村里姐妹来凌州的。其实喜丹早就想打工了，她读高一弟弟幸福上初二那年，喜丹的父亲出车祸没了。母亲一人种地，供喜丹和幸福上学，日子过得非常难，喜丹便想辍学打工，母亲死活不让。直到喜丹高中毕业，没考上大学，母亲才让喜丹出来打工。母亲以为喜丹没考上大学呢，其实喜丹根本没参加高考。喜丹要考上了，母亲哪负担得起。

到了凌州，喜丹跟着姐妹去了凌州人才市场。人才市场里招聘单位多，看得喜丹眼花缭乱。喜丹在人才市场转了几圈，最后怯怯地给一家电子厂递了身份证。下午喜丹去了电子厂面试，竟被录用了。喜丹激动得鼻子酸酸的，喜丹突然间想到了母亲。

喜丹上班的这间工厂叫明珠电子厂，台资企业，五百多员工。喜丹在插件车间，流水线上做操作工，成天对着图纸往线板上插元件。刚开始时，对着密密麻麻的线路板，喜丹眼睛压根不够用的。

线路板上的嵌点儿，比喜丹姥姥鞋底的针眼儿还密。看那些线路板喜丹就走神，就想起姥姥的鞋底。父亲走了后，母亲穿的都是姥姥做的鞋。姥姥做了一辈子针线活，手艺特好，母亲说她喜欢穿姥姥做的鞋。鞋子穿帮了，像鱼儿张开了嘴，母亲也不舍得扔。喜丹和幸福不穿姥姥的鞋，母亲不让，母亲说年轻人要穿时髦点。

插元件不是技术活，心灵手巧就行。干了三个月，喜丹便巧手如燕了。线路板不再是迷宫了，像天上的繁星，各有各的运行轨迹。喜丹拿计件工资，多劳多得，喜丹就拼命地干。三个月后，喜丹拿到了一千五百块。拿工资时喜丹心跳得厉害，手也抖了。喜丹给母亲买了双皮鞋寄回去，被母亲说了，母亲说她钱往水里扔，又叫喜丹在外别节省，要学会照顾自己。母亲又说幸福上高一了，成绩还不错，要能考上大学就好了。母亲最大的心愿就是培养幸福上大学，这也是父亲活着时的心愿。喜丹也希望幸福能考上大学。喜丹现在拿工资了，有能力承担幸福上大学了。

喜丹觉得肩上有了担子，干活更卖力了。喜丹插件时不看图纸也不看线板，捏了元件就知道插哪儿，插得飞快。上了班就埋头插件，水都很少喝。水喝多了要往厕所跑，时间可惜了。很快，喜丹的业绩全车间第一。

到了二零零八年初，喜丹二十一了，有个男孩喜欢上了喜丹。男孩叫丛翔，四川人。丛翔和喜丹一样，性格内向。丛翔看喜丹的眼神总是躲来闪去的，喜丹就略略懂了。喜丹本来是拒绝恋爱的——她要好好挣钱，她还没到谈恋爱的时候。可爱情这玩艺，喜丹做不了主，由爱做主。爱情来敲门，喜丹的心突突地跳，想关都关不住。丛翔的目光那么柔，柔得喜丹彻底缴械。两人相爱了。

丛翔是个不错的男孩。他知道喜丹的家境，安慰喜丹别担心，说我们一起挣钱，供幸福上大学。两人从碗里从身上从日子里节省每一分钱，银行卡里的数字月月见涨，四个月后竟跳到了五位数。

二零零八年五月，那场惊天动地的地震来了。丛翔母亲不幸被地震夺走了生命。丛翔接到电话，失声痛哭。喜丹陪着丛翔一起哭，然后把卡里的钱都取出来给了丛翔，让他回去为母亲送行。丛翔不肯要，喜丹劝他别担心钱，说明珠厂效益这么好，我们都很年轻，好好干会挣很多钱的。

二零零九年，幸福到了高考的冲刺阶段。幸福知道家里困难，不肯考大学，把母亲气哭了。喜丹也气坏了。喜丹说幸福你无论如何都要考大学，这是一家人盼望已久的心愿，你不能让娘和姐失望。喜丹说姐现在挣钱了，供得起你上大学。

喜丹不知道上大学要花多少钱，就和丛翔拼命干活。七月份，喜丹和丛翔卡里的数字跳到了一万五。八月份，幸福的高考成绩出来了，够上三本的。上三本要花钱，喜丹愿意，幸福不愿意。幸福说上大专不用花钱，三年很快就毕业了。幸福后来上了所大专院校，母亲很高兴，喜丹也高兴。母亲去了父亲坟上，对父亲说了幸福的事，说到最后，母亲泪眼婆娑。

丛翔从卡里取了一万块，让喜丹交给幸福。银行卡一下轻了，捏在手里轻飘飘的。

金融危机这个词，喜丹在书上学过，究竟怎么回事不清楚。丛翔也不知道。喜丹后来才知道，二零零八年的金融危机是美国人干的。早在一年前，金融危机就在美国爆发了，再蔓延到了欧洲。明珠厂的产品都是销往欧洲的，二零零八年年初，欧洲方面付款就不及时了，订单也慢了节拍，之后是订单锐减。到了九月底，明珠厂的订单彻底没了。员工不知道，蒙在鼓里。又经过三个月的垂死挣扎，到了十二月底，新年钟声快敲响时，明珠厂已回天无力，宣布倒闭，五百多员工全部失业。

喜丹一下觉得天塌下来了。没工作就没钱挣，没钱挣幸福怎么读大学？喜丹和丛翔双双犯愁，不知如何是好。两人的爱情也被金融风暴刮到了沙滩上。

工厂倒了，工作没了，喜丹和丛翔不舍得分开，一起去人才市场找工作。人才市场很冷清，根本找不到工作。没工作了，在凌州如何呆下去？两人无计可施，无奈地给爱情画了句号。丛翔回四川和父亲相依为命，喜丹回了老家。

打工爱情就这么落幕了。

喜丹回老家没多久，幸福放寒假回来了。喜丹见母亲喜气扬扬的，就没说失业的事，只说回来探亲。也没对幸福说，怕幸福有顾虑。要过年了，喜丹把钱都给了母亲。丛翔回四川时，卡里的钱全给了喜丹，喜丹怎么推辞丛翔都不依。

元宵节后，喜丹不想待老家了，待在老家找不到工作，不如来凌州碰运气呢。凌州的人才市场依旧不景气，求职的多，招聘的少，跑了几趟都是无功而返。

这天快中午了，人才市场里人很少，招聘单位大多撤了，求职者也退潮了。喜丹看到冷清的角落里有个摊位，坐了个五十岁左右的女人，在打量过往的求职者。天快中午了，女人不走，说明她还没招到合适的人。喜丹走了过去。喜丹离摊位还有十来米时，女人看见了喜丹，迅速送了个善意的笑。等喜丹到了跟前，女人先开口了，说美女想找什么工作呢。喜丹笑笑，说只要有活做，干什么都行。女人说你是乡下的吧，喜丹点点头。女人说做过文员吗，喜丹摇摇头。女人又说会电脑吗，喜丹点点头。女人站了起来，说你就是我要找的人了。喜丹吃了一惊。女人指着招聘广告，说我们竹青国际贸易公司刚成立，目前只有我一个人，想招个人帮我发传真，接电话，打印文件，再就是干点杂活。城里女孩眼高手低，我不想用，我想找个乡下女孩，做事踏实的。然后看着喜丹笑，说我看好你了，又说我姓路。喜丹说路总好。女人说，就叫我路姐吧。

喜丹以为国际贸易公司一定很大呢，到了办公室才知道就一间套房，里间是路姐办公室，喜丹就坐在外面了。喜丹有点难以置信，问路姐，公司就我俩？能做生意么？路姐笑了，说做贸易这一行，不比人多，比智慧。喜丹说我们做什么贸易呢。路姐说除了军火和人口，什么赚钱做什么。喜丹说谁做啊。路姐说我呀，男人可以闯荡江湖，女人照样纵横四海，跟我干不会亏待你的。也许几个月不动声色，可逮住一笔就够我们用一辈子的了。

喜丹的活儿简单，就是打印材料，传真电话，跑这局那处的。外勤内务喜丹包了，不用路姐操心。至于工资多少路姐没说，路姐说过不会亏待喜丹，喜丹再问未免小心眼了。一个月后，路姐给了喜丹一千块，说先给你点生活费，工资再等等。又说最近联系了一笔铜的生意，一旦成了能赚点，你就等着跟姐吃香喝辣的吧。

路姐说完就出差了。路姐去了东北。路姐的业务都在东北和朝鲜。两个月后铜的生意做成了，路姐给喜丹封了个红包，一千块，算是奖金。路姐说这笔生意按出资分成，我们才出资三十万，所以分红少。不过这是咱竹青公司第一笔生意，赚多赚少，哪怕不赚我也高兴。

之后竹青公司又按兵不动了几个月，期间赚了些小钱，路姐付了些小钱给喜丹零花。八月下旬，路姐接了个钼矿大单，路姐说这次利润非常可观。这批货价值几千万。路姐马上去了兰州，和需方先把合同签了，再去朝鲜和供方订了合同。接下来是筹集资金。公司账上是空的，要向银行贷。路姐找朋友公司做担保，贷了三百万。手续都是喜丹跑的。路姐很开心，说现在是万无一失了。又说这笔生意只能成，不能败，这么大的订单我们输不起。

十月下旬，按合同约定，路姐将三百万打到了供货方账上。喜丹看过合同，付定金后一个月就可以提货。路姐去了延边，等朝鲜方面的通知，随时准备提货。

路姐走了，喜丹闲了，有时给幸福打个电话。幸福上大二了，学习还可以。喜丹将卡里的三千块汇给了幸福，叮嘱幸福莫要节省。喜丹攒这点钱不容易，除了房租不能省，其他能省则省了，伙食费一天不超过六块，衣服够穿就行。等钼矿生意成了，路姐给自己红包了，喜丹要给母亲、幸福还有自己添些新衣服。喜丹现在不敢逛街，特别不敢逛服装店，怕勾起消费的念头，下了班就回宿舍看电视。喜丹喜欢看电视剧，看得一把鼻涕一把泪的。有天晚上电视剧结束了，喜丹睡不着，就不住调台。好几个台都在播新闻，说延坪岛怎么怎么的，还反复提到了朝鲜。路姐和朝鲜做生意呢，喜丹便关注了一下。电视上说朝鲜在延坪岛放了炮，韩国也放了炮，然后美国的航母就开来了。美国人真是狗拿耗子，人家兄弟俩吵架，你凑什么热闹？喜丹特反感美国人，明珠厂就叫美国人搞垮了，她和丛翔的事也叫美国人搅黄了。喜丹叭地关了电视。

喜丹盼着路姐早点回来。路姐没回来，电话先来了。路姐声音低沉，悲怆，像北方的狼在呜啼。路姐说喜丹，我们输了……喜丹没听明白，路姐那边就挂了。

喜丹的心悬了空，百般忧惑。一周后路姐回来了，路姐脸色蜡黄，像个生命垂危的人。路姐说朝韩要打仗了，朝鲜局势很紧张，什么生意都做不了，钼矿也提不到了。我拿什么还贷，拿什么赔客户啊！路姐没了主意，喜丹更没主意了。

路姐垮了，竹青垮了。二零一零年十二月三号，喜丹又失业了。比起明珠厂那次，这次喜丹输得更惨。路姐欠了喜丹好几个月工资呢。喜丹离开时，路姐拿出五千块，喜丹没要。路姐背着三百万贷款，比喜丹更需要钱。

离开路姐时，喜丹身上只有四百块钱。喜丹不能回老家，回老家没有钱挣，幸福的大学就念不下去了。喜丹没别的选择，只能留在凌州找工作了。

二零一零年十二月七号，喜丹记得是周二下午，她又找了份工作。这份工作很不错，所以喜丹记住了这个日子。之前喜丹去了几次人才市场，都没找到工作。周二人才市场不开门，喜丹在街上闲逛。说是逛，其实是漫无目的地走。走到罗兰金店门口时，喜丹随意瞟了一眼。喜丹并不想逛金店，那是有钱人消费的地方。喜丹只是羡慕地张望了一下，看见罗兰门前的广告牌上，写着招店员。喜丹没想过到金店打工，放在以往，喜丹连进门的勇气都没有。她不懂首饰，也没戴过首饰。她长得也不是很漂亮，是那种说漂亮就漂亮说不漂亮就不漂亮的普通女孩。而金店营业员穿金戴银都很漂亮，很有气质。喜丹略有些迟疑，但没有太多的迟疑，她现在迫切需要一份工作。喜丹没容自己多想，就推开了金店的门。

接待喜丹的是个二十七八岁的女人。女人叫玉敏，是罗兰金店的店长助理。玉敏以为喜丹是顾客呢，喜丹摇头，怯怯地说，我，我是来应聘的。玉敏打量了一下喜丹，说了句你好瘦啊，遂将喜丹带进了里间办公室。

办公室里坐着个男人，正在写东西。玉敏说老总，这个女孩来应聘。老总哦了一声，打量一下喜丹，继续写东西。玉敏退了出去。喜丹局促地坐在沙发上，眼睛盯着脚尖。老总写了会，抬头看了看喜丹。看了三回，又写了三回，然后才说话。老总说我们罗兰金店招人，首要条件是漂亮，这是面试的第一关。喜丹有些心虚，胸口扑扑地跳，心想早知道打扮一下再来好了。老总说你给我的印象还不错，瓜子脸，白皮肤，身材偏瘦些，但看上去柔而不弱。喜丹被老总说得不好意思，低下头，左手抚弄着右手。老总说，做过金店么？喜丹抬起头，说没。老总说，做过营业员么？喜丹说没，又说，不过我可以学。老总显得失望，摇着头说，卖服装可以学，卖百货可以学，卖金卖银不那么好学，少说也要一个月才能上手。老总似乎不太想录用喜丹。喜丹听出来了，吞吐着说，老总，给我个机会吧，半个月我保证学会。要是学不会，你就开除我。老总没有表态，老总觉得这不太可能。老总招聘的店员多了，就没有谁半个月出师的。何况喜丹全身上下没一件饰品，连个银戒都没有，可见她对金银珠宝知之甚少。喜丹不想错过机会，不停地小声地表着决心，恳请老总留用。老总便有些优柔寡断了。老总优柔寡断的时候，玉敏进来了。玉敏在外面听到了喜丹的话，玉敏说老总，给她个机会吧。一般老总面试时，玉敏不插嘴。这次玉敏抢先表态，是看喜丹实在，口气都央求了，心一软就帮喜丹求了情。玉敏这么说了，老总就录用了喜丹。

后来听玉敏说，老总就这么个毛病，容易怜香惜玉。老总自己也承认这毛病，说当时看喜丹的眼里满是期待，他的心就像被泡在了水里，软绵绵的，拿不定主意了。

喜丹留下了。在老总点头同意的刹那，喜丹脸上滚下了两行清泪。玉敏领着喜丹出去了。临出门时，玉敏回头朝老总吐了吐舌头。

老总没要求喜丹半个月内就弄懂那些金银珠宝。事实上，喜丹之前连千足金都没听说过，纯粹是一张白纸，什么都要从头学，哪能说会就会呢。令老总吃惊的是，喜丹竟然做到了，半个月就出师了。罗兰金店有珠宝学习讲义，喜丹下班了带回宿舍，反复地背，背到深更半夜。白天上班时，再对照实物观摩。喜丹还去网吧，查各种饰品的名称、样式、寓意和描述。在金店做营业员，最头疼的是换旧，打折，换算，抵款，头都绕晕了，喜丹居然掌握了。老总和玉敏都很惊讶。喜丹有个优点，不懂就问，向讲义问，向同事问，向网络问。问得最多的，数玉敏了。玉敏是店助，于喜丹又有知遇之恩。半个月后，喜丹就能单独接待顾客了。玉敏背地里对老总说，我没看错人吧。老总说，喜丹是遇上你这个好老师了。玉敏笑，说不敢当，是遇上你这个怜香惜玉的好老总了。

喜丹提前转正了，喜丹很开心，说她做梦都没想到能进金店上班，能成为珠宝小姐。老总提醒她，试用期过了，并非意味着高枕无忧了，营业员的收入是底薪加提成。业务知识你懂得差不多了，你还要学习接待技巧，把销售业绩做上去。喜丹脸上飘了几朵愁云，说我在凌州没有关系呢。老总指着其他店员说，她们刚来时也没关系，时间长不就有了。

过了一个月，喜丹果真有客户了。喜丹的客户不靠关系，靠真诚赢来的。顾客一进来，喜丹马上热情相迎。她不好意思大哥大姐地叫，只会率真地笑，笑着介绍，笑着开票，笑着装货。培训讲义里讲了接待顾客的技巧，什么肤色配什么项链，什么手指配什么戒指，什么体型配什么珠宝，什么款式有什么寓意，喜丹都记住了，而且用上了。她给顾客介绍商品时，会把这款为什么适合那款为什么不适合，分析得头头是道，清清楚楚，不虚伪，不夸张，不由得顾客不信。生意成不成，她都微笑着，给人家留张名片，有事尽管问她。也有顾客给她留了手机号，店里搞活动了，她提前通知人家，让人家趁着便宜买。喜丹的客户就是这么建立起来的。

喜丹的业绩上来了，工资就高了。有个月喜丹领了二千八百块，非要请老总和玉敏吃饭。老总不去，说你脖子手上都光光的，不如省点钱买首饰吧。玉敏也不去，说你弟弟上大学要用钱呢。喜丹不肯，说要不是你们，我还四处流浪呢，滴水之恩涌泉相报嘛。老总和玉敏只好去了，一起去了神山大酒店，一个中不溜秋的饭店，点了五六个菜，花了不到二百块。席间老总问起喜丹的家庭情况，喜丹说了。老总锁着双眉，说困难是暂时的，金店现在生意很好，你好好干，弟弟的学费不成问题。玉敏也安慰喜丹，说罗兰就是你的家，我们会帮你的。

春节的时候，那天老板忽然来了。老板姓邓，是个和善的人。邓老板一般不来店里，大事他才过问，小事交给老总。他喜欢玩掼蛋，有人找人玩，没人网上玩，就好这一口。还好美女，不过有原则，罗兰美女不泡，多漂亮都不泡，指望她们赚钱呢。不过到了二零一一年二月，邓老板忽然不玩掼蛋，美女也少泡了，天天往金店跑。

这和金店的生意有关。一进入二零一一年，黄金忽然牛气冲天，价格一路飙升，涨到了每克三百一十元。老板都善于高瞻远瞩，否则成不了老板。邓老板看得也远，预感到一场黄金大战即将上演，他要亲临现场，坐镇指挥。金店生意十分红火，美女们忙得像车轱辘，邓老板常买些水果零食犒劳她们。

店里的美女邓老板一般不关注，除了玉敏和几个老员工，其他的他不认识。喜丹他也不认识。这些天常来，他才把员工一一对上号，也认识了喜丹。

春节那几天罗兰没放假，天天加班到晚上九点。那几天黄金卖疯了，凌州人钱像花不完似的，大把大把地往罗兰送。邓老板笑歪了，美女们笑甜了。喜丹笑得更甜。春节那个月喜丹领了四千多块工资，数了十几遍，数得手软。玉敏她们领了高薪，忙着添衣服，买项链，换手机了。喜丹给自己留了四百块，奢侈了一小回，其他的都存银行了。

从二月到五月，罗兰的生意出奇地好。凌州各家金店的生意都好。凌州人买涨不买跌，看黄金涨价了，就一路跟着黄金跑。大款富婆们纷纷买首饰，买金条，单等黄金升值了出手。

邓老板乐坏了，带美女们去KTV，去茶社。邓老板如今梅花三弄了，不只玩掼蛋，玩美女，还玩上了国际形势。邓老板说阿拉伯之春，说埃及，说叙利亚，说利比亚，美女们都不懂，她们像听妈妈讲那过去的事。邓老板说利比亚在打仗呢，美国人想推翻卡扎菲政权，卡扎菲你们知道吧？就是利比亚总统！美女们听得浮躁，把头摇得像墙头草。喜丹说了句讨厌！邓老板没理会喜丹，继续他的演讲，说打吧打吧，越打黄金越涨，我们就坐收渔人之利吧。

利比亚打仗不关美女们的事，美女们才不关心呢。美女们只关心自己的脸，身材，还有穿戴。至于打仗，那是男人们的事。邓老板是男人，老总是男人，他们喜欢谈国际形势。邓老板似乎更懂得利用国际形势。邓老板说利比亚这个仗打得好，打了几个月，金价就坚挺了几个月，打得越激烈，金价越坚挺。

到了七月，金价几乎瞬息万变，与时俱升。邓老板寸步不离罗兰，时刻守着电脑，在两个网站里窜来窜去。一是凤凰网，一是24K99网。凤凰网有利比亚的消息，反对派在北约的配合下，一步步逼近了利比亚首都的黎波里。24K99网有黄金的走势，价格和成交量。邓老板坚守在电脑旁，根据网上情况，不断发出指令。网上金价一动，金店马上调价。店里有个金价指示牌，可以调换数字。邓老板一说调价，老总马上翻牌。用日新月异形容金价的变化频率实在太慢了，老总给它换了个词，叫秒新分异。金价分分秒秒都在变，变得老总像在做数字游戏。潮涌的顾客比老总还热衷数字游戏，面对越玩越高的数字，顾客们毫不退缩，疯狂得像世界末日快到了一样。

老总玩数字游戏，老板玩赚钱游戏。邓老板发着战争财，情绪高涨得无处发泄，就请美女们唱歌，要么去茶社。最乐意去茶社了，开个包间，一行人坐下，听邓老板口若悬河。邓老板说的都是天下大事，老总能听进去，美女们听不进。喜丹也听不进，仍耐心地听着。邓老板说标普公司将美国国债主权降级了，从AAA降到AA+。美女们发懵，以为美国人请客AA制呢。邓老板说和你们说这些太费劲了。

八月六日，七夕，中国的情人节。罗兰一天卖了五十三万，美女们忙得花飞红飘。喜丹想喝口水都没工夫。那天店里挤满了人，像开大会似的，人头攒动。老总也忙，在人缝里钻来钻去，配合美女们接待顾客。喜丹她们一个人要接待好几个顾客，开票时字写得飞舞，不过拿货收钱时不敢飞舞，生怕有什么闪失。那天店里十二个营业员都来了，还是忙得不可开交。不过美女们高兴呀，从没见过这么多的钞票，像印钞机印出来的，一会就堆积如山了。老总一趟趟往银行跑，满十万就去存一次，点钞票点得老总嘴唇发乌。老总心情倍儿好，估计这个月他能拿到五位数提成。

最该高兴的，自然是邓老板。店员们拿点提成，不过是沧海一粟。邓老板赚的是沧海，能不高兴么？然而奇怪的是，邓老板今天没来。今天是情人节，估计邓老板去会小情人了。老总给邓老板打电话，汇报战果，他只是哦了一声，就挂了电话。老总觉得不对劲，但不知道哪儿不对劲。玉敏说我们做得这么好，莫非他还嫌少。老总说，或许他在陪小情人呢。

生意像施了肥，天天见长。只是生意这么好，美女们这么累，邓老板却不请她们唱歌喝茶，也不谈利比亚的事了。

八月中旬，利比亚反对派攻下了扎比耶，直逼首都的黎波里。利比亚总统卡扎菲声称，的黎波里固若金汤，牢不可破。这时的金价仍像穿了增高鞋，一天天增高。电视上说金价高涨和利比亚局势有关，二者成反比。金价越高，利比亚越没指望。美国要是赢了，金价指定暴涨。凌州人又汹涌而来，把柜台围得水泄不通。他们相信美国推翻卡扎菲是必然的事，只是时间问题了。那天一旦来了，金价会达到巅峰，黄金出手必然猛赚。

不出所料，八月二十号，的黎波里争夺战打响了。利比亚反对派几乎没费什么周折，就拿下了的黎波里。的黎波里离凌州太远了，凌州人听不到枪炮声。这一天罗兰金店忙得热火朝天，没人顾得上卡扎菲的死活。门外有几片乌云掠过，不知道是不是从的黎波里飘来的。邓老板还是没来，老总紧盯着 24K99 网，金价跳得厉害，一下窜到三百八十九元。老总赶紧翻牌，金价调到了四百五十二元，这丝毫不影响凌州人的购买热情。这一天卖了七十八万，赶上平时大半个月的营业额。

卡扎菲输了的这天，美女们赢大了，一天卖了七十八万，一店美女欢呼雀跃，老总还和玉敏拥抱了一下。美女们却不知道卡扎菲输了，也不知道邓老板输了。这天晚上邓老板独自闷在家里，倚在沙发上，端着酒杯，双眉紧锁，锁了一脸寒秋。从利比亚战争开始，邓老板就赌上了，他把赌注押在了美国人身上。这个当然没错，傻瓜都知道美国必赢。问题是邓老板的时间判断失误了。邓老板分析了美国打伊拉克那场战争，判断利比亚战争不会超过两月。谁知两月后战争仍在进行，邓老板又判断战争不会拖到七月下旬。于是，邓老板玩起了黄金期货，五月八号一下进了二十公斤黄金，并没有马上结账，他和供应商约定，两个半月按到期当日价结账。邓老板分析，七月中旬战争必定结束，金价也到了巅峰。到七月下旬，金价必定猛跌，那时和供应商结账，邓老板就大赚特赚了。邓老板的判断是合理的，媒体也说美国完全有能力在两个月内干掉卡扎菲。只是邓老板没料到，美国一直在控制着利比亚战争的节奏，让这场战争持续到八月中旬。媒体分析的原因有若干条，就不去细说了，这是美国人的事。只是邓老板被美国人坑了。

在的黎波里的炮声快要响起，卡扎菲快要崩溃，黄金价格快到最高点时，就在这节骨眼上，供应商狡猾地提出了履约，要邓老板按当日金价结账。这时的金价居高不下，邓老板几乎崩溃了。邓老板算了算，二十公斤黄金，要亏八十多万，这是要邓老板的命了。

供应商不要命，只要钱，不然就打官司。打官司邓老板更完了，大半个月前就该履约付钱了。邓老板像走在刀尖上，只好以货抵债。邓老板不得不卸了两节柜台的货，以货抵账，还给了供应商，还赔上一脸的谀笑，贴上一大堆好话，乖乖地当了回孙子。供应商看在合作多年的份上，才饶过了他。

美女们以为邓老板会补货呢，不补黄金补点银器也行，再不济补点水晶也凑合，空着两节柜台多寒碜。邓老板说他没钱补货了，补银器起码也要十万。水晶不行，金店卖水晶，还不如撤柜台呢。邓老板真的就撤了柜台。老总和玉敏只好重新布置柜台，店堂倒也不显得有多稀疏。

邓老板愁着眉对老总说，柜台少了，效益也不好，唉，裁员吧。老总说少了两节柜台，就要裁员啊？邓老板说裁一个是一个，能省就省点吧。说完合上眼，显得很疲累。

老板要裁人，一言九鼎。可裁谁好呢，十二个美女，手心手背都是肉。老总心软，看哪个花容月貌都下不了手。老总和玉敏商量，要么末位淘汰，要么业绩考评。玉敏叹气，说这不是自相残杀吗，大家齐心协力辛苦了几个月，到头来还弄丢了饭碗？老总又找邓老板，邓老板说就裁工龄最短的吧。老总知道裁谁了，喜丹的工龄最短。玉敏一惊，说你要裁了喜丹？喜丹做得多好啊。老总说哪个都不赖，总得裁一个啊。玉敏不说话。老总说就这么定了，你去找喜丹，我开不了这口。玉敏说一起去吧，我也开不了口。

面对喜丹时，老总和玉敏像唱双簧，委婉地说了，还表达了歉意。老总说美国打利比亚，给罗兰带来了巨大损失，这叫蝴蝶效应。不过这是只大蝴蝶，对罗兰影响太大了。玉敏帮衬着说，店里目前有困难，希望喜丹能理解。喜丹的泪流到了腮帮上。喜丹说谢谢你们，在我贫困潦倒的时候，是你们帮了我。老总不自在了，脸上火辣辣的。当初他和玉敏给了喜丹饭碗，现在又砸了喜丹饭碗，他觉得很惭愧。喜丹摇摇头，说不是你们砸了我饭碗。玉敏说你是怪邓老板吧？唉，他砸你饭碗也是不得已啊，要不是亏太多了，他不会减柜裁员的。喜丹摇头，我也不怪邓老板，我知道是谁砸了我饭碗。说到这儿，喜丹很生气。老总以为喜丹生他们的气，或生老板的气呢，喜丹说没有，我生美国人的气。这个弯太大，老总和玉敏都拐不过来。一个打工妹，和美国人闹什么别扭呢？喜丹抹了泪，垂下头，左手抚弄着右手，说是美国人和我闹别扭。

喜丹说了美国人让她几次失业的事，但没说丢了爱情的事。老总和玉敏才知道喜丹为什么生美国人的气。喜丹慢慢抬头，一双眼睛湿漉漉的。喜丹看玉敏，玉敏的眼睛也红红的。喜丹问老总，你说美国人还会打仗么？那时还没发生叙利亚的事，老总也不知道美国会不会打仗。老总凄然一笑，说美国又不归我管，我只管罗兰，联合国都管不了美国。

第二天下午，喜丹来金店，换上了自己的服装，拎了个手提袋。工作服洗干净了，喜丹整齐地还给了玉敏。又进办公室和老总辞行。老总说你打算去哪？喜丹说找工啊，美国人不会总跟我过不去吧？人心都是肉长的，美国人还没有发发慈悲的时候。老总说那你就等到花儿都谢了，不如我先发慈悲，保住你饭碗。喜丹说你发慈悲有什么用，你又不是老板。老总说我发慈悲了，老板就发慈悲了，我已经说服他了。玉敏在外面吧台听见了，惊讶地跑进来，说邓老板真的发慈悲了？老总说昨晚听了喜丹的事，我又怜香惜玉了。我给邓老板打电话了，我说你是战争的受害者，喜丹也是战争的受害者，同是天涯沦落人，何不抱团取暖呢。二零零八年金融危机时，日本丰田公司困难那么大，人家一个员工都没裁。罗兰遇上了这么点挫折，你就要裁员，员工还有归属感吗？还会和老板合心么？我们金店十二钗，一个都不能少啊，应当亲如一家，同舟共济。不知道邓老板有没有明白我的意思，反正他同意不裁喜丹了。

老总一说完，喜丹忽地扑到老总肩上，泪水哗哗地洒在老总西服上。老总说喜丹别别，别这样，我这人心软，你这么一哭，我就要粉身碎骨了。玉敏笑着往外退，掩上门说，你们就粉身碎骨吧，我什么也没看见。

沁园春

一

太阳还没探出脑袋来，雾笼烟罩的山腰间晓岚飘浮，山上很静，只有若影轻盈的脚步声。山风坚硬而执着地扑着若影的脸，寒气就势入侵若影肌肤。偶尔的鸟啼，像一把锋利的剑，划破了空寂。若影有些窒息，后悔来得太早了，别说周遭无人，连鸟儿都还在酣睡呢。其实有人没人不重要，反正他们也不搭理若影。若影哼了个曲子，和寂静抗衡。

往常，若影来山上没这么早，今天有许多活儿：好久没浇水了，地也该锄草了。还有，豆角能摘了，韭菜再不割就老了。凌晨四点，闹铃就一个劲地催若影起床。若影简单洗漱一番，取了件灰色外套，乘头班车来水绿镇。

水绿镇离凌州市区约七八十里地。一路而来，繁华街景换成了青翠的田园风光。水绿镇有座山，不过三百来米高，秀丽无比，像一只穿了绿马甲的乌龟趴在那儿，衬得小镇更加温情。

沿着蜿蜒的山路往上走，抬头望，透过枝叶能看见光亮。山林茂密，一些若影叫不上名字的树藤张牙舞爪地扯着若影的衣裳。若影抹了抹头上的汗，停下来眺望。晨雾似乎淡了，能看见好远的地方。冷飕飕的晨风，吹得绿叶摇曳。远处，纵横交错的河流，像白练悠悠漫舞。若影想，徐老板有眼光，相中了这个地方，单单这片风景就足够享受了。

若影继续登高，约一刻钟，看见了山巅。若影转身，离开山道，拐上一条小路。走了约五十米，有一片平地。平地四周是一人高的围墙，围墙上被人画得乌七八糟，还有粪便。围墙正南是扇大门，两扇铁栅栏上了把大铁锁。若影掏出钥匙，开了铁锁，推开大门。围墙里，估摸有两三千平方米，除了几间平房，地里全长着蔬菜，长势喜人。若影先在菜地里走了走，茄子，黄瓜，小青菜，大白菜，菠菜，卷心菜，韭菜，马铃薯，萝卜，蕃茄，芹菜，辣椒，南瓜，葱蒜……都在对若影笑呢。若影来就是要伺弄这些菜。看到它们，若影就像见到了亲人。若影三两天过来一次，或浇水，锄草，摘菜，上粪，但不施肥。徐老板说了，施肥绝对不行，农药更不行。

若影进了平房。平房不大，外墙装潢得跟小洋房似的，里面大理石铺地，有卧室，客厅，厨房，洗手间。要是备足干粮，过上十天半月没问题。若影不住这儿，平房太高太冷，阴森森的。山上也没人家，空旷凄怆，有点悚人。

天亮了，太阳扫了过来，雾开始消退。若影换上灰色外套，拿出锄头到了辣椒畦。辣椒畦里长了不少野草，细细长长的，散落在辣椒秧下。若影怕伤了辣椒的茎叶，便蹲下身子，埋头拔草。有些草根须短少，一拔就起；有些草扎根深，使了好大劲也拔不动。还有些草盘根错节地伏在地面，若影只好顺藤摸瓜，一点点地拔。

拔完了辣椒畦里的草，若影松了口气，直起腰，用手捶背，四周环视。围墙挡住了视线，若影看不见外面的世界。围墙内生机勃勃，但都沉默不语。若影也沉默不语，用目光和蔬菜交流。一只通体雪白的猫，正安闲地走在围墙顶上，像是晨练。那猫走到拐角处，停下来看若影。若影嘻嘻地喵呀一声，那猫居然瞪起绿澄澄的眼，咧开嘴，朝若影呲了呲锋利的牙。若影一惊。那猫转身跳到了围墙外。

若影有些惆怅。这儿的人冷待自己，猫也如此。若影叹了口气，环视菜地，只有蔬菜和她最亲了。忽地，眼睛余光碰到一个冰冷的东西。是一束光，从大门那儿射来的，直凛凛地射向若影，像钉子一样钉着。一股寒流在若影心底游走，手脚开始冷麻，思绪胡乱地漂流。若影转身直面那束光。光的源头，站着一个花白头发的老妇。老妇不说话，冷冷地看着若影。若影说，阿姨……声音怯怯的，只能自己听到。老妇不说话，像一根桩插在大门口。老妇目光盯着若影，若影看不清老妇的眼睛，不知老妇的眼珠是否在转动。她有些心虚，不敢迎接老妇的目光，便转过身蹲下割韭菜；手上忽然无力，韭菜割得有气无力。若影的心思落在了身后的老妇身上。这么个清早，这么高的山，一个老妇怎么会跑来呢？侧耳细听，围墙外除叽叽喳喳的鸟儿，没有人声，没有脚步声。老妇从哪来的呢？怎么跟怀有深仇大恨似的？若影悄悄斜过身子，用余光向大门探去，却什么也没探着。若影猛然转身，大门口空空的——老妇消失了。

若影紧张起来，使劲揉揉眼，大门口什么也没有。起身走到大门口，大门外空无一人。太阳跳出地平线了，还没人上山来。村民大都住山下，山腰间只有几户人家。老妇莫非是山腰的村民？一早上到山上晨练？乡下人晨练么？想到晨练，若影忽然想到那猫。那猫一早上跑到墙头上似乎也在晨练。白猫？白发老妇？她和它有联系么？若影被奇怪的思绪牵引着，不寒而栗。

若影有点怕，想回去了。可菜园该浇水了。再说，大老远来一趟，不能拔几棵草就走吧？若影张开嘴，边摘豆角边哼歌壮胆。回到平房，挑起一对塑料桶去担水。不远处就是山泉，叮叮咚咚日夜不停。若影挑了十来桶水，将蔬菜全浇了一遍；看看手机，十点多了，将工具收进平房，换上自己的衣服，然后锁了平房的门，再锁大门。

锁了门，提着韭菜和豆角，若影转过身来，但见一男子立在不远处，笑呵呵地看她。男子清清瘦瘦的，约莫二十五六岁，笑容里有不少皱纹，不过笑意是友善的。若影觉得怪，他笑什么呢？若影快速扫了男子一眼，心说今天见鬼了，便冷漠地下山了。

二

若影过去是村姑，现在是我们罗兰金店的营业员。我们罗兰金店有十二个营业员，漂亮得在汉语里找不到词来形容。我们罗兰金店专要美女，越美越好。老板说这叫美女经济，美女能招生意。若影很美，健康美实在美相貌美，三者兼顾。若影算不上苗条，但不胖，腰身和她的四肢一样，匀细而有力。她是个厚道的女孩，不计较，喜欢直来直去。我很欣赏若影，有事就吩咐若影：若影，把广告牌拿出去！哦！若影，把卷帘门推上去！哦！

我不是老板，我是罗兰金店的老总，是罗兰唯一的男性。我喜欢若影干活爽快，不像其他女孩一让干点什么，一会说头晕，一会说饿了，还要我请客。花奴会逗我说，人家在特殊期呢。紫夕更大胆，会说人家腰疼呢，一夜都没歇过来。引得几个少妇哈哈大笑，笑得我满脸飞红。

徐老板也看好若影。徐老板是罗兰的贵宾，名副其实的拜金者，每个月都来买黄金饰品。徐老板是冲若影来的。罗兰金店有规定，营业员的工资是底薪加提成，提成按销售额计算。若影刚进罗兰时，业绩总排在最后。她没别人笑得灿烂，也没别人妩媚，尤其没别人嘴巴甜。紫夕她们见到男顾客像见到了情人，声音腻歪歪的，男人禁不住掏钱。遇上女顾客，姐长姐短的，叫得人家心潮逐浪高。若影不会这一套。若影刚从老家来凌州打工，接待顾客还显羞涩。因为羞涩，她没少挨我批评。批评也不管用，就是学不来。

后来，徐老板救了若影。若影还是那个若影，但若影有了徐老板这个客源，一时成了罗兰金店的牛人。

徐老板是做什么的我们不清楚。若影也不清楚，若影不喜欢问这问那的。反正徐老板是个大老板。凌州老板多，不信，你站在凌州大道上骂句狗日的老板，保证有一半的路人要揍你！徐老板第一次来罗兰时，直奔黄金柜。紫夕她们受过营销培训，懂得顾客心理，凡是进店直奔柜台而非东顾西盼者，必定有强烈的购买欲。紫夕见徐老板到了黄金柜，马上跟了过去。若影就负责黄金柜，便热情地给徐老板介绍。徐老板看了几款女式绞丝链，最后选购了八千元的上等货。徐老板挑选绞丝链时，让若影试戴。若影的脖子不很白，但有弹性，略呈咖啡色。若影试戴完了，徐老板没说话，出神地看若影拿项链的手。若影的手，没别的美女纤细。若影被徐老板看得不自在，不自觉地握成了拳。

美女从农村来的？徐老板问。若影坦诚地点点头。

会做农活吗？

嗯。

会种菜吗？

嗯。若影说，我在家是刨菜园的，什么菜都会种。

徐老板笑了，说，项链我买了。

紫夕马上笑吟吟地开票、刷卡，再将项链包好。这当儿，徐老板提出和若影商量点事，要去茶社。若影莫名地淡笑。徐老板带若影去了隔壁的老片场茶社。一小时后若影回来了。若影悄悄对我说徐老板想雇佣她，我一口回绝了。我说罗兰的团队固若金汤，谁也甭想挖墙角！我不会同意你离职的！若影说不是离职，是兼职。兼职？兼职就无所谓了，营业员都是半天班，上午上了班，下午就自由了，兼什么职都与金店无关。花奴也在一家婚庆公司兼主持，跟着婚庆公司到处卖嘴皮。紫夕在一家房地产兼售楼小姐，一两月卖一套，能赚好几千。

你兼什么职？种菜。我笑喷。全店美女都笑喷了。若影也笑，说徐老板在水绿镇那边有块地，想找人种菜。我说你这细皮嫩肉的，能种菜么？若影伸过手要和我掰手腕。我以为是吹灰之力呢，不想若影手劲大，僵持了好半天，才把她手腕掰倒。

果然是块好地，种菜没问题！我在她骨感分明的后背上拍了拍。

花奴快笑岔了气，说给多少钱我也不干。又说若影，小心徐老板拿你当菜哟。众美女又笑。若影说晕，没见徐老板月月买首饰嘛，人家早金屋藏娇了。

紫夕往若影身边挪了挪，说待遇如何？

若影说徐老板说了，上班时间我自由安排，只要弄得满园春色，每月两千。

啧啧啧，一片咂嘴声。

紫夕带着羡慕忌妒恨，说这么好的事，一店的美女，怎么就让你摊上了？

花奴说坦白从宽，是不是用了美人计？

若影说苦肉计还差不多，你以为种菜容易呀，徐老板可是有条件的。听他说种菜工换好几个了。

我说找个种菜的，比罗兰金店的门槛还高？

若影伸出手，一个个点着手指说，条件可多了，要年轻漂亮的，这点你们都具备；要会伺弄菜地的，你们都不具备；要长得结实，能吃苦的，这点你们也不具备；要做事麻利，要会种会收，要杀虫锄草，浇水锄草，你们会么？徐老板对种菜还特讲究，不准施肥，不准上农药，不准外人进菜园，不准损失蔬菜，不能收菜太早又不能太迟。他在茶社考了我好多种菜知识，我都答上了，他才聘我的。

花奴说他要新鲜蔬菜干吗？他搞蔬菜加工啊？

我说，不是，是他自己吃。现在的老板山珍海味吃腻了，想吃天然食品了，一是新鲜口味好，二是纯净益健康。为什么要求这么多？还要美女种菜？要的就是色味俱佳嘛。

若影说，所以嘛，徐老板一直在物色种菜的人，他说见到我就很顺眼，猜我就会种菜。若影调皮地瘪了瘪嘴，说想不到进城三年了，还是一村姑！

紫夕说村姑才吃香呢，又新鲜，又环保，老板们喜欢！

三

若影第一次坐徐老板的宝马上山时，徐老板说城里蔬菜不能吃了，用甲醛保鲜的，用除草醚除根的，用灌乐果灭蛆的，转基因的，反季节的，对人体有害呀。老百姓吃就吃了，老板哪能吃啊？所以我跑这儿来选了块地。这儿环境好啊，离凌州好几十里呢，厂矿少，污染小，有山有水多环保，这儿的蔬菜最新鲜了。若影说，可是成本太高了。徐老板笑着摆摆手，说对老百姓来说，吃什么都要讲成本。对老板来说，干什么都讲成本，吃什么都不讲成本，投资健康多少成本都值！徐老板边说边按喇叭。前面两个肩扛铁锹的村民回头望了望，继续前行，没有让道的意思。徐老板再按喇叭，村民头都不回也不让道。徐老板骂这儿人素质差，你按死喇叭他也不让道。若影想了想说，徐总，您没找当地村民帮种菜吗？徐老板叹息，找过，没愿意的。后来不找了，我要找像你这样的年轻女孩。哎，听说过采茶女吗？听说采茶有讲究，非要处女采的茶才干净清香呢。

若影脸一红，把头扭向窗外。

头一次到菜园，若影眼前一亮，太佩服徐老板的眼光了。若影是乡下长大的，懂得哪块地好，哪块地孬。从山下上来，整座山若影看到四五块平地，这块地地势最高。菜园用石墙砌成，像一个王室的后花园。徐老板说这块地他找了近半年，土质好，土壤肥，阳光充足，风水也好。最看重的还是环保；地势高，空气清新，水干净，人迹少，这儿的蔬菜绝对是天然的。能拥有这么一个菜园，是多少凌州老板梦寐以求的事啊。我有十来个老板朋友都在种菜吃，菜地在凌州郊区，相比我这儿的环境，差远了。

徐老板领着若影在菜园里边走边看。若影一看蔬菜长势，就知道，未施肥料。徐老板说，知道你的前任为什么被解雇吗？她种菜不行，就偷偷上了肥。她以为我看不到就能瞒住了。我这鼻子比狗鼻子还灵呢，只要闻闻，就知道有没有施肥。我也是乡下来的，在凌州打拼了几十年，才有了偌大的产业。徐老板摸着圆滚滚的肚子，感慨地说，从一个穷小子成为大老板，我吃了多少苦啊。现在该我好好享受了。

回城的路上，徐老板板起了脸，说给我种菜，要求苛刻，你要有心理准备。菜地里不准用人粪便，只准用发酵的动物粪便。山上的鸟粪羊粪狗粪有很多，你随便扫些来，发酵几天弄到菜园里。浇灌时用山泉，不准将洗脸水淘米水涮锅水往菜园里倒。还有，农药和肥料绝对禁止。我查过资料，叶片上和大气中残留的农药经雨水冲入土中，会影响土质的腐熟和透气性。施化肥也不行，会破坏土壤结构和肥力，抑制蔬菜的生长。总之，要保持蔬菜无毒无害，口味纯正。

拿人家工钱，就得好好干活。若影对菜园很上心，金店这边没事了，就隔三差二跑菜园。这儿风景好，权当旅游了。

那些蔬菜如若影的亲密伙伴，每次来了，她都要在菜园里走一遍，看纤细的绿苗随风飘曳，看嫩绿的叶儿颤微摇晃。然后拔草浇水扫粪摘菜打理，都忙完了，再带些新鲜蔬菜回凌州——徐老板会派保姆来金店取。

半年后的一天，若影在菜园弄菜，一个彬彬有礼的男子走进来，说你是若影吧？男子长得一般，举手投足间有着谦谦君子的风度。若影暗忖，男子应该不是村民，村民一般不理睬若影。男子介绍自己叫徐唱，是徐老板的儿子，刚从加拿大留学回来。若影笑了笑，肌肉有点僵。徐唱边看菜边说，真不明白老头子为什么要跑这么远来弄个菜园？若影莞笑道，大老板别说弄个菜园，弄个公园也没问题呀。徐唱做了个西方式的耸肩。

回凌州的路上，徐唱滔滔不绝地说了许多国外见闻，若影觉得很新鲜。

徐唱后来我们都见过，一看就是老板儿子，营养过剩，胖胖的。他常来罗兰，比他爸跑得勤，有时来拿蔬菜，有时接送若影。这些我们不感兴趣，我们对徐唱感兴趣的是徐唱比他爸出手大方。徐唱几乎每月都买几次饰品，女式的，项链，戒指，手镯，还买钻石，花个两三万眼都不眨。徐唱的消费都算若影的业绩，若影高兴得脸上快起皱褶了。加上徐老板的消费，若影的业绩一路飙升，紫夕一下被她甩在身后。花奴说若影，要使出浑身媚术来，别让这对父子脱钩哈。紫夕问若影，他父子俩买这么多首饰干吗？若影说，徐老板买首饰是送人，送重要客人，也送情人。徐唱呢，长得不咋的，不过有女人缘，三天两头换女友，换一个送一款。紫夕说你知道这么细呀？若影挤挤眼，说我有内线。徐老板一家三口的隐私相互瞒着，但瞒不了保姆。保姆给他们通风报信，才免得撞车嘛。

我分外看好若影。徐家父子是若影的摇钱树，若影就是我的摇钱树；若影业绩好，金店的业绩就好；金店业绩好，我这个总经理业绩就好，老板给我的提成就高。所以我对若影大开绿灯，只要徐家有事，马上放行。徐唱来找若影，我更是笑脸相迎。花奴她们说我偏心，我说你们谁傍了大款，我也给开绿灯。

四

若影种菜三月后，遇上了冷面老妇。老妇来去无声，像个飘忽的幽灵，总在若影猝不及防的时候出现，又在若影惊悚恍惚中消失。起初，若影有些怕，见过几次就不怕了。有时在山下碰到老妇，若影向她笑笑。老妇僵硬着脸，像没看见若影似的，蹒跚而过。若影也不奇怪，她已习惯了冷漠。老妇不止是冷漠，还很仇视。若影就奇怪了，她和老妇素昧平生，何来仇恨呢？

只有那个清瘦男子对若影不冷漠。清瘦男子见到若影，总是笑意盈盈，如同石头上的花。若影觉得反常，反而冷漠。那男子从不介意，仍是一如既往地微笑着。两人在山路上相遇了，清瘦男子微笑着侧身让道——山路不宽，但也没窄到要侧身避让的地步。若影也矜持地侧身而过。那男子挺羞赧，一直不好意思和若影招呼。

常在山上走，对话的契机总是有的。那天若影担水摔倒了，清瘦男子就在不远处。若影没看到他，若影先遇见那只通体雪白的猫。那猫正在林间散步，发现若影后，警觉地从若影身边突然蹿了出去，把若影吓了一跳，脚下一软，担在肩上的水桶滑了出去，一个踉跄摔倒在地。若影就要往下滚的时候，被清瘦男子一把拉住，将她扶了起来。若影尴尬地抽回手，掸了掸身上的草和土。若影说刚才被野猫吓了。男子说对不起，那不是野猫，是我家的猫。你家的猫？若影诧异，它为什么总来菜园呢？男子说那块地原来是他家的自留地，后来给徐老板买下了。那猫以前常跟他母亲去那地里，大概是对那地有感情了。若影恍然大悟。

我姓莫，叫莫丢。

若影笑了笑，觉得名字好怪。我叫若影。

莫丢说，金枝玉叶你哪能担水啊？来，我帮你。若影说我哪是金枝玉叶啊，和你一样，草根。莫丢说进了城就不是草根了，是花朵。莫丢捡起塑料桶，半个多小时就将菜园浇了一遍。

之后，两人常在山上相遇，熟识了。若影告诉莫丢，她老家也在乡下，以前在老家种好几亩地呢，种这点菜小意思啦。莫丢说你不在城里打工，干嘛跑乡下受累啊？若影嘻嘻笑了，说只要给钱，上山下乡都成。莫丢说有一点我想不明白，徐老板跑这么远来买地种菜，划算么？若影笑了，说富人的逻辑你不懂，懂了你就是富人了。若影说了缘由，不想莫丢变了脸色，说没想到为了吃新鲜蔬菜，徐老板竟占了百姓良田！当初徐老板来买地时，全村人都不同意，以为他要盖别墅呢。后来村长出面解释说，徐老板买地一不盖房二出大价钱，你们谁要反对谁把五十万捧到村委会来！老百姓没钱，只好同意了。若影感慨道，这年头有奶就是娘，有钱就是爹，老百姓哪能抗得过大老板啊！

莫丢对徐老板有意见，但还是帮若影担水挑粪做些重活。用莫丢的话说，桥归桥，路归路，你也是打工的，和徐老板不是一路人。

以后每次若影来，莫丢就跟着来菜园帮干点活。若影问莫丢，你们村里人似乎都讨厌我，是我做错了什么吗？莫丢说你没错，是你的老板错了。若影“哦”了一声。若影看得出，莫丢对自己是真诚的。若影时常从凌州带些水果点心烧烤来，干完活就和莫丢坐在门口吃，谈天说地。莫丢说以后你不用常跑了，浇水扫粪的活我帮你干。若影摇头，我是拿工钱的，哪能劳驾你？再说菜地你也不能进啊。莫丢笑了，说你那菜地里有地雷啊？若影说徐老板不让外人进呢。那……莫丢搔了搔头，我弄个长水管吧，直接从墙头甩到菜地里，不进园就可以浇水了。扫了粪就堆在大门口晒着，等你来了把粪掀到菜园里，省你大老远跑来了。

莫丢果真这么做了，若影确实轻松了许多。几次要请莫丢吃饭，被莫丢谢绝了。

徐唱是半年后出现的。徐唱的出现给若影和莫丢的交往带来了不便。莫丢得知徐唱的身份后，自觉回避了。好在徐唱不是每次都来，有时来玩，有时来收菜。徐唱每次来，都会叫上若影。徐唱叫若影，若影自然要来，他是老板的儿子，还是罗兰的贵宾，若影怠慢不起，我们也怠慢不起。只要徐唱来找若影，不管若影多忙，我都开绿灯。若影不爱占便宜，虽然我给了她最优惠的待遇，但她事后都坚持补足上班时间。

一次，若影和莫丢正在地里浇水。莫丢忽然说，我看老板儿子对你有点意思。若影一怔。

五

不止莫丢看出来了，我们也都看出来了。但我们无法确定徐唱是真心还是假意。

若影不承认徐唱爱自己，连玩玩的兴趣也未必有。若影说她每次跟徐唱车来车往，徐唱从没非礼过她，连手都不碰。若影说她长相一般，算不上美女，店里营业员哪个都比她漂亮，徐唱怎么会喜欢她？若影还说徐唱是喝过洋墨水的豪门阔少，她不过是个村姑。

所有的预感后来被证实了。那是个上午，若影在店里，徐唱来了。徐唱说买个钻戒。徐唱来了，自然由若影接待。若影进了钻石柜，拿了几款给徐唱看。徐唱看来看去，拿不定主意，问若影哪款好。要是别的顾客，若影会把每一款都说得天花乱坠。但对徐唱，若影不能信口开河。倒是柜台外的紫夕，指着一款价值两万多的钻石说，这款很不错，绝对配得上你女友。平时紫夕这么一说，徐唱就买下了。不过这次，徐唱看了眼紫夕后，仍问若影，这款好吗？

若影不太看上这款，但也不能和紫夕唱反调，勉强说，还行，惹得紫夕有些不高兴。徐唱说若影，你给推荐一款。若影问，不问贵的，只买对的？徐唱笑着打了个响指。若影说我看这款蛮好的。若影说的那款确实漂亮，不过价格更贵，三万多。徐唱二话没说，要了。紫夕赶紧领徐唱开票刷卡。若影将钻戒包好，放进手提袋里交给徐唱。徐唱说，去菜场收菜吧，老头子想吃芹菜了。

到了菜园附近，若影正要拐过去，徐唱说，上山顶看风景！两人上了山顶先观赏一番，然后坐到亭子里，徐唱直视若影说，把手伸出来。若影看看徐唱，茫然地伸出手。徐唱捏着若影的纤指，拿出钻石说，这是特意给你买的。若影吃了一惊，连忙缩回手，说别别，这太贵了，乡下女孩哪配啊？徐唱说你太谦卑了，城里女孩就配戴？城里女孩我经历得多了，她们比你漂亮，比你有味，比你风华绝代，比你见多识广，但她们有一点都不如你，就是清纯！若影，我和你相处这么久，对你一直怀有好感，希望你能接受我！若影像触电似的说，不行不行，我配不上你，你应该找个有风度有背景的城里女孩才是。徐唱摇摇头，说，我只欣赏你！若影把手握得紧紧的，说这太突然了，我没有思想准备。徐唱耸了耸肩，说那好，你考虑一下吧，我等你的回复。

这事若影和花奴悄悄说了。花奴咂着嘴，上下打量若影，说徐公子被砖拍了吧？就你这模样，在乡下还凑合，到城里比残枝败叶也强不了多少啊。若影说，他是玩我吗？花奴板着脸说，玩你都提不起兴趣。忽地捂嘴大笑，认真地说，他看上你不奇怪，因为你是村姑呀。父子通性嘛，都好绿色食品这一口。若影在花奴肩上捶了下，说正经的，我该怎么办？花奴用一个指头顶着下巴，故作郑重地说，你是在劫难逃了。一个大户阔少，一个罗兰贵宾，你如何得罪得起？若影说，嘁，大不了本村姑不干了！花奴说你傻呀，进了豪门，享不尽的荣华富贵啊。若影白了花奴一眼，说我嫁人，不嫁金！

在若影和花奴商量的时候，徐唱也和父亲谈了。娶一个佣工，徐唱能预见到父亲的态度。父亲让他出国，是要他见世面有出息，将来能继承徐家大业。父亲怎么会接纳一个村姑做儿媳呢？

果然，徐老板强烈反对，理由也充足：就算不找个门当户对的，起码找个有知识有文化的吧？一个村姑，懂管理吗？懂理财吗？懂生意吗？懂交际吗？除了结婚生子，她什么都不懂！徐唱说，她懂得做女人。徐老板说你这些年国外白待了，思想还这么老土！什么年代了，你还守着封建那一套？这年头会做女人是远远不够的，还要会做事，会做人！

然而徐唱认定若影是自己的理想选择。徐唱对任何女孩都动手动脚，但对若影不。他喜欢若影。若影身上坦诚恬静的气质，是城里女孩所缺少的。若影就像滚滚红尘中的一颗珍珠。父亲了解若影，但父亲是生意人，生意人不欣赏坦诚。徐唱打算从长计议，慢慢磨。

若影再去水绿镇，不肯搭徐唱的车了——用行动回绝徐唱。莫丢见徐唱没有同来，又主动来帮若影。若影给地里浇水，莫丢将水管通到门口。若影拉着水管，一畦畦给蔬菜浇水。不想徐唱来了，到了菜园门口莫丢才发现。徐唱不认识莫丢，逼视莫丢。莫丢认识徐唱，没吭声，转身走了。若影见了徐唱，低头继续浇水。徐唱走过来问，他是？若影略带些紧张，说这里的村民，我借他家水管浇水的。徐唱点点头，到菜地里看了看，等若影浇完水，割了些芹菜，两人一起回去。徐唱说你喜欢这儿吗？若影点点头，很喜欢。徐唱说你喜欢这里，我就在菜地上盖座别墅，让你住这儿。我？若影指着鼻子，伸了伸舌头说，受不起。

六

番茄熟了的时候，莫丢来电话让若影去摘。若影中午下了班就去了。

蕃茄熟了不少，一些鲜嫩的小青菜也翠绿欲滴。若影在地里收，莫丢在门口看。若影摘番茄时，瞄见墙头上那猫又出现了。若影发现白猫时，白猫也发现了若影，碧绿浑圆的眼睛盯着若影，盯得若影毛骨悚然。若影走到门口对莫丢说，你家的猫挺吓人的。莫丢没头没脑地说，我妈来了。若影说你妈在哪呢？正说着，一个老太婆站在了若影身后，把若影吓了一跳。若影认得，正是那个冷脸老妇。老妇朝若影剜了一眼，一把扭住莫丢的耳朵，拽了就走。莫丢朝若影扮个鬼脸，挥了挥手。

晚上，莫丢来电话解释下午的事，顺便说了缘由。莫丢说菜地本来是村里批给莫丢家的。莫丢当时谈了个女朋友，五年了，因为没房子，女方家长不同意结婚。莫丢就等着拿地盖房结婚了。那地村民们都不要，地势太高，出行不方便，村长就批给了莫丢家。眼看要拿地了，这节骨眼上出了岔子，徐老板出了五十万买了那块地。村长说莫丢，你要出价比他高，我就批给你。要不，你就再等等。莫丢说我有五十万，早进城买商品房了，还稀罕你这破地？莫丢母亲找村长说理，村长说莫婶，这事我做不了主，你就是把我家的锅捣个洞，地也是徐老板的。合同签了，人家钱付了，生米做成熟饭了。不给地，村里得赔人家一百万。地没了，房子盖不成了，莫丢女友家马上回绝了婚事。莫丢母亲在家睡了三天，醒来后直犯迷糊，脑子不好使了。莫丢说，母亲现在脑子不拐弯，我和她说过多少次，这是徐老板的事，与你无关，她就是拎不清，仇视你。若影默默听着，泪水流到了腮边。若影想象得出莫丢母亲睡了三天该有多纠结。地没了，儿媳没了，母亲的心结解不开啊。解不开的心结就成了心病。

若影主动给徐唱打电话，让徐唱好生感动，以为若影想通了。若影说不是，是找你商量件事。徐唱说什么事都好商量，我保证答应你！若影说，我想、想……你能不能和你父亲商量一下，把那块地退给村里……徐唱诧异地打断若影说，别的事能商量，这事真不行。他们父子为这块地交锋过多次，他想在那儿盖别墅，父亲不同意。父亲想建祠堂，说能旺子旺孙。父子俩戗起来，谁也不让谁，最后双双妥协，左边盖别墅，右边盖祠堂。徐唱说，现在你该知道那地有多重要了吧？除了这条件，其他你尽管提。若影什么也没提，摁了电话。

莫丢母亲真是傻了，闯了大祸还笑嘻嘻的。她看若影在地里忙活，不声不响地进了菜园，从蛇皮口袋里拿出几瓶农药，砰砰砰地摔碎了，农药顷刻洒在菜地里。若影正埋头拔草，被清脆的爆裂声惊呆了。莫丢母亲朝着若影笑，那笑容是凯旋后的得意。白猫欢快地跳到莫丢母亲的怀里，喵喵叫着。莫丢母亲抚弄着猫，若无其事地走了。

刺鼻的农药味弥漫了整个菜园，若影“哇”地大哭起来。莫丢闻声进来，先看见母亲出了大门，然后看到若影在痛哭，还有浓烈的农药味，明白了，赶紧接通水管往地里浇水。好长一会，药水才随着园里的积水一点点外流。

正忙活呢，徐唱来了。徐唱一见莫丢，说谁让你进园子的？莫丢给了他一个冷眼。徐唱又闻到了农药味，问若影怎么这么大的味儿？若影抹着泪，不知如何回答。徐唱嗅了嗅鼻子，四处走走，看到了破碎的农药瓶。农药？你往地里洒农药？若影张了张口，莫丢抢先说，是我干的！徐唱皱起眉头，说你是故意破坏？莫丢说，是的，老子看不惯城里人跑乡下来强占民宅，这个理由够吗？若影分辨说不不，这事与他无关，是我……我看青菜生虫子，就用农药了。莫丢说我的事与她无关。徐唱在两人脸上扫了扫，讥笑道，难怪呀……拒人千里原来是心有所属。

徐唱带若影回凌州。徐唱的嘴角挂着蔑视的笑，说爱上那瘦小子了？放心，我不和乡巴佬做情敌，太没面子了。若影说，我们是普通朋友。徐唱说今天这事可大可小。你知道老头子的脾气，他非常看重这块地，容不得半点污染。现在上农药了，他肯定不要了。那么五十万的损失谁来承担？村里？瘦小子？你么？怕都承担不起。徐唱按了按喇叭，车子前面几个村民回头望了一下，仍走在路中间。徐唱索性一直按着喇叭，几个村民让了道，在车子经过时，朝着车子吐口水。徐唱骂了句脏话，一踩油门，车子冲了出去。

出了镇，徐唱说，我父亲很倔，但再倔也会对我让步。关于这块地怎么用，我和父亲争执了多次，最后是二者兼顾。那么现在这地如何处置，我同样有发言权。别说洒点农药，就是核泄露也无所谓，关键是我的态度。我的态度则取决于你的态度。如果你答应我，大事化了；不答应我，小题大做！

这个前提若影无法接受，但这个前提能挽救莫丢。若影几乎要答应徐唱了。在最后关头，若影找我商量。按理说，我应该顺着徐唱，金店才不至于失去大主顾。至于莫丢那穷小子，与我何干？但若影的信任和依赖，让我陡然间剑走偏锋。我说若影，徐老板和你签劳动合同了么？若影摇摇头。我说关于种地的具体要求，徐老板和你有白纸黑字么？若影又摇摇头。那就好办了，你就承认农药是你倒的，徐老板奈何不了你，充其量就是解雇你。但如果把责任扔给莫丢母亲，就扯不清了，莫家肯定要吃官司，要招致损失。花奴说管人家损失干吗？我们罗兰损失才大呢，一下失去了两个大客户！紫夕说失去多少客户，也不能把若影往火坑里推！花奴噘嘴嘟咴道，徐家是火坑啊？我怎么觉得是天堂呢。

徐唱给若影一周时间考虑，若影真的考虑了一周，不过考虑的是如何让莫家免受牵连。

一周后，若影将考虑结果告诉了徐唱，把责任全背了过来。徐唱转身而去，告诉徐老板，农药是莫丢干的！徐老板暴跳如雷，立即驱车到菜园，见蔬菜全烧死了。徐老板找到村长，村长找到莫丢。莫丢和若影早通好气了。莫丢说不是我干的，是徐老板的雇员干的。徐老板让若影来作证。若影来了，平静地说，是我干的。蔬菜生虫子了，不打农药怎么办？村长说生虫子就得打农药。村长又打着哈哈说，徐老板，既然是您手下所为，与村里就没关系啦。拜拜！领着莫丢走了。

徐老板额头的青筋突起，双唇变乌，指着若影咆哮，我……我要重罚你！我要你赔偿全部损失！你知道那块地对我徐某有多重要吗？风水先生看了，那是块没被污染的风水宝地，旺子旺孙。可以种菜，可造祠堂，可盖别墅，可保我徐家世代富贵！现在都被你毁了！

徐唱不想为难若影，对徐老板说，不就是农药嘛，又不是核泄露，那块地照样能盖公寓。

放屁！徐老板像条疯狗，逮谁咬谁，说把地退了，把这婊子开除了，工钱分文不给！

徐老板要退地，村长不同意。后来同意了，不过只退三十万，其他算是违约金。

村里净落了二十万，村长暗自揣着乐儿，找到莫丢说，那块地还是给你吧。莫丢母亲的眼睛亮了，又黯了，念叨着：有儿媳没地，有地没儿媳。

村长说，栽下梧桐树，还愁没凤凰？先把房子盖上。我看莫丢这小子早有目标啦。

莫丢笑而不语。

后来，莫丢成了我们罗兰金店的常客。后来还当了回贵宾，一次消费了首饰两万多，享受金店员工的内部价。不过，就那一次。

女中学生宿舍

一

陈娟来金店面试时，正好我在。我面试了她。谈吐一般，显得一脸稚气，估计工作经验不足。我问她之前做过什么，她坦言，高中刚毕业。哦，是落榜生。我略有所悟。我担心她学习较差。金店虽然不在乎学历，但有些业务，比如以旧换新就需要折算，营业员要有点儿计算能力。陈娟突然像皮球被拍了一下，反驳道，谁落榜了？我考上了二本。我颇有些纳闷儿，既然考上了，咋还千里迢迢来凌州打工呢？陈娟的眼帘耷拉了下来，说毕业这一年发生了点儿事，心里不爽，就不想读了。

我为陈娟婉惜。不过这代年轻人都是任性的。

陈娟却说，我不是任性，我是看透了一些事，才作出的选择。如果可以，我和你说说。

我点点头。她就和我说起了她学校的事。她说的是她们女中学生宿舍的故事。

事情从她的同学思颖被学校提出退宿说起。

思颖是陈娟的舍友，两人住一个宿舍。宿舍一共四个女生，还有千叶和吕沭。

那是个春天的午后，阳光柔暖地照在身上，温情融融。思颖在学校踌躇良久，决定给她爸爸发个信息，让爸爸来趟学校。她在信息上告诉爸爸，学校让她退宿。陈娟见过思颖爸爸，挺斯文的男人，陈娟叫他何叔。何叔听说学校要让思颖退宿，大惊失色，一路赶来学校。

思颖上高三了，再过四个月就高考。这节骨眼上，学校要取消思颖住宿资格，何叔不免着急。她们宿舍何叔来过几次，很简陋。十来个平方，灰白的墙，一个小阳台，两张上下铺。学生宿舍大概如此，陈旧不堪，有着棚户区的苍凉与寒酸。

何叔直接进了总务处，总务处坐个男老师，姓吴。何叔介绍了自己，吴老师正在等何叔。吴老师说据宿管员反映，晚上宿舍熄灯后，思颖同学戴着眼罩出来装神弄鬼，一位女生当即被吓得尖叫，惊醒了全楼女生。

且慢，何叔忍不住打断吴老师。你用“装神弄鬼”这个词来形容学生合适吗？吴老师愣住，也觉得不合适，他说宿管员就这么写的。表明他是在照本宣科。吴老师说，按宿管规定，何思颖同学被取消了住宿资格。吴老师很淡定，像宣读圣旨。何叔便急眼了，问，那思颖住哪儿？吴老师仍是淡定，说这不是他能考虑的。何叔更急，情绪急转，口气也趋不满。何叔说思颖是我女儿，也是你们的学生，你们下道圣旨，就不管不问了？吴老师说，以前也有学生被退宿，自己在外租房住。

何叔瞪大了眼睛。一个女生独自在外租房，作为家长我能放心吗？作为老师你又能放心吗？吴老师说，家长可以陪读嘛。何叔说，家长都有工作，家离学校又这么远，如何陪读？吴老师显然不想探讨这问题，从椅子上站起来，说事情就这么定了，你们家长想办法吧。边说边往门口走。

听陈娟这么说，我对学校的决定也不满。哪有如此不负责任的老师？！

陈娟说，你慢慢听着，学校不负责任的事多哩。

果然，何叔不能接受学校的决定。吴老师，等等。何叔说。

吴老师站住，望着何叔。何叔说，我觉得你们是在推卸责任。这回轮到吴老师瞪大眼睛了。何叔也不想把话说得这么硬，女儿在人家这儿读书呢。可何叔不强硬，女儿就没住宿资格了。吴老师面呈愠色，说这怎么是推卸责任呢？学校就是这么规定的。何叔又把口气放缓，说学校是教书育人的地方，负有培养学生学业和素质的义务。学生犯错，学校也应承担责任，而不是把责任全推给家长。

陈娟说，何叔是企业高管，思维能力很强的。吴老师当即哑了，大概没碰到家长敢于质疑学校管理的。怔了会儿，吴老师说，学校就这么规定的，我只是执行者。吴老师也不想和何叔探讨制度，说，你去找宿管员吧。

宿管员陈姨是个嗓门很大的四十来岁女人，快舌如刀，话锋如剑。何叔刚提个头儿，她就像串鞭似的炸开了。那晚十点半了，女生们都睡了，当时我在值班室看电视，就听一声尖叫，全楼宿舍的灯顿时都亮了。我急忙跑出去，就见一女生摔倒在地，何思颖在扶她。我看见何思颖戴着眼罩，穿着风衣。咦，你女儿睡觉戴眼罩你晓得吗？哦，你是爸爸，不会进女儿房间。摔倒的女生叫陈娟。陈娟见到我，想爬起来，但没起得来。何思颖连连对我说没事。我说你们没事，我有事。我是宿管员，我要上报。事情就这样。哦，你说为什么戴眼罩，我哪儿晓得，问你女儿去。

我说，陈娟，何思颖做得不对，她不该戴上眼罩去吓唬同学。

陈娟说，先听我说完。何叔当时也是像你这么想的。

思颖正在上课，被何叔从课堂上提溜出来。思颖见何叔怒不可遏，吓得不轻，眼泪叭嗒叭嗒地掉。何叔让她解释清楚。思颖怯怯地说，我们熄灯睡了，陈娟去卫生间，卫生间在走廊那头儿。陈娟摸着黑走到宿舍门口时，脚下一滑就摔倒了。我听到动静，披上风衣，一骨碌从上铺跳下来。陈娟抬头看见蒙着眼罩、披着风衣的黑影，以为是男生呢，大声尖叫起来。爸，我是舍长，我不能见难不救吧，您不是常教我要助人为乐吗。思颖的手贴着裤缝，很紧张。何叔说，你睡觉还戴眼罩？思颖说路灯太亮，戴眼罩挡光。

何叔带思颖去见吴老师，让思颖把情况对吴老师说了。何叔说，我了解我女儿，她一直乐于助人。她是舍长，同学摔倒出手相救没错吧？当然，她应该摘下眼罩，但时间来不及。吴老师说，这只是思颖的一面之词，我还要听陈姨的解释。吴老师打个电话，陈姨来了。陈姨说，据我所知，情况不是这样的。何叔看思颖，思颖有些紧张，强笑道，就是这样的呀。吴老师问陈姨，你说是啥样的。陈姨说反正不是，你们领导看着处理吧。说完就走了。

吴老师看陈姨走了，想了想，又打个电话。一会儿，进来个五十来岁的男老师，介绍说是思颖年级的班主任，姓马。马老师挺和善，笑脸上露出两个很不般配的酒窝，对何叔说，这样吧，您在这儿等会儿，我们去调查一下，再做决定，您看如何？又对思颖说，你先去上课。

思颖去上课了，两位老师去调查。何叔站在总务处，等着调查结果。总务处墙上挂两幅标语，一幅是：相信学生，是一种勇气，一种责任，更是一种能力。另一幅是：教师不应专教书，更重要的是教学生做人；学生不应专读书，更重要的是学做人之道。何叔冷笑，形式主义无孔不入。

足足等了一小时，两位老师来了。马老师歉意地笑笑，说我们调查了，证明何思颖同学所言属实。我们工作有误，还请家长谅解。当然，我们这么做是为学生好，也是对家长负责。吴老师又是淡定地下了道圣旨，取消对何思颖同学取消住宿资格的处理决定。何叔立刻谦恭起来，如获特赦，紧握老师的手，说了许多客气话，并请学校对思颖严格管理，多批评教育。

退宿风波安全着陆，何叔的心吞回了肚里。等思颖下课，何叔又教训了她一通。毕竟要高考了，何叔不能言重，怕影响她情绪。何叔让她莫惹是生非了，要把心思用到学习上。思颖一直低着头，温顺乖巧的样子。何叔在她头上拍了拍，然后走了。

二

我以为就这么点儿事陈娟就不读大学了呢。陈娟说，要就这么点儿事，我也不至于不读大学了。

我给陈娟倒了杯水，让她继续讲。

正好玉敏走过来，也饶有兴趣地听了起来。

退宿风波一月后，是个周末。天气热了，晚风吹在身上有点烫。思颖回来，何叔陪她去沃尔玛买饮料。往回走时，思颖说，爸，向您道个歉。她笑嘻嘻的，路灯照在她满不在乎的脸上。其实退宿那事不是那回事。何叔问，那是哪回事？这事何叔早不放心上了。思颖说，是我违反宿管制度了。何叔愣了，严肃地看着思颖。思颖说，其实是我下来给陈娟开铁门的。我们每层楼都有铁门，超过十点就关门，里面能打开，外面开不了。陈娟每晚十点半左右回来，先给我发个信息。铁门紧挨着我们宿舍，我悄悄下去把门开了，她再闪进来。那天晚上我开了门，故意戴上眼罩，穿上风衣，装扮成男生站在宿舍门口。没想到她反应那么强烈，大声尖叫，就把陈姨招来了。何叔说，两位老师不是去调查了吗，你所言属实呀。思颖说，事先串通好了口供，没这点儿能耐咋干舍长？何叔很生气，你啥时学上撒谎了？思颖狡辩，说不撒谎不就被退宿了？何叔说，至少你不该瞒着我。思颖说，不瞒着您，您有底气和老师据理力争吗？

玉敏笑道，这孩子好有心机啊。

我说思颖要如实说了，她爸爸肯定没那么理直气壮。我赞成思颖的做法。做金店这行，营业员要没点儿灵活性，到手的商机也会跑。

陈娟说，是啊，这是我和思颖一起预谋的。嘻嘻。

陈娟这么说，我并不反感。没准她是做营销的好料子呢。

陈娟说，何叔想想也是这么个理儿，便没那么生气了。思颖对何叔说，我最恨陈姨。陈娟摔在地上爬不起来了，吕沭跑过来，和我一起扶陈娟。千叶等陈姨来了才过来，也蹲下扶陈娟。而陈姨直凛凛地站着，连手都不伸，还一个劲儿地训斥我们，声音很大，一点儿不怕吵扰别人。

我问，千叶为啥要等到陈姨来呢？

陈娟说，千叶是学习委员，班里的尖子生，心高气傲，喜欢到陈姨那儿打我们的小报告。陈姨就喜欢别人打小报告，她是临时工，抓到违纪的总务处给她奖励。

我说，你咋知道得这么细？

陈娟说，寄宿生谁不知道？陈姨就是势利眼，拜金狂。

我笑笑。没想到一个女生宿舍，竟也错综复杂。我说，不对啊陈娟，这里总有些事我没弄明白。

陈娟说，啥事？

我说，你为啥每晚十点半才回来？

陈娟说，我白天上课，晚上出去做家教。

我“啊”了一声，问陈娟为啥要做家教？

陈娟顿了顿，说，我爸妈离婚了，把我判给我妈。可前年底，我妈生病死了。我爸是个老板，离婚后娶了个小老婆，不肯给我生活费，也不来学校看我。我没钱用，就做家教，教小学生英语，每晚一小时，九点半下了晚自习出去，十点半回来。其实我初中时成绩超好，后来父母闹离婚，成绩就下滑了。

我有些心痛。这年头离婚不是稀奇事儿，苦的是孩子。这事见得多了，不以为怪。问题是马上要高考了，陈娟不能做家教了，得抓紧学习才是。

陈娟说，何叔也这么想，思颖告诉了他实情。何叔听了很震撼，有心想帮我，让我一心迎接高考。可我不愿接受。我说天上小鸟都有生存能力，我要没这能力，上大学又有啥用。

有一次，思颖跟何叔说，现在的老师没素质。何叔还挺生气，说思颖不可以这样评价老师。老师为你们授业解惑，讲知释疑，你不懂感恩，反而胡言乱语，过分了。

思颖说，爸，你不懂现在的老师。像陈娟这样的，可以申请困难补助吧？可班主任说陈娟不够条件，因为陈娟她爸是老板。班主任明知陈娟的家庭情况，却不肯补助陈娟。陈娟无奈之下，才去做了家教。

何叔听了心痛，又觉得班主任不无道理。论家庭条件，陈娟的确不在贫困之列。思颖说，爸，您知道咱班哪些人享受了贫困补助吗？何叔茫然地看着思颖。思颖说，是贵族子女们，还有优秀生。贫困补助与贫困生其实没有关系。我们宿舍的千叶和吕沐都享受了，我和陈娟不够资格。何叔说为啥。思颖说，千叶学习好，吕沐家开大公司呀。何叔有些惊愕，一时说不出话来，显得很郁闷。

三

马老师给何叔的印象深刻，两个大酒窝、和善、慈祥。何叔想找他谈谈。马老师对何叔还有印象，说您是何思颖同学的家长吧，何思颖同学现在表现很好，学习也进步了。她和陈娟同学每天早上五点半起床背书，晚上快十点回宿舍。这些何叔都知道，退宿风波后，陈娟不能出去打工了，就和思颖起早贪黑地学习。看得出，马老师欣赏成绩优异的学生。何叔一个劲儿地感谢马老师，感谢学校对孩子的培养。马老师又谈到毕业生的营养问题，希望家长能给孩子增加营养，当然，也不能营养过剩。

何叔这次来，是带着问题来的，关于陈娟的事。马老师颇惊诧，没想到何叔会为陈娟来。何叔先从退宿风波说起，把思颖坦白的话如实讲了。何叔着重说了陈娟目前的困难。马老师显然没听出何叔的意图，脸色渐渐变了，虽然竭力克制，但仍流露出不满来。他说，何思颖同学怎么可以骗老师呢，还欺骗了家长，这是学校所不容许的。何叔再三表示歉意，说自己已经教育她了。马老师咂咂嘴，说，这事过去了，又快高考了，否则学校肯定会取消她的住宿资格。

何叔再将陈娟的事提出来。何叔说，没妈的孩子像根草，陈娟这情况能享受贫困补助吗？马老师拿出《寄宿贫困生补助实施办法》，逐条逐句念给何叔听。然后说陈娟享受不了，因为她父亲是老板，只是不肯资助她罢了。如果她享受了补助，其他学生的家长会攀比。如果家长们都不资助子女上学，全指望学校补助也不可能。当然，最重要的是，这会让贫困补助失去了意义。何叔顿时想起思颖的话，贫困补助其实早就失去了意义，成了个别老师谋求某些资源的手段。何叔没说出来，说出来也没意思。马老师说，陈娟还有不到三月就毕业了，评比贫困补助已经来不及了。

来不及只是借口，没有什么不能破格的，关键是陈娟不够格。

何叔说，班里可不可以为陈娟搞次募捐呢？募捐能感动贫困生，还能激发同学间的友爱精神。马老师笑了，说现在学生看重利益，募捐效果不大，陈娟也不会接受。现在学生攀比成风，谁好意思说自己穷？募捐说不定还会伤了陈娟同学的自尊。

无计可施了。何叔只得告别马老师，等思颖下课。铃声响了，思颖和陈娟像笼中小鸟，跑出了教室。忽地见何叔，陈娟不好意思地叫了声何叔好。思颖说，爸，您怎么来了？何叔说来看看你，学习辛苦吧，想吃什么，我让你妈做好送来。思颖说，红烧肉，快馋死了。食堂饭菜难以下咽，半点荤味都没有。何叔问，陈娟呢？陈娟一愣，用手指着心口说，我？然后连连摆手，谢谢何叔，我不用。何叔说，刚才马老师说了，毕业生要增加营养。对了，马老师表扬你们，说你们很用功。思颖说，爸，您找马老师干嘛？何叔掩饰着，说是在楼下碰到的。又转脸问陈娟想吃啥。思颖对陈娟说，说嘛，我妈手艺可好了。陈娟还是摆手，羞怯地说声再见，先回教室了。思颖说，就多做点红烧肉吧。何叔点头，问思颖，陈娟有钱用吗？思颖说，不清楚，不过她蛮节省的。何叔从身上掏出三百，思颖说，陈娟不要别人的钱。何叔说，你俩一块吃饭购物时，你要主动付钱。

经过一段时间的学习，思颖和陈娟的成绩都赶了上来了。陈娟的基础本来就扎实，现在不打工了，一门心思地学习，成绩有了大幅提高。何叔那次送红烧肉和饮料去宿舍，见两个孩子明显瘦了。见到红烧肉，两个孩子狼吞虎咽席卷残云。思颖告诉何叔，陈娟学习可好了，千叶第二，她第四。陈娟说，思颖也不错，进班里前十了。何叔提醒她们莫要太累，要注意休息。

宿舍很乱，衣服鞋子像溃逃的鬼子兵，东躲西藏。地也没扫，落了一地的纸屑灰尘。最乱的是床上，衣服被褥胡乱堆着。只有一张床是干净整洁的，被子衣服都叠好了，还散发着淡淡的清香。何叔来宿舍拿脏衣服回去洗，问这床谁的。陈娟说吕沭的。思颖说，吕沭谁呀，父母开公司的。何叔说，干净和开公司有啥关系。陈娟说，当然有，吕沭穿名牌，用化妆品，手机是 iPhone 4，衣服脏了随手扔。何叔说，吕沭条件这么优越，还享受贫困补助啊。陈娟耸耸肩，说，她不稀罕啊，班主任硬送她的。思颖说，吕沭有的是时间，她不上晚自习，也不早起，书都不看，人家有钱，毕业了就去美国。班主任和宿管员都对她好。吕沭晚上回来晚了，陈姨还主动给她开门呢。何叔要把陈娟的脏衣服带回去洗，陈娟婉谢了。

高考冲刺的那个把月，思颖和陈娟全力以赴，披星戴月，学习异常刻苦，进步也大。特别是陈娟，进步特快，语文英语等个别科目已超过千叶，在班里名列第二。思颖在班里总成绩进前十，数学进了前三甲。

我纳闷儿了，既然不想读大学，陈娟为什么还这么卖命苦学呢?

四

陈娟说，高考前一周，我们进入了鏖战沙场狼烟四起的最后关头，家长们也都心系高考。就在这时候，总务处又来事了。思颖只好给何叔发信息，让何叔无论如何来学校一趟。何叔莫名其妙，赶到学校。我和思颖在宿舍里焦虑不安，因为我们被学校记过了，还是因为退宿的事。是马老师悄悄告诉思颖的，这事很严重。一旦记过了，我们高考上大学都会受影响。要是不让高考，三年高中就白读了。

玉敏说，这事得怨何叔了，是他告诉马老师的，本来过去的事，却要秋后算账了。

陈娟说，关键是，还没到秋后，正是高考最关键的时刻。

我也奇怪，说，事情过去这么久，还记什么过呢。

陈娟说她和思颖分析了，毕业生是待嫁的女儿要泼了的水，有人就想借机最后捞一把。换句话说，想不记过，也有办法，花点钱就能搞定。往届同学就这么干的。

何叔也无奈，安慰思颖和陈娟，说，这事我来解决，你们安心学习。

思颖说，爸，帮陈娟也抹了。陈娟说，叔，我无所谓的，您把思颖的记过抹了就行。思颖知道陈娟是担心何叔多花钱。

何叔请马老师吃了顿饭。在包间里，马老师坦诚地说，这事挺严重，是我向总务处汇报的。作为老师，我不能袒护学生，这不利于教育事业。只是我没想到总务处会记她们的过。何叔心里着急，开门见山地说，麻烦马老师想想办法，把孩子的记过抹了。何叔塞了个三千块的红包给马老师，说，麻烦您找相关人员坐坐。马老师推辞，摇着头说，这事不好办啊，传出去就不好了。何叔说，放心，这又不是光彩事，我不会说出去的。马老师再推辞，被何叔硬压下了。马老师咂着嘴说，好在这事还未落在纸上，我会尽全力。

思颖总也不能集中心思学习，天天发信息问何叔，记过抹了没。何叔就给马老师打电话，马老师说事情在办，不过现在忙着迎考，没那么快。何叔安慰思颖莫分神，放下包袱好好高考，这事没问题。思颖说，真的被记过了，还考个屁！

高考那几天，天气不咋样，阴沉沉的。大半个中国都笼在雾霾里，难得见到晴朗的天。校门口停了很多豪车，足见学生中贵族子女不少。何叔开标致307，没好意思停门口，远远地停在别处。校门也不让进，家长们都守在门外，陪孩子高考。何叔以为能在校门口遇上马老师，但没见着。何叔也没打马老师电话，估计他这阵很忙。

每场试考完，思颖和陈娟都会告诉何叔情况。陈娟还是无所谓的样子。思颖没考好，有些沮丧。考得好不好都成定论了，何叔鼓励两人带着好心情，考好下一门。

高考结束的当天下午，校方要求毕业班学生马上退宿离校。何叔开车将思颖和陈娟的行李拉了回来。在宿舍里，四个女生同室多年，一朝分别，忍不住鼻子发酸。四人抱头哭了。千叶说了句对不起，但谁也没听清。

路过宿管值班室时，陈姨笑面如靥，对思颖说，其实我知道你天天为陈娟开门，不过我没汇报给吴老师。思颖说，我知道，你那不是保护我，是保护告密者。陈姨讨了没趣，说，再见啦小美女。思颖认真地说，还是别再见了！陈姨尴尬地笑笑。陈娟说，再见到你，我会想起容嬷嬷！

玉敏说，我也感觉这个陈姨像容嬷嬷。

高考后第二天，马老师给何叔发信息，事已办妥，记过取消。何叔把消息告诉思颖，思颖挺高兴，陈娟还是无所谓。

高考后思颖像脱缰的野马，天天玩得疯狂。陈娟没玩，在一家咖啡店打工，大概为上大学攒学费了。何叔建议思颖在同学中搞次募捐，思颖悄悄做了，收到两千多捐款，而非马老师说的效果不大。思颖记了帐，单等高考分数出来了，给陈娟来个双喜临门。

六月底，高考分数出来了。思颖考得不好，压在了三本分数线上，在家哭了老半天。陈娟考得理想，够二本，分数比千叶高了十来分。回校时，没见到吕沭，千叶说她去美国了。思颖说，同学一场，以后各奔东西，好好珍惜吧。又从包里拿出钱和账目，交给陈娟，说，这是同学们最后的心意，你收下吧。这钱够你上大学首付的了。陈娟的脸抽搐了几下，泪流满了腮。陈娟说，谢谢同学们，但我不需要钱。我不上大学了，我要打工。千叶说，不上大学咋行，高考前你拼命学习，不就为上大学吗？陈娟说，不是，我只是为了证明自己。思颖说，那这钱咋办？陈娟想了想说，同窗三年，一朝分别，咱们全班同学就用这钱聚餐吧。

陈娟讲述完了。我问陈娟，知道吗，此时此刻思颖和你的同学们都坐在了大学的课堂里，你却到金店来打工，心里不失落吗？如果后悔了，或许还来得及，回你的大学课堂吧。

玉敏不以为然，说，哎哟，有什么好后悔的，不读大学也饿不死人。我看陈娟就不错，留下吧。

陈娟笑了，说，有什么好失落的，成功的路千万条。

我点点头。玉敏马上拿了入职表来。

为谁风露立中宵

一

雨落是见过世面的人，不过这种情况还是第一次遇上。想来想去，决定还是跟男人走一趟。

——也不是什么刀山火海，就是跟男人去家里取钱。一个女人，跟一个陌生男人回家，未必就有风险。但雨落是罗兰金店的店长，是个年轻的大美女，这就有风险了。虽说不是赴汤蹈火，但也算是深入虎穴吧。男人是雨落的新顾客。男人在金店相中了一款价值一万八千八百八十八元的 18K 白金 0.11 克拉的女式钻石戒指。这款钻戒的确漂亮，纯白、细滑、高清，光泽净柔。白金簇拥着精致的钻石，前卫时尚，优雅生辉。雨落看了都心动。男人掏出钱包，发现现金不够。卡也没带。男人挺尴尬，也有些遗憾，说要不改天吧。

做生意的人善于抓捕顾客心理，改天了，也许就改主意了。雨落参加过卖场培训，明白这个理儿。抓笔大单不容易，抓笔钻石生意更不容易。钻石比黄金的利润空间大多了，老总最看重钻石销售。要是错过了这笔大单，怕悔得头发都要掉一大把。雨落看男人是诚心想买，便无论如何不想错过了。雨落说你家远么，要不你现在回去拿，我们帮你把货收好。男人说还在纽约城那边呢，来回怕时间不够，我五点钟还要接儿子呢。雨落看看表，四点二十了，时间肯定不够，只能自己跟他去取钱。

一般情况下，店员是不能离开店堂的。店长也不行。可雨落太在乎这笔生意，只好下不为例了。不过亲自去顾客家取钱，是没有先例的。然而这个男人和其他顾客又有些不同，他说他堂妹是皇笑。皇笑以前在罗兰打过工。他说他以前来这里消费过，皇笑拉来的。雨落没见过他。营业员是半天班，或许当时雨落和皇笑不在一个班。皇笑和雨落同事一年多，相处甚好。因了这层关系，雨落给男人打了七折。但雨落仍在犹豫，拿不定主意要不要跟男人回家取钱。喜丹瞅了瞅雨落，黑西装，黑短裙，白衬衫，系着蝴蝶结，端庄，秀丽，丰乳蜂腰，藏不住的风情，尽现白领女性美姿。喜丹说还是别去了，小心被吃了豆腐。雨落也有这个顾虑。花奴说为什么不去啊？都二锅头了，吃就吃呗。再说他不是皇笑哥嘛，他要动你，告诉皇嫂子去。其他店员笑，小声地各执己见，有怕生意丢了的，有怕雨落被劫色的。那男人还趴在柜台上欣赏那款钻石，喜丹走过去，对男人说，皇先生，带身份证了么？买钻石要登记姓名和手机，以便保修。男人掏了掏，说带工作证了。喜丹接过工作证，皇小地，凌州市水利局，工程师。喜丹笑，还是工程师哪，太帅了。皇小地笑，说现在人都好为人师，满街都这师那师的，多得像天上的星，数都数不过来。雨落看皇小地仪表堂堂，戴副眼镜挺斯文的，不像是见色起意的人。雨落还是决定，跟皇小地走一趟，为了罗兰，在所不辞。

雨落将钻戒装好，放在贴身衣袋里，和皇小地骑着电瓶车沿着凌州大道往东走。纽约城在凌州最东面，有点远。两人并排骑着。皇小地骑得慢，边骑边聊，谈兴甚浓。雨落不喜欢骑车说话，挨得太近了不安全。但又不能怠慢了顾客，就陪着皇小地有说有笑。皇小地说你多大呀，二十三四吧？雨落笑，说你真会说话，二十九了。皇小地说在金店上班多养眼啊，美女成群，珠宝成堆。雨落说哪有你们公务员潇洒，吃喝玩乐，按月拿薪水。皇小地说那是财政税务好单位，水利局可没那么清闲。一到了旱期汛期，茶饭都顾不上了。雨落不懂水利，便和皇小地聊生意上的事，请他以后多关照，有朋友买首饰了，尽管找她，价格一定优惠。骑到海悦路时，皇小地忽然拐向南，雨落说不是去纽约城么？皇小地说我的银行卡落在新房了，新房在江南映像呢。雨落说有钱人哪，两套房。跟着皇小地往江南映像方向骑。皇小地说这房新买的，一百个平方，花了六十多万。雨落一脸的羡慕，说做公务员就是好，有钱有权还潇洒。

进了江南映像小区，到了新房楼下，雨落说你上去取卡吧，我在下面等你。女性的矜持让雨落临阵止步，不想深入虎穴了。不就是取张卡吗，又不用两人抬下来。取了卡，到附近柜员机提了钱，把钻戒交给他，交易就结束了。皇小地踌躇一下，说就三楼，上来吧，我直接给你现金。雨落想给现金还是到他家里好，在楼下交现金万一让贼盯上，麻烦就大了。

上了三楼，皇小地开门，给雨落递了双拖鞋。雨落说我不进去了，你取钱吧。——现在，雨落有点窘，关上门，就孤男寡女的，不合适。皇小地说这哪是待客之道嘛，进来吧，你是皇笑同事，就是我客人，进来喝杯水再走。然后指着天花板，说装修怎么样，进来参观参观。雨落不好意思，只得换了鞋，站在客厅里，仰头打量。房子很大，很阔，装潢很漂亮。橘黄的灯光，暖暖地流淌；富丽的壁柜，隐秘又安详。客厅像圣洁的殿堂，雨落找不到合适的词来形容。皇小地站在雨落身边，边介绍边看雨落——灯光照映下，雨落更显娇媚迷人，纤细而芳香。皇小地忍不住赞叹，哇，你太美了。雨落转头，发现皇小地的眼光有些迷离，气息也不均匀了。这种眼光雨落见多了，有些悚人。——往往这是危险信号，就像猫见到老鼠，老鼠见到大米。雨落马上迈步，想和皇小地拉开距离，却被皇小地一把抓住胳膊。皇小地一用力，雨落就倒在了他怀里。皇小地的嘴巴像猪吃食，呼哧呼哧地往雨落脸上啄。雨落一边躲闪一边说放开我，要不我喊了。皇小地没撒手，紧紧搂着雨落，喘着粗气说，喊没用的，江南映像才建好，没几户人家住这儿。雨落用力推他，说你不放手，我找皇笑收拾你。皇小地已是色胆无边，什么都不怕，就怕雨落这块肥肉跑了。正值此时，一道强光在客厅里闪了一下，又闪了一下，还有咔嚓咔嚓的声音。皇小地愣了，雨落趁机搡开皇小地，甩手抽了皇小地一记耳光。皇小地的眼镜被抽歪了。客厅里又咔嚓咔嚓响了几声，闪了几道光。两人气喘未定，顺着光源瞅，瞅见卧室的门开了，一个女人站在卧室门口，用手机在抓拍这精彩瞬间。

雨落本来想理直气壮，骂几句皇小地解气的，现在忽然理屈词穷了。女人是谁，雨落用脚趾想也知道了。雨落想解释，她是金店的，来取货款的，她口袋里还装着钻戒和发票，可以作证。她没有勾引她老公，是她老公非礼她了，她一直在反抗呢。可是女人能信么？跑到家里做生意，本身就难以自圆其说，钻戒和发票难道就不会是女人老公刚刚送给她的定情物么？她刚才反抗说明得了什么，女人不都是欲语还休欲迎还拒吗？

雨落按着自己的思维逻辑，百般纠结，千头万绪时，女人已麻利地揣好手机，旋风般冲过来，冲着发呆的雨落，挥手就是一耳光。雨落粉嫩的脸上当即映出了鲜艳的五指山。女人又朝雨落吐了几口唾沫，说你个骚狐狸，勾男人勾到别人家里了。雨落被打傻了，站那儿泪水横流。女人又举手，皇小地猛地推开女人。女人很野，冲上去一把抓伤了皇小地的脸。女人和皇小地扭在一起。

突然的闹剧，令雨落失魂落魄，不知所措。雨落转身朝门口走。生意不谈了，她要尽快离开这是非之地。当她的手快触到门把时，一双毛茸茸的手抢先抓住了门把手，并迅速打开门，冲了出去。雨落看见是个男人。雨落回头看，皇小地还和女人扭在一起，冲出去的是另一个男人。男人是谁，雨落正在想，皇小地猛地搡开女人，大吼一声，冲到了门口。那人已没了影踪。皇小地正欲追下楼，被女人一把拽回了屋。皇小地回身一巴掌，一声脆响，女人倒地，倒在雨落跟前，双手死死抱住皇小地的腿。皇小地是个斯文人，斯文人要面子。现在被戴了绿帽，斯文扫地了，便露出了狰狞面目。斯文人的狰狞面目也可怕，皇小地像失控的汽车，疯狂着，呼啸着，用脚狠踢女人。拖鞋踢掉了，光着脚踹，嘴里在骂，不要脸的贱货，敢把野汉带回家，欺负老子没本事么？女人本来是狂野的，现在大概是理亏，不还手了。只是蜷缩着身子，披头散发地哭骂，你又是什么好东西，你才把骚货带回家了呢。女人的话，像巴掌掴在雨落脸上，雨落内心很愤怒。雨落努力克制着情绪，想女人的心情也是能够理解的，毕竟自己到人家家里来了，毕竟皇小地和自己刚才有了过分举动。雨落本想一走了之，但看皇小地疯了一般，打得女人嗷嗷叫，在地上滚来滚去。这么打下去，怕女人要被打废了，便尖叫一声，打女人还挺本事啊？有本事去找那男人打呀！一把推开皇小地，把女人拉起来，说嫂子你误会了，我是罗兰金店的店长，跟你老公回来取钱的。我和你老公不认识，我们也没有任何关系。女人怔住了，大概没想到会是这样，更没想到雨落会这么大度，含糊不清地说了声对不起，猛地搂住雨落，痛哭不已。

二

第二天下午，皇小地居然又来金店了，脸上还匍匐着两条暗红的指印。皇小地掏了张银联卡，递给雨落——他竟然还记得昨天的生意！然后一个劲地致歉，就差给雨落跪下了。雨落本不想重提昨天的事。日子就是这样，晴天也是一天，阴天也是一天，过去就过去了，没必要再回想。至于那笔生意，雨落已经死心了。所以雨落不希望见到皇小地，尤其不希望在店里见他。皇小地却来了，本欲隐藏的心事被揭开了。雨落有点恼——这事或许会影响她的店长形象。雨落冷着脸，不看皇小地，说这是金店，只做生意，无关生意的事不谈。营业员都看雨落，都很茫然。昨天从江南映像回来，雨落心里委屈，都没和店员提。喜丹问了句，钱给了吗？雨落没吭声。花奴说店长不开心，肯定没给啦。其他店员看雨落板着脸，都很知趣，什么也没问。雨落进了卫生间，觉得窝囊，在里面憋屈了半天，默默地流了许多泪。想自己因工作受了屈辱，无端地被人责骂，还抽了耳光，心里格外难受。当时雨落特厌恶皇小地的女人，但看到女人躺在地上被皇小地踢打，心又软了。怎么说自己也是罗兰一店之长，是十来个人的上司，接受过多种素质教育培训。多年的职业素养让她学会了顾局识体，不会像无知女人那样泼闹。闹下去自己名声毁了不说，罗兰形象也毁了。不能。她要忍下一切。她把女人扶进卧室，看都没看皇小地，径直出了门。

过去了一天一夜，雨落心情本来平静了点，又让皇小地搅浑了。有生意上门，雨落心里高兴，但仍表现出宠辱不惊来，安静地站在收银台前。喜丹看出猫腻了，悄悄过来问雨落。雨落掩饰不住，便说了，反正她又没做什么丢脸的事。喜丹听说雨落和皇小地老婆吵架了，当即脸色变了，回到柜台前，眼皮也不抬，冲皇小地道，喂，带钱了没？没带自己回去拿，养了母老虎看家，专门咬人哪，也不能逮谁咬谁吧。皇小地脸红了，赶紧致歉，然后走到钻石柜，一指一个 18K 白金 0.23 克拉的大钻戒，说，就它了。连价都没还。又一指雨落，算她的。雨落依旧板着脸，不露声色。喜丹一看，两万八。乖乖，这家伙太有钱了。喜丹马上取出钻戒，包好，装袋，然后开票。皇小地掏出银联卡，递给雨落。雨落在 POS 机上刷了卡，皇小地扶了扶眼镜，输了密码。喜丹将钻戒装好，递给皇小地。皇小地接了，顺手从吧台上拿了张名片，看了看，问喜丹，是她吧？喜丹翻了翻眼，点头。皇小地说，我会常来消费的，算是赔罪吧，希望能得到店长的谅解。花奴嘻嘻一笑，说常来消费，店长肯定谅解你啦。

皇小地走了，一店美女欢呼雀跃。太帅了，两万八,一天的营业额差不多了，还是个大钻戒，还没还价呢。老板赚大了，老总得意了，美女们轻松了。店员个个花容月貌，笑得花儿抖落了一地。店员们拢过来，问雨落昨天的事。雨落照直说了，眼里又有了泪，说当时我气啊，要不是为了罗兰形象，我真想要回泼，踹那女人一脚。花奴说他老婆敢把男人带回家睡觉？太牛了！喜丹说叫老总给你奖励，你这是因公伤身又伤心，绝对属工伤。众美女笑，雨落也挂着泪笑了。花奴说哭什么嘛，这叫因祸得福。皇小地欠你的，让他用消费慢慢补偿。公务员，有钱！

花奴说得没错。皇小地答应还要来消费，雨落真的消了气，谅解他了。销售业绩是老总压在雨落肩上的担子，雨落早把罗兰金店当成事业了。尽管事业不是雨落的全部，却以绝对优势压倒了家庭及其他。如果说生活是一幅精雕细琢的山水画，那么对雨落来说，事业是山，家庭是水，其他是留白处。在雨落看来，无论男女都不能没有事业，没有事业就没有动力，生活就一潭死水了。雨落要没了这份事业和追求，肯定崩溃了。老总给雨落下达的销售指标，是每月八十万。她把任务分解给每个人，姊妹们一起挑担子。雨落和店员关系好，好得跟亲姊妹似的。所以晚上皇小地来电话说，要请她吃个饭。雨落说不去。花奴马上抢过话筒，说要有诚意呢，就请我们十二美女齐上阵。皇小地马上答应，说好的，求之不得。

酒桌上，皇小地全无招架之力。因心怀愧疚，便一个劲地敬酒赔礼。雨落没有抱着旧隙不放，心里原谅了皇小地，表面上仍很矜持，不动声色，让皇小地的目光探不到底。皇小地扶着眼镜，说我老婆是母夜叉，我迟早换了她！昨天若不是店长，换成别人，怕要闹上凌州晚间新闻了。所以我特佩服店长，处乱不惊，化敌为友，太有风度了。没想到一个金店职员能如此出色，比公务员还出色呢。来，我敬大家一杯，既是赔礼，也是敬佩。美女们笑，却没举杯，花奴说你佩服的是店长，赔礼的也是店长，你得先敬店长的酒。皇小地转向雨落，雨落不想难为他，便喝了。雨落想，皇小地今晚肯定要钻桌底了，这一帮美女岂是好惹的。特别是花奴，喝过一斤的。花奴又来主意了，说我看皇大哥是重情重义之人，要是换人呢，在我们姊妹里挑一个，总有一款适合你嘛。来，我敬皇大哥一杯。之后除了雨落，美女们挨个敬酒，皇小地就飘了，喝得满脸酡红，说话时舌头都捋不直了。最后，喜丹和花奴把他塞进了出租车。

过几天，皇小地又请雨落喝茶，雨落不肯去。皇小地说给面子就来，我就去买首饰。不给面子呢，我就不去消费了。首饰又不是大米白面，少一件也不会饿死我。皇小地这是捏着雨落的要害了。这的确是雨落的软肋。谈别的雨落可以不理，谈生意雨落就像被点了死穴。然而雨落又岂肯就范，死了的鸭子还嘴硬，说爱买不买，那是你的事，大家凭良心做人，我不强迫别人。见套不住雨落，皇小地只好收手，不好意思地笑了，说赏个光，喝个茶，给我个忏悔的机会，你不能让我一直背着负疚吧。雨落到底还是在乎生意，答应了。

两人在海韵茶社坐定，皇小地大献殷勤，给雨落点吃点喝，还从包里掏出巧克力和话梅，奉送给雨落。雨落板着脸，心在感动。皇小地旧话重提，说你那天表现得太完美了，衬得我无地自容。我钦佩你，比文化人还文化呢。然后又动了怒，说那天要不是你，我真会把她揍个半身不遂。她太冤枉人了，我气疯了。雨落白了他一眼，说你气什么？你冤枉么？你为什么把我带那儿去？你根本是不怀好意，你本来就有预谋。皇小地不好意思了。皇小地不好意思的时候，就去扶眼镜，然后尴尬地说，那天我也是色迷心窍，本想是去纽约城的，路上看你高高的鼻梁，精致的五官，凝脂般的脸蛋，漂亮得我心神荡漾，我就犯迷糊了。江南映像那房子刚买的，我没想到她会在那儿，还带了个男人去，做出那等苟且之事！其实我不在乎她的事，我们分居一年多了，只是她不该把男人带回家。雨落说你和她又有什么区别，你不也把女人带回家了么！皇小地支吾着说我我我……这事反正没完，她必须给我个交待。不瞒你说，买这套房就是准备将来离婚的，一人一套。雨落说你们究竟因为什么呢？皇小地苦笑，说说不清因为什么，如果非要说为什么，可能是文化有差异吧。文化差异？雨落重复了一句。皇小地说是的，我老婆高中没毕业，我是本科，后来读了研，不过我从没因学历瞧不上她。雨落说文凭高低会影响夫妻感情么？雨落想到了自己的婚姻，以及整个社会的婚姻。哪桩婚姻没有文化差异呢？女人希望男人比自己文化高，心理才平衡。男人希望女人比自己文化低，心理才满足。文化差异怎么会成为婚姻的绊脚石呢？皇小地说按理不会，不过她很自卑，看我和有文化的女性在一起，就疑神疑鬼的，还怀疑我外面有人，其实那时我外面真的没人。雨落说，这么说现在有了？皇小地笑，叫她给逼的。

皇小地说是母夜叉给他逼出个文化情人来。女的是水利局水管处的技术员，叫冉冉。那时冉冉结婚刚一年，还没孩子。冉冉是局里分配给皇小地的助手，免不了要同进同出。特别是夏天，汛期来了，旱期来了，都要去乡下采集数据，做水文勘察。回城时已华灯绽放，母夜叉就受不了了。没文化的人可怕啊，她竟然闹到局里，把冉冉闹得没脸见人。冉冉一忍再忍，忍无可忍后，干脆一不做二不休，和我好上了，说我离婚了，她就嫁我。雨落说这回没文化落差了？皇小地说冉冉知书达理，很有内涵。雨落说感觉特好吧？皇小地说，这也说不准，毕竟没在一起生活过，我和冉冉也时有争执。之前我一直在离婚决定上徘徊，因为夫妻间没有致命伤害。后来我怀疑她外面也有人了，她一直否认。这次捉奸在床，她抵赖不了了。我下决心离婚了，两套房，一人一套，也算对冉冉有个交待。雨落说你捉奸在床了么？皇小地说这还不叫捉奸在床呀？雨落摇摇头。皇小地说非要抓个一丝不挂么。雨落笑，又道，离婚二字，切莫轻易说出来。

三

再婚之痛，每个再婚的女人几乎都有体悟，再婚的男人也有。心中犹似竖了个参照物，除却巫山不是云了。两座巫山免不了暗中比较，比来比去，还是旧时的云彩缤纷。以至于体悟旧时的争吵不休，旧时的顽劣陋习，都充满了温馨，成为记忆里幽幽的清香。先入为主。好似年轻人刚上班，在第一家企业呆两年，再跳槽到另一家，就会不适应。不但不适应，还会挑毛病，会拿第一家的管理制度当信条。离婚也是跳槽，从这个家跳到那个家，从这个怀抱跳到那个怀抱，总会有些不适，总会看着眼前，想起从前。再婚之痛，就这么时隐时现地折腾着。

雨落也承忍着这种影影绰绰的折磨。这种折腾带给雨落的，有心痛，有深思。未经历婚姻波折的人，很难懂得真正的婚姻哲学。网上说，离婚了不再结婚，就离；离婚为了再婚，就别离。没离过婚的人不太领悟，或者不信。雨落懂，也赞同。雨落感受到了再婚之痛，那些曾经的挥之不去的温馨和美好，像斑斓多姿的云彩，不时飘过她的脑海。每当与现任老公产生龃龉时，总会难以自禁地去追忆那些往事。

雨落离婚的原因和皇小地相似，婚姻本身并没有硬伤，小病小痛而已。雨落的前夫和皇小地的母夜叉有些相似，心眼特小。雨落在金店上班，每天晚上他都来接。其实家离金店骑电瓶车只有十来分钟，且一路路灯，灯火通明。雨落说了好多次，不用他来接，前夫还是风雨无阻。前夫的理由是雨落那么漂亮，怕叫狼盯上。雨落问什么狼，前夫不说。雨落猜透了前夫的心思。现在的男人都色狼，无论家养的还是野生的。野生的并不可怕，见到人就吓跑了，雨落也不会轻易就范。前夫怕的是家养的，甜言蜜语，糖衣炮弹，怕雨落防不胜防。雨落拉下脸，说你怕我勾引男人是么？你把我看成什么人了？雨落是很漂亮，漂亮有错么？雨落一直以漂亮引以为豪，前夫也说过，雨落的美是他眼里看不够的风景。怎么忽然漂亮就成了限制她行动的理由了呢。

雨落不是随便的女人，雨落甚至没主动谈过恋爱。当年追求者排了里把路长，里把路长的骨灰级粉丝，吓得雨落没了主见。但前夫不在这里把路上，前夫是雨落奉父母之命见面后恋爱上的，名牌大学毕业，在税务局上班。父母看上了他的儒雅文静及公务员身价，以为雨落跟了他，日子就不用愁了。前夫的确没什么不好，烟酒不谈，吃喝不问，就是跟雨落跟得太紧，雨落受不了，没一点私人空间。雨落觉得他拿自己当私有财产，当他嘴里的肥肉，生怕给别人抢了。两人为这事发生不少口角，但丝毫没能改变前夫，前夫一如既往地接她。更甚者，看到雨落和男人打招呼，或讲几句话，都会装作漫不经心地盘问半天。雨落做销售，自然要和林林总总的顾客打交道，那些男人看雨落的眼光，迷离得跟雾霾似的，粘着她轻飘厚绕。雨落也清楚，女人做销售这一行，脸蛋就是招牌，越漂亮生意越好做。花奴也能招揽生意，靠的就是漂亮，小腰身像装了轴承似的。雨落要没漂亮的脸蛋，那些男人会大把大把地送钞票到金店么，凌州金店多着呢。前夫一看那些男人盯着雨落，就像雨落被强暴似的，怒气陡地从喉咙里升起，就差爆粗口了。如果仅是如此，雨落尚能忍受。最不能忍受的，是她和店员每月一聚的晚宴或K歌，男人也要在外面守她。雨落说要么进来，要么回家，你站外面跟卫兵似的，多让人笑话。姐妹确实笑话她，说她老公适合做保安。花奴说话粗，说你老公大概没断奶吧。说得雨落百口莫辩，很难为情。喜丹就去叫雨落老公进来喝一杯，或唱一首，她老公偏又拒人千里，坚辞不来。这些事渐渐成了导火索，引发夫妻间源源不断的争吵。争吵是夫妻间的推手，吵一次推一次手。争吵越多，推得越远。推到最后，彼此够不着对方的手，争吵结束了，婚姻也结束了。

第二个老公是雨落自己挑的，父母靠边歇着——他们主动交出了雨落的择偶权，曾经的失败令他们愧疚。他们只能听从雨落的选择，他们承认不懂八零后的爱情。有了前车之鉴，雨落反其道而行之，选了个活泼开朗幽默风趣爱玩爱闹无忧无虑的男人。这回，雨落过上了一段和风细雨自由自在的婚姻生活。

雨落将两座巫山放一起比较了。那山儒雅，这山坚硬；那山柔软，这山挺拔；那山围着水转，这山围着风转。这山爱玩，风行什么玩什么，玩游戏、玩QQ、玩微信。赴酒宴、去KTV、足疗、蹦迪，想看着雨落也抽不出身了。这让雨落的翅膀迅速伸展，渐渐起飞。雨落飞得不高，多是在同事身边飞，还有生意伙伴，和顾客喝酒，和同事唱歌，可着性子玩。他最多打个电话来——前提是他没饭局。他上饭局时，晕乎乎，飘飘然，哪顾得上雨落在哪儿飘。雨落把握着原则，应酬可以，其他免谈——因此得罪了一些客户——全是男人。这样的客户迟早也要得罪，跑了就跑了，雨落不惋惜。革命过一次婚姻了，不能再革命了，无论如何要把第二次婚姻进行到底。

但婚姻是个奇怪的东西，不是你想把握就能把握的。首先婚姻不是一道菜，不是你用心烹饪了，味道就会好。其次婚姻不是宠物狗，你对它好，它就向你摇尾巴。婚姻更像个任性的青年，十六七岁乳臭未干的孩子，叛逆、自主，你指正路他不走，你越管束他越反抗。婚姻甚至比十六七岁孩子更难伺候。在十六七岁的孩子面前，你是长辈，你就是如来佛，他的血管里流着你的血，怎么顽皮也超不出你的手掌心。婚姻则不然。婚姻是两个平等的成年人共同经营，没有血缘关系也不分长幼。彼此说话要小心，揣度着说。说轻了像搔痒痒，对方我行我素；说重了怕伤感情，对方负伤而逃。起初，雨落对现任老公是满意的，各忙各的，各玩各的，只要不过火，只要不迷失，尽情玩吧。后来遇上一件事，让雨落有想法了，频频地回眸，回想起曾经的巫山。

是一个月初，晚上，雨落和同事聚餐，回家路上遇麻烦了。每月发了工资后，店里有个不成文的规定，提成最多的两位要出点血，花个一二百，请大家撮一顿。这事大多落在雨落头上——很多时候她的提成最多。她愿意请大家吃饭唱歌，分享劳动成果，这样店员们会更好地配合她。除了特殊情况不能喝酒的，十二个店员个个是好酒量，一晚上三四瓶白酒不成问题。那天雨落喝得高了点，头有点晕，回去时没骑电瓶车，步行往回走。走到自家楼下时，被灯光照了下脸，接着一双手捂住她的嘴，把雨落往暗处拖。雨落吓得魂飞魄散，想喊喊不出，想哭哭无声，急得双脚拼命在地上蹬。又一双手将她的双腿抱起来。一只手伸进她的衣服里。她像鲤鱼似地想翻身，被两双大手牢牢钳住。就在她近乎绝望的时刻，突然听到一个苍老的声音，断喝畜牲，旋即舞着笤帚打过来。两个黑影放下雨落，狠狠地捣了那人几拳，然后跑了。雨落一把抱住那人，哭着道谢。那人雨落认得，是个七十来岁的老者，就住她楼下。老者唉了一声，说这么晚了，你一个人回来，老公怎么不接你呢？这年头，治安多乱啊。

说者无心，听者有意。雨落进了家门，他还没回来。雨落趴在床上兀自痛哭。结婚两年了，他一次也没接过自己。以前的他不管雨落多晚回来，都会在外面守着，陪她平安回家。那一夜，她无边无际地想起前夫来，枕巾湿了一大片。半夜老公醉醺醺地回来了，在她身上摸了摸，被她推开。他哼了句什么，倒头便呼噜上了。她睡不着，一节不落地回忆起和前夫的日日夜夜。

这个夜，她懂得了痛。

四

抚平心灵伤痛最好的办法，是转移注意力，把伤痛从日子里挤走。雨落把注意力转移到了事业上，一心一意，兢兢业业。雨落在罗兰金店做四五年了，论专业知识论人脉关系，都相当不错。老板和老总都赏识她，两年前雨落做了店长。雨落为老总挣了不少业绩，为老板挣了不少钱。不过今年初，凌州大道一下冒出了四五家金店来，老凤祥、老庙、中贵、中金，还有千年，都是今年新开的。这条街一下成了珠宝街，人气旺，竞争强，弥漫着浓浓的商业硝烟。特别是老凤祥和老庙，都是百年老店，百姓口碑好，成了罗兰最强有力的竞争对手。凌州市场就那么大，一块蛋糕众人分，就看谁有能力了。雨落每次在晨会上都强调要抓人脉，托关系，找市场，同时做好服务，提升罗兰形象。雨落和店员们一道，使出了浑身解数，勉强保住了罗兰的市场地位。但危机感像一根刺，卡在雨落心头。

这也是雨落在遭遇皇小地老婆时，所以能做到那般冷静，事后还能迅速调整心态的重要原因。

周一晨会，雨落再次分析了罗兰的形势，号召美女们齐心协力，营销服务一起上，赶老凤祥超老庙，争当这条街第二。罗兰金店尽是美女，个个都有粉丝团，其中不乏有钱有势者。当然，这些资源也不能常用的，毕竟金银珠宝是奢侈品，不像日用品，用了还要买。雨落开着玩笑说，施展媚力，培养新粉丝，人人身后都要有男人帮。

这个上午，雨落就来了个新粉丝。这男人雨落没见过，男人硬说是雨落粉丝，又说是朋友介绍的，点名找雨落。男人说要买条100克的金项链，男式的。雨落又惊又喜。做营业员的，认识的人多，人家认识你的也多。雨落怎么也想不出男人是从哪个枝藤上蔓延来的。雨落看着面熟，又不敢贸然相认，怕闹笑话。雨落笑意盈盈，问哪位朋友介绍的？男人不看雨落，伸出毛茸茸的手挑选项链，说今天只买货，不套近乎，以后再告诉你。雨落也不深究，来的都是客，先做生意。花奴向男人介绍了几种款式，男人最后要了根方珠粗项链，一万多。见男人出手阔气，雨落动用了店长最高权限，每克打了十块钱的折，意在稳住他成为回头客。花奴殷勤地帮男人把项链包好，捧到男人手中。雨落从吧台上取了名片递给男人，说以后有朋友需要首饰，尽管来，一定照顾。男人想了想，也从袋里掏出名片。杨默，眼镜店老板。雨落暗自吃惊。雨落视力好，从不戴眼镜，所以和眼镜店老板没打过交道。

杨默走后，雨落心里琢磨了老半天，怎么也想不起在哪儿见过。花奴说管他呢，就当新粉丝了。喜丹说店长好魅力，一下多了俩大款粉丝。雨落笑，说这个粉丝好没来由哦。喜丹说不是留名片了嘛，肯定还会来的。

喜丹说对了，几天后杨默果然又来了，买了条三千块的女式项链。雨落纳闷，到底何方神圣送来的生意呢。杨默说反正是信得过你的人，要不我不会总送生意的。雨落说谢谢谢谢，男的女的？杨默支吾了一下，女的。雨落说我女友太多了，猜不出来。杨默笑，说你的男友也多么？雨落说多啊，做营业员的，就靠朋友支持嘛。一回生两回熟，我们现在也是朋友了。杨默说是的是的，店长要是赏脸，抽空请你唱歌去？雨落说没问题，有人请客，姐妹们哪有不去的？

杨默的歌唱得不错，他说和他卖眼镜有关。当年走街串巷卖眼镜时，最爱唱《眼睛渴望眼睛的重逢》。他唱的是“眼睛渴望眼镜的重逢”，是渴望做生意。后来他失恋了，就唱《眼睛渴望眼睛的重逢》，是渴望逝去的爱情。再后来生意好了，也结婚了，这首歌就好些年不唱了。他即兴唱了《眼睛渴望眼睛的重逢》，唱得一往情深，金店十二美女都鼓了掌。杨默又频频邀请雨落跳舞，却不找别人。花奴说杨老板，别是对我们店长有企图吧？一群美女哈哈笑。杨默的舞跳得好，舞步很飘逸，搂着雨落的纤腰，和雨落一起飞旋。喜丹背后说，杨默肯定是情场高手，估计这场舞跳完了，雨落的心就收不回来了。雨落也这么认为，杨默是花花公子，不靠谱。雨落不是涉世未深的小女孩，杨默这样的男人在她眼里就是生意人，生意人之于异性，就像旅客之于旅馆，住一宿是一宿，没有归属感。

后来，杨默单独请雨落在奇味菜馆吃饭。雨落去了。奇味菜馆离罗兰不远，十分钟就走到了。路上雨落在想，杨默会和自己聊些什么呢，聊生意行，聊乌七八糟的不行。雨落没想到吃饭的时候，杨默单刀直入地聊起了他的初恋。雨落对这个倒是有兴趣。杨默说他的初恋女友长得很漂亮，相貌美，身材好，是他们村的第一美女。那会两人一起卖眼镜，从村里卖到了凌州。没想到在凌州，他把初恋女友弄丢了，丢失在这个纸醉金迷的都市里。初来凌州，除了百来副眼镜，他们没有钱，连住的地方都没有，只能租郊区的铁皮房住，还受到街痞混混的盘剥。一次女友在街头叫卖眼镜时，被两个混混抢了眼镜不说，还在脸上胸口摸了，吓得她几天没敢出门。再后来她遇到了一个戴眼镜的男孩，男孩是买她眼镜时认识的。两人谈得很投缘。她总是为他挑最好的近视眼镜。男孩是凌州人，在机关上班，对她很有诱惑。她的美丽和清纯也让男孩深情款款。最后她选择了男孩，离开了杨默。杨默说你能想象得出当时的我是多么地凄惨。心爱的人跑了，身上又没钱，我一个人在凌州苦苦挣扎。那时我就发誓，我一定要混出模样来，我要把初恋女友夺回来。七八年过去了，我勉强混出个模样来，混了个规模不算小的眼镜店，混上了媳妇儿子，还混了两套房。雨落啧啧嘴，说那你的初衷变了没？杨默摇头，没有。这个初衷我不会变，我一定要她离开当年的那个男孩。雨落感到奇怪，杨默为什么和自己说这些呢。此等个人隐私，他竟对雨落说了，这份信任未免太突然了。雨落不喜欢和别人说隐私，即使店里的姐妹，她也不说。她把爱情婚姻家庭都扼杀在黑夜里，在无尽的黑暗中品味品析。太阳升起后，那些烦恼不快统统见光而死。

杨默的初恋故事温馨而绵长，让雨落穿越了一段时光，云游到了自己的初恋时光，一样的美好，一样的绵缠。以至于雨落回家躺在床上，竟久久没有睡意，轻叩那年那月的每一个细节。最初的牵手，最初的爱恋，最初的吻，最初的交欢，雨落像翻开日记，一点点阅读。阅读到十二点左右，老公回来了，带着浓烈的酒意。老公将唇压在她唇上，手伸进她内衣里，显得迫切而蛮横。雨落用力侧过身，老公滚落到一边。老公喜欢喝了酒后撒野，把那事做得地震山摇。雨落不喜欢。雨落不喜欢那种有性无爱的动物式交配，不喜欢直奔主题但没有主题的寻欢作乐。

五

太阳又升起了，新的一天开始了。雨落照例开晨会，分析市场和业绩。经过几个月的竞争，罗兰的市场地位基本巩固了，仅次于老凤祥。雨落说这是暂时的，市场千变万化，我们不能有丝毫松懈，否则就会被老庙和中贵超了。花奴笑问美女们，你们说雨落什么时候最漂亮？美女们面面相觑。花奴说谈工作的时候，尤其谈市场竞争，雨落充满了斗志，柔性的美，刚性的美，都有了。雨落笑了，雨落也这么认为。十七八的清纯少女，静若处子，柔情似水，美得令人楚楚心动。但过了这个年龄，到了二十七八，女人应当持重成熟，谈吐自如，流露职业女性的美态。雨落说花奴你将来结婚了，千万别做全职太太，继续在罗兰做，那时你比我更美。

雨落和花奴说着话呢，手机响了。雨落一看，是个生号码。雨落接了。对方是个女的，说雨落，是我。雨落听不出对方来，又恐是顾客，不敢怠慢，热情地说哦，我听着耳熟，不过没听出您是哪位，我再想想啊。对方说别想了，你想不到的，见面就知道啦。对方约雨落晚上下班了在奇味菜馆吃个便饭。雨落感觉对方没有恶意，便应诺了。

晚上下班前，那女人又来电话，说她在奇味菜馆等她呢。下班后雨落锁了店门，赴约去了。到了奇味菜馆，雨落才想起来，自己还不知道对方是谁。但肯定是她认识或认识她的人，不然怎么会请自己吃饭呢。雨落在房间里扫了一眼，没扫到熟人。又往包间看，倒是看到了一张熟脸。雨落马上掉过了头——雨落看到了皇小地的老婆。雨落四处巡望着，肩膀被拍了一下。雨落一回头，是皇小地老婆。皇小地老婆笑着说，雨落，是我找你呢。听上去很自然，像好姐妹似的。雨落挺不自在，心也提了起来。听皇小地说，他老婆多疑，和皇小地走近的女人，他老婆都怀疑。皇小地最近和雨落吃过饭，喝过茶，买过首饰，莫非被她发现了？雨落强迫自己镇静，跟着皇小地老婆进了包间，坐定。

尴尬是免不了的，毕竟有过冲突。两人寒暄几句后，就没了话题。雨落尚不知对方是敌是友，不便开口，暗暗做好以不变应万变的准备。皇小地老婆找不到合适话题，就给雨落烫碗筷，倒茶。然后，问金店生意如何。再然后，说上次、上次……很不好意思，多谢你啦。语无伦次。雨落说没什么，又问她怎么称呼，皇小地老婆说我叫冯玉梅，爹妈没文化，起的名字也土气，叫我小冯吧。雨落看小冯不像兴师问罪的，才放松戒备。小冯支吾半天，说我没文化，也不会说话，我今天来找你，其实是向你赔礼道歉的。那天我太鲁莽，当时因为火大吧，就误会你了。雨落用笑止住她，说事情过去了，就别提了，不打不相识嘛。没那场误会，我们就不会坐到一起了。一句玩笑，把两人拉近了。嘻笑了一阵，两人熟络了。

说起那天的事，小冯说我们的婚姻到头了。小冯说皇小地局里有个相好的，叫冉冉，两人好多年了。雨落认真地听着，装着不知道。小冯说他这个人，别的都好，就是好色，表面上斯文，其实闷骚。你看那次你都抽他耳光了，他还那么厚颜无耻。雨落看小冯，长得也漂亮，五官很硬朗，俊而不娇，只是眼角有鱼尾纹了，细微密集，一如折扇。雨落说男人好色不要紧，关键是我们女人要做好自己，不给男人可乘之机。男人最重要的，是对家庭有责任感。小冯说要说责任感，他还是有的，即使和冉冉好上了，他对我和儿子也体贴，逛公园，逛商场，买零食，买生活用品，都做。只是后来，我去水利局闹了，他就彻底迷上那个狐狸精，对家庭不怎么问了。雨落心说这事叫你闹坏了，他们本来没什么的。雨落问小冯有何打算，小冯啧啧嘴，讷讷地说，那天，我和皇小地打架时，有个男人冲出去，你看见了吧？雨落点头，不过没看清楚，我当时眼里流泪呢。小冯抿嘴一笑，说你们后来见过的，你没认出来吗？雨落傻眼了，见过？几时见了？没有啊。小冯说，你们还吃过饭跳过舞呢。雨落用力想，遂想到了杨默。是他吗？我真没认出来，难怪看着眼熟呢。小冯点点头，说他很喜欢我。雨落说不管他多么喜欢你，你也不该把他往家里带啊。小冯说我是带他去看新房的，谁知道他进了卧室，关上门就把我推倒在床——我是乡下人，很保守的，和他认识这些年，从没让他弄到手。我在反抗呢，听见你们进来了。杨默以为皇小地带情人回来，就让我用手机抓拍，说日后作证据。雨落问作什么证据。小冯说我们不是要离婚吗，纽约城那套房六十来个平方，江南映像一百平米，杨默说抓住皇小地有外遇的证据，将来离婚打官司占优势，能拿到江南映像的房子。雨落说莫非杨默走近我，照顾我生意，就是要我承认是皇小地的情人，给你们作证？小冯说是的，如果打离婚官司，我们会把那些照片作为证据，如果你能保持沉默，事后我们再感激你。雨落说皇小地不是有情人冉冉么？小冯说那个骚货会承认么？我们手头也没她的证据。

雨落想了想，说你离婚后，要和杨默结婚？小冯点头，我们相处好多年，感情一直很好。他也答应了，只要我离婚了，他就娶我。雨落哦了一声，想起杨默还有个初恋情人，便问小冯，你了解杨默吗？小冯说当然，我们认识很多年了。雨落怕小冯上当，忍不住问，你和杨默几时认识的。小冯说我们是一个村的，知根知底。雨落茅塞顿开，说莫非你就是当年背他而去的初恋情人？小冯说说来话长，那时刚到凌州，日子太难，男孩还好点，女孩处处有风险，很想找个本地人靠着。说实话，离开杨默也是给逼的。那时卖眼镜，一天赚不了几个钱，将就着吃，将就着穿，说了不怕你见笑，连卫生纸都匀着用。后来遇见皇小地，看他斯斯文文的，一狠心就丢下杨默，嫁给皇小地了。没想到杨默熬过来了，而且混出模样了。雨落并不欣赏杨默，但不知道小冯怎么想的。小冯说我没文化，没那么多想法，至少杨默现在很爱我。雨落说你肯定吗？雨落持置疑态度。小冯说杨默说了，他这些年一直在等我，就等我离婚了。雨落有点不信。在雨落看来，初恋固然难忘，但杨默是生意人，生意人讲究实际，怕难有如此执着的等候。何况小冯已过了青春妙龄，杨默想找个比小冯漂亮的女人很容易。雨落在心里打了问号。雨落说婚姻是女人一生的船，千万要选择好。一旦上了船，就得跟船走，所以谨慎为好。这年头婚外情算不得什么大事，如果皇小地把心收回来，你还是别离婚。再婚家庭有几个过得好的？我有几个姐妹，被婚外恋陶醉得晕头转向，一激动就离了。结果再找不回家庭稳定，更谈不上幸福了。小冯说你的意思是，我不要离婚？雨落说这跟买鞋一样，合不合脚自己知道，别人哪知道？你要权衡好，把皇小地和杨默放在心里细细掂量。初恋很美好，但再回到初恋未必美好，岁月会改变一切。小冯愣了，听雨落这么有板有眼地一分析，觉得有道理，说到底是店长，见的世面比我多，说得很有道理——我要再想想。

六

雨落对杨默的印象，客观地说，有好，也有不好的。好的是杨默脑子灵活，懂经营，善交际，圆通滑溜，能给雨落带来生意。不好的是杨默过于圆滑，说的和做的，存在着距离，有时是说一套做一套。当然，人都有两面性，有光鲜的一面，还有黯淡的一面。有的人光鲜照亮了黯淡，有的人黯淡掩没了光鲜。杨默属于后者。杨默来金店的次数比较多，而且每次都带来生意——他的生意，他朋友的生意——生意人善于交朋友，他的朋友多，有各行各业的小老板。杨默还常请雨落吃饭，叫上他的朋友。杨默说他们都是你的潜在客户，认识他们，有助于你的生意。这是实话，雨落听得进。雨落不想错过任何生意，所以也想抓住杨默，交往自然越来越多。杨默的朋友都把雨落当成杨默的人，以为他们之间有了特殊关系。雨落心里别扭，但这种事是解释不清的，只能自己把握着分寸。雨落也算是生意人了，但她却不喜欢生意人，至少不想和生意人谈感情——她懂得生意人的思维逻辑，生意人喜欢把什么都放天平上称一称，天平的另一端是金钱。感情也不能完全例外。雨落也是因为生意，才揣着明白装糊涂，敷衍着，应酬着，和杨默同出同入。杨默的那些朋友也确实给雨落带来了生意。喜丹和花奴都说，雨落撑起罗兰的半边天了。

雨落在生意上对杨默有所依赖后，杨默图穷匕首现了，提出要雨落在小冯离婚官司上，可能涉及的雨落的声名问题，能保持沉默。雨落不愿意。虽然她是小冯的朋友，她也需要杨默这个朋友。可是，雨落说女人怎能不在乎名声呢？你们为了自己利益，牺牲我的清白，是不是自私了点。杨默笑，笑得有点阴，说我们这叫自私么？其实我们一直在维护你的名声，你应该感激我们。雨落懵了，不知所云。杨默说，小冯手机里皇小地和你的亲热照，不是我们捏造的吧？如果我们把照片发布到网上，或散布出去，你承受得了么？雨落脑袋嗡嗡的，拐不过弯了。按照杨默的逻辑，他不去做坏事，就等于做好事了。他不把那些明知是武力之下的亲昵照片传上网，就是帮雨落了。到底是生意人，杨默太精明了，没想到小冯抢拍的照片不但成了他们抢掠皇小地房产的有力证据，还成了他们要胁雨落的证据。杨默说这不是要胁，我们也不会那么做的。我们是希望你能配合，联手惩治皇小地！杨默伸出手，温柔地握住雨落的手。杨默的这个握手带着抚慰，让雨落有些心慌。雨落急忙抽手，杨默却用力抓着，并将雨落拉进了怀里。以前杨默也会有意无意地摸她的脸，揽她的腰，但没今天这般放肆。雨落被他抱得紧，在他怀里动弹不得。雨落挣扎着，警告他，我不是随随便便的人，你过分了，赶快松手，不然我告诉小冯。杨默说我知道你不会告诉她的。雨落猛地咬了杨默的手，从杨默怀里挣脱，说你可以背叛小冯，我不能背叛朋友。

杨默不在乎背叛小冯，仍请雨落吃饭唱歌，却从不叫上小冯。他也很少约见小冯。雨落很清楚，杨默泡女人犹如泡茶，没味道了就想换。小冯是杨默一道没了味道的旧茶，雨落则是杨默一道还没品尝的新茶。

于是雨落做了个决定。在做这个决定之前，雨落先约了小冯，两人达成了备忘录。之后雨落对于杨默的邀请，有约必去，来者不拒。杨默的心思又活泛了，忍不住想品雨落这道茶。在杨默看来，钱是挡不住的诱惑，没有人会和钱过不去，尤其女人。雨落再清高，也会拜倒在钱的脚下，要不，干吗为金店拼命拉生意呢。杨默怎么想，雨落不管，雨落坚持自己的原则，沾点便宜没什么，必须适可而止。杨默急得像闻到腥味的猫，总想寻机下手。有个下午两人去喝茶，在包间里杨默又动起粗来，雨落端起他的茶水，说你要不想喝下去，我就浇到你脸上！杨默讨了没趣。一会，雨落说，能回答我几个问题吗。杨默茫然地点头。雨落说你爱小冯吗？杨默思索了一下，说不爱，但她是我的初恋。雨落说，你会娶她么？杨默坦率地说，不会。我有今天，是和老婆闯出来的，老婆不会和我离婚。她要答应，我早离了。雨落很吃惊，说小冯可是准备离婚嫁你的。杨默说是我要她离的，我是要报复皇小地。当初他抢了我女友，现在我要他人财两失。雨落说难道你只想着报复皇小地，没替小冯想过？杨默说那没办法，法律能让我娶两个老婆吗？雨落撇了撇嘴，说那小冯怎么办？杨默说，半老徐娘还愁嫁不掉？雨落悠悠地说，枉费小冯对你一片深情了。杨默说我和小冯除了拥抱亲吻，又没上过床。雨落说，可人家小冯是认真的。

相比杨默，皇小地安静多了。皇小地到底是文化人，文化人爱面子，遭到拒绝了即适可而止。不管内心世界怎么躁动，皇小地再没对雨落动过手脚。大概是那次被雨落抽了耳光，雨落又被小冯抽了耳光，皇小地一直愧疚于心，一直保留了那份感动，因而生出尊崇之意。而且皇小地和杨默有着不同的人生阅历，滋生的是两种完全不同的思维模式，一个浅尝辄止，一个厚颜无耻；一个君子坦荡荡，一个小人长戚戚。

作为公务员，皇小地的收入虽然稳定，但很有限。水利局没有税务财政那么风光，工作关系相对集中，结识的老板较少。所以皇小地照顾雨落的生意也不多，每月一两单，万儿八千的。雨落乐于生意，但有职业道德。雨落说你量力而行吧，靠工资养家糊口也不容易，不要总照顾我生意。皇小地笑说没关系啦，反正肥水不流外人田。又要起嘴皮，说雨落长得美，心地更美。雨落不接茬，说又是送给冉冉的？皇小地说当然喽。雨落掩口笑，说真是个情种。皇小地悄悄道，女人要哄嘛。雨落说，你买首饰如果是表达爱意，我不拦你。如果是为了照顾我生意，就不必这样了。皇小地笑，说实话，二者兼而有之。雨落问，冉冉离婚了没？皇小地说没呢，我先离，她后离，然后我们就双宿双飞，鸳鸯蝴蝶。雨落摇摇头，愿望是美好的，现实往往没想象得那么好。皇小地说，我和我老婆已是昨日黄花，迟早拜拜。雨落说，真的无药可救了？细细想来，你们也没什么大不了的事啊。皇小地说如果她不把男人带回家，我还下不了这个决心。现在，我不再犹豫了，快刀斩乱麻。雨落说你们男人就是粗心，你怎么就知道她带男人回家是做坏事的呢，你又怎么知道她带男人回家不是看新房的呢。皇小地说你是在想当然，不可能那样的。孤男寡女在一起，还能干什么。雨落不便说破，无奈地说那好，放下你老婆不说，就说你的事。万一你离了，冉冉不离呢？皇小地说不会，我们说好的。雨落说双方签协议了么？皇小地笑，爱情需要信任，不需要白纸黑字。雨落说你那么有把握？皇小地说一个局里上班，低头不见抬头见，还能错了？雨落说冉冉老公会同意么？皇小地说冉冉和她老公一直僵着呢。又说，本来好端端的两个家，让我老婆毁了。看皇小地对未来如此憧憬，雨落不禁为小冯的冲动惋惜，害了自己，害了别人，现在该如何收拾这局面呢。

雨落认为，皇小地过于理想化了。爱情是多彩的气球，借助爱的激情飘上云端，激情消退后会慢慢落地。激情是有周期的，是个抛物线，从相识到相恋再到结婚过日子，随着时间的推移，先是一点点上升，上升到最高后，再一点点回落。每一场婚姻几乎都是这种规律，有几人能例外呢？皇小地和冉冉会是例外，会把爱情咏叹调吟成千古绝唱么？

雨落不相信皇小地和冉冉是个例外。雨落想改变皇小地的决定，为小冯争取幸福。既然杨默无意和小冯结婚了，再失去皇小地，小冯的未来就落空了。事实上，小冯嫁杨默还不如不离婚呢，怎么说皇小地是个有文化的人。雨落主动约皇小地吃饭，喝茶，直言不讳地表达看法。雨落说我和小冯有交往了。皇小地惊讶，又说不过，以你的品行和为人，足以征服她了。雨落说我一大专生，也没文化，如果小冯是土鳖，我充其量是土豪。不过学历和修养也未必成正比，环境可以改变人。如果把一个博士生放到流氓堆里，迟早也会变流氓。反之，流氓也会有修养。小冯一直没有职业，你是她生活的全部，是她人生的风向标，你应该影响她，让她变得有文化，有修养。皇小地大笑，说雨落我服你了，你竟把我老婆的不是说成我的不是了。雨落也笑，说，子不教父之过，妻不教夫之过。你不能一味地责备她，还要作自我反省。皇小地说这么说，我的确有责任了。结了婚后，特别是有了儿子后，她一门心思带儿子忙家务，我偶尔陪她和儿子逛街逛公园，但没陪她看过电影读本书，说段文史讲道理。后来有了冉冉，更没了。雨落看皇小地挺有诚意，就启发他，还记得和小冯的恋爱时光么？皇小地说这个能忘么，毕竟美好过。雨落说那时有多美好？皇小地说那时小冯漂亮，走马路上回头率十有八九，朋友们都羡慕我。雨落说那时很说得来？皇小地说谈恋爱的时候都说得来。雨落说和冉冉相比呢？皇小地想了想，说和冉冉话题多，层次高，和小冯说话随便些。她不怎么说，喜欢听我说。冉冉爱说，爱和我较真，爱纠正或反驳我。雨落说你喜欢找个听众呢，还是反驳者？皇小地说如果做朋友，我喜欢反驳者；如果做爱人，我喜欢听众。男人都喜欢在自己女人面前表现自己，争论有时伤感情。雨落说，所以你要认真想想，冉冉和小冯哪个更适合。皇小地仰起头，想了想，说冉冉是文化型的，小冯是贤惠型的，没和冉冉处家过日子，说不好谁更适合。雨落说我替你说了吧，还是小冯适合你。你们这些知识分子到一起必定要嘴皮，针尖对麦芒，扎人呢。

七

雨落和皇小地聊到十一点，把皇小地带进了沉思。雨落说回家好好想吧。遂和他告辞，到家十一点四十了。老公先回来，睡了。雨落洗漱后，蹑手蹑脚地上了床。刚躺下，老公开口了，说这么悄无声息的，别是和人幽会去了？雨落不高兴了，说我是那种人吗？老公说金店就这么忙，半夜也开张？雨落说要拉客户，还能没应酬！老公看雨落不高兴，就过来哄雨落。老公嘴里没酒味，难怪回来这么早。平时都到十一二点，才醉醺醺地回来。今天他没喝，一哄雨落，雨落就滚到他怀里了。老公吻了吻雨落，又在她小腹那儿摸两下，然后竟睡着了。雨落的激情灰一样灭了。又想从前了。从前夫妻再怎么争吵，夫妻那点事没耽搁，两天一次，雷打不动，前夫勤奋而执着。若被争吵或出差耽搁了，和好的当晚要补上，两次或三次，小别胜新婚。

到了周六，雨落约小冯奇味菜馆见。扯了几句闲话，雨落归到了正题，先把皇小地着着实实夸了一番。小冯说他再好，可对我不好。雨落说杨默对你好么？小冯说不好我不会嫁给他。雨落想了想，决定给小冯来个崩溃疗法。便拿出手机，说在听这段录音前，你先做好心理准备。小冯困惑地点点头。雨落放了录音，小冯竖着耳朵，听得仔细。放的是杨默和雨落的那段对话。那天雨落事先悄悄开了录音，再故意问杨默，两人的对话全录了下来。录音不长，小冯的表情瞬间从茫然困惑变成了风起云涌。一听完，小冯嚯地站起来，差点把雨落手机挥掉地上。小冯披上外套，要去找杨默。雨落被小冯的狂野吓怔住了。她以为小冯会崩溃，没想到小冯像野马，反应剧烈。雨落费了好大的劲，才将小冯按到座位上。小冯趴在奇味菜馆的餐桌上，哭了有半小时。雨落好容易把小冯的眼泪劝住。雨落反复开导，她总算平静了，接受了事实。小冯说我绝不放过这个没良心的畜牲！雨落说那又能怎样？爱是不能强迫的。杨默现在有钱，有钱就可以玩女人。小冯很无助，抱着头说，我该怎么办，我该怎么办哪。雨落说劝你一句，回头是岸，原配才是最好的。小冯说我和皇小地僵持一年多了，再说他有冉冉了，就等着一脚把我踹了呢。雨落说不管他怎么想，你要争取你的权益。小冯说怎么争取，要不我再去水利局闹，把他们名声闹臭。太没文化了，就知道闹。雨落说你回家对皇小地好点，多接近他，又凑近小冯低声嘀咕。小冯脸红了，说这太难了。雨落说必须做到，其他的事交给我。小冯喃喃的，不知所措。

如何让皇小地回心转意，雨落颇费了心思。和皇小地在电话里聊过几次，皇小地还是对冉冉充满期待。皇小地把自己的未来押在了冉冉身上，冉冉成了他的未来，大有咬定青山不放松之势。大概人皆如此，在瞄准一个目标并为之奋斗时，除非出现了不可预见的事件，或出现了更理想的目标，否则不会轻言放弃。雨落又何尝不是，自婚姻失去魅惑，自把金店当成了事业，就矢志不渝地追逐市场，追求销售，自己给自己加筹码，营业额一年比一年高。

皇小地不同于杨默的花天酒地，朝三暮四，把女人当作高级香烟，抽几口就得扔。皇小地之于冉冉，近乎小儿依母，羁鸟恋林，不管在外玩得多疯，总要回到冉冉身边才安心，才有归属感，有安全感，有幸福感。然而，冉冉能给皇小地归属感幸福感么？雨落没见过冉冉，但从皇小地的谈吐中，雨落总觉得皇小地更多的是一厢情愿。那么，雨落想，就从冉冉这儿着手，先摸摸冉冉的底。最好能釜底抽薪，断皇小地的奶。

不过这是个难题。女人摸男人的底容易，女人摸女人的底难。冉冉不是杨默，冉冉是女人。于是像一道几何难题摆在面前，雨落一时想不出答案来。因为出于帮小冯，心里先有了明确的导向，有了这道题的结果。需要做的是如何去解析，去达成这个结果。雨落花了一周思考，苦思冥想，勉强有了答案，但她不能确定这方法是否灵验。

首先是身份问题。以什么身份与冉冉接触，最能达到效果，雨落假定了好几种。

——以皇小地情人的名义，怕只会给皇小地添乱。何况皇小地虽然沾花惹草，但对冉冉是真诚的，再冒出个情人的可能性不大。

——以小冯的名义，显然不妥。冉冉和小冯早认识了。在电话里谈判？小冯是外乡人，口音不对，声音也不像。

——还能以什么名义呢？雨落绞尽脑汁，最后给了自己一个身份——小冯的表妹。对，就表妹了。

身份很重要。身份定了，谈话方式和内容才能定。

冉冉的电话是小冯提供的。然后雨落给冉冉打电话。雨落亮了身份，冉冉感到很意外，态度也不友好，说嫌你姐闹得不够，你再来闹一场？雨落以小冯表妹的口气，注意着分寸说，如果闹，我就没必要出面了。我出面是想和你好好谈谈。我虽然是她表妹，其实是个局外人。冉冉想了想，说在哪儿？雨落说，奇味菜馆。

冉冉是水利局的技术员，知识女性。所以雨落赴约前，特意化了个淡妆，戴了副眼镜，给自己营造点文化气息。又将长发盘起，高高地挽在头顶上，显得干练和高贵。再换了身白色西服，迥异于金店的天蓝色西服，让自己自信点，莫让冉冉把自己看成了绣花枕头。还有，雨落在金店上班，多少是个公众人物，很多顾客认识她。她不想被冉冉认出来，怕露出破绽。不过认出来也无妨，小冯的表妹就不能在金店上班么？此外，奇味菜馆离她近，环境上占优势。在熟悉的地方和不熟悉的人谈判，有一种安全感。

晚上雨落先到了奇味菜馆，然后给冉冉发信息，告诉她在哪个包间。冉冉半小时后到了。雨落预料到，这将是一场尴尬的会面。自己完完全全是局外人，却忍不住因为自我设定的身份而备感忐忑。但多年的营销经验，雨落阅人无数，无论怎样的场面她都不致惊慌失措，不会喜形或怒形于色。所以，她比冉冉表现得沉着。冉冉自始至终都冷着脸，目光里没有仇视也没有善意，裹了个严严实实，让雨落找不着下手的地方。

雨落在心里暗暗把冉冉与小冯比了，冉冉是有优势的。冉冉的优势在于一是年轻，二是气质，论模样其实不及小冯秀气。冉冉也没怎么打扮，上身穿了土黄色的翻领西装，里面是白色圆领衫，下身穿了件黑裙，显得土气沉闷。

服务员上了两杯奶茶，上了盘瓜子。雨落把瓜子放在冉冉面前，冉冉说了声谢谢。雨落说聊天之前我想声明一下，虽然我代表我表姐，但不等于我表姐。雨落讲的是普通话，不想让冉冉听出她是本地人。雨落普通话讲得好，还带了些东北味，以前跟金店的东北同事学的。老总有规定，营业员要讲普通话，不准讲凌州话。冉冉喝了口茶，说我当然分得清，但我不知道你这个钦差大臣要和我谈什么。雨落说，你和我姐夫的事，以及我姐和你的矛盾，我是清楚的。

我想知道的是，你真的要嫁我姐夫么？冉冉嗯了一声，低头专心嗑瓜子。雨落说那么，你老公答应离婚么？冉冉点点头，你姐去局里闹了后，我们就一直分居。雨落点头，我姐和姐夫也一直分居。一场风波，两家不宁，何苦呢。冉冉说问你姐呀，我和皇小地是清白的。雨落说问也无济于事，我姐夫坚决要离婚，我姐不想离。你知道的，他们条件算不得宽裕，他们还有儿子。一旦离婚，这些现实问题将凸现出来。你想过这些么？冉冉说我没想那么多，我只想皇小地离婚。雨落说我姐不离，是怕对不起孩子。冉冉说那是她的事，与我无关，我只要皇小地赔偿我。赔偿？赔偿什么？雨落发现了契机。冉冉说，赔偿我的名誉，赔偿我的婚姻，他老婆胡闹，把我莫名地卷进其中，让我丢了女人应有的一切。雨落说你和皇小地结婚，就是为了得到赔偿？换句话说，你持的是报复心理？冉冉说我想索回原本属于我的一切，怎叫报复？雨落说你认为皇小地会和你结婚么？冉冉说，他先离，我后离。雨落说，你认为我姐会同意么？冉冉说，分居这么久，还有什么意思？雨落说，我姐说了，离也可以，得有条件。冉冉说，离不离由不得她吧。雨落说是由不得她，那就诉诸法律。你和我姐夫的事，恐怕知道的人很多，如果上了法庭，你们不会沾便宜。我姐说了，如果能满足条件，就利利索索离婚，否则就打持久战，连官司都懒得打。这话我先透露给你，我姐还没对皇小地说呢。冉冉盯着雨落看，好像条件写在雨落脸上了。雨落继续说，第一，儿子由皇小地抚养。我姐没有固定收入，而且没文化，她教育不好儿子。冉冉说，母性缺失的女人，居然连儿子都不要，还找出这么多理由来搪塞。雨落说第二，他们有两套房子，都得归我姐。我姐没有固定收入，就靠两套房度此余生。冉冉直愣愣地盯着雨落，你怎么说得出口？冉冉说我只代表我姐，没什么说不出口的。雨落感觉冉冉在抑制内心的波澜壮阔，努力做到坦然面对。到底是知识女性，冉冉始终没表现出怒不可遏来。换了雨落，怕也要恶语相向了。冉冉说可以，我要不答应，倒显得我冲房子来的了。你姐整个一财迷！然后轻轻地问，还有么？有！雨落说还有最关键的，你听清楚了。如果我姐离婚了，你必须和皇小地结婚，否则她要和你拼个鱼死网破，闹得你不得安宁，她甚至要撞死在水利局门前——女人都有护犊心理，没文化的女人更强烈，就像母鸡护鸡崽那样——如果你们不结婚，她儿子就没有后妈，没有女人照顾。你是了解我姐的，她说到做到。这次，冉冉再端不住文化人的架势了，表现出难以容忍的愤慨来。听说过用权用钱用拳头欺负人的，没听说过用无知和蛮横欺负人的。有文化好欺负么？没文化很自豪吗？雨落摇摇头，表示无奈。光脚不怕穿鞋的，就这个理儿。冉冉气得脸色有点白，说管天管地还管到我头上了？房子都要了，儿子不要了，我嫁不嫁皇小地，还要向她作保证，她谁呀？雨落表示了充分理解，说我只是个传话筒，我对你没有恶意，其实我也看不惯表姐的蛮横。今天见到你，我感觉你并不是我姐所说的那样，你很纯朴，知书达理，你根本没必要与我姐那样一个认钱不认字的俗人较真。说句不好听的，和我姐争夺一个男人，你有失身份。我真的为你卷入这起事端而备感惋惜。你我都是女人，我觉得你完全可以全身而退，落个干净。雨落的话像柔软的纤指，拨动了冉冉的心弦，冉冉感觉到了雨落的真诚。冉冉叹了口气，缓缓地说，是我愿意卷入这场龌龊的纠葛中么？我要说我是被你姐强拉进来的，你信么？我要说我和皇小地本来只是师徒关系，清白如泾渭之水，你信么？就算你信，你姐也不信，你姐一直怀疑我。怀疑也没什么，女人天性多疑，可她不该跑来水利局大闹，闹得我身败名裂。正如你说的，就算皇小地再好，有你姐这样一个粗俗女人，我犯得上和她争风吃醋么？而你姐毁了我的清白，我就不能不以牙还牙。你姐拿皇小地当宝，可我压根看不上他，天生一副色相！雨落暗自吃惊，说那你何不退出呢？冉冉翻了翻眼皮，现在还不是退出的时候。

雨落知道答案了，她触到了冉冉的心思。换作别的女人，且不说最后的条件，单说前面那两条，都是不会答应的。给毁了自己清白的仇人养儿子，一般女人做不到。就算是有修养的知识女性，也很难做到。何况仇人没死，仇人还要和她闹呢。还有，两套房都归于女人，要男人净身出户，岂有此理？冉冉嫁这样的男人，连安身之处都没有，睡马路么？这两条件，其实不是小冯提的，是雨落给冉冉出的两道难题，是想试探冉冉的心理反应。她若还能坐得住，答案便有了——她根本没打算嫁给皇小地，她只为报复小冯，她要整得小冯家破人散。那么第三个条件，雨落故意把后果说得相当严重，让冉冉不敢拿小冯的婚姻当儿戏，否则及早打住，放弃报复心理——如果不想嫁给皇小地，又何必损人不利己。雨落暗忖，事过之后，要和小冯细谈，再不能中伤冉冉了。

雨落放下这个话题，转而聊起女人，直言不讳地说了自己的事，推心置腹。说到不开心处，还落了泪。都是女人，要懂得尊重别人的婚姻，还要学会保护自己的婚姻。你和皇小地的事，我一直认为首先错在皇小地，其次错在我姐。男人如果做得好，做得光明磊落，提高行踪的透明度，女人或许疑神疑鬼，但不至于闹得不可开交。男人在外面乱了，女人在家里就乱了。女人乱了，一哭二闹三上吊，什么都不管不顾了。我和我姐也这么说，冉冉是无辜的，是你和皇小地把人家扯进来的。我姐是粗人，做事没头脑，有时候得我点拨。我在这里代表我姐，向你真诚道歉，过去的事就让它一笔勾销吧。冉冉叹道，你姐要有你这么豁达就好了。雨落说我们聊过若干次，她现在改变了不少。冉冉眼里滚了泪花，说这些年，我一直憋着这口气。我当时才结婚一年，让你姐闹得身败名裂。那时我和皇小地常到乡下做水文勘察，晚上乡镇水利站一留吃饭，皇小地就不走了，我也不好走。吃了喝了，醉醺醺回来了，有时还借着酒劲动手动脚，我都烦死了。我的苦衷还没处发泄呢，你姐又跑局里闹。你想我结婚才一年，就传出绯闻来，我如何承受得起。幸好我老公是我大学同学，对我很了解，相信我的清白。他几次找局领导，要领导还我清白。领导怎么还你清白，不怀疑你就不错了。领导把我调出了水管处。即使这样，你姐也没放过我，继续闹，闹得我没法上班，最后我干脆一不做二不休，承认了我和皇小地的事，以至于局里同事都当真了。只有一个人很清楚，就是我老公——实不相瞒，我和我老公感情很好，我们从未分居——后来我老公说既然浑身是嘴都说不清，不如将计就计，也闹他个妻离子散。以嫁他为名，让他离婚——这就是我答应嫁给皇小地的真实意图。

雨落吸了口冷气，想皇小地还在做黄粱美梦呢，太可笑了。难怪冉冉对雨落提的条件照单全收呢。雨落给冉冉递了张名片，说我在罗兰金店工作，和你们文化人打交道，很长见识。冉冉接了名片，说你比你姐强多了。

八

当时她坐你那，我就坐这儿，我们面对面地聊着，聊得很投缘。雨落又和小冯坐到了奇味菜馆。雨落说现在你要做的，是对皇小地好点再好点。虽说我们釜底抽薪，断了他的后路，但皇小地仍会痴情不改，执迷不悟，想方设法拉冉冉回头。你给他留条路，让他知道悬崖勒马后，回头能见岸。这段时间你主动了么？小冯说嗯，有次夜里他睡着了，我睡不着，我就过去了，摸到他床上。我以为他会赶我走，没想到这家伙迷迷糊糊把事情做了。然后不理我，又睡了。这两天还和我绷着脸，像是什么也没发生。雨落哈哈笑了，说就这么着，看他能绷到什么时候。雨落又说他其实是只馋猫，在冉冉那儿只闻了腥，根本没到手，和杨默差不多。小冯红了脸，说感觉是的，那个夜里好像挺迫切的。雨落笑，怎么说你也是风韵犹存的冯大美人嘛。

雨落又说起冉冉。你再不能中伤冉冉了，冉冉没你想得那么随便，人家和老公关系很好，是为了报复你，才逼皇小地离婚的。小冯说看来我真是错怪人家了，唉，我这个粗人，做事就凭冲动，脑子一热，什么都不顾了。雨落说以后要改改这毛病了，坑人坑己啊。小冯嗯嗯点头，说想当初因为冲动，我还不问青红皂白打你呢，幸亏你人好，否则不但失去了你这个好友，怕还要把你卷进来了。

雨落又说起杨默。杨默仍一如既往地给雨落拉生意，每月拉三四笔，几万块的业务。雨落得罪不起他。杨默看准了雨落的心思，总想制造机会和雨落单处。以前雨落拿小冯当挡箭牌，现在小冯和杨默冷了。小冯说杨默找过她几次，她以带儿子为由婉拒了。他找我和找你目的一样，是要我们做他的玩物。我最鄙夷寻花问柳的男人。雨落说你拒绝他这么突然，他或许要怀疑我了。小冯咬着唇，说要不是考虑你，我早开骂了。雨落笑，近朱者赤，看来你学会不冲动了。对付杨默最好的办法，是和皇小地修复关系，成双入对，形影不离。苍蝇不叮无缝的蛋。小冯说你说得有道理，你也这样对付他。雨落有些失落，说我、我、我老公……比我还忙。再说杨默常来金店，对我的作息时间了如指掌。不过我无所谓，大不了生意不做了呗。我想和他一起做生意，每卖一件首饰，我从自己提成里分他一半。

雨落这个办法基本奏效。雨落没有直接说出来，用行动表示出来的。杨默陪朋友买了珍珠钻戒的第二天，雨落打电话给杨默，让他来金店，然后把提成给了他。杨默看着钱傻笑，不明白雨落的意思。雨落说你帮我拉生意，以后都有报酬。杨默说了些推托的话，雨落说大家都是生意人，我赚你也赚，这叫合作双赢。你莫嫌少哈，一年下来也能分个两三万，赶上你卖几百副眼镜的了。雨落把钱塞进杨默衣袋里，杨默很无奈的样子，然后把钱往袋里按了按。之后就成规矩了，每笔生意必有提成。如此一来，雨落底气足了，陪杨默吃喝玩乐，相安无事。雨落又提了小冯的事，让他不要破坏别人家庭，扯个家庭不容易。杨默像被驯服了的狗，夹起尾巴了。

皇小地和小冯有了一次床第之欢，尚不能说明皇小地回心转意了。肉体上靠拢了，不能算作感情靠拢。肉体靠拢是本能，何况夫妻之间欲望之外还是职责所在。小冯得知皇小地像条快干死的鱼晾在河滩上，和冉冉并无关系，便想给皇小地送去春风春雨了。当天夜里，小冯又摸到皇小地床上。事后小冯没回自己的床，猫在皇小地怀里，呢喃道，小地，我以前太粗暴，向你道歉。一声呢喃，启开了皇小地半合半闭的心扉。皇小地刚在冉冉那儿受到致命打击，就是今天上午，在水利局院外，冉冉明确告诉皇小地，她不会嫁给他。皇小地以为开玩笑，说拿我当手机啊说换就换。冉冉不屑地说，我不过是有买手机的意向，现在不买了。皇小地说为什么呢。冉冉没头没脑地说，问雨落去，雨落你认识吧？皇小地心虚了，以为江南映像的事冉冉知道了，一时不敢接话。冉冉当是皇小地听懂了，说以后我们桥归桥路归路，除了工作不再接触，各自把自己的家经营好。人这一生就这么长，好比是旅游，人世间的景点太多，看不完的。即使看完了，真正能属于你的风景，其实就在你身边，其他的都是过眼云烟。皇小地说我的眼里只有你，你就是我最美的风景。冉冉噘着嘴角冷笑，说我的风景只属于我老公，世上也没有最美的风景。拜！

皇小地以为冉冉吃雨落的醋，连续发信息和冉冉解释，冉冉一个信息也没回——除了工作，冉冉和皇小地没有闲话了——皇小地的心凉了。恰值此时小冯主动示好，让皇小地的心境渐渐回暖，情思点点复活。想夫妻之间，除了小冯猜疑心太重，并无深仇大恨。现在小冯主动了，皇小地也开始改变态度了。

皇小地又来罗兰买手镯，雨落说送冉冉？皇小地摇头，扶了扶眼镜，说你和冉冉认识？雨落说认识，她还让我带话给你，要你好好珍惜枕边人。羁鸟恋旧林，池鱼思故渊，还是自己的老婆好。皇小地笑，说这不给她买手镯来了嘛。雨落哈哈笑，对正在开票的喜丹说，每克便宜十五块！喜丹说店长，你没那么大的权限啊，你的最高权限才十块。花奴说一共才贴了百把块，就当雨落酬谢皇大哥了。

小冯那个夜里猫在皇小地的怀里睡着了，之后就赖在皇小地怀里，不肯回自己的床。有天晚上雨落又约小冯去奇味菜馆吃饭，给小冯面授机宜，要她把握时机，到这个年龄，再撒手就找不回来了。那晚上两人都喝了点酒，表示祝贺。分别时，雨落说酒色不分家，今晚你回去和他好好放纵一回。小冯咯咯地笑，说你也一样哟。

夜已深，风微凉。雨落和小冯分手，骑车往回走，脑子里想皇小地和小冯的事。经过一番撕裂之痛后，在雨落的撮合下，他们总算避免了家破人散。他们是幸运的。幸运的是外力很脆弱，外力尚未形成足够的强度和硬度。其实大部分婚变都源自内力，强烈排斥的内力。然后与外力形成合力，家庭就瓦解了。即便很小的外力，甚至没有外力，也能肢解一个家庭——雨落的第一次婚姻就是在没有外力的情况下解体的，第二次婚姻似乎也出现了内力的角逐——雨落对老公隐隐有了排斥。雨落忽地担心起来，当内力长到巨大时，会不会被外力乘虚而入？雨落想，千万要抑制内力，削弱内力，甚至消灭内力。这个社会诱惑太多，陷阱更多，外力随时会出现。假如外力真的来了，也绝不能与内力形成合力。冉冉说得对，最好的风景就在身边，而最美的风景世上根本不存在。

骑到海韵茶社，雨落看街角有对男女在亲昵，很是甜蜜。雨落好羡慕。揉了揉略带醉意的眼，发现男的穿了件灰色风衣，很像她老公。她一惊，酒意全无。掏出手机拨了，街角男人接了电话。雨落酸楚地说老公，在哪呢？老公说，和朋友喝酒呢，晚点回去。雨落一个寒颤，酒彻底醒了。雨落没想到外力来得这么快。想了想，雨落说老公玩得开心哦。天冷了，外面风大，别忘了回家哟。

浓 雾

天气忽然变得糟糕。我对眼前的一切毫无准备。别克车就像折翅的鸟儿一头扎进草丛中。我在突然间想起了我二哥在棉花站的时候。棉花站里漫无边际的棉花，像座巨大的雪山，我们钻进去，天地间一片茫然，瘦弱的身体被层层包围。我们不得不用手划拉着轻而实的棉花，划出一条通道。那情形和眼前有些像。眼前的雾气一路走来，由薄及浓，渐渐涌滚。车子一如钻进了棉花堆，有种挤进去的阻滞感。雾越来越重，车子顽强地前行，车速不得不一再放慢。

“看天气预报了吗，今天有雾吗？”风云坐在副驾驶上问。

我说：“没。和你忙着进了一整天的货，哪有空看天气。”我将挡位挂在二挡上。雾似云烟，却如浩浪汹涌。本来心情不错，现在忽然冒出了情绪，像眼前的雾纠结着。车子像叶小舟，悠悠晃晃，一点点前进。

“是的，忙了一整天，够累人的。”风云说，“要知道这天气，就明早回来了，在宾馆休息一夜。这雾看来没那么容易散，估计跑到凌州要深夜一两点了。”

我没说话，小心翼翼地开车。车灯照出两三米远而已。灯光像照在一堵墙上，照不见前面的路。车前如怪兽状的雾霭，迷团般变幻多端，手舞足蹈。

风云说："这天气，麻烦。"沉默少顷，又道："我真是遇上麻烦了。"

我说："是的。看来我们遇上麻烦了。"

"不是我们。是我。"风云说。

"你？"我纠正道："哦不，不只是你，是我们，我们现在是一条船上，岂非同舟共济？如果看了天气预报，今晚也许就不回来了。但这不完全是天气的问题，即使知道有大雾，邓老板也会催我们回去，店里等着新货上柜呢。"我谨慎开车，正视前方。前方除了雾，什么都没有。幸好什么都没有，如果有什么，那就不止是麻烦，而是危险了。

早上五点我和风云从凌州去省城进货。我们在罗兰金店上班。我是总经理，是罗兰金店唯一的男性——当然，不包括老板。老板也是男性，但他不上班。所以每次进货，我责无旁贷。我也喜欢进货。累在所难免，但能和一两美女风雨同车，亦是幸事。生活需要调节，保持一种姿态飞翔总会有累的时候。店里也有美女，但天长日久审美也会疲劳。去省城则不然。美女换了妆，洒了香水，感觉好极了。

这两天柜台里首饰奇缺，尽是些卖不出去的旧款。中秋、国庆就要来了，邓老板很急，吩咐我和风云起个大早，到省城进货。并叮嘱我晚上要赶回去，连夜铺货，争取明早一上班，柜台里琳琅满目。我们当时都没料到晚上有雾，所以没问邓老板这种天气要不要赶回去。

直到晚上六点，我和风云才备好了货，然后在批发商那儿打钢印，贴标签。直忙到八点，两人草草吃了两碗水饺，急急上路了。

城里的雾并不大。上了高速后，天气先有些混沌，或许是些薄雾，隐匿在夜色中并不明显。及至过了铁山寺，雾如同入侵者，占领了高速。我把车速减到了三四十迈，如履薄冰。“就慢点吧，一夜呢，时间足够长。”风云说：“高速上雾大容易出事故，有一年电视上说盐城大雾，导致六十多辆车相撞。我们做好跑一夜的心理准备。”停了会，风云又说：“夜里开车犯困，你莫打盹喔。车要翻在大雾里，找都找不见了。”忽尔一笑：“我们找不见了无所谓，车上还有几十万货呢，找不见了邓老板心疼，不是吗？”

我说：“说的是。我现在没有困意，不过一会困瘾上来，打不打盹就难说了。”

风云说：“这么说以前你打过盹？太可怕了。这雾真要命，不然十二点前我们可以到凌州，对吧？”我动了动嘴唇，“嗯”字还未吐出，风云又说：“头儿，想听故事吗？我的，给你讲讲，你开车就不困了。我遇上麻烦了，正好你给我出点主意。”

“这主意不错。虱多不痒，债多不愁。这时候说点烦心事，就可以将这烦人的雾覆盖了。”我说，“这事一定困扰你有些日子了吧？”

风云说：“说得没错，你好像很懂女人。我为这事愁个把月了，一直拿不定主意，也找不到个可以倾诉的人。一颗芳心挂在秋千上，荡来荡去。今晚真是个好机会。雾茫茫，夜茫茫，我诉说，你倾听，权当是场雾，太阳出来就散了。——现在就开始吧，我说我的故事，你开你的车。”

风云似乎急于要讲述了。好吧，这种天气折磨人，不如听段故事，要不还能做什么呢？寂寞长夜，雾锁路迷，纵然美女相伴，也被浓雾搅合得提心吊胆。何况我和风云太熟了，在店里朝夕相伴，熟得像一家人，还能有什么想法呢。男人喜欢雾里看花水中望月，那叫新鲜。

风云侧过脸说：“我是单亲家庭，这个你懂的，入职时我对你说了。”

我点了下头。风云好像没有老公，一直和儿子过。个中缘由，我没打听过。单亲家庭太普遍了，像单腿走路的残疾人，不足为奇。究其原因，我觉得现代人越来越缺乏担当精神。尤其是男人，花天酒地，寻花问柳，责任感的缺失和情感的宣泄无度，逼迫思想和道德大幅萎缩。人类从四脚行走过渡到双脚行走，而今似乎要过渡到单脚行走了。

“你儿子多大了？”我问。

“十三。”风云说，“真不知时间都哪儿去了，一转眼他十三，我三十了。十三和三十意谓着什么呢，似乎不是调个个儿那么简单。”

我也说不清十三和三十的关系。这不是随便调个个儿的事。我今年四十八，调个个儿就八十四了，一下丢了三十六年，不敢想象。我当然知道风云的意思，她是感慨时间虚度了。一个女人带个儿子，时间总是不够用的。我转头对风云说：“没想过找个男人么？你应该找个，你需要一个坚实的肩膀靠着。孩子大了，很多事你一个女人对付不了。”

“你说得有道理。你不用转头，我能听见。你看着路。”风云说，“可是我不想找了，男人没几个好的——对不起，我没冒犯你吧？我是说我工作之外所接触过的男人。你是我上司，不在此列。”

我说：“不，应该包括我。作为男人，有时我也会犯浑。”

“现在？”

“不，不是现在，也不是过去。我只是这么说，不代表我就犯过或将要犯浑。”我不想说我自己。我对她的事有兴趣，期望能消除我的困意。

风云大概坐累了，双腿盘在座位上，有股淡淡的鞋袜味溢出。“这么坐着有点悬，雾重，若遇上意外，万一急刹车，容易摔着。”

风云可能没听到，仍盘膝而坐，继续着她的故事。风云说男人没几个好的，不包括我，还不包括另一个男人。“他是我爱人。”

我突然间诧异，踩着离合的脚抖了一下。风云感觉到了。她并没理会我的惊愕，继续说：“你可能想偏了，我叫的爱人不是孩子生父，是我的情人。但我不喜欢情人这字眼，就像我不喜欢某件外衣一样。”

“我也不喜欢情人这字眼。”我说，“情人本来是美好的，但被浮躁的时代污染了。路边交欢兴奋的狗，夜半交配惨叫的猫，它们也是情人，不是吗？没感情怎么交欢？动物界好像没听说有卖淫的，警察扫黄也没扫过它们。”

风云扑嗤一笑，在我肩上捶了一下。

“坐稳了你。”我看了眼风云，问，“可以抽支烟么？”

“当然可以。开车犯困，抽烟能提神嘛。你不必管我，我爱人也抽烟。尤其喜欢完事了抽支烟。那时的他特别令我着迷。——你也这样吗？完事之后抽支烟？”

“我不，完事了我就睡了。这事因人而异吧，事毕后有人在梦乡里体会快感，有人在烟雾中回味快感。我是前者，他是后者。”夜晚真好，许多黑暗和尴尬的交易在夜幕遮掩下变得从容了。

“不，你这样不好，会冷落了女人。我喜欢他那样的，完事了还能陪陪我。即使什么话和动作也没有，睁着眼交流就足够了——我这么说，没伤到你自尊吧？”

我说：“不会。因为我和你没那种机会。”

雾在蔓延，且愈演愈烈，风情万种拥抱了过来，就像雪地里觅食的狼，偶然见到生命便急了眼。我和风云有种被挤压在一起的感觉，动弹不得。这种氛围让我窒息，感觉生存空间很狭小，呼吸都有困难，就像动物园里被困住的虎熊。别克似乎比我们更窒息，正吃力地挤进重雾，屏住呼吸，一点点往前推进。在车子两三米外，什么也看不见，满目迷雾。世界一片苍茫，似乎刚经历了传说中的

2012 末日，然后地球上只剩下我和风云。如果真是那样，这个二人世界一定不浪漫，反而恐怖不已。

“你爱人一定是个高富帅。你这么漂亮，一般人不可能入你慧眼。”

风云呵呵笑道：“富谈不上，帅是必须的。怎么说我也是半老徐娘嘛。”

我说：“你才三十，算不上半老徐娘。我四十八了，算半老徐爹了。”

风云捂脸大笑，然后用力捶我，说：“占我便宜不是？一会下高速了请我吃大餐，我让你抓鸡不成蚀把米。”止住笑，风云说：“他是个小公务员，小警察而已。——熏死我了，开点窗户吧。”

我开了点窗，说：“警察？不错。警察肩膀硬，扛得住。”我问，“你们几时交往的？才开始么？”

“孩子多大，认识他就多久了。我们是在医院认识的。唔，那时我还没进罗兰金店。那时我生孩子，和他老婆住一个病房。我生了个儿子，他老婆生了个女儿。”

我说：“不愧是干警察的，当自己老婆面也敢和别的女人眉目传情。一般人做不到，但警察可以，警察懂得侦察和反侦察。”

风云说：“你好像对警察有成见。别那么想，警察也分三六九等。我爱人可是个好警察，他立过很多功呢。”风云放下双腿，起身转过去，从后座上拿了两瓶矿泉水。打开一瓶，送到我嘴边，我张嘴喝了一大口。我真是渴了，这重重迷雾让人焦灼。风云打开另一瓶，连喝了几口。“其实在医院时我们什么都没有。不过他让我觉得温暖。你知道的，我在凌州举目无亲，生孩子时多亏一个好姐妹照料我。但她要上班，只能抽空来。她不在时，如果他在，我就请他帮我递东西，打份饭菜。有困难找警察嘛。后来他很主动，而且不肯要我的钱，弄得我很不好意思。”

这代人似乎就这么不可思议。我指的是风云这代人。风云和人家老婆算是产友，却盗了产友的爱情坟墓。不过风云说，她和他老婆算不上产友，她们床位中间还隔着个产友。“更重要的是，我们很少对话。他老婆似乎有点孤僻，或许以为警察家属吧，总之不怎么说话，我很少听到他们在热烈地说话。”风云说：“我当时并没想到以后的事。后来是这样的，我带孩子去医院看病，竟遇见了他。出于感激，我要了他手机号码，想请他吃饭。他一口答应了。”

我觉得风云不很懂男人。男人都多情，给点春风就怀春，给点阳光就阳刚。女人主动要号码请吃饭，男人的心思就活泛了。

“也许吧，男人的心事都那么浅薄。”许是盘坐着累了，风云竟将一只脚抬起来，翘在她面前的面板上。“换个姿势，屁股坐疼了——这车跑得跟蜗牛似的，我想优雅可顾不上了。不会介意吧你？”她看看手机，说：“快十点半了，现在是下班时间。”

我说：“现在该是休息时间，你想怎么样都可以，即使睡着，我也不会介意。——你的袜子……你的腿白且颀长。”

风云说：“看路吧，不然车子要翻阴沟了。”风云将矿泉水倒在掌心里，抹在我额头上，说：“让你头脑清醒清醒，别想歪事。”我额头上凉凉的，像一把冰冷的刀，在额头上渗出寒气。上下眼皮受了冷的刺激，迅速改变了胶着厚重的状态，各司其职。我直起身板，将身子往椅背上靠了靠，说：“最好是别用矿泉水，用你故事里最奇艳的东西吸引我，那样我会困意顿失。”

“男人都这样。总想着天天艳遇，满街美女像这雾似的缠着才好。——哟，我好像偏心了，左脚上来，右脚还拉在下面。左脚右脚都自己的，全上来吧，省得它们以后给我穿小鞋。”风云将右脚也翘到面板上，再将身体挪平衡，坐成最舒适的姿势。

我把烟蒂从窗户扔出去，关上窗说：“你跑题了。刚才你说到哪了，还能接上吗？哦对，说到你请他吃饭了，他去了吗？”

“去了。”风云打了个呵欠，说：“不过不是我请他吃饭，是他请我喝咖啡。聊天时，他反复问我，生孩子时怎么没见我老公——真是哪壶不开提哪壶，我只好说了。”

我说：“干警察就是多疑，要不也干不了警察。唔，说实话，我也没见过你老公——孩子的生父。能说说他吗？”

风云说：“这么美好的夜晚，说他太煞风景了。不如说我爱人，我喜欢说他。”那就说吧，我不想总打断风云。不过这恼人的雾，被风云当成了风景，才真是大煞风景呢。

那天风云和警察在咖啡馆里呆了一夜。咖啡馆弥漫着音乐，轻盈而诗意。音乐是个好东西，容易引起共鸣。无论谁，对音乐都能发表点意见。两人就从音乐聊起，冲淡了陌生和尴尬，彼此心底都起了旋律。他问了他最想问的事。风云说自己是单身女人，没有老公。警察也说了自己。他老婆势利，嫌小警察那点工资满足不了她的虚荣。就是说两人生活不算幸福。说到这，两人都有了相惜之意。到了后半夜，咖啡馆冷清了，风云和警察热络了。怎么就拉上手的，风云语焉不详。十三年前的事了，或许风云真的不记得了。不过这不重要。重要的是拉了手，两人就像找到了入口，走进故事深处了。警察又搂住风云，风云瞬间迷失了。长长的拥抱把两人完全融化，身体如久别重逢般热烈地融合在一起。风云本来不相信男人了，此时却什么也来不及想了。

这段奇艳风云说得潦草。我想听个仔细，却一直没听到美妙之处。倒是提了神，睡意消遁得杳无踪影。我无意打听风云的私生活，我只是想，风云寂寞太久，应当享受雨露滋润。我自顾遐想着咖啡馆一夜，竟冷不丁说了句，把自己的脸都臊了。我说：“那个夜晚你一定很疯狂吧。”于是我的肩膀再次承接了风云的捶击。我没有关节炎，否则风云或许是个不错的技师。

风云双腿仍高高翘在面板上，让我总会联想起一些美妙的东西。

我说："你该换个姿态了，这个姿态总让我浮想联翩，思想不集中了。"风云一笑，将双腿拿下来，穿上鞋子，说："看来你也色，老色男。咱罗兰金店十二美女，资源丰富，没想过挑一个？"我说："不是我色，是这夜色这雾气太暧昧了。"

话题回归到风云和她爱人的身上。之后的事，便一发不可收了。男女之间，本就隔着层窗纸，一朝捅破，堡垒崩坍，自是风雨无阻。风云本来没想得那么遥远，以为不过是一夜情的新版本，权当回报那份关爱吧。然而警察爱得执着，一改风云对男人一贯的偏见。"他真的很好。"风云怀疑我不相信，再次这么说。

雾在漫卷，望眼难穿，前程一片空茫。人生亦是雾途，谁也无法看清自己的前程，甚至今晚或明天将要发生什么，我们都无法知晓，不是吗？世界充满了未知，如果不想冒险，唯有谨慎每一步，或许是我们唯一能做的事。

我对风云的这一步未作评价。这是个没有规则的时代，是是非非，谁说了都不算。鸿篇巨著和评判专家也都失去了权威。很多时候，我们喜欢做旁观者，冷眼相待，任它东西南北风。

我当然无法评说风云和警察的事。警察是公务员，或许违反了公务员的某些规范，风云或许也触犯了道德标准。但，这一切存在。

风云说警察不只对她好，对她儿子也好。儿子没有凌州户口，便入不了学。这事风云不用操心，警察帮她解决了。警察自觉担起了辅导孩子学习的义务，每天抽空来辅导，哪怕是几分钟。风云儿子这些年学习一直很好，在班里名列前茅。"我儿子和他感情好，好得像父子。"风云忽然笑了，说："也不知什么时候的事儿，我儿子就叫他爸爸了，叫得跟真的似的。每次我们在一起时，我总有种错觉，感觉我们就是三口之家。"

我说："如此看来，你的单亲家庭生活也挺滋润。可是，他老婆一直没怀疑吗？"

风云说："没有吧。他这样的男人，他老婆应该不会怀疑。就像我，也从不怀疑他外面是否有别的女人。他是个负责任的男人，对我好，对他老婆也好。他在家什么都做，煲鸡汤，烧排骨，包水饺，伺候老婆孩子。他老婆有一次住院，他又上班又照顾老婆，累得他够呛。我看着心疼，就帮他炖好鸡肉烧好排骨，让他送医院去。"

我明白风云为什么能和警察一直不离不弃了。风云爱上了警察，非但没有破坏警察家庭，还在幕后默默照顾着。老婆当正餐，风云当夜宵，警察的日子自是风调雨顺。

风云说："我今晚想和你说的，重点并不在这儿。我和警察那点事都十三年了，相安无事。十三年过去了，现在却来事了。"

"都十三年了，还能有什么事？哦——我猜一下，我没说错的话，你怀了个小警察？"我朝风云肚子瞄了眼，辽阔的平原上，未见丘陵或土坡。

"开车时总爱偏头，不是合格司机。难道你的教练没教过你，开车时要目视前方，全神贯注。肯定是你自己忘了。"

"雾这么大，车子像漫步，偏下头不会有事的。——哦，我们好像要下高速了。"我雾里看花，瞥见了凌州出口，便一转方向盘，车子下了高速。

到了收费站，摇下窗户缴费。收费员是个帅气的小伙儿，一脸困倦。不过见到我们时，仍职业性地微笑。路灯照在风云脸上，有些蜡黄，几份黛玉式的病态美。缴了费，关上窗，我点点油门，车子拐了个弯，再拐个弯，上了一条没有路灯却挺宽敞的路。

眼前完全是另一番景象。高速上雾霭茫茫，现在却一目及远，迷雾像头狼，被锁在了高速上。车子从云端里钻出来，稳稳地落在地上。"这蜗牛总算爬到尽头了。奇怪，下高速了雾全没了。不过好像下雨了，还不小呢。"风云说。我说："是的。雾在跟人抢地盘，人越多的地方雾越少。城里雾就少，高速上雾多。"

我想抽支烟。雾里开车紧张得不行，终于可以轻松了。我取了支烟，向风云示意一下。然后点上，深吸一口，再徐徐吐出，很惬意。

雨打在车窗上，噼噼啪啪的。我用雨刮器刮雨。这是条新修的路，到凌州约六十里，双向四车道。路上车子极少，黑灯瞎火的。沿途几乎没有村庄，格外地空旷。

我轻松地开车，想起前面的话题，问风云 ：“十三年后，来什么事了？怀孕了还是要结婚了？快点说，精彩点儿。”

风云说 ：“抱歉，我给不了你精彩。这是我的人生，不是编故事。我现在真的摊上大事了。”风云又往手心倒了些冷水，抹我额头上，说 ：“那混蛋回来了。”

“哪个混蛋？”我很莫名。

风云说 ：“还能有哪个混蛋，那个我一直不想提的混蛋。十三年了，我以为他早死了，他却回来了。——他没死，他老婆死了。死了老婆，他回来找我了。”

“你说了半天，我还是不知道他是谁。像是道一元一次方程，我求不出解来。”

“呵呵，你够笨的。做总经理可以，做情感专家不行。这般简单的方程，你都解不出来——还用求吗？我儿子生父呗。”

我光顾着想警察的事，把孩子他爹忘了。似乎犯了常识性的错误。孩子他爹可是个关键人物，他给了风云儿子，还给了风云别样人生。这是个什么样的人，我当然很想知道。我说 ：“说吧，你和此人的故事一定有意思，撵走我的瞌睡虫应该没问题。”

“这人才没意思。警察要算高尚的话，这家伙就算无耻。”风云声音淡定，冷冷中夹着怨恨。“你开慢点，下大雨呢。刚下了高速，你可能还不习惯，拿这大道当高速了。”

我说 ：“这是新国道，才铺的，一般司机不知道。”风云说 ：“我知道。”我说：“这会深更半夜的，根本没有行人，车辆更少，跑快点没事。”我看看车速，一百一十迈。够快的。时针已指向凌晨一点。路上除了我们，世界一片沉寂。

风云回忆她初来凌州的事，她比我早两年来凌州。风云当时在一家制衣厂做流水线操作工。“就在那时我认识了那混蛋——他叫老刁。其实他不姓刁，但这人刁钻，我们就叫他老刁。老刁是线长，管着十来个员工。本来他这点小权力还不至于将我俘获，不过他会玩弄权术，害得我错把春心付东流了。”

风云她们拿的是计件工资，老刁就有机可乘了。轻易的快捷的活儿，他给风云做。风云做得快，拿的工资多。老刁还暗里给风云多记件数，风云发现了这个问题，但没想到是老刁做了手脚。老刁对风云大献殷勤，初出校门的风云一时手足无措。风云在凌州孤苦伶仃，举目无亲，能在陌生的凌州感受一份温暖，风云很是珍惜。风云不知不觉地心动了，恰好中了老刁心计。风云不知老刁是计，以为他爱上了自己，便把身体给了他。和老刁同居些日子后，怀上了儿子。

我把烟掐灭，摇下窗户，扔出烟蒂，调侃道：“你怀上儿子了，我就不能抽烟了。抽烟对婴儿发育不好。”风云一愣，扑哧笑了。

怀上儿子后，风云要和老刁结婚，才知道老刁家里有老婆孩子。老刁则在真相暴露之前开溜了，从凌州彻底消失。所以风云生儿子时，老公缺席，只有个好姐妹边上班边照应着。风云说：“这混蛋如果不跑，或许就没警察什么事了。”

路上空无一车，像奔驰在一片荒原中。雨下得不小，雨水像倒在车窗上，雨刮器忙不过来了，吱吱摇得累。一路上黑黢黢的，有点悚人。以前我独自经过这条路，到了凌晨时分心里总有些吃紧。乌天黑地里走六十里，空无人烟，万一遇上事，一点招儿也没有。今夜还好，有风云在。

老刁当然要开溜，否则即使不吃官司，也要吃尽苦头。这种人不但丧失道德，还丧尽天良，拿感情当玩具，把女人当玩偶。我是憎恨这种男人的，但我仍想或许事出有因。我说："老刁一走了之，会不会是别的原因？比如他老婆不肯离婚，或者他不得不远走？甚至是出车祸了——假设一下，不是诅咒他。他从凌州莫名消失，谁都难免会做些假设。你当时肯定也想了若干假设。如果他好好的，你毕竟怀了他儿子，你还这么漂亮，他怎么舍得？"

"当初是有过假设，现在看来所有的假设都是假设，真正的原因就是他在玩弄我。"风云说，"问题是十三年过去了，这家伙阴魂不散，居然又来缠我。"

我也吃一惊，没想到十三年后这家伙还会来找风云。何止厚颜无耻，打他个体无完肤也不足以解恨。"莫非他知道你给他生了儿子，他来认儿子了？"

风云说："麻烦就在这儿了。你说得没错，他回来认儿子了。我当年未婚先孕生儿子，丢尽了脸，全厂无人不知。"

"如此说来，他早知道他有儿子了，可为什么要等到十三年后才认儿子呢？"

风云说："听说他老婆今年病死了，他才跑来认儿子，还想一举两得，把我和儿子一并收编。"

如果不是死了老婆，我想老刁就不会来找风云了。不找风云可以，可是连儿子都不认的男人，一定是极品——品德恶劣之极。我说："这种人你绝对不能嫁。从十月怀胎，到儿子十三，吃了多少辛酸，个中滋味你懂，可他懂吗？他随手丢粒种子，不劳而获，如今却想抢果实了，不成。"

风云说："说得好，我也这么想的。老刁就是苍蝇，我恨不得拿个苍蝇拍拍死他。可我的那个好姐妹说，好歹他是孩子生父，何不还孩子一个完整的家？"我一愣。不是我没这么想过，我权衡过了，完整的家和未知的幸福，哪个更重要？我选择后者。有了完整的家却不幸福，不如风云带着儿子过上幸福的生活。当然，我是男人，男人的想法常常有悖于女人。

风云说："如果嫁他，儿子还小，或许能接受。可我，心里除了警察，装不下任何人。"

"这果然麻烦。你不想和他复合，又想给儿子名副其实的家。那么，不是你牺牲爱情失去警察，就是你儿子牺牲亲情失去生父。这真是个艰难的选择，非常地棘手。"

"言之有理。你能给我个建议吗？说说你的想法。哦，最好站在男人角度，帮我拿个主意。"

"不不，"我说，"这个主意只能你自己拿。别的事我可以帮你扛，感情的事不好介入。每个人的内心都是一个完整且复杂的世界，和眼前这个大千世界一样。谁也主宰不了这个大千世界，同样，除了你自己，谁也主宰不了你的内心世界。"

"随便说说，说你的看法，不要你主宰我，你也主宰不了我。"

"那好，我随便说。你权当喝了碗汤，有营养的留下，没营养的排掉——这事若搁在我头上，我不会如你这般犹豫。你为孩子着想没错，但这么做有风险。一是孩子和他未必就亲；二是他骗了你，这伤痕抹不去，即使嫁给他了，你也忘不了。何况你肯定伤了警察——真心待你十三年，就顶不上一粒种子的价值？"

"嗯，有道理。看来你不赞成我嫁他。似乎你对警察有些好感了。"

我说："算是吧。有老刁做参照，何止警察，男人差不多都伟岸了。"

"呵呵，你这么瞧不上老刁？说实话，我也瞧不上。在我眼里，警察是座山，很高大。"

"老刁就是土丘了。"

“老刁是土丘？呵呵，土包子还差不多，没责任感的烂货。问题是这混蛋现在赖上我了，天天耗在我出租屋里，非要和我结婚。还要带儿子去做亲子鉴定。”

“麻烦还不小。”我说，“你刚才说他耗在你出租屋里，就是说他现在住你那里？——可不可以这么说，你们睡在一起？”

风云看我，面无表情地说：“这事很重要么？这跟吃饭似的，填饱肚子而已。何况我们都有孩子了。”

我说：“重要，很重要。你不和他做爱，你就不会像现在这么难以割舍。有了肉体关系，便有了亲近和难舍。——而且，你辜负了警察。”

风云说：“哦，你这么说，我觉得是挺对不起警察。倒不是肉体上的歉疚，而是感情上对不起。老刁来的第一夜，就性侵了我。我反抗，又怕孩子听见。事后我对警察说了，警察这些日子就没来。两天不见警察，我心里像缺了什么。依着警察十三年，习惯了。那混蛋赖着不走，我能有什么办法。警察也没办法，他自己也是见光死。”

我说：“第一道防线决堤了，后面就不设防了。”

“是的。”风云说，“可儿子不喜欢他，不让他睡我床上。儿子喜欢警察，儿子让警察睡我床上。儿子对我哭，让我赶他走。儿子嚷他，说你滚吧，我爸爸是警察。这混蛋才知道，我有个相好的是警察。我也承认了，十三年了，我当然要找人。我指望他知难而退呢。可他非但没退，反而说他不走，让我报警。”

“我想你不会报警，你怕他扯出警察——”我话没说完，蓦然发现车灯照见个怪物。怪物立在马路中间，离我们只有十来米，看不见头和脸。我急转方向盘，猛踩刹车，车子差点翻了，滑了七八米才停住。风云一下扑在我身上，瘦弱的身体像秋风中的黄叶瑟瑟发抖。我紧搂着风云，我也在发抖。雨还很大，雨刮器拼命摇着。透过雨刮器的缝隙，勉强看见是一个穿着雨衣的人或什么。我舌头打颤，说："这大半夜风雨交加的，前不着村后不巴店之地，路上怎会有人，莫非是鬼？"风云惊叫："鬼啊，有鬼！"叫得我全身发毛。我不怎么相信世上有鬼，可这荒郊野外站着个怪物，我把握不住是不是人。我让自己冷静，然后按两声喇叭。那怪物慢慢转身。风云捂住脸，往我怀里钻。那怪物慢慢转过身来，我始看清是个人。我舒了口气。神经病，深更半夜装神弄鬼，我真想一踩油门撞飞他。

那人向车子走来，走到车前敲我的车窗。风云吓得不敢抬头，一直钻在我怀里。我把风云抱紧。我心里也吃紧，但在风云面前，我必须坚强。哪怕我自己受伤，也不能伤及风云，否则我就和老刁是一类了。

那人敲窗，而且在说着什么，被风声雨声盖住了。我想他可能搭车，或是遇到了困难。他个子不高，比我矮点，似乎也没我壮实。雨衣穿他身上仍显瘦弱。我想如果他有什么企图，我能制胜他——除非他有枪，但这不太可能。我壮了壮胆子，摇下窗。那人说："干掉了警察，你又是哪根葱？"几乎同时，他的拳头从窗户直插过来，狠狠击在我脸上。我脸上顿时麻辣辣地像着了火。我恼了，一推车门，那家伙打了个踉跄。

我打算下车教训这个无礼的家伙。风云突然从我怀里挣脱出来，往窗外望了一眼，然后泼口大骂："你神经啊！"我拦住风云，说："别激动，我来收拾他。"我相信这混蛋如果赤手空拳，绝不是我对手。我没练过，但体格比他壮。风云先我一步打开右车门，哧溜跳了下去。我大惊，怕风云吃亏。那混蛋再瘦弱，也对付得了女人。风云冲过去，甩手就是几耳光，那混蛋竟没还手。

我冲下车刚要踹混蛋几脚，被风云拦住。风云喘息未定，抹了把脸上的雨水说："就这副装神弄鬼的模样，还想我嫁他？没门！"我愕然。我没想到这混蛋就是老刁，更没想到老刁深更半夜冒雨跑这儿来是为什么。

老刁不理会风云，指着我说："我好不容易干掉了警察，咋又冒出你这个老东西。"说着竟又嘻嘻笑道："哦，我明白了，原来你他妈的傍了大款。好啊，赚钱了给老子和儿子花吧。"风云甩手给他一耳光。我也想修理他，让他清醒清醒。风云骂："渣滓，你弄清楚，他是我们老总，我们去省城进货刚回来。"老刁冷笑："进货咋这么晚？看几点了？凌晨两点，害老子大半夜在雨里等了四小时！"老刁脸色略显愠怒，旋即又笑道："风云，你知道我为什么在这等你吗？是想告诉你个好消息，你那宝贝警察让我弄进去了。哈哈！"老刁哈哈大笑："堂堂人民警察，竟偷养情人，我举报了他，今天下午他刚刚被检察院请进去了。"风云愣怔住了，老刁语气有些轻快地说："现在，你可以死心塌地嫁我了。"风云眼里喷出火地问："你举报了他？卑鄙！警察进去了，我饶不了你！"说着扑过去，和老刁扭打在一起。我看老刁还是心疼风云的。风云又抓又挠，老刁且让且退。

我一直旁观，他们的事让我无法介入。风云哭骂打累了，我才拉住风云。"有什么话回去说吧，我们现在还没完成工作，要尽快把货送回去，明早要全部上柜呢。"风云抹了把泪："你个不要脸的，不把他弄出来，我迟早杀了你。"

我和风云上车走了。那家伙没搭我们的车，他的摩托车停在前面的岔路口。我说："老刁怎么会在这等你？"风云说："早上出来时我和他说了，今晚一定赶回来，我还告诉他走新国道特别快。没想到他就在这儿守着了。"之后我们没再说话。这事来得突然，我无法安慰风云。到了店里，我让风云回家休息，叫若影和李琳来加班，连夜将新货摆上柜台。

风云请假，一连几天没上班。我知道，她陷进了沼泽地，拔不出脚了。警察进去了，她无力相救。我们也无能为力。我安排若影和李琳去看望过风云，她们说风云状况很不好，愁得柔肠寸断。更让风云揪心的，是儿子哭着闹着要警察，还朝老刁吐口水。

这真是个难熬的日子。不知风云如何能渡过此劫。还有那个混蛋老刁，风云又如何饶得了他。

大约过了一周，风云来电话请我过去。我去了她的出租屋。出租屋不大，十来个平方，一张床，一张桌，几个小凳子，还有个小厨房。风云蔫蔫的，满脸泪渍，发丝紊乱，显然经历了不堪承受的重创。风云说："我是女人，遇上大事不知找谁商量了。"我说："有事和我们说吧。别怕，罗兰金店的同事就是你的兄弟姐妹。"风云捂着脸，柔弱的双肩因为恸哭而抖动。我不知该说些什么，心里飘出一缕缕愁绪。哭够了，风云说："我儿子失踪了。"

屋漏偏又逢雨淋，不幸的事常常接踵而至。

老刁把警察弄进去了，风云和儿子同仇敌忾，非要老刁把警察弄出来。老刁没那本事，便挨了风云的恶语蛮缠，还有十三岁儿子的拳打脚踢。老刁想娶风云，自然要忍受风云。儿子是他亲生的，他亦奈何不得。好在老刁脸皮厚，就是赖着不走，又送风云礼物，又陪儿子逛公园，还带儿子去南河钓鱼。南河离凌州十来里路，老刁骑摩托带儿子去钓鱼。儿子毕竟小，有乐有玩，就不怎么提警察的事了，也不对老刁动武了。风云当然忘不了警察，警察的事一直窝在她肚里，可她施不了援手，只能四处打听警察的消息。警察似乎不只因为风云，还牵扯到腐败，出来就没那么容易了。风云很泄气。

那天中午，她在床上想心事，想得睡着了。醒来时发现桌上一张纸条，儿子留给她的。儿子说他想爸爸，好几回梦见了爸爸。儿子说他走了，他杀了老刁。原来，老刁在南河崖壁上钓鱼，本想改善父子关系，培养感情，就带了儿子一起去的。儿子站在他背后，一推手，老刁就栽进了南河。

南河我知道，水很深，四周是峭壁，每年都有人掉下去，很少有生还的。

我说："这孩子犯了罪，自己先吓跑了。单亲家庭的孩子本来就够难的，又遇上这事，肯定要乱了。风云，抓紧找孩子吧。——你没给儿子钱吧？"风云说："没，他偷跑了的，没钱。"我说："那他跑不了多远。"风云说："我儿子他会坐牢吗？"我说："十三岁，或许不至于吧？不过少年犯罪更可怕，肯定要进少教所了，对他一生的心理都会有影响吧。"

风云看着我良久，说："他可能去了那地方，那地方应该能找到我儿子。"

谁的江山，不是马蹄狂乱

一

这事本来是不需要我出面的。女人的事，最好是女人自己解决。有道说，老不管少事。我一大老爷们，去过问年轻女孩的事，多少有点咸炒萝卜淡操心了。当然，我还不是很老，至少没徐老板那么老。徐老板六十了，我才四十八，差了一轮。不过徐老板是有钱人，有钱人不认为年龄是个问题，感觉钞票是他们的心脏起搏器，能维持他们万寿无疆呢。

这事和花奴有关。花奴是罗兰金店的店员，我是罗兰总经理。要不要出面过问这事，我一直拿不定主意。在没拿定主意之前，我让雨落先找花奴谈谈。

雨落是店长，也是女人。雨落和花奴谈了，但花奴很执拗，雨落改变不了花奴的思想。雨落和花奴都是女人，她们和顾客交谈生意是一流的，能想方设法把顾客说服。但谈起感情上的事，她们就犯迷糊了。雨落迷糊过，花奴迷糊过。其实我也曾迷糊过。我那是个短暂的迷糊。我曾暗恋过店助紫夕，但很快我就快刀斩乱麻了。拿得起，放得下，这才是男人。

花奴的事，我感到有些棘手。花奴这事的背后有些复杂，就像一棵千年老树，想连根拔起并非那么容易。事实上花奴现在真的缠在一棵老树上，拉也拉不开了。雨落拉过，没拉开。其他店员肯定也拉过，也都没拉开。

我就不能不出面了。不管能不能拉开，至少是要出面的。

我决定亲自和花奴谈谈。

这事不能在店里。店里人来人往，人多嘴杂，传出去不好听，尽管我知道，这事店员们可能早知道了。女人嘛，喜欢说些张家长李家短的。花奴的事瞒不过她们。花奴自己也无所谓，90后的女孩，敢做敢当之辈，没什么不敢说的。

我在星巴克咖啡店等花奴。星巴克和罗兰金店不在一条街上，相距不远，穿越一条小巷，在另一条大街上。我选择星巴克，完全是为了花奴。如果我自己想喝咖啡，或约店员谈工作上的事，要么去海韵茶社，或百一咖啡，一般不会选择这么时尚的地方。我喜欢喝茶，偶尔喝咖啡。花奴肯定不喜欢喝茶，可能也不喜欢咖啡。星巴克有吃有喝，相信花奴会满意的。在约花奴之前，我并没说找她谈什么。如果说谈那件事，她可能会拒绝——这是个人隐私，不在我的管辖之内，她即使拒绝也是合情合理的。我也不是想管花奴，这是私事，谁都管不着。雨落说即便花奴父母，也未必能管得了花奴。所以只能劝劝她了，没准哪句话就能奏效呢。我抱着这样的心态约了花奴。

我在二楼，临窗而坐。我喜欢靠着窗子坐，边喝点什么边看窗外的风景，或人流。凌州是个美丽的城市，高楼一天天疯长，把凌州装扮得像魔方般千变万化。我在窗前坐了十来分钟，才看见花奴。

花奴和我一样，骑电瓶车来的。我叹息地摇头。现在的漂亮女孩都开车了，不是宝马就是奔驰，骑电瓶车的没几个漂亮的。

约两三分钟，花奴就袅袅娜娜地出现在了楼梯口。花奴在楼梯口淡淡扫一眼，就扫到了我。我坐着没动，连表示的眼神都没有。花奴走过来，将坤包放在我对面的沙发上，朝我笑了笑，然后坐下来。

这当然不是我和花奴第一次面对面坐着。我们在办公室里谈过多次话。这也不是我第一次和女人私聊，我和雨落和紫夕都在茶社坐过。但花奴坐我对面，我的心湖还是起了微微波澜。花奴很美。我不擅长形容女性的美，尤其像花奴这模样，我一时找不到合适的词儿。一定要形容的话，我可能会把花奴比喻成青瘦的黄瓜或细长的青葱——我显然是个不会打比喻的人，应该没有人会把女孩比作黄瓜或青葱，不是全身带刺，就是味道刺鼻。花奴也没穿青色或绿色的服装。花奴很瘦，骨感。也很高，苗条。如果我说我现在才发现花奴的美，一定会有人说我假正经。同事两年了，怎么会才发现呢？除非我是瞎子。我不是瞎子，之前我发现了。不过上班时间我们都穿西装打领带，美丽被封杀了，再漂亮的女孩也被扼杀在套装里。

花奴是罗兰的店花。这不是我说的，店员们公认的。花奴的美无与伦比，娇艳、青翠、柔嫩。在罗兰金店能做店花，不是容易的事。罗兰十二个女店员，一个比一个靓。放在罗兰，可能看不出她们有多漂亮。若是放进军营里，个个都是军花。而花奴在强手如林中独占鳌头，足可见她美到了何等程度。

——可是，鲜花要插在牛粪上了。

现在，花奴没穿职业装。这是她的休息时间。花奴的装束很随意，穿了件天蓝色的蝙蝠衫，配了条浅色牛仔短裤。即使是随意的，也动人，看一眼还想看一眼。蝙蝠衫里并没有太美妙的起伏，却让人情不自禁地遐想一些妙不可言的东西。短裤下面是一条细长如藕的玉腿，总让人有一亲芳泽的冲动。

我点了支烟。

侍应生送了菜谱，我把菜谱递给花奴。花奴翻开菜谱，要了杯芒果西番莲星冰乐。我给自己要了杯拿铁咖啡。

一会，侍应生端着托盘，将饮品送了过来。

花奴接了杯，张开小巧的唇叼住吸管，吸了一口饮料。湿湿的红唇滑润，饱满，光泽很好，像充了气似的。我想不出如此圣洁的红唇若被男人宽厚黝黑的唇吻了，会是何等地亵渎。

我显然有点走神了。我很不满意自己的走神。我也惊悸于自己和花奴天天见面，这一刻怎么还想入非非了？不过花奴对我的呆滞毫不介意，自顾叼着吸管，吸吸停停。其实我也不算走神，我看着花奴时，心里在盘想着如何开口谈正事。太直截了当了，可能会引起花奴的条件反射，使谈话陷入困窘。而我约花奴来这儿，当然想好好谈谈。

走神那当儿，我想好了切入点。

我问花奴，这月能拿多少提成。花奴最近连续数月业绩骄人，遥遥领先，甚至把一向领先的雨落甩出了老远。这绝对是个奇迹。雨落说花奴遇上高人了。这是罗兰人的习惯思维。谁的营业额出奇高了，必定是有高人相助——认识有钱人了。花奴吐了吸管，撇了撇嘴说，也没多少，三四千吧。我说不少啊，比工资还高呢，哪位贵人相助了？花奴没回答我，又叼着吸管。吸管里发出气管炎患者特有的声响。我说有贵人相助是好事，但是呢，我也四十多岁了，如果你不介意的话，我想给你提个醒。花奴没有看我，吸着饮料说，说吧，你是老总，说什么都行。

我习惯了花奴的口吻。这一代女孩，不乐意接受教育，听了几句就嫌啰唆。我的女儿就这样，每次让她少吃点她就烦，就使劲吃东西。我说花奴，我约你到这儿来，不是谈工作的。我要提醒你的，也不是工作上的事，而是工作之外的事。花奴抬头，眼神有些困惑，说工作之外你提醒我什么？……嗯，好吧，你和我父母差不多岁数，就尽管提吧。不过声明一点，我爸的话我是听不进去的。笑了笑，又说，我爸的话听不进，不代表你的话我也听不进。我感觉你比我爸强多了，你是个不错的男人。只是求你别太唠叨就是，否则我就听不进了。

花奴父亲我没见过，想不出那是个怎样的男人。这一刻我心里没底了，拿不准我的话对于花奴来说是不是唠叨，怎样才不算唠叨。又想既然约了花奴，即使是唠叨，也要把道理唠叨完。

言归正传。我抿了口咖啡，用舌尖舔了唇上的残液。我说，我给你的提醒是——我突然发现嗓子无端地发干，声音也嘶哑了。我又抿了口咖啡，让嗓子润湿一下。在我抿咖啡的当儿，花奴说，不要上当受骗。我吃一惊。仿佛花奴伸手从我喉咙里把这句没说完的话拽出来似的。花奴说，我知道你要和我说什么。雨落和我说了，紫夕和我说了，我妈她们这几天都和我说了。我像嚼着别人吐出的口香糖，一时无语。花奴说老总，我不是三岁孩子，怎么就上当受骗了呢？我说花奴，不管多少人提醒你了，这都是善意的，别人是在关心你，因为你的某些做法让别人无法理解。你该认认真真思考了。花奴撇撇嘴，你比我爸也强不了多少。

我败了。刚出招就败了。但我不想就此认输，我得把道理唠叨完。我说花奴，这个时代处处是陷阱，最大的陷阱是什么，你知道么？花奴不看我，像吐瓜子皮似的轻快地吐了一个字：钱！啪的一声，那粒瓜子皮仿佛吐进了我的喉咙眼里，我发不出声了。没想到二十岁的小丫头，看上去天真烂漫，其实什么都懂。花奴说就算我什么都不懂，天天听身边人唠叨也懂了。

好吧花奴，我说，你认同钱是陷阱吗？

花奴反问，如果我说钱也是你的陷阱，你认同吗？

我想了想，难以否认。的确，钱是每个人的陷阱，每个人都在为钱卖命。钱是这个时代的标签，贴在精神上，贴在婚姻上，贴在前途上，贴在理想上。有钱人成了明星，成了新闻人物，成了时代弄潮儿。进入二十一世纪，富二代官二代冒了出来，肩扛厚厚的钞票，走进了社会上层，在没钱人的面前横冲直撞。

我是个俗人，难以逃避钱的诱惑。我并不企图做只好猫，但即使是懒猫也要抓老鼠的。钱这个陷阱谁都跳不过。只不过我是男人，是个老男人，我靠能力赚钱养家糊口，不惧怕任何陷阱，我也没什么好失去的。花奴说我又能失去什么呢？我说你是女孩，年轻是资本，漂亮是价值。你如果跌进钱的陷阱里，你的资本和价值必将荡然无存。花奴吐出吸管，笑着说，老总，你生下来就这副模样吗？就这么老，满脸的五线谱？你就没有年轻过帅过？那你的资本和价值又是被谁掳掠了呢？

我拒绝回答。答案花奴是有的，她不过是在守株待兔。我一把年纪了，怎么会上这丫头的当呢。我拒绝回答。我明白雨落紫夕她们和花奴为什么谈不下去了。这丫头伶牙俐齿，百毒不侵，什么道理都懂。可我实在不忍看着她稀里糊涂掉进陷阱里，一绺青丝系白发。

花奴用力抿着星冰乐，杯底发出严重气管炎的声响。声音停了，花奴吐出吸管，笑嘻嘻地说，老总，如果我想嫁的人是你，你会为我惋惜吗？花奴的嘴冲我的头呶了呶。我摸了摸头。其实不用摸我也知道，我的白发也不少。我摸头只是掩饰，因为我回答不了她的问题。男人有很多自私之处，比如都喜欢女人，喜欢年轻漂亮女人。虽然未必付诸行动，但内心的企图是难以抗拒的。没有哪个男人喜欢女人会像考古学家那样，越老越喜欢。作为男人，我亦不能例外。花奴见我不说话，捂着嘴笑，说老总，我来告诉你答案吧，钱是每个人的陷阱，男人是女人的陷阱，女人逃不脱掉入陷阱的命运，除非一辈子不嫁人。

事后雨落奚落我，说我是自食其果。我不解所以。雨落说花奴为什么伶牙俐齿，还不是做营业员练出来的。你大会小会要我们学会和顾客沟通，要能言善辩，不惜巧言令色，想方设法说服顾客。现在好了，花奴嘴巴练出来了，别说你一个男人了，我和紫夕都是老营业员，花奴还不是对答如流，轻而易举地驳得我们哑口无言。

花奴的事是雨落先发现了异常。雨落是店长，和花奴在一个班。花奴的营业额第一个月超过雨落时，雨落并不惊讶——虽然雨落失去了头筹，但这有什么奇怪的呢。营业额就像股市，涨高收低取决于行情——不是首饰行情，是人脉行情。当花奴的人脉行情见涨或雨落的人脉行情见跌时，花奴拔得头筹是理所当然的。花奴的人脉行情前几个月一直呈上升趋势，除了花奴青春年少风光好外，还因为花奴一直在外做兼职。营业员仅上半天班，另半天花奴去赚外块，跟着婚庆公司跑业务，婚礼主持，开业演出，生日喜筵。花奴是上帝的宠儿。花奴像一块色泽纯净通体碧绿的玉，几乎找不出瑕疵来。长相，身材，三围，以及谈吐，唱歌，跳舞，都优美得无可挑剔。无与伦比的优势不但给花奴带来外快，还给她带来了丰厚的销售业绩。她的营业额节节攀升。

及至第二个月，花奴的营业额再度超过雨落。雨落有些吃惊了。再到第三月，花奴仍不出意料地荣膺第一。雨落何止吃惊，完全震惊了。不只雨落，全店美女都震惊了。花奴抬起双手，摆了个POSE，逗趣道，人缘好，没办法。雨花留意起了花奴的顾客。有个白净帅气的小伙儿来过好几次，有个开陆虎的老者来过两三次，还有些无法确定身份的男女老少。雨落以为帅小伙儿是花奴的男朋友。雨落是过来人，她看出了花奴现在进入了某种状态。那是个流水潺潺马蹄嘚嘚的状态，每个人都要进去，每个人又都会走出来。雨落感觉到花奴的状态后，问了花奴，花奴却否认了。花奴说我的眼光那么差么，能看上他一穷二白？雨落信了花奴的话。雨落相信花奴的眼光高不可攀，帅小伙儿充其量是个追求者罢了。

二

凌州经济开发区在市区的最东边。凌州大大小小有十来个开发区，数经济开发区离得最近，开发得最早。经济开发区规模大，企业多。经济开发区最初离市区较远，后来凌州扩建，开发区就与市区接壤了。开发区里的企业投资早，实力强，动辄占地一二百亩，甚至更多。

沿凌州大道往东，走到头，北拐，是条非常宽敞的大路。上了大路一直走，便是开发区了。下午的阳光有些炽热，我骑着电瓶车，倒是没出多少汗。几分钟后，我看到了日升厂的牌子。我将车子远远地停在路边，然后去了日升厂。这个厂在凌州有些名气，我之前就知道。到了厂门口，扫了一眼，不由得我肃然起敬。太气派了，太大了。就像到了个神秘世界，一眼望不到头。

门口站了个保安，个子不高，也不显得健壮。现在的保安参差不齐，当过兵的还会点擒拿格斗，没当兵的基本就靠一身制服吓人。这个小保安估计是四川一带的，矮小瘦弱，不过皮肤很白，像女孩似的。我想他做保安真是勉为其难了。小保安穿灰色制服，腰间扎着皮带。见到我，小保安员唰的一个敬礼，请问您找谁？我说，徐总。小保安问，哪个徐总？我愣着，我说你们有几个徐总？小保安说，现在都是家族式企业，老板姓什么，企业就会有好几个什么总。我听明白了，我说如此说来，日升厂的徐总得有四五个吧。小保安摇摇头，竖起两指头，说，就俩，你是找男徐总还是女徐总？这回我能分清了。我说男徐总。保安听明白了，说男徐总是我们老板。

又问，有预约么？没有。我没想到见个人还要预约，茫然地摇头。保安说那恐怕不太方便，找老板的人太多了。别说你一个闲人了，就是政府要员公司高管想见老板都要预约。我说我怎么是闲人了，谁闲了没事大老远跑这来一趟？我找徐总是有要事相商。我不甘心骑了半个多小时，结果连面都没见上，白费了力气。小保安说你既然有要事，咋不预约呢？我摇摇头，向保安招招手，提个人，你认识么？保安说谁？我说，花奴。花奴？保安重复了一句，摇摇头说，不认识。我说你们不是日升厂么？老板不是姓徐么？保安点点头，说没错。我说你们徐老板是不是有个姓花的女朋友？保安恍然大悟，大叫了一声，说你是说花美女啊？哪能不认识呢？认识认识。保安从云雾里钻了出来，说咱做保安的，哪会不认识花小姐。干保安这行，别的好事摊不上，就他妈的饱眼福。只要有美女出入，咱第一个饱眼福。我淡淡一笑，心说我和一店美女朝夕相处，和花奴天天相见，也没如此津津乐道。这小保安真会苦中作乐，仿佛饱眼福是老板给他工资之外的补贴似的。知足常乐。乘着他的兴致，我说，我是花奴的叔，来找徐老板谈要事的。我这是情急之中说出来的，之前压根没想过要装花奴的叔。保安盯着我，眼珠一动不动的，说你真是花奴叔？突然一咧嘴，哎呀，那不就是日升厂的皇亲国戚了？之后一连说了四五个对不起，说他有眼不识泰山，没想到我是日升厂的重要客人。然后对我说，您请进，我现在就领您见徐总。

我忽然间就成了花奴叔，忽然间就受到如此礼遇，这是我预料不及的。小保安先领我进了会议室，让我坐等会儿。我边等边打量会议室。会议室很宽敞，中间是长长的椭圆桌，散发着深红的远古的光泽。圆桌四周整齐地摆了圈木椅，也是深红色。墙上挂着励志标语：“每一份私下的努力都会得到成倍的回报”；“成功的人千方百计，失败的人千难万险”；“不吃饭，不睡觉，打起精神赚钞票”……果然是大企业，满墙都是口号，激荡人心。想想我这个老总，只管理十二个店员。罗兰连个会议室都没有，开会就在店堂里。以前我和邓老板说过，邓老板说，弄会议室干吗？十来个人在哪不能开会。我说有个会议室开会效果好，气氛也严肃。邓老板说，严肃不严肃和会议室有什么关系，你要是喜欢和美女们嘻嘻哈哈的，就是去人民大会堂开会也严肃不了。

我背对着门，站着欣赏标语时，有人敲门。我回过身，却不是小保安。见到的是一张熟悉却又陌生的面孔。这是个白净的帅小伙儿，很斯文，长得跟韩星似的。我感觉和他熟悉，但想不起在哪儿见过，也无法确定他的身份。我是第一次来日升厂，在日升厂应该没有熟人。不过做卖场的人，见的人多，走哪都能碰上熟面孔也是常有的事。

在我愣神的时候，小伙子也愣了神。他显然和我一样，有着半生不熟的感觉。到底在哪见过呢？我调动所有的脑细胞，在记忆的原野上寻找。我的记忆力还算不错，竟然从一个角落里将小伙子拽了出来。他是花奴的客户。就是被雨落误以为花奴男朋友的人，他去罗兰买过好几次首饰。他怎么会在这儿呢？锁定了他的身份后，我脸上有一丝慌乱。我怕我这个假叔被他戳穿。小伙子在瞬间的诧异后，自我介绍道，先生您好，我是老板秘书杨光，老板正在办公室恭候您呢。

我很快便找到了某种合理解释。杨光既然是徐老板秘书，那么他屡次去罗兰消费，便是受老板之托了。难怪花奴说他一穷二白。我还注意到，杨光刚才用了“恭候”这个词，我很汗颜。我何德何能，能让日升厂的大老板恭候呢？徐老板大概真拿我当花奴叔当泰山了。

我跟着杨光坐电梯，上了七楼，进了董事长办公室。杨光把我让座在沙发上，给我泡了碧螺春，然后恭敬地退了出去。我抿了口茶，味道很纯正。好茶。我环视办公室，办公室非常大，赶上罗兰金店的三分之二大。大鱼缸里，几条小红鱼在自由翔游。还有个大根雕茶几，巧夺天工。老板椅的后墙上，是一草书横幅，上书：宁静致远。办公桌也是深红色的，被幽暗的灯光照耀着，更显古色古香。

这环境太舒服了。估计局长们都享受不到这待遇，至少也得副市长以上。

一会儿，一扇侧门打开了。我没想到办公室里面还有内室。从内室走出一老者，我想此人一定是徐老板了。我打量了徐老板一眼。徐老板有六十出头，头发全白，根根通体发亮像钨丝。但很干净，衣服一尘不染。

徐老板只是扫了我一眼，并没有向我走来。他坐到了老板椅上，离我有十五六米。这个距离对话估计有点难。我的视力前几年开始老花了，越近越模糊，越远看得越清楚。十五六米的距离让我看清了老者暗淡的光泽。我辨别着老者的面色，看他的肌肤和行动。徐老板的肌肤就像穿了几十年的衣服，到处都起皱了。行动也显迟缓，动作像慢镜头。怎么看，都是花甲之人了。我心痛了一下，心里嘀咕死花奴，怎么看上这么个老朽呢。衣服是光华的，可内瓤快烂了，再名贵的服装也没有化腐朽为神奇之力。

徐老板拿起桌上的烟，熊猫的，示意我抽烟。我摆摆手。徐老板点上烟，跷起了二郎腿。

我想这就不是恭候的神态了。我被杨光骗了。也许杨光就是那么一说，是我拿自己当泰山了。不过即使我真的是花奴叔，是徐老板的叔丈人，以徐老板的身份和年龄，他也不会恭候我的。我想还是别当假泰山了。

徐老板稳如泰山地坐在椅子上，向我招了招手。我端起杯子，顺从地坐到他对面椅子上。我把身体向椅背上靠着，尽力表现出从容淡定稳如泰山的气势来。但即便这样，我仍然觉得徐老板很有气场，我这点伪装压根不是他的对手。

你是花奴叔？徐老板问得我措手不及，我莫名地慌乱了一下。我本来不想当假泰山了，给徐老板这么一问，又被逼了回去。那就当吧，至少年龄够了。不过当徐老板的叔丈人，我实在没这个资格。未来小婿不但是个亿万富翁，而且比我这个泰山还老呢。

而我只能顺水推舟了。我说徐总，花奴父亲让我来和你谈谈。他们想知道，你真的喜欢花奴么？

我说的是喜欢，不是爱。我觉得徐老板和花奴，好比是一对祖孙，祖孙之间只能是喜欢，不能爱恋。即使真的有爱，也应控制在道德范畴内。虽说这是个金钱猖獗的年代，金钱能买来许多东西，但买不来道德。即使道德之外的东西，也不是金钱都能买到的，比如时间，比如青春，比如真正的爱情。

徐老板吸了口烟，鼻孔里顿时像跑出了两架喷雾飞机，两柱浓烟滚滚而出。徐老板说，我爱花奴，十分爱她。自第一次见到她，我就爱上她了。只要她想得到的，我会全力以赴地满足她。

我感觉有东西在胃里抗议，上下倒腾着，喉咙也发出咝咝声响。我喝了一大口茶，好不容易才将翻腾的东西压了下去。

徐老板说他认识花奴是在日升厂周年庆典上。日升厂去年成立二十周年，请了一家庆典公司为他们做策划。花奴就在这家庆典公司兼职。庆典活动那天，花奴是主持人。清新靓丽的身姿，婉转美妙的音色，为庆典活动增色不少。其间，花奴还穿插着表演了舞蹈和歌曲，成了活动的亮点。活动结束后，徐老板邀请了庆典公司的人员就餐。席间，花奴向徐老板敬酒。徐老板给了花奴一张名片，两人就这么开始了交往，后来慢慢产生了感情。

徐老板把他和花奴的事讲得跟年轻人的爱情一样芬芳，可我觉得这不过是老牛吃嫩草的又一个版本，并没什么新意。等他讲完了，我说，您和花奴隔着四十年的时空，怎么会产生那种感情呢？这实在是不可思议的事。

徐老板没有尴尬，爽朗地笑了，从老板椅上站起来，走到我身边，看着我说，花先生你少见多怪了。被冠以花先生，我一时反应不过来。徐老板不管我是什么反应，继续说，当年的杨振宁多大？八十多。翁帆多大？不到三十。不照样相爱结婚了？花奴有句话说得好，身高不是距离，年龄不是问题。这年头一切皆有可能。谁给爱情规定年龄了？没有，连婚姻法都没限制。

我说您已六十，花奴才二十，在生活习惯语言沟通和思维方面有着很大差异，您能习惯吗？

徐老板回到坐椅上，在烟缸里弹了弹烟灰，然后表现出对我的说法大不以为然。他说习惯是慢慢养成的。即使青年男女走到一起，也会存在习惯上的差异，语言和思维也不同。爱情的关键是彼此间有没有吸引力，准确地说，是你能不能满足对方的需求。

我看了看表，时针指向四点。时候尚早。见徐老板一面不容易，装回泰山更不容易。我想和徐老板多聊聊，谈透彻点，看他到底有何魅力吸引了花奴，他能满足花奴什么需求。徐老板也没有送客之意，毕竟我的身份是花奴叔，是他未来的叔丈人。叔丈人虽然不能完全决定侄女的亲事，但如果从中作梗便是如鲠在喉，总是不舒服的。

徐老板是个健谈的人，谈起话来忘乎所以，口若悬河。他是花甲老人，又是老板，自然不会像毛头小伙初见丈人时那么拘谨。他侃起来，不像侃，像作报告。我随便问个什么，便像玩魔术似的，能从他嘴里抽个滔滔不绝。他在滔滔不绝时，很不喜欢被人打断。事实上我也打不断，必然等到他滔滔说绝为止。

在他滔滔的间歇，喝茶的工夫，我插了一句，花奴虽然是我侄女，但我真不知道花奴需要什么。现在年青人想法跷蹊古怪，不知道脑子里成天想什么。

徐老板不以为然地摇头，说不不不，花奴的脑子很正常，没什么跷蹊古怪的。她只有一个想法，也是很正常的想法，就是挣钱。她跟我说过，她出身贫寒，父母都是普通百姓。哦，她从没提过你这个叔，所以不知道花先生你是干什么的。不过即便你是老板，或生意人，可你只是花奴的叔，她不会向你伸手要钱的。所以她需要一个有钱男人做依靠，满足她的需要。而我完全具备了这个能力。

她向你要过很多钱吗？我说。

徐老板摆摆手，非常肯定地说，没有，花奴不向我要钱，从不向我要钱。花先生你没明白我的意思，花奴只想找个有钱人做依靠，但不是找个有钱人养活她，这二者是有本质区别的。

我还是不明白他的意思。我不知道这二者有什么本质区别。

打个比方。徐老板停了下，点燃了第二支烟。徐老板的烟瘾不算大，一两个小时才抽了两支。他可能是控制了的。他这个岁数和身份，必定要注重养生了。徐老板继续说，打个比方，你想开个店，但你没有本钱。如果有个有钱人做依靠，借你点本钱你就能开店了。如果没这个依靠，你就开不起店了。

这个比喻好，我一下就茅塞顿开了。可是我不明白的是，花奴仅仅为了找个依靠，又何必将自己缠上这棵枯藤朽木呢？

我在暗忖时，徐老板仍在演讲。你这个做叔的，可知道花奴从事什么职业么？我刚想作答，徐老板却没给我机会。徐老板说她在金店做营业员，做营业员多辛苦啊。天天站着不说，他们老板刻薄啊，给她们这些年纪轻轻的女孩定销售指标，她们得靠卖首饰拿提成。这种老板不明摆着压迫店员给他自己挣钱么？

我在椅子上挪了挪身子，颇局促不安。我知道徐老板不是在指桑骂槐，但听上去刺耳，就像针对我说的。我从没想过定销售指标是件刻薄的事，我甚至大会小会上都强调抓销售指标。可徐老板这么一说，我才怀疑销售指标的合理性，如徐老板所言，这是压迫店员给老板挣钱了。我本想问徐老板日升厂是如何促进销售的，又担心问这些会转移了我们谈话的主题，便作罢了。

徐老板说他认识花奴后，就去罗兰买首饰了，让花奴拿提成。而且现在，他每月都去买，不管自己有没有需求。他想让花奴在罗兰立于不败之地。花奴正是这么一点点被他打动的。徐老板笑道，年轻人都想有成就，花奴也是。花奴有事业心，想干得出色，得到上司和同事的赏识。我便满足了她的这些愿望，感动了她。后来我将之前买的首饰全送给她，因为我本来就不需要这些首饰。花奴却坚辞不要，说她只需要我的帮助，她不想靠别人养活。

这的确是花奴的性格。看上去嘻嘻哈哈的，其实花奴傲骨如梅。

您有太太么？我换了个话题。……嗯，我的意思是，您现在是单身么？

徐老板吐了口烟，说我当然有太太，我怎么可能是单身？我要是单身，早就成抢手货了。徐老板大笑，又说，不过那一纸证书算得了什么，对于我来说，解除婚约如同撕一张纸，我信马由缰惯了，没什么能束缚我的。

可是，我说，您太太和您患难与共了几十年，她会同意吗？

当然不会。徐老板从沙发上站起来，说我有亿万家产，离婚了意味着我太太将失去部分或大部分财产。女人吝惜，老女人更吝惜，她怎么舍得辛辛苦苦打下的江山拱手让给别人呢。而我也不会剥夺她的全部财产，我是有良知的人。离婚了我会把她应得的财产还给她，足够她颐养天年。但她所剥离的，于我来说不过是九牛一毛，丝毫不会伤我筋骨——你明白我的意思吧？你是花奴叔，肯定关心这个问题，花奴将来嫁我了，能获得多少财产。我如果没说错的话，你来找我的醉翁之意就在于此吧。

徐老板是个典型的利欲主义者。他的价值观就是金钱观，钱可以得到一切，权力，女人，欲望。我无比憎恨这个赤裸裸的满嘴喷粪的家伙。我没表现出憎恨来，也没表现出对钱的排斥，因为我不知道花奴嫁老朽是不是冲着钱来的。

我那天和花奴没能谈拢，便想使出釜底抽薪之计，先劝退徐老板莫要毁了花奴，进而让花奴的如意算盘落空。但在徐老板的地盘上，掌握话语权的始终是徐老板，我像是他的下属，耐心地听他发号施令。我相信徐老板在这个办公室里发出的所有言论都被当成了真理和信条，无论谁都不能置疑，更不能驳斥，必须无条件服从。我不是他的员工或合作伙伴，但我也无力驳斥他。有时我想驳斥，可还是忍住了。我是假泰山，这始终让我心虚。于是我不得不再换了个话题。

我说徐总，您是否觉得，您到了这个岁数，再谈离婚结婚，会损坏了您的名节？别人也会对您提出质疑，甚至指责您的生活糜乱呢？您在日升厂至高无上，名震一方，如果花甲换妻，或许暗淡了您在员工及亲友心中的光辉形象。

徐老板纵声笑了，说花先生莫不是生活在世外桃源了。当下时代，谁不是生活在自我里？谁的一生，不是风来雨去？谁的江山，不是马蹄狂乱？我奉行电信那句经典的广告：我的地盘我做主！再说了，一个人若不求冲锋陷阵但求风平浪静，必定是平庸鼠辈。我从来不是平庸之人，我喜欢冒险，喜欢尝试别人不敢做的事，年轻时如此，现在亦是如此。做大事业的人，都富有这种精神。我若甘于平淡，又怎会拥有日升厂这片江山？每个人的一生，都是一座江山，有的风景如画，有的黯然失色。想要江山如画，就要历练风雨。不知道花先生你是否赞同我的观点？我是这么认为的，我也是这么一步步走向成功的。

徐老板的人生哲语我听得津津有味。我佩服徐老板的口才。不愧是成功人士，谈吐非凡。花奴嫁他，或许真的不是为钱，就为这份谈吐。这份成熟的魅力，足以迷倒涉世未深的女孩了。我也欣赏他的谈吐。我几乎迷茫了此行之意。但我很快就清醒了。我是带着拯救花奴的使命来的，我不能疏忽重任。

我最终也没能将我的真正意图表达出来，因为我没有足够的气势。日升厂是徐老板的山寨，在这里我和徐老板没有平等的语境，话语权始终攥在徐老板手里。我想换个地方，或许那样我才能表达个淋漓尽致。

三

我在网上查了有关老夫少妻的资料，网上说法不一。有说是社会根源，有说是心理根源。社会根源是说老男人多有实力，年轻女孩冲财富而去。花奴似乎不是这一类，徐老板说她不要钱。花奴或许就是心理根源了。心理根源是说许多女孩有恋父情结。这种情结还可以分为两种：一种是童年时缺少父爱，渴望有个父亲一样的男人来弥补心灵上的空白；另一种是童年时得到过度的父爱，不能从父爱中走出来，希望找一个跟父亲一样的男人延续父爱。

花奴有没有恋父情结，我不清楚。我问雨落，雨落说不知道，感觉花奴和她母亲特别亲，花奴常在网上给她母亲买衣服。

我想找花奴再聊聊，聊她的父亲。花奴不太情愿，说他在我心中只是一个男人的代号，没什么好聊的。她这么说，我更想和她聊聊了。父亲怎么就成了一个男人的代号了呢？即使我于花奴来说，老总是个代号，但代号之外我们还是有感情的，毕竟朝夕相处了两年。而父亲，无论如何都不应该是个代号。他给了她生命，给了她生存，还可能给了她许多许多，怎么就薄如一个代号呢？

——想听是吗？那，请我喝酒吧。花奴顽皮地笑道，不喝酒不想说，喝点酒有问必答。

喝酒没问题，但我为花奴惋惜。聊父亲竟然要借助酒，小小年纪就懂得了借酒浇愁。我以为，借酒浇愁是大人的事，男人的事。花奴这年纪，梨花带雨能解千愁，是最好不过的了。

罗兰金店往西不远，有个世纪缘小酒店。我和花奴选了个小包间。包间很小，适合情侣幽会，也适合我和花奴喝酒——喝酒不是目的，交谈才是目的。这么狭小的包间，更方便轻声交谈。

我知道花奴酒量不错，每次聚餐她都喝点，三两酒没问题。我不会喝酒，一两酒头晕，二两酒趴下。我先在花奴的高脚杯里注了一半，给自己只倒了一小杯。花奴掩口笑，你这个男人，也就是个代号，还不如女人呢。

菜上来了。先碰个杯，说的是闲话。我喝酒都是湿湿唇而已，花奴却是大口喝了。我不拦她，等着她进入状态。高脚杯喝完了，花奴的脸略显嫣红，话果然多了。

开始吧。我说。我知道是火候了。

我没有父亲……花奴说到这儿，打了个温雅的酒嗝。

我没有父亲。花奴又说。他没死，还活着呢。他在我十三或十四岁那年吧，丢下我和母亲不管了。他是个法官，判决过很多案子，也轻而易举地把我和母亲判决成了相依为命的人。而他自己则抽身而去，推开了另一扇门。他肯定不是个好法官，好法官是不会离婚的。法官都离婚了，他还能裁判老百姓的婚姻么？他肯定就是那种吃了原告吃被告的法官。他把口袋吃饱了，把腰杆吃硬了，把人性吃没了。没了人性，他就想吃人了，吃女人，漂亮的女人。我母亲年轻时也漂亮，后来不年轻了，他不想吃了。听说他吃了许多女人，后来吃定了一个，结婚了。他那小老婆比我母亲年轻多了，比我只大七八岁吧，后来生了个儿子。那时我母亲总诅咒她生个儿子没屁眼。那时我还小，还信以为真呢。后来听人说，我那个弟弟是有屁眼的。——错了，我不叫他弟弟，从来不叫。我妈不让我叫。现在你该明白，我说父亲是个代号的原因了吧。我恨我父亲，非常非常地恨。特别当我看到母亲辛辛苦苦培养我，看到她一绺绺白发在眼前浮动时，我就特别心疼。我就更加地恨我父亲，甚至恨所有男人。——你别多想哈，这与你无关。你挺不错的，比我父亲强，也比邓老板强。邓老板太花心，和我父亲差不多。我鄙夷这种人。

我点点头。别说我和邓老板，说你父亲。我还没得到我要的答案。

花奴搛了筷菜，在口中优雅细嚼。我端起杯，和她碰了一下。等她喝了，我没喝就放下杯了。花奴说，我和我母亲的苦命就是从我父亲得了儿子开始的。我父亲有了儿子，视若掌上明珠，我这女儿就不是他女儿了。他的小老婆母凭子贵，将我和母亲从他们的日子里彻底撵了出来——之前他还给过生活费，偶尔还会来看我。之后他就消失了。那时一听同学提起父亲，提起三口人的温馨，我就流泪，就特别羡慕，想象着那是多美满的生活。羡慕有多少，恨就有多少，我对父亲的恨就这么与日俱增。

我静静地听，分析着，想从花奴的故事中扯出线索。

我启发花奴，你恨父亲，不代表你不渴望父爱，对吧？

花奴肯定地说，我渴望父爱，但那是很久以前的事了。我早就不渴望了，一点都不渴望。在我心目中，父爱便是残酷。一想到父爱，就有种窒息的感觉。我母亲没什么文化，她的话我不太当回事。但我母亲有句话我是深信不疑的。她说，女人永远不要依赖男人，天下没一个男人靠得住。在我十五六岁时，我不太懂这句话的意思。后来辍学，走上社会了，渐渐懂了这句话。特别是这几年，我不但懂了母亲的话，也懂了母亲。我给自己定了规矩，必须自食其力，必须独立自主，永远都不要成为男人的附属品。否则，我会成为母亲第二。花奴的眼睛半眯着，透出一股藐视的劲道，浮光掠影，捉摸难懂。她捏着酒杯，轻轻转动着，杯中的酒像醉了般微微摇晃。

我默认了花奴母亲的这种说法，且以为臊。作为男人，我了解男人的心态。社会若拆去道德和法律这两道门槛，我觉得男人们皆唯恐男女不乱。徐老板说得对，谁的江山不是马蹄狂乱？一个男人，不管拥有多大的事业，都喜欢在乱云飞渡中指点江山。但我并不赞成花奴母亲的做法，她不该给花奴注入这些消极的人生哲学，这对花奴的成长不利。花奴过于沉浸在母亲的熏陶里，我担心会因此对男人仇视，会因噎废食，致使生活有了缺失。不管男人如何，人生总是要追求圆满的。

我对花奴说，女人嫁人是必须的，这不只是对自己负责，还是对社会负责。你认认真真地去寻觅，会找到好男人的。你必须好好恋一场爱，毕竟这是人生最甜蜜的旅程，不去经历会很遗憾的。

花奴说有什么好遗憾的，甜蜜过后的事才遗憾。

这丫头太成熟了。我顿了顿问，那徐老板是好男人么？

花奴摇摇头，嫁给谁，与好坏无关。男人没有好的。

我说，那徐老板给了你爱情么？

花奴再摇头，嫁给谁，与爱情也无关。爱情和婚姻未必是因果关系，二者的顺序就像是玩魔方，怎么摆弄都成。我认识个诗人，是写现代诗的。他说现代诗就是把两个毫不相干的概念扯到一起来。这个说法对不对我不知道，我不懂诗，但我觉得在我的生活词典里，婚姻和爱情就是两个毫不相干的概念，我就像个现代诗人，要把它们扯到一起来，或择其一而为之。

我对现代诗并没有研究，解释不了花奴的话题。我想再说说徐老板的事，花奴却将小半杯白酒一饮而尽，之后便语焉不详了。

我扶着花奴下楼，想给花奴打个出租车。花奴说不用，你送我吧。坐在我的电瓶车上，花奴揽了我的腰。花奴的玉臂酥手像个软鞭，柔柔地抽我身上。我没有挪开她的手。我怕她喝多了松手会摔下来。花奴在后面问我，被美女搂着很受用吧？……这就是男人，男人就这样，男人……没一个好的——

日升厂之行我和雨落说了，雨落避重就地轻向我提了个问题。雨落说老总，你就没有怀疑过我们的经营制度吗？我看雨落，不知何意。雨落吁了口气，说罗兰的销售提成制度推行五六年了，压得我们这些店员都喘不过气了。说实话，这几月花奴连续超我，我就没踏实睡过觉，一心想着营销的事。销售提成制度真很残忍啊，逼得我们这些年轻女孩不得不去攀富逐贵，在权贵面前放软身段，弄不好就掉进了陷阱。花奴不就是个例子吗？若不是为了营销，她怎么会对一个老朽心存感激？没有感激哪来的爱？又哪来这荒唐的抉择？

我点头，看着雨落沉吟着说，我同意你的观点。花奴这现象折射出了罗兰管理上的问题。不过，邓老板是不会取消提成制度的。再说，没有提成哪来动力呢？没有动力罗兰怎么生存？罗兰要在市场中立于不败之地，就要去竞争，市场经济就是这么残酷。雨落没有看我，看着自己的手指，说市场竞争固然残酷，但拿女孩的青春去竞争，是不是更残酷呢。花奴之事谁之过？罗兰不应该担当么？不应该吸取教训么？罗兰在凌州的珠宝界已是一块招牌，想保住这块招牌，最好是保证首饰的质量和企业的信誉，而不是一味地追求业绩和利润。

我从没质疑过销售方面的制度。而雨落的质疑，让我突然间有了动摇。我认为雨落说得对，一味拼青春拼市场未必能保住招牌，拼质量拼信誉才是关键。晚上我坐在电脑前，在网上云游。我找到这样一段文字："日本和德国这两个经济体在第二次世界大战后，两国领军企业都没有首先注重盈利，更不谋求短期获利，而是注重长期市场的开拓，注重顾客的效用和质量，把利润当成了这种战略的结果。两国的企业还主动承担起社会义务。经历过战争的德国和日本的企业家们非常清楚，社会不稳定，阶级斗争，罢工，贫穷的国民，都不能给企业提供良好的活动环境，所以企业家们把这些因素当成企业的己任和追求，推动企业和社会的共同进步。”

这段话似乎暗合了雨落的想法，颠覆了我一贯的经营理念。我的思想陡地发生了倾斜。利润是个无止境的追求，像一根牛鞭，无止境地抽打在员工身上。员工在这种理念和压力的鞭策下，势必要马不停蹄地去狂命追逐。企业家的贪得无厌，将直接导致员工狂乱，企业狂乱，社会和时代都将陷入狂乱之中。

有一次，我随意地和邓老板说了德日企业家的事，顺便说了我的想法。邓老板的惊讶本在我的预料之中。但他的惊讶程度还是出乎了我的预料。邓老板像见到了周口店猿人一样看着我，半天不说话。我知道邓老板没多少文化，属于草根老板，一些深奥的企业管理他未必理解和接受，他的境界尚达不到那种高度。邓老板惊讶之后，脸上有些愠色，说企业不追求利润，员工喝西北风去！我谦和地解释，不追求利润不代表不盈利，盈利是经营的结果，不是经营的主要目的。邓老板说，你们文化人，就会玩文字游戏，什么目的结果的，都一样。我知道邓老板听不进，又换个话题，说花奴的事。邓老板并未领悟什么，瞪着眼反问我，这能算企业的错么？法律有这么规定的么？我说有些事不能用法律去衡量，就像上公交车给老弱病残让座一样，这是道义，法律不能制约。邓老板撇撇嘴，我多少年不坐公交了。

我暗自叹息，然后朝店门外瞟了一眼。邓老板七八十万的福特就停在门外，耀武扬威，气势非凡。

邓老板又咂嘴道，花奴漂亮，嫁个老头可惜了。忽地一笑，说哪怕找我这个岁数的，也不会招非议啦。我没笑。且心里怒。我知道老板的逻辑很多时候是相似的，尤其对待金钱和女人，往往会惊人地一致。尽管邓老板性情温和，但藏在他骨子里的东西，未必就比徐老板好。

邓老板见我半天不语，又笑道，我说着玩的。你是知道我的，兔子不吃窝边草，店里美女我从不染指。我挤了点笑，笑得有点冷。邓老板确实不染指店员，他指望她们挣钱呢。他也没闲着，换女友比换手机勤快。员工们卖命挣钱，挣来的钱都供老板们挥霍了，这世道，哎！

后来我和雨落说了，取消销售提成是不可能的，邓老板不同意。雨落说，我预料到了，哪个老板不贪心呢，天下老板一般黑。我说不能这么说，老板也各有不同。这事我不想放弃，我会再和邓老板谈。雨落点点头，又指指门口说，花奴的小帅哥来了。

我顺着雨落的目光回头望，见杨光从车上下来。我把脸往里偏了偏，对雨落说，他叫杨光，是徐老板秘书。雨落哦了一声，说这么说他买饰品是徐老板安排的了。我说呢，这么帅，又常来买饰品，花奴咋看不上他呢。我说这年头，只有帅是远远不够的，高富帅缺一不可。雨落说可那个老朽呢？不就是富嘛。我说花奴好像并非看上他的富，花奴也从不要他的钱。雨落说这丫头傻啊，不图钱图什么，还真和老夫子玩天长地久海誓山盟啊？

二十分钟后，杨光走了。花奴将一款粗硕的金项链装进手提袋里，客气地将杨光送到门口。在花奴面前，杨光毕恭毕敬，不像其他顾客左挑右拣，高高在上。花奴的态度却始终如一，礼貌热情，服务周到。

四

坐我对面的，是个女人。我叫她徐总——日升厂的女徐总。

她也叫我花先生——杨光这么介绍了我。我没否认。以讹传讹的这个身份为我进出日升厂提供了方便。我再次来日升厂时，先是保安热情多了。杨光更是热情有加，安排我在接待室坐着，泡了杯碧螺春，给我点上了苏烟。茶我接了，烟我谢了。因为我在厂门口

就看到标语 :“厂区内严禁抽烟”。“严禁”这个词用得苛刻了点，徐老板上次就抽了，我这样的贵宾肯定也可以抽。这个规定显然没那么严，是要因人而异的。比如员工，抽烟肯定是不被容许的。

杨光说，老板正在会客，一会儿见你。

我在等徐老板召见的时候，门被推开了，进来一个女人，就是女徐总。当然，这时我还不认识徐总，只是冷淡地看了她一眼。徐总年龄不大，三十来岁，看上去像个领导，举手投足间有股利索劲儿。

你找谁？她问我。问得很直接，连起码的称呼都省了。这让我有点不愉快。我冷冷地说，我找徐总。她又问，哪个徐总？我懵了下，蓦地想起日升厂分男徐总和女徐总，便淡淡地说，找老板。徐总仍是穷追不舍，说找老板有事么？我说当然有事。她问什么事。不依不饶的口气，跟警察查房似的。我不快地望着她，她没有回避，也直凛凛地看我。我吐了两字 : 私事。我敷衍了一句，不想和她多说。徐总却道，什么私事。这女人给了我一种难以名状的况味，我有些忍不下了。我说私事你也要问么。她说当然，我是老板女儿，日升厂的副总，他的私事我当然可以过问。

居然还用了个“当然”！

我知道她的身份后，仍想拒绝回答。我认为隐私是很个人的事，即使女儿也不能过问父亲的私事。父女间怎能无隐私可言？一般家庭是不可能这样的。我和我女儿就做不到，连 QQ 密码都互不知晓。我更不喜欢徐总咄咄逼人的口吻，仿佛是检察官在审讯贪污犯似的。但我在忽然间又改变了态度，因为我对她的身份产生了兴趣，我觉得和她聊聊或许不是件坏事。

于是我换上笑脸，哦了一声，说原来是徐总啊，初次见面，多有冒犯。您真是个好女儿，对父亲的关怀无微不至。

徐总撇了撇嘴角，并没有还之以热情，仍是一如既往的淡定，说我们父女亲密无间，没什么隐私可言。她的表情始终沉着，脸像一幅浮雕，纹丝不动。大概是领导的缘故，领导一般不爱笑。我是个例外。我只不过是个店铺老总，成天泡在花丛中，面对顾客，笑是免不了的。

我又笑。装出来的笑。笑给徐总看的，为博得她的好感。

有人敲门。杨光进来了。杨光见徐总和我说话，略有惊异，马上便神态自若了。想必是老板要见我了，但杨光没这么说。做秘书的人眼观八路。杨光也是。徐总在和我谈话，杨光不好领我去见老板。何况我是花奴叔，这个身份特殊而且敏感。杨光向徐总笑了笑。徐总视而不见，问我，贵姓。我本来就打算亮出底牌呢。我说姓花，花奴她叔。徐总一惊，看着我一时无语。杨光趁机说，徐总，花先生是花小姐的叔叔，他来找老板。徐总冷冷地说，这儿没你的事，我要和花先生聊聊。杨光哦了一声，退了出去，掩上门。

杨光退出去后，徐总仍未开口，冷冰冰地看我，向我射来了许多疑问。我被看得不好意思，用力揉眼，掩饰内心的窘迫。也怕有眼屎什么寄居着，毁了花奴的形象。

徐总说，我很想不通，你们是怎么教育晚辈的？

我不料她有此一问，一时难以作答。徐总显然是在将我的军，而我又绝不能输给她，否则就给花奴丢脸了。我的脑子比车轮转得还快。我反问道，我也很想不通，作为晚辈，你怎么竟有这样的父亲？

徐总说，有什么样的父亲，子女无权选择。但培养什么样的子女，长辈是有能力有责任的。

我说，花奴还小，犯了错可以改。可是，一个六十岁的人犯了错，想改怕都没机会了。

一番唇枪舌战，看不见的刀光剑影。徐总脸上稍有些尴尬，不再直视我。

徐总说，其实呢，一个巴掌拍不响，两人都不应该。花奴要嫁给一个花甲老人，其意图乃司马昭之心，路人皆知了。

我说开始我也这么以为的，但事实上不是。我和你父亲聊过，你父亲说花奴从不向他伸手要钱。

徐总不屑，说他的话能信么，没听说过恋爱中的人智商为零？无论男女老少。花奴在我父亲眼里，就是天上最亮的星星。花奴要什么，他都会给。

我不以为然。你父亲若是智商为零，如何统领日升厂的千军万马？

徐总说，有我和我母亲管着，日升厂就能运转如常。

徐总既然提到了母亲，我就想知道她母亲对这件事的态度。我能预料到她母亲的态度，甚至有些心疼。年近六十的奶奶级的女人，竟然和年青美貌的孙女级的女孩互为情敌，是何等地荒唐和无奈。90后女孩难以理喻，敢于挑战一切世俗伦理，弄得阿姨和奶奶们措手不及。

徐总直言，她母亲为这事很愤怒，也吵闹过。徐母并非心胸狭窄之人，也并不介意徐老板的花心。男人事业做大了，花心是难免的。徐老板的心早就花了，一直没收起来。但是徐老板不该动了休妻之心，要和小女孩结婚，这是徐母无论如何不能容忍的。几十年的夫妻，十几个亿的家产，竟被一个小女孩搞得四分五裂，徐母焉能甘心？大动干戈无效，徐母和女儿结成同盟，一致对付徐老板。当然，最根本的是对付花奴。在她们眼里，花奴是个入侵者。

我纠正徐总的说法。你把花奴说成入侵者，我是不能接受的。我和你父亲交谈过，他说他和花奴在去年相识，之后他一点点打动了花奴。所以你不能把责任完全归咎于花奴，我这个叔是绝对不认可的。花奴毕竟只有二十岁，哪经得起诱惑？真正的罪魁祸首不是花奴，而是你父亲。一个饱经风霜的男人，稍稍施点伎俩就能俘获女孩的芳心。

这不重要。徐总口气决绝，说重要的是如何去解决，让不知廉耻者南柯一梦，让不劳而获者一无所获。

听到两个“者”，我哑笑。这个女人，很大义灭亲。

我将腰板直起来，正视着徐总。我说我再次来找徐老板，也是这个目的。我们花家虽不富有，但世代勤劳，从不觊觎他人果实。花奴亦非不劳而获之辈，只是太年轻，不够稳重罢了。

我俨然花家代言人，句句为花家辩护。

徐总笑了，难得一见的笑。尽管落寞了点，像寒风吹起的河水，但毕竟解冻了，给我带来了冬天的暖意。不过接下来，徐总的话让我再次感觉冷风劲吹。徐总说，徐家的财产，一分一厘都是徐家人辛苦挣来的，无论谁，都休想分一杯羹！不，一杯水都休想！

我摇头，觉得徐总自负了点。我的眼飘过徐总头顶，凝视天花板，悠悠地说，我赞成您的做法，但日升厂应该是您父亲说了算，您无力控制吧。

徐总笑，说日升厂是家族企业，家族企业的特点就是一家人共管。虽说章程和法律赋予我父亲是唯一股东，是日升厂的决策者，但真正控制日升厂财权的并不是他，而是我母亲，还有我。徐总一副稳操胜券之态，仿佛日升厂的金库钥匙就别在她的裤腰上。我不能自禁地朝她裤腰上瞄了，没瞄到钥匙，瞄到了一截细嫩的腰。我想这女人如果不是副总，如果出生在普通家庭，这样的身材和脸蛋，必定会惹人爱怜，男粉丝少说一个排。可漂亮脸蛋一旦贴了金，或蒙上乌纱，可爱的美丽的东西便荡然无存了。

我的左顾右盼并没有引起徐总的介意，徐总仍在演说她的地位及权力。日升厂的财权完全掌控在我母亲手里，动一分钱，没我母亲的私印是拿不走的。我父亲曾尝试过从财务支款，结果未能得逞。

老板都支不了款！这条家规果然厉害。我几乎想象出徐母是个怎样的人了。花奴遇上这样的对手，肯定会输个一败涂地。我问徐总在日升厂分管什么。徐总说营销，工厂的订单和客户全在她的控制之中。我知道这将意味着什么。营销是制造型企业的火车头，这个女人勒住了日升厂的咽喉，日升厂的命脉便在她的一握之中。我和母亲联手，我父亲还能蹦多高呢？徐总问我。

这果然是要了徐老板的命。

除了容貌和声音，徐总表现出来的多是须眉之势：果断，干练，铿锵，毫无娇柔温婉之态。职业使然或天性如此，我不得而知。但我宁愿相信，是职业的锻造。我想到南方有个流行词：男人婆。这个词有些贬意，但用在她身上，并不为过。她太像男人了，口气硬朗，意志坚决。她把日升厂当成战场，她就是战地指挥官，时时刻刻都在下达命令，投身战斗。

单是这样一个女人，花奴就无法匹敌了。何况还有个大权在握的徐母。我想知道，花奴还有哪些敌人。

徐总说没有了，她是独生女。

我哦了一声。我明白了，徐总死护着家业，听上去是和母亲共守，其实是为了个人利益。她是徐家财产唯一的合法继承人。但她毕竟是女人，女人总是要嫁出去的。徐家产业不管多大，迟早也要改头换面，跟别的男人姓。或许这也是徐老板舍得给花奴送首饰的原因吧。

徐总说，男人有好的么？靠得住么？对不起花先生，我不是指你。我就是不相信男人，包括我父亲。所以我不把自己附属于任何男人，我就是我，我属于我自己。也许你在暗忖我的婚姻如何，我实话告诉你，我离婚六七年了。我和女儿生活在一起，生活在一个没有男人打扰的世界里，我很幸福。我没想过再婚，从来没有。和女儿生活在一起，我感到充实，哦，我女儿也姓徐。

我惊讶如是，又觉得应该如是。且不说徐总之个性，单说要保住徐家大业，徐总不离婚能行么？牺牲婚姻是难免的。然而，牺牲婚姻就能让徐家江山永不褪色么？徐总老了，其女继承。女儿要嫁人，徐家江山依然逃不脱落入他人之手的宿命。

徐总淡笑，对我的多虑表现不屑。徐总说她女儿十来岁了，一直生活在她身边。她给女儿灌输的理念便是什么都得靠自已，莫要依赖男人。她将来要嫁的男人，必须是屈服于她的男人，惟命是从的男人。凭什么呢？凭徐家的实力。这年头，谁有钱谁就是大爷，谁就掌握了话语权。拿不到话语权，宁可不嫁。

徐总的话不无道理。我也相信大千世界肯定能找到这样的男人。可是，要让一个男人长期屈服于女人，除非这男人的骨头是豆腐做的。

徐总说当然没那么容易，但如果男人做不到，女儿就应当选择离婚。

徐总不像在和我交谈，更像是在向她女儿颁布家规。我听得全身发冷，额头沁出汗珠。做个有钱人太不容易了，心理几乎是扭曲了的。为保住自家的江山，不得不牺牲一代又一代的幸福。果真值么？我是个无产者，我无法抵达这样的境界，便也无法理解他们对江山的眷恋。或许徐总的人生观并非她的独创，大凡老板皆有此虑。白发越多，焦虑越多。比起帝王世袭，这算不算是另一种世袭制——财富世袭制？

这个话题扯远了，我管不了那么多。我想知道的，是徐总如何对待花奴的事。徐总笑了，笑得有些动人，皮肉都颤动了。徐总说你这人有些迟钝，我说这么多了，你还听不出来么？我父亲要是娶花奴，他必须净身出户。花奴要是冲着钱来，必定扑了场空。

我说，净不净身岂是你说了算的，您父亲是日升厂的大股东。徐总说，你怎么就听不明白呢？他是股东怎么了，账上没钱，钱都在我母亲卡里呢。厂里要用钱，先从我母亲卡里转到公司帐上。还有，我分分秒秒都可以把客户拉走。我和母亲使个金蝉脱壳计，另立山头太容易了。如果那样，日升厂将是一具空壳。他都六十了，还能东山再起么？

我愣怔片刻才说，您父亲知道您的想法么？

徐总说，没说呢。他还未正式向母亲提离婚。等他提了，再说也不迟。他是有名望的人，是个饱经沧桑的老人，他不会和我母亲闹的，丢不起那张老脸。他一直希望能和我母亲心平气和地分手，可我母亲岂能便宜了他？

我想我没必要找徐老板了，或许他还蒙在鼓里呢。起身和徐总告辞时，徐总递了张名片给我，希望我和她能联手，妥善处理好这件事。我们果真握了握手，我趁机用了点力，以示联手。徐总的手很软，很有女人气息。如此好料，可惜了。

五

一个月一晃过去了。月初，雨落统计了上月销售报表，花奴仍遥遥领先。雨落第二，与花奴差了一大截。这结果既在预料之中，也在预料之外。花奴第一是必然的，只是没料到高出那么多。雨落把花奴的详细业绩打出来，我逐条看了，分析了花奴的客户群。杨光是最重要的客户，价高量多。上月消费了五次，其中一次买了三万多的钻石。客户群里没有徐老板的消费记录，他的名字被杨光代替了。

但我预感到了花奴或有危机。我不能完全确定，就像金融危机一样不易捉摸。危机或来自徐老板的老婆和女儿，她们掌控着日升厂的命脉。换句话说，她们掌控了徐老板的命脉，推而言之，也掌控了花奴的命脉。

我分析了花奴近几个月的业绩，发现有这么几个特点：一是有徐老板这样的支柱客户；二是不乏回头客，渐渐固定了下来，时不时来消费；三是每月都有两三个新客户。我不知道这份业绩，是归功于花奴的交际力，还是她的事业心。在其他店员频频为客户犯愁时，她却似常青树，总处于恒定状态。从业绩的角度说，我佩服花奴，甚至感激花奴。我这个总经理也拿提成，店员们的整体业绩决定了我的提成。因了这份感激，我有了提携花奴的冲动。当然，更重要的还是因为罗兰有这个规定，凡连续三月业绩排第一，可提拔重用。店长不可能。尽管花奴业绩高过雨落，但毕竟年轻，入职的资历也浅。再说雨落是老店长，入职六七年了，各方面的能力都不错，为罗兰付出了很多。何况当店长并非那么容易，要直接面对顾客，要擅长调解店员与顾客间的纠纷。有些纠纷容易解决，有些不好解决。遇上蛮不讲理的，仗势欺人的，官商子弟的，问题就更复杂了。每每此时，雨落和我的配合都很默契，一次次化干戈为玉帛。

我没有疏忽花奴的危机，但还是想重用花奴。花奴的销售冠军蝉联了近半年，这样的店员不重用，不符合罗兰的用人制度，不便于激励员工。我向邓老板请示，邓老板摆摆手，说这事不用请示，你说了算，我只看业绩。我便在月初的班前会上，郑重宣布花奴为店长助理。店员们鼓掌。我让花奴说两句，表表决心。花奴看看同事，又看我，捂脸笑了，说我以为我能当个副店长呢。一店美女大笑。我说店助离副店不远了，你现在业绩够了，但管理上欠经验。花奴点头，然后双腿微屈，略略俯首，两手互握在腰侧，柔声道，谢老总，小奴这厢有礼了。逗得一店美女笑喷。花奴一抬手，说姐姐们，今晚奇味菜馆见。

接下来的这个月，我的预感似乎被验证了。花奴遭遇了滑铁卢，业绩和雨落只在伯仲之间。到了下旬，花奴表现出明显的精神不济来，像朵被风雨侵袭了的鲜花，蔫蔫的。除接待顾客时仍笑得明媚动人外，平时脸上都飘了层淡淡的愁绪，沉默着，盯着柜台发呆。

我猜测是徐总母女的干预，殃及了花奴。

月报出来了，花奴仍是第一，但业绩有了明显的回落，比雨落只高了两万。这是花奴蝉联冠军以来，第一次做这么少。我让雨落再把花奴的业绩打出来，逐条看了。在花奴的客户群里，排第一的不是杨光，是一个新客户。而杨光，就是徐老板，只买了两次，一共才两万多。

花奴还是那么青春，活力却挥发了，像一朵鲜艳的塑料玫瑰。她的沮丧是显而易见的。不是愣着，就是默默地眺望门外。这让我心疼。不是我怜香惜玉，还因为我是冒牌的花奴叔。这个局面本在我预料中，也是我所期望的，但花奴真的身陷其境时，我心里还是隐隐作痛。

我去找杨光。我想知道徐老板的境况。杨光知道我是花奴的叔，并不知我是花奴的老总。我说花奴这个月生意不好，心情很差。我说这个月你才消费了两次。杨光坦言，不是他消费，是徐老板消费。接着杨光又要起了秘书的手腕来，委婉地说，中央不是加大力度反腐嘛，人家都不敢受礼，老板就没怎么消费了。我佩服杨光的睿智，关键时刻能和反腐挂上钩。其实徐老板早和我说了，他买首饰不送人，是留给花奴的。我这么说了，杨光尴尬了些，不过很快就自如了，说老板怎么处理首饰是他个人的事，我不太清楚。只是这个月，公司效益不太好，处处节约开支，就顾不上花奴的生意了。我觉得杨光这解释还是合情理的。后来我在电话里问过女徐总，徐总说日升厂的确在控制成本。徐总实话实说，不是日升厂效益不好，是在逐步缩紧她父亲的开支。她父亲一直没有悔过自新的迹象，她和母亲只好付诸行动了。

既然徐家母女付诸行动了，我得坦言告诉花奴，否则花奴会很被动。花奴还小，业绩低了都没了心情，何况婚姻大事受挫。

还是世纪缘小酒店。我先到了，坐着抽烟。花奴姗姗来迟，慵懒地软瘫在沙发上玩手机。我问她喝点什么。她想了想，头也没抬说，来点白的。我摆摆手，不行，举杯消愁愁更愁。花奴笑，接了句：不如来支黄鹤楼。这个可以有。我让服务员拿了包黄鹤楼上来。给花奴点上了，我却没了抽烟的欲望。我说你啥时学会抽烟的，花奴说刚刚，上个月下旬吧，销售额上不来，我犯愁啊，就借酒浇愁，或借烟解愁。我说今晚之后，你再别碰烟了。就算是罗兰给店员定的新规矩吧。花奴没说话。

我们先聊销售，算是抛砖引玉。这个话题是令花奴沮丧的。花奴不说话，听我做分析。我说我看了你的销售业绩，之前杨光每月消费四五次，这个月才两次。我知道杨光不过是跑腿的，幕后的消费者是徐老板。花奴惊异，眼睛离开了手机，看着我说，这个你也知道。我说杨光是徐老板的秘书，对吧？花奴愣了会儿，脸上的疑云一点点舒展，忽然说……哦，哦哦，我知道，我知道啦。花奴捂嘴笑，指着我说，我之前还一直纳闷呢，原来是你。我被花奴的语无伦次弄懵了，不知道她在说什么。花奴止住笑，说你去了日升厂，装我的叔了？我笑起来。花奴的纤指点到了我的额头上，矫情地说，原来是你在搅局，坏死了。装回大叔过瘾了吧？我说我不是搅局，是不放心你，青枝绿叶缠在枯藤上，值吗？趁早散伙！花奴噘着嘴说，那不行，爱情岂是儿戏，说散就散啊？我敲敲桌沿，你们这不叫爱情，充其量是爱护。他疼爱你，你敬爱他，和爱情没有关系。花奴瞟了我一眼，用手指在手机屏上划来划去，阴阳怪气地说，想不到老总一把年纪，对爱情还挺讲究啊。管它疼爱敬爱呢，反正我想嫁给他。

花奴执拗，十头牛拉不回。我不得不使点招，意在摧毁她的信念。我没什么绝招，只是把徐总的话学给她听。我说你嫁徐老板，别人都说你冲着钱去的。要是真能赚一大笔钱，也不枉你拿青春赌一回。问题是，徐老板没钱，徐老板以及日升厂的财权都在他老婆手里牢牢抓着呢。他女儿和我正式谈过，徐老板可以离婚，前提是净身出户，一个子儿都不能带走。

我是不得而已才交出了底牌。我本不想说，花奴心情不好，我这么说是在她伤口上撒盐。如果不是花奴一心嫁老杇，我暂时就不说了。但花奴太固执了，不给她来点毁灭性打击，她心不死。

我以为我这么说，会给花奴一个晴天霹雳呢。不想花奴说，净身出户就净身出户呗，我又不贪图他的家产。

花奴如此镇定，像掸了衣服上的灰尘，太令我意外了。花奴是爱上了老杇，还是缺少父爱，我理不出头绪来。我的脸上写满惊愕，我的脑里满是问号。

花奴又抽出黄鹤楼，啪地打着火机，点上。一团轻烟从红唇中徐徐喷出，像她的思绪那么轻浮。花奴说，难得你一片爱心，我就和你说说我的想法吧。我的想法很自私。第一我不是不劳而获的寄生虫，我不像别的女孩那样傍大款做情人，靠身体赚钱。我不想用老头子的钱，我想靠打工赚钱。第二我是有事业心的人。我喜欢金店，我想在罗兰做好，我需要老头子帮我提升业绩。老头子不但自己消费，还介绍朋友消费。他的朋友都是有钱人，他们给老头子面子。你看到的，我的客户很多，有我拉来的，有老头子忽悠来的。第三我是有职业规划的，我希望自己能成为职业女性，能出人头地，能让母亲安享晚年。我近期的计划，说了吓你一跳，我想两年内当上店长，五年当上总经理。哈哈哈。

我没被吓一跳，心里反而咯噔了一下。

花奴说，可是，我凭什么呢，只能凭业绩。你有紧迫感了吧？笑了笑，说你肯定有。有紧迫感不是坏事，你不常说，有竞争才有动力嘛。遗憾的是，上月的业绩不理想，我的愿望可能悬了，老头子好像无能为力了。但我不会灰心的，我对老头子仍抱希望。虽然徐家母女断了他的财路，但他是日升厂的老板，认识的上流人物多，他稍稍活动一下，我的业绩还会上来的。

花奴是乐天派，这个时候仍乐观。我更敬佩她的精神。为了事业，为了职业，为了母亲，她竟牺牲了婚姻，死心塌地嫁一老头。我很感动，又很惋惜。所以我坚决否定了花奴的想法。人生是一个短暂的旅程，拼搏和奋斗是必须的，享受和快乐也很重要。生命诚可贵，爱情价更高，事业不能高于这两样东西。如果牺牲一种利益去换取另一种利益，那么必须要权衡这两种利益，谁是高尚的，谁更有意义。花奴拿青春去赌，既不高尚也无意义，只会令人扼腕叹息。

花奴不认同我的想法。青春是什么？青春的价值又是什么？这是个金钱衡量万物的年代，青春的价值就在于能否赢取利益。有的青春平淡无奇，碌碌无为。有的青春披金戴银，逍遥自在。现在的女孩都想嫁富二代官二代，再不济也要嫁个手机商药商，哪怕棋牌室老板也行。花奴说我没那么俗，我只想嫁个对我事业有助的人，难道错了么？如果我是你女儿，你替我如何选择？

一股强大的推力扑面而来，推得我直打踉跄。我没料到弱不禁风的花奴竟有如此力量，令我无招架之力。花奴所言，我没考虑过。花奴现在说了，我吐着烟圈开始认真地想。越想越发现这是个难题。如果花奴是我女儿，我该让她嫁给谁呢？嫁富二代官二代可以衣食无忧，却未必幸福；嫁平民百姓或许幸福，却要吃尽辛苦。不过有一点我可以肯定，我不会让女儿嫁一老头儿，这是断断不可的。

花奴笑了，说，萝卜青菜，各有所爱。我的大叔，你别再为我操心了。

六

坐 BRT 到凌州广场，再转 3 路车，到银城国际酒店。酒店一楼大厅的西侧，是茶吧。一些住店客人在喝茶或饮酒。客人们静静地喝，服务生轻盈地走在地毯上。一首钢琴曲在轻轻流淌，祥和，温馨。我选了处临窗的茶桌坐下。窗景悦目，音乐悦耳。我听出这是一首邓丽君的歌，《难忘的初恋情人》，音乐抒情，美妙，听得人有些心醉。不过我没去想初恋情人，那是遥远的事了。我只是想起了紫夕，我曾深深暗恋过的女人。

在窗景和音乐中流连了半小时，穿越久违的初恋后，我透过巨大的落地玻璃窗，看到了杨光。杨光从车上下来后，小跑到右侧，将车门打开。我看到披着阳光的一头银发，之后是徐老板。杨光快步向前，打开了酒店的门。徐老板挺胸走进来。杨光进厅扫了一眼，然后弯下腰，一个请的手势，将徐老板引到了我身边。我起身，向徐老板致意，向杨光点点头。杨光笑笑，退了出去，回到我的窗景里，然后钻进车里。

徐老板六十了，我不得不承认这是个精神矍铄的老人。虽然岁月没有嫌贫爱富而减少在他额头上的耕耘，但他的仪态举止仍是同龄人难以望其项背的。这当然不是他能吸引花奴的原因。夕阳无限好，只是近黄昏。真正吸引花奴的，正如花奴所言，是他的身份和地位。

这次见面是徐老板约我的，时间地点也是他安排的。银城国际酒店处于市中心，这儿离日升厂较远，离罗兰也不近。接到他的约请后，我早早就来了。我这个叔丈人是假的，所以没必要摆谱，我不好意思让徐老板等我。

徐老板约请的意图我不明了。上次和花奴谈话后，我把底牌都亮了，亦未能改变花奴。花奴铁定要嫁徐老板了，这是花奴的抉择。我力不从心，无力阻止花奴，我打算放手了。该出手时就出手，该放手时就放手，过于阻拦便是干预别人的自由。而最根本的原因还在于，我不是花奴的叔。

花奴的事我没再过问，却不想半月后，就是昨天，徐老板竟主动找我来了。他让杨光给我打电话，要见我一面。于是我又改变了主意，想过问到底了。

徐老板坐定后，掏出烟来。点上，吸了一口，吐出烟雾来。又向服务生招招手。徐老板没问我要点什么，自顾地点了四碟小菜，要了瓶红酒。服务生端上酒菜，倒了两小杯红酒。徐老板和我碰了下杯。我不太习惯喝红酒，觉得味道怪怪的，不像酒，像饮料。我喝了一小口，然后搛了盐水鸡爪。盐水鸡爪的味道不错，香美，可口。一会儿，我像庖丁解牛似的，将细碎的骨头吐了出来。

我问徐老板，怎么知道我手机号的。徐老板说老夫纵横江湖几十年，难道浪得虚名么？老夫不但知道你手机号，还知道你不是花奴的叔。我哈哈笑了。我解释说日升厂管得严，大门进不去，见你也难，我没办法才冒充花奴叔的。想必花奴全对你说了。徐老板说，花奴真要有你这么个叔，那倒是件好事了。可惜花奴这丫头，打小就缺少父爱。

我点点头，对花奴心生怜爱。

徐老板说，我找你，是关于花奴的事。

我笑，我是冒牌货，跟我商量有用么？

徐老板说，冒牌货比没有货要好吧？这事除了你，我找不到可以协商的人了。

我说那好吧，你说。我继续啃盐水鸡爪。

徐老板喝了口酒。将火机捏在手里，不停摆弄着。徐老板说关于他和花奴的事，有点不好办了。他现在很为难，就像上了青藏高原，压抑得喘不上气了。他老婆女儿从上月开始，在厂里推出了厉行节约活动，每花一分钱都要多人审批，最后一关在徐母手里。徐老板有张金卡，以前是想用就用，徐母从不过问。徐老板的发票到了财务就报销，不打一点折扣。现在呢，厂里控制成本了，徐老板的金卡也限额了，每月三万。徐老板的发票徐母也要审，否则不予报销。徐老板苦笑，说她们娘俩搞节约开支，我这个老板总不能反对吧？老娘们控制了我的财源，我总不能和她在厂里吵吧？我是有身份的人，一举一动都受人关注，弄不好就是满城风雨，身败名裂。

我拽了纸巾擦了擦手，说那是，你是名人，切莫因为这事丢了名声，毁你一辈子英名。

徐总说，没错。所以上个月我有心帮花奴，却使不上劲。勉强消费了两次，那钱至今还是个窟窿，不知如何补漏呢。

这么大的老板，居然也为钱发愁。我暗自发笑。我说徐总你别太为难自己了，你有难处，花奴会理解的。

徐总将一双手按在桌面上，感慨地说，唉，花奴还真是个好女孩，她没抱怨我。她让我找些朋友去金店消费就行了。可是，你知道的，她们母女一旦扎紧口袋，以后就不会放松了。以后我如何帮得了花奴？为了这事，我和她们母女在家里发生过不止一次的争执，我甚至提出了离婚，家产均分。我千辛万苦打下的江山，我只取三分之一。我以为这么做是公平的，她们是能接受的。可是——

她们要你净身出户。我平静地说。

徐老板没有惊讶，闭着眼，痛苦地摇头，然后又点上烟，望着窗外遐想。

等内心的激动平息了，徐老板才收回目光。他看着我时，我发现他的眼睛有些失神。

让我头疼的是——徐老板说，花奴明知道我现在的情形，知道我将净身出户，她竟然仍要嫁给我。你说我一无所有了，她还图我什么呢？真的玩感情么，她干吗不找年青人呢？我都这个岁数了，谈感情是多么可笑的事。这丫头，我真是想不通。我和她说得很明白，我如果离婚，肯定会一无所有。徐家财权全掌握在老太婆手里。我离婚娶小，本来就不是什么光彩的事，我不可能为此大吵大闹，对簿公堂。毕竟，我是个有身份的人！

您的意思是……您想让花奴离开你？

我觉得徐老板是这么想的，但我不能确定。如果是，我觉得是件庆幸的事。徐老板主动撤退了，花奴再主动，也不会有结果的。只是，我从没想过徐老板会临阵脱逃。换言之，我想过花奴迟早有一天会甩了徐老板，却没想到这么快花奴就被徐老板甩了。

徐老板看着我，说，你快五十了吧？

我点点头。

徐老板说，如果是你，辛苦几十年，到了这个年纪忽然两手空空，你愿意么？我徐某人一生纵马驰骋，历尽沧桑，跻身名流，创建伟业，如果为了花奴而放弃所有，甚至身败名裂，你说值么？我在凌州还有立足之地么？如果我还年轻，我可以不在乎这些，我还能东山再起。可我老了，我六十了，赚来这些不容易，一朝失去，就意味着永远地失去了。

我记得您曾说过，你爱花奴，十分爱她。只要她想得到的，你会全力以赴地满足她。

徐老板笑了，又点支烟，连续吸了几口，然后笑道，那都是被感情冲昏头了。现在想来，感情这玩意儿算得了什么，不就是男欢女爱的事么？什么海誓山盟天长地久，都是扯淡，是小孩子过家家的游戏。我都一无所有了，花奴爱我什么呢？我敢说她嫁给我不会超过两年，甚至一年，她就厌倦了，就会把我甩了。如果那样，我的日子就难熬了，连个说话的人都没了。

我用纸巾擦擦额头。我额头上沁出了汗珠。徐老板不愧是老板，看得真远，可能不可能的事，他都设想到了，很周到，很细致。记得花奴说过，这是个金钱可以衡量万物的年代。果如此。花奴的爱情被金钱击打得面目全非，脆弱如玻璃器皿。诚然，花奴的爱情本来含金量就不高，本来就是劣质的趋利型的，粉身碎骨是迟早的事。我想徐老板找我谈这番话，必定经过了深思熟虑。既如此，我也得给花奴泼点冷水，让她清醒清醒。

我说徐总，您如果真的决定了，且不再翻悔的话，我想，花奴我能说服她。我看着徐老板，想从他脸上捕捉有价值的信息。

当然决定了。徐老板说，不然，我怎么会如此慎重地约你见面。大家都是男人，男人的心思你还不懂。女人不过是男人的衣裳，男人的心里应更多地装着事业，装着江山。没有事业的男人是可悲的，守不住江山的男人更可悲，甚或是可耻的。我到了这个岁数，马蹄再狂乱，也不能乱了阵脚。阵脚乱了，江山便不保。徐老板忽然笑，指着我说，罗兰全是美女，你沐浴其中，马蹄也常乱吧？

我只是笑，没承认，也没否认。或许是花奴对他讲过什么。我必须承认的是，徐老板说对了，无论男女都有马蹄狂乱的时候。有的人乱中取胜，有的人适可而止，还有人因此丢了江山，得不偿失。

我不想和徐老板讨论这些了，花奴的事才是要事。我说徐总，既然您决定了，花奴的工作我来做吧。我的心里陡然升起悲哀。一个如花似玉的女孩竟被一个花甲老夫抛弃，无论他们的爱情基础是什么，这都是悲哀的事。而这起事端的背后，究竟又是谁的悲哀呢？时代悲哀也好，社会悲哀也好，最值得悲哀的是花奴。

七

花奴请了一周的假。雨落说花奴情绪很不好。我说花奴失恋了。

雨落惊叫了一声，说太值得祝贺了。我说可花奴痛苦。爱情这玩意儿，就是这么荒唐。打个不恰当的比喻，一根枯骨头，你想从狗嘴上打下来，狗还咬你呢。何况徐老板这个老骨头，还有点肉呢。雨落大笑。

从凌州大道坐 BRT 到凌西，用了半小时。再坐中巴车，十来分钟到西门。西门是个镇，以前属于乡下，后来被凌州扩进市区，有二十年了，仍有乡村的气息。这里没什么楼盘，很多独家独户的小院。

下了车，我们找到了家得福超市。家得福超市右边有条小巷。从小巷进去，到第五排。雨落说，花奴家到了。

我想象不出这种居住环境竟能养育出花奴这般时尚靓丽的女孩。鸡窝里飞出金凤凰，或许说的就是花奴了。生活在这儿，真是难为了花奴。

雨落敲门，半晌没动响。我用了点力擂门，门开了。一个五十来岁的妇女探出身来，顶一头花白头发。找谁？我说花奴。雨落指着我说，姨，这是花奴的老总。妇女打量我一下，客气地领我们进了院子。

庭院很深，天井封闭了起来，显得潮湿气闷。除了几扇窗，阳光再照不进来。进了屋，见花奴从卧室出来，随意地穿着睡衣，头发散乱。花奴揉揉惺忪的眼，淡淡地说，你们怎么来了？没等我们回答，又对妇女说，妈，给我们老总和店长倒杯水呀。我打量花奴母亲，五官清秀，身子矮胖，皮肤特别地黝黑。之前我猜是花奴母亲，只是没想到花奴母亲这么老。花奴是独生女，她母亲应该在四十来岁。我宁愿相信她是花奴保姆，相信花奴是个高贵公主。

但这不是我宁愿的事。

雨落和我有着同样的困惑。在花奴母亲倒水的当儿，雨落问花奴，你母亲五十多了吧？花奴说，才四十五，显老。这些年，母亲一直靠卖红薯或糯米糕维持生活，寒来暑往，风吹日晒。四十五岁的人，看了像五十四岁。我母亲很要强，她自己什么都不舍得，却从不让我吃一点苦，一分一厘都花我身上了。花奴说完，低下头，捻着睡衣的裙摆。

花奴母亲端了水，放在茶几上。然后坐在花奴身边，说了些感谢的话。又说起花奴，说花奴好强，我和她说了多少回，过得平平淡淡就好。她听不进。她老想干出点名堂来，让她爸瞧瞧。花奴恨她爸。我也恨。恨有什么用呢？我还恨我自己呢，要是有点文化，她爸就不会和我离婚了，我就不会带花奴回西门，住到娘家这贫民窟了。

花奴转过脸，噘着嘴，说你说啥呢妈，平民百姓就该代代穷啊。老话说富不过三代，有钱人能代代富啊。我偏不信这个邪！我非要干出点名堂来，让那当法官的花老头瞧瞧，我们没有他，照样过得风光。说完，推推母亲，妈你回屋去吧，我跟老总和店长谈点事呢。

花奴母亲冲我们笑笑，回屋去了。

我料到花奴请假和徐老板有关，便开门见山对花奴说，徐老板找我了。花奴的表情有些荒凉，眼泪漫了出来，润滑在脸宠。雨落赶紧从包里拿出纸巾，替花奴擦了泪。花奴说，我不嫌他净身出户，他却不要我了。连个老头都看不上我，我多没面子啊。雨落搂过花奴，说我们花奴如花似玉，才不稀罕那破老头。明儿个姐帮你介绍个帅哥。花奴摇摇头，我不稀罕帅哥。我说花奴，你要什么我知道，不过徐老板比你更现实。徐老板说他打拼一辈子，不会拿金钱地位名誉来换取爱情。他也根本不在乎爱情。在他的金钱地位名誉受到威胁时，他会毅然决然地抛弃爱情。这种事不奇怪，没钱人才重感情，有钱人只重金钱。雨落说，这样的人不值得你付出感情，也不值得你为他难过。

花奴说，我能不难过么？他像个气球，我把未来都系他身上了。

他现在飞了，我还在地上，我的事业和理想象梦一样碎了。

在这件事上，花奴一直沉浸在自己编织的梦中，很不现实。徐老板说过，他虽然给了花奴不少帮助，但这些帮助很有限。他从没说过要帮花奴达到某种成功。我想花奴真嫁给徐老板了，反而更不能成功。徐老板希望拥有的是个小娇妻，而不是女强人。男人都不喜欢女强人，徐老板是成功男人，更不会喜欢。

雨落说，男人和女人相反。女人喜欢事业型的强男人，男人喜欢温柔型的娇女人。我家那位就不喜欢我，说我工作狂，没女人味。我习惯了，改不了。

花奴说，这年头，女人当自强。女人必须有事业，能够自食其力。这个道理在我父亲离开的两三年后，我就明白了。当我看到母亲为了挣三五块钱，站在凛冽寒风中，站在骄阳似火中，风雨无阻，手忙脚乱，我就特别难受。我就想长大了要混出模样来，让母亲不再经风历雨，让自己不再势单力薄。为了这个目标，我宁愿牺牲爱情和尊严。我只想借助老头的力量，实现自己的愿望。岂料这个老乌龟，遇到点挫折马上将头缩了回去。他说得很动听，说他一无所有了，和我结婚太对不起我，他将无法原谅自己。我说我不在乎他一无所有，我们可以从头再来。他死活不答应，口口声声说他这么做完全是为了我好。我还信以为真了，却不想老狐狸原来是放不下他的富贵，怕过穷日子了。

雨落说，花奴你也不要绝望，离开徐老板，于你来说未尝不是件好事。徐老板未必就能带给你美好未来。罗兰店里的姊妹都没傍老板，生意不也做得红红火火吗？

这个道理我懂。花奴说。可我是逆境中长大的女孩，我更想实现自己的心愿。我最大的心愿是别让母亲卖红薯了，让她度过富足轻松的后半辈子。我要用我的力量，弥补母亲失去的一切，牺牲自己也在所不惜。

我有些感动。90后少有花奴此番孝心的。我说花奴，你是个不错的女孩。你已经是店助了，比起一些同龄人，你很出类拔萃了。

花奴面色憾然，说我做了店助后，业绩就一直下滑。再这么下去，你不撤我的职，我也得递交辞呈了。

我说，业绩和能力不能绝对挂钩，业绩下滑并不意味着你不胜任店助。你协助雨落，做好团队管理，策划营销方案，抓好售后服务，仍是合格的店助。一个店助，能做的事有很多，而不仅仅是业绩。

花奴半惊半喜地拉住我的手，说，真的么？

我抽出手。我说上次我和邓老板商量过这事，不能太看重业绩。罗兰要发展，要打造品牌，绝不能一味追求销售。罗兰应当全面发展，抓质量，抓售后，抓团队，抓效益，缺一不可。强行抓销售而无视其他，罗兰迟早要被排挤出局。邓老板虽然没马上采纳我的建议，但我相信他会有所感悟。

雨落说，罗兰该改革了。我来罗兰六七年了，罗兰的营销制度从未变过，一直拿业绩作考核指标。店员的压力太大，连做梦都想着营销。这方法太老套了，不适应现代卖场竞争了。老总，我建议别考核个人业绩了，推行集体考核吧。把店员利益捆在一起，心齐了，工作配合得会更好。

花奴说，雨落说得对，与其姊妹们各想各办法，不如一起想办法呢，还可以一起抓质量和售后。

我点头。我觉得罗兰的店员都有事业心和责任感，她们把罗兰的命运和自己紧紧捆绑在一起了。而邓老板呢，似乎永远没有满足的时候，无论店员怎么努力，他都嫌利润不够多。这样的老板有很多，一味索取员工的奉献，很少想到为员工做点什么。改变这种状况不是一件容易的事。

雨落和花奴的建议我认为是可行的。回到店里我就推行集体考核，让所有店员一同努力，一同受益。

花奴第二天就上班了。半月后，花奴忽然变了个活法，天天晚上去市民广场跳舞了。跳的是大妈舞，花奴是领舞者。她的身后是一群大姨大妈。雨落告诉我，不止花奴跳广场舞，紫夕她们都在跳，在领舞。我说是做善事么？雨落说，是呀，店员做善事，不也是罗兰为社会尽责任嘛。你看花奴她们身材多好，领舞不但优美，还能让大姨大妈得到锻炼。

我明白了。花奴她们在为社会做贡献，展现的是罗兰人的品质，罗兰金店的品质。

雨落说，这是一箭多雕。不但能赢得大妈们的欢欣，还能宣传罗兰金店呢。切莫小看了这些大妈们，她们才是罗兰潜在的消费群，吃穿不愁，经济厚实，自己披金戴银了不说，儿子结婚，女儿出嫁，金婚银婚，送亲送友，消费首饰的地方多着呢。老板们固然有钱，但首饰不是日用品，买一件能管好多年，哪有大妈们消费得多？

我大悟。我说这主意很不错。雨落说，这是花奴的点子，这丫头灵活着呢。再过三两年，我得让贤了。我笑道，再过四五年，我也让贤。这丫头，很有创意。

有几个晚上，我骑电瓶车逛着，凌州公园，金融大厦，市民广场，我都逛了。我看到了花奴紫夕她们在广场上领舞呢。舞姿灵动，青春勃发，给人美的享受，给城市添了景致。在她们身后，几十个大妈跟着她们跳，很虔诚，很配合。花奴的后背很精致，很诱人，线条感特强烈。花奴穿了件红色套衫，留给大妈们一个优美灵动的后背。后背上写着罗兰金店的白色字样，显得格外地清晰。

雪 微

我当时在办公室里读作家李建军的散文集《一路走来》，书里有许多我熟悉的场景。这时候店里一般没多少顾客，这时候我才能有空看会书。我在读《关于名字》这篇散文时，就听得店堂里忽然尖叫起来，像玻璃器皿被击碎的刺耳声。金店发生这样的事情并不奇怪，顾客哪有不吵不闹的。作为总经理，我必须第一时间出面处理此事。我丢下书，出去了。出来时便见一位四十来岁的女顾客，站在金首饰柜台外，冲着雪微嚷，玉敏在一边劝解。玉敏是店助。雪微站在柜台内，脸红红的，但仍挂着笑，只是笑得勉强，没了平日里的自然。平日里雪微笑得温柔，还有几分迷人，很讨顾客喜欢。女顾客却不依不饶，说："你商品放在柜台了就是卖的，我今天就要买！"女顾客看上去情绪激动，尽管雪微一副温顺的样子，她仍不想放过雪微。雪微很尴尬，不知说什么好。玉敏说："这款项链别的顾客定了，实在不好意思。"女顾客说："我上次来，她就说别人订的。一周过去，也没见被买走。"雪微不说话，窘迫地捏着衣角。玉敏耐着性子解释："大姐你别上火，金店哪有不卖商品之理？

是真的给别人定了。”这时我走了过去。玉敏见我来了，对女顾客说：“这是我们老总。”我走过去，先问雪微怎么回事。雪微说：“这位姐姐看好了这款佐卡伊项链，可这款项链有人定了。”我看了眼女顾客，她虽然生气，却是淡定。我问雪微定金付了没。雪微顿了一下，说：“付了。”我先批评雪微：“作为营业员，绝对不可以和顾客争吵，有事好好协商。”玉敏说：“没吵呢，雪微在给这位姐姐做解释呢。”女顾客气呼呼地瞥我一眼，想说什么。我说：“您别急，办公室里坐下说。”玉敏赶紧拉了女顾客的手，说：“有什么需求和我们老总说，他会尽可能满足您的。”

我这个老总也没啥拽的，就管着罗兰金店的十二个店员。我不是老板，女顾客也没把我放眼里，仍喋喋不休的。女顾客叫徐冬林，我是后来知道的。徐冬林在玉敏的簇拥下进了办公室。雪微马上端了杯水过来，然后退出办公室。徐冬林指着雪微的背影说：“就是她，上次来她就说有人定了，一星期过去了，那项链还摆那好好的。”我微微怔了一下。我不清楚这情况。顾客付了定金，一星期过去了怎么不取呢？金店不搞寄存，就算寄存也不能寄存在柜台，别的顾客看好了，自然要买。我没有流露出我的疑惑，我先让徐冬林说。在金店工作多年，我养成了这样的处事方式，冷静，低调，本着解决问题为原则，先听顾客说，找出问题症结，然后再设法解决。

徐冬林算不上刁蛮，还是讲道理的，只是脾气急躁。也许是刚才雪微说话不周，或是两次欲买未遂，激怒了她，所以才泼了起来。徐冬林说完后，喝了口水，情绪平静了下来，等着我开口。我先道个歉。这是规矩。无论对错，先代表店家表示歉意。之后，我说：“有两个办法供您参考。一是您再看看，有没有其他款式适合的；二是您付点定金，我们帮你从省城进，如果进不到货，定金悉数退还。”玉敏怂恿着说：“姐姐，要不你就挑款别的，罗兰店里的首饰很时尚的。”

这是权宜之计，能否进到她要的款式，我并无把握。金银首饰是时尚消费，一天一个样，相同款式很难再次进到。我是为了先消消徐冬林的火气，然后再心平气和地对话。这招一般都能奏效，对徐冬林也管用。徐冬林火气没了，对我说："定金我就不付了，见到这款项链你进吧，我肯定买。我把手机号留给你。"我递过纸笔，徐冬林写了行字。我才知道了她叫徐冬林。

徐冬林走了，客气地和我道了再见。我把她送到店外。外面起了点风，天气不是太好，雾沉沉的。我不太喜欢这种天气，心情像蒙了灰布。店里开了灯，珠宝首饰在灯光下熠熠生辉。徐冬林走了，我的心情随之舒缓下来。这类纠纷我处理过多起，其实人与人没什么沟通不了的，都是性格使然，一时按捺不住。明知吵闹解决不了问题，还要把火发出来。国人多如此，本来几句话能解决的事，偏要嗓门决胜负，致矛盾激化，火药味趋浓。

回到办公室，我捧起书，把《关于名字》那篇散文看完。待自己完全平静了，才把雪微叫来。我喜欢这么做，不把对这个人的情绪嫁接到那个人的身上，这不公平。雪微温婉地坐在沙发上，和我隔着办公桌。玉敏也跟了进来。我不说话，仍低头看书，其实是翻翻而已。雪微也不说话，甚至不敢看我。实际上我并不可怕，但不严自威，店员们见我板脸了就会肃然。我不很喜欢板脸，只有在处理店员时才会板脸。我板着脸问雪微："这款佐卡伊项链在柜台里放了一周，顾客咋不来取？"雪微有些慌张，声音小得像呻吟，边说边看玉敏，说："对不起，我……我刚才没讲实话。那款项链是有人定了，但……还没付定金，所以没取走。"没付定金当然不能拿走，没付定金，为什么说是定了呢？我感觉雪微有些异常，她一直是个循规蹈矩的女孩。我说："雪微你不知道店规？不付定金怎么能算定货呢？难怪顾客要和你吵架呢。"我对雪微一直是满意的。雪微素雅文静，谦和礼让，很少弄出事端来，总是笑眯眯的，顾客即使不满了也会悄然释怀。

我想雪微可能有什么隐情，但雪微始终没有说。我也没追问，女孩的事我不好多问。玉敏说："雪微你怎么了，要是有困难，我们可以帮你。"雪微喃喃地说："我朋友看好了这款，她还没来取。"这当然不算理由，我认为雪微违反了店纪。我说："雪微，这款项链你朋友要么买走，要么放手，罗兰没有替顾客无偿保管商品的义务，你是知道的。"雪微脸红了，低头不语。我的心情有些灰暗，近乎外面的天气。我对玉敏说："雪微的做法违反了店规，给予一次警告和五十元罚款。"玉敏说："老总……"我说："就这么定了。"然后捧起了书。

在来金店工作之前，我在一家日企做管理，养成了用制度说话的管理方式。金店是民企，但性质特殊，卖金卖银稍有疏忽，会招致成千上万甚至几十万的损失。所以我对店员既严格，又随和，强调制度统管一切。我给玉敏下了指示，雪微没说什么，用手抹了抹脸出去了。

等雪微出去了，玉敏说："老总，这事也不能全怪雪微。你想我们做销售的，谁没有三朋四友的，都是潜在客户，人家让你把项链留着，又迟迟不来，你说咋办？对方没付钱，店员不能把项链揣自己兜里吧？放在柜台上，别的顾客看上了又想买，这也真矛盾啊。"玉敏替雪微不平。我知道雪微表现很好，但不管谁违反了店规，都不能徇情枉法。我说："雪微错在她应该及时向对方要定金。"玉敏说："就算付了定金，人家不来取，店员咋办？"玉敏说的也是。这种情况之前也有过，别人定了货迟迟未领，一直放柜台里，幸好没被别的顾客看上，避免了纠纷。现在问题来了，我也无力解决。我说："你们自己看着办吧，只要不影响生意就行。"玉敏说："还能有什么办法？让雪微催她朋友付款提货呗。朋友过得硬还好，要是过不硬就弄僵了，一个客户就跑了。"我没吱声。我确实想不出招来。

但我不能容忍指个商品就定货的现象，那样店规就乱了。

我是有双重性格的人，一是自然性格，一是管理性格。我的自然性格是随和，很少有脾气。我的管理性格是严格，按制度办事。就像那些戴大盖帽的公检法，他们也有朋友，但他们执法如山。也有执法不如山的害群之马，另当别论。我平时和店员们也说笑，吃喝玩乐，像个大家庭。遇到问题了，一是一二是二，就事论事，不喜拖泥带水。店里都是美女，店里美女都不错。如果不讲原则，何止雪微，谁我都想开恩，沉醉温柔乡，何其美哉？可后果呢，金店一盘散沙，罗兰迟早关门。老板臭骂我，店员耻笑我。

我不会那么做，我是个讲原则的人。美女们都知道我的性格，一般都遵守店规，相互尊重。我不会刻意刁难谁，这年头打工挣点钱不容易，何必张嘴闭嘴罚款呢。说来我也是怜香惜玉的人，整天和美女们泡在一起，就像花木场的花工，爱花护花是免不了的。有时处罚她们时，很想高抬手放一马，可我的手就是高抬不了。刚才罚雪微的款，我也是情非得已，谁让雪微犯错了呢？

在我的印象中，雪微很少犯错。雪微是那种中规中矩的女孩，店规像块铁烙在她脑子里。雪微的特点是笑，见了谁都笑，仿佛她不曾有过烦恼。小而圆的脸上总是盛着笑意，白嫩的肌肤衬托着笑脸如一块洁白的温玉，闪着温润的光泽。她的笑有种诱人的魅力，对男人甚或有杀伤力，仿佛一杯美酒，直抵男人心胃。越熟悉雪微的人，越会觉得迷人。我这么说，并不是说我多么迷恋雪微。我的职位不容许我迷恋雪微，我的年龄也不容许我迷恋雪微。想入非非是可以的。

雪微在店里人缘不错，跟谁都聊得来。就连店外扫大街的尹姨，雪微都能聊上半天，而且一直挂着笑。有次雪微看尹姨手上戴了个十来块钱的银戒，就抓着尹姨手说：“尹姨你进城不少年了吧，咋还戴银戒呢？扔了，买个金的，千把块而已。”尹姨自嘲道：“我一扫大街的，戴什么金戒指，让人笑话去了。”雪微说：“扫大街怎么啦？要饭的还养二奶呢。”说得一店美女笑岔气，尹姨也笑得肚疼。不少顾客在意见本上都写“金首饰柜营业员态度好，笑得可爱迷人”之类的话。雪微笑得很甜美，我喜欢在离她不远的地方看她。雪微笑时委婉，温顺，淡淡的，甜甜的，像一只小苹果，散发着绵绵柔柔的清香。

第二天那款佐卡伊项链从柜台上撤了。早上上班后我一直没出去，猫在办公室里看李建军的散文《一篮板栗》。文章写了上世纪八十年代的一位母亲给在外地上学的儿子留了一篮板栗，自己舍不得吃，结果等儿子回来时板栗全被虫蛀了。我看了两遍，想起我的母亲来，有点心酸。我陷进了往事中，直到玉敏来找我。玉敏说有人要买金条，让我查下金价。我放下书，上24K99网查了后，出去告诉玉敏。我走到金首饰柜，瞄了眼柜台，才发现那款佐卡伊没了。等玉敏接待完客人，我问玉敏：“那款佐卡伊项链呢？”玉敏说：“雪微早上买了。”我说：“她朋友给钱了？”玉敏说：“不清楚。可能雪微昨晚催她朋友了。”我对玉敏的回答不太满意，我说：“你怎么能不问清楚呢？雪微昨天受了处罚，心情可能不爽。你是店助，要多关心她嘛。”玉敏说：“我还没来得及问。早上一上班，她就掏钱买了。票也开了，货也包好了。后来生意忙就岔了。”

我去了金首饰柜。雪微在给顾客介绍一款铰丝手链，脸上依然是那种温柔平淡的笑。等雪微忙完了，我把她叫进了办公室。

我说：“那款项链你朋友要了？”

雪微点点头：“要了。”

“你朋友早上来拿的？”

“没。”

“你昨晚见她了？”

“没。”

“这么说，你朋友还没给钱，钱是你垫的？”

“嗯。”

“垫了多少？”

“四千三。”

“你朋友啥时能给你钱？”

“两三个月吧。”

时间太长了，我替雪微担心。我说：“你这朋友靠得住吧，这么长时间，别到时翻悔了。商品出柜就是旧货了。”

雪微笑笑，说：“应该没事，我相信她。”

“看来这朋友对你蛮重要。如果——我说如果你经济拮据了，找我拿吧。”店员的工资我都清楚，雪微一下垫了四千多元，填肚子要困难了。雪微还是那么柔柔一笑，说：“谢谢老总。”

之后雪微并没找我借钱，大概向玉敏或信彤她们借了。罗兰金店这点不错，同事间亲如姐妹。我也受了这份亲近的感染，有时像她们的大哥。

雪微想把那款项链暂存在金库保险柜里，我同意了。雪微她们住的是出租房，值钱的东西都不能放。

徐冬林的事我一直惦记着。我承诺的事都会竭力去履行，这也是罗兰人的品质。半年前有个顾客项链坏了，来罗兰维修。项链不是罗兰出售的，但品牌是一家，我们无偿为那顾客做了维修。那顾客很满意，特地送了面锦旗来，还拉了些朋友来消费。所以我们很关注顾客的需求，尽可能满足顾客，套用那句俗得不能再俗的话便是：“顾客就是上帝。”

雪微把那款佐卡伊项链拍了张照，然后发到我手机上。不久我带着玉敏信彤去了省城，去几家珠宝批发中心进货，顺便帮徐冬林找那款佐卡伊项链。挑首饰是件头疼的事，一大片金光闪闪的首饰，像夕阳映照在海面上的波光粼粼，看得你眼花缭乱。你还得揣摩消费者心理，在大海里找针，预测哪种款式可能走俏。这就需要进货的人对市场具有一定的前瞻性，能预见各款式的俏销程度。我不是太内行，玉敏和信彤的眼光不错。她们整天接待顾客，掌握了消费者的心理。所以进货以她们为主，我只须点头或摇头。

货进齐了，我让玉敏和信彤打钢印，贴标签。我自己跑了十来家珠宝店，寻了半天，未能找到那款佐卡伊项链。这不奇怪，首饰和服装一样，跟着潮流走，过了时的商品很难再见到。何况金首饰不同于服装，金首饰回收了可以再加工。

回到店里我又找金店同行询问，看能否搞到那款项链。问了七八家，没有。一提那款式都说有点过时了，一般年轻人都看不好。我不是年轻人，所以我没觉得那款过了时。我亲自跑了几家金店，柜台上都没摆那款项链。看来，答应徐冬林的事要落空了。算算快一个月了，我不知道徐冬林是否还惦记那款项链。我给徐冬林发了个信息。徐冬林回复说，要。我回复她我在尽力找，争取帮她搞掂。她发了个笑脸过来。

那天，我站在店门口，数一片片飘忽的落叶。才是初秋，就见落叶了，我心中莫名地泛起凄凉。我感慨人和树叶是何等相似，都是一个短暂的历程，最终化作憔悴的黄叶飘逝而去。我数到第二十二片落叶时，那片落叶径自飘向了店的拐角。我的眼光追随而去，就发现雪微正在店拐角和尹姨聊天。尹姨是我们这片的清洁工，每天都把罗兰门前打扫得干干净净。尹姨五十多岁了，和我们一样，是从外地来打工的。尹姨的形象让我想起李建军散文集里那篇《亲亲的外婆》中的外婆。尹姨没外婆那么老，但其善良勤劳的形象和外婆一样。我估计尹姨没多少文化，只能扫扫大街了。不过尹姨很满足，说这活比农活轻巧多了。我问过尹姨的工资，她说七八百元。我说少了，七八百元扣去食宿还能剩多少，不如在老家享清福呢。尹姨说我还年轻，没到享清福的时候呢，儿子还没娶上媳妇呢。我说等有了孙子，你就回家抱孙子吧。都这么大年纪了，干这活，重了。

雪微见我发现了她，赶紧和尹姨说了句“放心吧，我给你收着呢”，就往店里走。我忽然就想到了徐冬林。徐冬林昨天上午来店里了，雪微不当班。雪微是下午班。我客气地领徐冬林进了办公室，对她讲了佐卡伊项链的事。我说省城我跑了好多家，同行我也问了，目前还没找到。我说深圳厂家我正在联系，看有没有这款。如果有，马上通知你。徐冬林笑了，说：“罗兰的服务真好。我最近也跑了几家，都没找到。”我说：“一起努力吧，只要你不放弃，我就不放弃。”徐冬林说了句让我摸不着头脑的话，她说：“你很有魅力。”是人格魅力，还是营销魅力，徐冬林没说，我也没问。四十男人一枝花，都有魅力，我并不以此沾沾自喜。

我在门口叫住雪微，问她：“那款佐卡伊项链你朋友拿走了么？”雪微笑着说：“还没。”我奇怪了，问：“你朋友不要了么？如果不要，正好给徐冬林，就是上次和你争吵的那个顾客。”雪微笑道：“人家没说不要，而且我已经付了钱，帮她买下了呀。”我说：“再问问你朋友，不要了就给徐冬林吧。”雪微不容置疑地笑着说：“我朋友肯定会要的。”我看了看雪微，没再说什么。我想朋友有很多种，雪微的朋友到底是生意上的，还是酒场上的，或是青梅竹马，还是姊妹闺蜜，我吃不准。听她那口气，应该够闺蜜级了。

我在门口想佐卡伊项链的事，玉敏走出来，站在我面前说：“金子掉价了。”我说：“知道。”我昨晚看新闻了，国际金价大跌。金子和石油一样，都被美国佬控制了，涨跌人家说了算，中国老百姓只能跟着后面瞎起哄。金价的涨跌于金店而言，说不准是祸是福，就像股票涨跌一样，总会有人笑有人哭，有人得利有人失利。这次涨价给罗兰带来的是什么，只有老板知道。

金价跌了，买的人多了，罗兰半个月卖了五六百万。这钱在手里没焐热，就被老板拿去进货了。老板说趁金价跌了多进点，一下就进了八九百万元的货。八九百万元的货铺进柜台，内容确实丰富了，但也不是很看得出来。老板耸耸肩，无奈地说："钱全砸这上面了，想多进没钱了。"老板真的拿不出钱来，工资拖了一个月也没发出来。

罗兰很少拖欠工资，店里天天见钱，不差工资那点钱。不过这次，老板说进货拿了三百万高利贷，答应人家一个半月还清，所以每天的营业额都存进了银行，分文不动，准备还贷，工资一时就没着落了。店员们工资也不高，两三千元而已，十二个店员加上我，工资还不到四万元，算不上什么。我们都是外来打工者，衣食住行都花钱，喝口水都要钱。而且除了我，店员都是美女，月光一族，一发了工资就疯狂购物。这次工资拖欠考验了美女，个个都有点蔫蔫的。可老板不发工资，我这点阳光也照耀不了她们。那天晚上开会，我说："这个月工资拖了些时日，大家若有困难，相互帮一把，等还了高利贷就发工资了。"玉敏问："要等多久？"我说："看营业额了。卖得越多，还款越快。怎么，玉敏你好像遇到了困难？"玉敏刚要说什么，我看雪微拽了拽玉敏的衣角。玉敏迟疑了一下，说："没，没什么，就问问。"其他店员也都没说什么。这是罗兰店员的可贵之处，每当店里遇到困难时，店员们都能识大体，顾大局。

第二天上班，我把玉敏叫来。我说："昨晚你欲言又止，怎么回事？"玉敏说："我本想说的，雪微不让。"我说："你的意思，好像跟雪微有点关系？"玉敏说："是的，别的姐妹勉强过得去，雪微蛮危机的。"我说："她怎么危机了？"雪微的工资在店里中不溜秋的，不算最低，她应该不是最困难的。玉敏说："那款项链她垫的钱，当时还向我和信彤借了点。最近工资没发，信彤没钱了，雪微又向朋友借钱还了信彤。雪微可能也没钱了，每次逛街她都不去，去了也不买。我们谁都买了，她也没买。我想借钱给她，可我也没钱了。"

我说："雪微那朋友未免不够意思了，要了项链拖到现在不来取，还让雪微垫钱。我看她朋友就是看雪微善良，存心欺负她。"玉敏说："我也这么怀疑。你说雪微犯得上嘛，为一个朋友勒紧裤带，省吃俭用节衣缩食的。"我觉得我们这么说，有点玷污了雪微的情感。也许雪微的朋友也遇到了难处，或者忙得抽不开身亦未可知。于是我改了语调，说："或许，这才是真正的朋友，患难时刻见真情。大概是雪微的闺蜜，或者是生死与共的朋友吧。这年头，这样的朋友少了，如果有，应当珍惜。"

中午，雪微下班了。进来喝水时，我问她："闹金融危机了？"雪微笑笑："还行。"我知道她在硬撑着，她说还行，其实是不行了。我说："漂亮女孩身无分文怎么行？"我把事先准备好的五张百元大钞递给她，"先拿着用吧。"雪微将钱推给了我，说："你不也没发工资嘛。"我说："我是男人，这张脸不用花钱。"我把钱又推过去。雪微说："男人身上也不能没钱，何况你还是老总。"雪微又把钱推回来。我们像在玩推手。我从钱包里掏出几张大票，说："男人的皮夹不会空的，空了心就虚了。"雪微不好意思地笑了，仍然说："那点钱不够，这些你留着，我目前还能对付。"雪微莞尔笑着出去了。

我想雪微在我面前还是腼腆了些，不好意思接受资助。我把钱给了玉敏，以玉敏的名义借她。果然，她确认玉敏不缺钱后，接受了。

好在工资拖欠不是太长，一个半月后，高利贷还了。到了月底，老板发工资了。我不认为是老板发了慈悲，应该归功于店员的努力。拖欠工资这段日子，恰恰是生意红火的时候。没结婚的，想结婚的，快结婚的，结了婚的，听说金价下跌都来了。大姨大妈们本来一辈子都没动过戴首饰的念头，听说金价跌了那么多，像买青菜似的出手很大方。我再次看到了罗兰店员的精神风貌，两月没发工资，丝毫没有懈怠和抱怨，全身心地投入工作，配合默契，忙而不乱。

工资发了，店员们又滋润了，逛街，网购，KTV，舞厅，该吃的吃，该花的花，该玩的玩。不过听玉敏说，雪微没怎么疯狂。雪微也没还我的钱——当然她不知道是我的，以为是玉敏的。我不缺那点钱。我只是奇怪，雪微这样的人，怎么会不马上还钱呢？我想到了那款项链，问玉敏："那款项链送出去没？"玉敏去金库一看，说："还在呢。"我说："雪微可能被朋友耍了，人家肯定不要了。"玉敏说："那岂不是烂在雪微手里了？"我说："是的，烂在雪微手里了。别说一根项链，就是一套房子，出了手就是二手房了。"玉敏说："要不咱店里收回吧，反正新的，拿到柜台上卖。"我也想这么做，但这么做就是欺骗顾客了。而且破了店规，其他店员也会效仿。我坚决地摇了摇头，说："不行，那样罗兰金店不成废品回收站了？"

事情果如我们所预料，雪微朋友项链不要了。不过雪微不承认朋友耍了她。"她给别人买的，别人不要了，她也没办法。"雪微神色憾然。我不想再说什么，我也不想伤害雪微和朋友的感情。雪微也许想到被朋友耍了，但她不愿承认。她宁愿相信朋友有了难处，这样她还可以保住这份友情。我说："雪微，我相信你的朋友一定遇到难处了，不然她不会这样的。"雪微点头："是的是的，她的确没办法了。如果她有办法，或有经济能力，她会毫不犹豫地买下项链的。"雪微如此善良，我真不忍说伤她的话。我说："我和玉敏也考虑过退回店里，但——罗兰店规你是知道的，退货不行，可以换旧，那样你要损失几百块呢。"雪微说："这个我知道，所以我没打算退回店里。"我说："你打算自己戴？"雪微摇摇头，苦笑一下，说："不，不，说实话，我没看好。那款佐卡伊项链在乡下戴还行，在城里不合适。"我也认为雪微肤白脸俊，戴了那款项链肯定土气死了。想了想，我说："或许，有个方法可以试试。"雪微眼睛亮了一下，问："什么方法？"我说："你可能忘记徐冬林了，她不是在买这款项链吗？”雪微笑道：“我没忘记，但她和我争执过，我不好意思找她了。”我说：“这没什么，她要想买这款就卖给她，岂不双赢？”

但这个愿望未能实现。我找徐冬林了。我一贯以来的热情接待，改变了徐冬林的态度。我问她：“你苦苦寻觅的项链买到了么？”我想她是不可能买到的。作为业内人士，我花了那么大力气都没找到，她怎么可能买到？徐冬林说她的确没买到，不过她说：“我改变主意了，朋友都说那款不好看，土气，我就买了这款的。”徐冬林亮了亮脖子，我才注意到她脖上挂了根时尚的项链。“幸亏那时没买，买了就吃大亏了，不但土气，金价那时还贵。你看我这款，又时尚又便宜。”徐冬林把脖子伸得长长的让我看。我不知道她是让我看项链，还是看她的脖子。她的脖子细长，白白净净的，让我有些冲动。我想起她说过我很有魅力，也许她也在向我展示她的魅力。看我，又想入非非了。我赶紧收回目光，想项链的事，忍不住为雪微遗憾，那项链真要烂在雪微手里了。

周末早上，天气晴朗，微微的风吹着清爽。店里今天搞促销，所以我来早了些。离上班还有一小时，卷帘门关着，保安睡在店里还没起来。我不想打扰保安，就在门口扩了几下胸，踢了踢腿，又连续几口深呼吸。我不是个热爱锻炼的人，只是觉得一大清早不呼吸几口新鲜空气，太对不起自己起了个这么大早了。尹姨比我还早，拖个大笤帚在打扫卫生。见我在晨运，尹姨停下来打招呼：“老总早上好！”我说：“早上好！”尹姨拖着笤帚走过来，对我说：“老总，问你个事。”我说说吧。尹姨说：“雪微那项链，如果退货要赔多少钱？”我说：“退货不行。只能按换旧算，赔六七百吧。”我忽然感到有些不对，尹姨怎么能知道这事呢。尹姨说：“那项链是我为儿媳买的，我工资少，钱没凑够，雪微先垫的钱。”我说：“你咋不要了？”尹姨说：“不是我不要了，是我儿媳没看好。”尹姨说，她儿媳一直声称没金项链不嫁，尹姨就找了雪微。雪微选了几款项链拍成照，发给尹姨儿媳挑选。尹姨儿媳就看好了佐卡伊那款。那款店里就剩一条，尹姨又没那么多钱，雪微被我处罚后，就帮尹姨垫钱买了。尹姨快凑够钱，准备给雪微时，儿媳却变卦了，死活不要项链，要尹姨买辆女式摩托车送她。尹姨说项链买了，儿媳不听，坚持要摩托车。尹姨没办法了。

我一直以为是雪微的闺蜜呢，没想到是阿姨级的尹姨。既然是帮尹姨买的，就不能烂在雪微手里。我说："尹姨，如果换旧，这个损失应该你承担。"尹姨说："当然当然，可雪微不肯，说我工资少，挣点钱不容易。"我知道尹姨工资少，一月七八百。那根项链换旧至少要损失六七百，接近尹姨一月工资了。尹姨揉了揉眼，说："实话说，我儿子儿媳还没雪微心疼我呢。"我抬眼看尹姨，一脸的五线谱镶在黝黑的脸膛里。我忽地想起了李建军散文里的外婆。

周末的促销活动很忙。到了周一，店里消停了，我把雪微叫过来。我告诉她我和尹姨聊天的事，雪微就明白我想说什么了。雪微说："这事不能怪尹姨。"我笑笑。雪微何等温良，我知道她不会怪尹姨。怪谁呢？雪微没说，我也没去追问，问了也没什么意义。雪微又说："尹姨一把年纪了，一月才挣七八百，还要准备儿子结婚。我挣的比她多，我能承担了。"我说："没想到你和尹姨处得这么好。"我的意思是，雪微这个年龄，朋友应该是年轻人，怎么会和老太太交往过密呢。雪微说："尹姨温良恭俭，吃苦耐劳，看到她我就想到母亲。"雪微眼睛有点红。我也想到了我的母亲，想到了李建军散文中的母亲和外婆。尹姨仿佛是她们的缩影。

说到母亲，话题便有些压抑。我们离乡背井地打工，母亲是永远放不下的牵挂。但现在上班呢，显然不是想家念亲的时候。我便换了话题。这话题也是我找雪微的真正目的。我说："那款项链呢？"雪微说："在金库呢。"我说："拿给我吧，徐冬林要了。"雪微"嚯"地跳了起来。

圆 缺

一

女人进罗兰金店的时候，天色已经悄然暗了下来。凌州大道上的路灯，长长的一排沿街站着，像一长串的金色灯笼挂过去。路灯如一朵朵太阳，在夜幕中泻下一片片昏黄的光。

这个时段于罗兰金店来说，是最辉煌的时刻了。外面的世界越黑暗，金店的灯火越璀璨。玉敏早早开了灯，罗兰金店内顿时金光闪烁，金碧辉煌，与外面昏黄的街道形成鲜明的反差。镶在柜台内的灯带全都亮了起来，像一条条银蛇，闪着沉静而透明的光芒，衬得柜台内的珠宝首饰熠熠生辉，光泽鲜艳，如灯下美人般，款款楚楚动人，件件妖娆娇艳。灯下的美女们亦是毫不逊色，清一色青春年少春光明媚，优雅大方地站在柜台内外，衬得金店更加地流光溢彩，风华卓绝。精美的珠宝，灯火的殿堂，恬雅的美女，为罗兰金店增添了难以言尽的华丽色彩。

女人约莫三十四五的样子，肩上挎了个粉色坤包，步态轻盈。进了店，女人径直到了钻石柜。玉敏知道，好戏来了。

玉敏在金店做几年了，深谙顾客心理。金店有十几节柜台，黄金柜、铂金柜、K 金柜、玉器柜、钻石柜。顾客来了若四处张望，许是潜在的消费者，可买可不买，是来了解行情货比三家的；顾客来了若直奔某柜台，便是直接消费者，是带着强烈消费欲来的，许是慕名而来，抑或货比三家后来的。当然也有马大哈的，什么都不计较，买了东西走人。不过来金店的顾客很少有这样的，毕竟黄金珠宝不是口香糖，嚼两口不对味就能吐了。

女人俯身柜台，一款款地打量着。花奴站在柜台内，热情地招呼女人。女人看哪款，花奴就讲解哪款，一口一个姐，叫得亲热。女人只是看，不说话。玉敏从女人进店起，便一直尾随在女人身后，热情招呼着。玉敏是店长助理，带班的。带班的不用站柜台，就站在店堂内。女人到了钻石柜，玉敏给花奴递了个眼色，自己仍站在女人右侧，帮衬着花奴。罗兰金店有这么个规矩，顾客挑选商品时，必须有两个店员同时接待，一内一外，相帮相衬。两张巧舌，更易激发顾客的消费欲，说服顾客的可能性更大一些。

花奴正介绍商品，放在收银台的手机响了。玉敏说你去接电话吧。花奴就跑去接电话，是个客户打来的，说想买金项链，问现在金价如何。花奴和客户看来很熟，一口一个大哥，说来吧大哥，就咱俩这关系，保证给你全凌州最低价，大不了小妹的提成一分不要，也要把价格降到最低。……质量？罗兰的首饰你还用怀疑啊？除了老凤祥，凌州没第二家比得上罗兰的，放心吧。……什么时间来？明后天？别拖了，最好现在，明天上午也行。我们是半天班，连轴上，明天下午和后天上午我休息。……好，今晚来不及，明天上午吧……银联卡？行啊，你要不想带现金，就刷卡，什么银行都行。什么？……花奴没完没了地调侃着，笑得很嗲，嗲得一店美女身上起鸡皮疙瘩了。店员们都习惯了，她们也这样，逮着客户拼命套近乎，有问必答，有求必应，想方设法笼络客户的心。

美女们身上起鸡皮疙瘩的时候，玉敏正聚精会神地给女人介绍钻戒。花奴前脚离开柜台，玉敏转身就进了柜台内，拿出一款纯白色的钻戒给女人作介绍。其实玉敏很疲惫，但顾客来了，玉敏的精神就来了。玉敏昨天陪老总去省城进货，今天上午才回来，也没得空休息，就直接来店里上班了。每次去省城进货，就跟打仗似的，一旦投入了战斗，一刻都不能停歇。去省城之前，先要制定本次进货计划，进货计划主要是根据罗兰的俏销商品及柜台的缺货情况来定。然后老总开车，带着玉敏还有另两个同事，到了省城的珠宝城，马上开始挑货。挑货不容易，离开这店进那店，看了这款望那款，非常地累。珠宝城的首饰铺天盖地，看得你眼花缭乱，新颖的，漂亮的，缺货的，俏销的，看这个爱不释手，看那个芳心萌动，都不知道挑什么好了。这还不算最累最紧张的。最累最紧张的是货挑好后，马上在省城找个宾馆住下，就在宾馆的房间里，将商品统统拿出来，分门别类，给每个商品称克重，定价格，打标签，再将打好的标签一个个串到每件商品上。等回到店里，商品马上上柜，就来不及做这些事了。这些活不重，但工作量大，又特别繁琐，不能出任何差错，克重不能称错了，标签不能套错了，证书不能放错了。贵重商品一旦出错，损失就大了。玉敏和另两个同事整整忙了一夜，一直到东方破晓，一夜没能合眼，一清早又跟着老总的车回到凌州。老总开车时，玉敏和另两个同事就在车上半梦半醒地眯了两三个小时。中午到了凌州，直接到店里，仓促扒口饭，马上往柜台里补货，摆放，记账，忙得晕头转向。

不管头多晕，接待顾客不能晕，要强打精神，要笑脸相迎，绝不能怠慢了顾客。玉敏现在就是这个状态。当女人的目光电筒似地照在一款钻戒上时，玉敏脸上还很平静，心里已蠢蠢而动，悦情满怀了。玉敏这时滋生了一个不够阳光的念头，想尽快拿下这个顾客，就在花奴接电话这个当儿。罗兰金店对销售提成是这样规定的，谁接待的顾客，销售额及提成就归谁。玉敏若能单独拿下这女人，这单业绩就是玉敏的。

女人看中的是一款扁圆形的钻石，透明的紫红色，雍容华贵，温馨淡定。上下两面是平面，四周是切面，切面又细又碎，十分雅致。女人示意玉敏戴上，想看效果如何。玉敏小心地将钻戒戴在手上，展示给女人看。玉敏的手白皙滑嫩，匀称细长，女人边看边点头。玉敏朝花奴瞄了一眼，花奴仍在接电话，嘻嘻哈哈的。玉敏转过脸，从手指上小心地取下钻戒，又给女人戴上。钻戒戴在女人手上也漂亮，华贵，柔美。玉敏一个劲地夸女人，说姐的眼光真好，这款今天刚进的，都卖一款了。玉敏说的不是实话。这款其实是一年前进的，一直没能卖出去。店员都爱编瞎话，顾客看好了的，营业员都说好，顾客试穿试戴时，营业员都说合适。不说瞎话东西怎么卖呢。

玉敏继续说着奉承话，说姐，这款钻石和您的肤色太相配了，也很吻合您的气质，优雅，内敛，大方，气度非凡。女人笑了，说不是我戴的。玉敏有点不好意思，拍马屁拍马腿上了。女人说，就它吧，多少钱。玉敏看了看标签，说，三万七千五百八十。女人说，便宜点嘛。玉敏笑了，说那……三万五吧，我是店助，就这么大权限了。女人没再还价，说好吧，边说边看手表，说麻烦你快点，我还约了人呢。玉敏心中窃喜，玉敏巴不得快点呢。她朝花奴瞄了一眼，花奴正在冲手机说，那好大哥，明天见，不见不散！玉敏动作麻利，把钻戒及证书装进了珠宝盒里，花奴刚好过来了。玉敏将珠宝盒交给花奴，自己迅速开票，领着女人去收银台交款。花奴将珠宝盒装进一只罗兰专用的手提袋里，交给了女人。玉敏又问了女人的姓名手机家庭住址，做个登记，便于售后服务。女人说叫许沁，又报了手机号和家庭住址。玉敏开了张保修单，让花奴装进手提袋里。然后，玉敏和花奴把许沁送到了店门口。

女人骑上电瓶车，刚从金店门口消失，一店美女顿时雀跃了。罗兰从来都这样，只要有生意，不管谁做的，不管做多大，店员们都高兴，生意越大越高兴，何况刚才卖的还是个三万五的钻石。老总每次开会时都强调，要多推销钻石，钻石不但贵，利润空间也大。黄金就是按斤卖，也比不上钻石赚得多来得快。李琳说这个月玉敏姐要请客了，卖钻戒能提成好几千呢！玉敏笑笑，说小意思啦。花奴嚷了起来，哎哎哎，这个提成我也有份的呀，这是我和玉敏一起做的单嘛。李琳说你不是一直在和帅哥调情么。花奴不乐意了，白了李琳一眼，冷着脸说，什么调情啊，我那是拉生意。刚才那顾客，我先接待的。李琳噘了噘嘴，说关我什么事，又不是分我的提成。玉敏是店长助理，不能跟花奴一般见识，便大度地说，好了好了别争了，不就这点提成嘛，到时我俩一人一半，可以吧？花奴转怒为喜，笑着说，还是店助高风亮节，我不要一半，我拿五分之一就行啦。我不是为钱，我只是要证明，这单生意我也付出了。

晚上九点，下班了。美女们像花蝴蝶似的飞了，消散在凌州的大街小巷。玉敏锁了店门，骑上电瓶车，绕道去川淮土菜馆炒了两个热菜带了回去。

小虫正在看电视，见玉敏回来，说饿死我了。马上将碗筷排上桌，又拿了瓶白酒，斟了两杯。两人举杯，对饮起来。

小虫嗞溜干了一杯，又往嘴里塞了块红烧肉，才问玉敏什么事这么高兴。玉敏说我能有什么事，有生意就高兴呗。小虫说你天天做生意，有什么好高兴的，莫非今天逮了个大鱼？玉敏故作神秘地说，你猜。小虫兴致勃勃地猜了，从三千猜到三万，不敢再往高里猜了。玉敏还是摇头。小虫不猜了，说你干脆点，省得我提心吊胆的。玉敏笑，说差不多了，三万五。小虫喜不自禁，油腻腻的嘴在玉敏脸上亲了一口，说老婆真棒，这回提成不少吧？玉敏说本来呢，我可以拿百分之二十提成，七千块，可我答应分花奴了，就只能拿五千多了。小虫喝了点酒，听玉敏这么一说，挺不痛快，说花奴凭什么呀？连个唾沫星都没费，空手套白狼呀？玉敏说你别操心了，我是店助，要注意同事关系。小虫不说话，喝起了闷酒。

小虫喝了个微醉，上床睡了。玉敏睡不着，像服了咖啡因，一直兴奋着，在床上翻来覆去。玉敏想，这个月的提成能拿到五千多，快赶上两月工资了。如果每月都能有一笔这样的大单，十年就能在凌州买房了，就不用住出租房了。玉敏想到这，心里美滋滋的。玉敏又想，许沁买走的那个钻戒，的确太漂亮了，就像个夜明珠，在玉敏眼前晃悠着，那么晶亮，那么温馨。玉敏觉得许沁的眼力不错，那款钻戒雍容华贵，有一种难以言喻的魅惑。玉敏她们平时都不舍得用手去触摸，怕汗渍灰污把钻戒弄脏了。又想许沁那女人看上去蛮高贵的，个性沉稳，说话淡定，有板有眼的，很有些气质，估计是个有身份的人，或是个老板也未尝不可。不然怎么会出手那么阔气呢？

玉敏睡不着，像上了岸的鱼，在床上活蹦乱跳的，最后竟跳到了小虫身上。小虫睡得正香呢，被玉敏挑弄了几下，酒劲上来了，一翻身将玉敏压到了身下。小虫在玉敏身上忙活了一阵，把玉敏折腾得筋疲力尽。玉敏经了这番折腾，才老老实实地睡了。

二

发现问题是在第二天的中午。罗兰金店是两班倒，中午换班。换班时，各个柜面员工要交接，盘点，记账，款项核对。两个带班的要进行全盘交接，下个班带班的是店长雨落。玉敏将本班次的营业额表、销售明细表等一一交给雨落。两人在收银台交接时，花奴在钻石柜和李雪微交接。花奴拿着计算器，扭着细腰，在柜台前盘点，手指在键盘上点得飞快。加了半天，柜面金额和账面金额总是对不上，柜面比账面少了三十多万。李雪微又加了两遍，也少这么多。两人并不慌张，依她们的经验，金额差的越大，越不必担心，多是加错了。金额差的越小，越有可能出错。花奴和雪微弯下腰，一个一个地审视标签，一个一个地加价格。结果还是那样。再盘，依然这样。这时，花奴忽然显得惊慌，从雪微手中拿过计算器，飞快地按了几下，马上惊呆了。花奴找到问题了，问题出在了玉敏卖的钻戒上。钻石柜每天卖货很少，不像黄金柜成交笔数多。钻石柜昨天下午到今天上午，只卖了五件。其他四件都是几千块的，只有玉敏那单是三万多的。玉敏！花奴大叫一声。

玉敏在和雨落交接，听花奴叫自己，就去了钻石柜。花奴和玉敏低声说了，玉敏不相信，两人把所有钻石又逐个核对了一遍，证实了花奴的猜想。玉敏卖出去的那枚钻戒，不是三万七千五百八，而是三十七万五千八。就是说，这件三十多万的钻戒，被玉敏当作三万五卖了。当这个事实被无情地证明了时，玉敏傻了，花奴也傻了。连雨落都傻了。罗兰金店开业这些年，头一回遇上这么荒唐的事。雨落问这单谁做的，玉敏刚要开口，花奴说是玉敏做的。李琳正好走过来，听花奴这么说，小声对雪微道，这回不争了。花奴转过脸，朝李琳瞪了一眼。李琳伸伸舌头，闭了嘴。雨落数落玉敏，你二百五啊，钻戒价格不都是几千几百的，哪有带八十零头的？

玉敏的脊背禁不住发凉，全身汗毛噌地竖了起来。耳边一阵轰鸣，什么也听不进了。脑袋里空空如也，眼泪顿时汹涌而出。玉敏抖着双手，声音已变了调，说这可怎么办？怎么办啊？花奴说怎么办？你赔呗，三十来万，赔你个倾家荡产。玉敏愣怔了一会，猛地捂住脸，狠狠一跺脚，呜呜哭着跑进了卫生间。雨落板起脸，说花奴你幸灾乐祸是不是？这是你的柜台，你没有责任吗？花奴说我当时接电话，没在柜台啊。雨落说罗兰制度怎么定的？接待顾客必须两人，一内一外。顾客来了，再重要的电话也得放下。接待完了，再给对方回复过去不迟。如果你和玉敏两人接待，会出现这个失误么？花奴被雨落没头没脸地批评一通，尴尬地红着脸说，店长，我知错了，我刚才是和玉敏开玩笑的。雨落说玉敏都哭了，你还有心开玩笑？这单要是你做的，看你能不能笑出来？花奴绷着脸，去卫生间安慰玉敏。雨落吐了口气，也跟着去了卫生间，强作镇定地说，玉敏，先不要哭，哭也没用，找客户来商量吧，要么补钱要么退货。这事不能强来，只能和人家协商了。

雨落让花奴拿来客户登记表，找到了顾客许沁的手机。雨落没有马上给许沁打电话，她要酝酿一下。雨落不知道许沁有没有发现这个差错，更不知道许沁现在是什么态度。雨落分析许沁肯定发现了，因为标签上写着钻戒价格呢，只不过字很小。雨落闭上眼，想象了一下许沁买回钻戒后的情景。许沁到家了，肯定要好好欣赏一番，说不定还和老公孩子一同观赏呢。如果是这样，即使许沁发现不了，她老公她孩子也能发现标签上的价格远远不是三万多。那么，一家人会怎样呢？茫然？惊喜？庆幸？之后呢，突如其来的财运，于谁都是一个巨大的幸福，像中了彩票似的。一家人很可能现在还沉浸在这从天而降的幸福中呢。雨落这时去电话，就像一场瓢泼大雨，浇灭了许沁一家人的喜悦。雨落几乎有点不忍心了。但雨落又怎么能不去破坏呢，她们的幸福是虚幻的，是完全建立在玉敏的巨大痛苦上的。

雨落喝了口水，在胸口压了压，让自己镇静些，再镇静些。然后进了办公室，稳稳当当地坐下，才拨了许沁的手机号。手机通了，对方说了句您好，您是？听上去很平静，无惊无喜。雨落判断不出许沁此时的心境。雨落是店长，和顾客打交道多了，因而没一丝惊慌。她先是尽量用轻松的口吻，笑着说是许姐吧？许沁说我是，您哪位？雨落说许姐，我是罗兰金店的。您昨天不是在我们这儿买钻戒了嘛。雨落停了下，期望能听出许沁的反应。许沁没有惊讶，也没有掩饰什么，更无过热或过冷的反应。许沁说是的是的，我昨天下班后在你们店里买了款钻戒，怎么，有事么？许沁一切正常，没有任何状况。雨落自然不会把问题主动托出来，便找了借口，说许姐，是这样的，昨天我们店员忘了把一个鉴定证书给您了，麻烦您现在过来取一下吧。许沁停顿了一下，说好像有证书的啊。雨落说，那是省里的，还有国家的，麻烦您过来一下。许沁说不用了，有一个就行了。雨落说不一样的，国家级鉴定证书更能证明珠宝的品位和价位，您无论如何过来取一下，这很重要。许沁想了想，说好吧，我一会到。

玉敏仍在卫生间里呜咽，花奴和李琳在一个劲地劝她。花奴说你不用太担心，会有办法要回来的。李琳也说那女顾客看上去蛮通情达理的，应该能商量。玉敏用纸巾拭着泪，说万一人家不退呢？三十多万我拿什么还呀？小虫知道了还不杀了我啊？花奴说小虫他敢？就他那尖嘴猴腮的，能攀上你这个金枝玉叶，是祖上积德了。李琳拍了下花奴，示意她别乱说。玉敏说三十万我肯定还不起，不行就让老板上法院告我吧，大不了在监狱里度此一生。这时雨落推门进来，雨落对玉敏说，快把自己弄好点，不要胡思乱想了，许沁马上到。

一点半左右，许沁来了。雨落不认识许沁，玉敏先迎了上去。几乎在转眼之间，玉敏脸上已呈现了笑意盈盈。做服务业的莫不如此，演戏一般，哭笑刹那间。玉敏笑着说哎呀，许姐来啦。跟遇见老熟人似的。许沁点点头，说证书呢？雨落赶紧迎了过来，说哎呀，许姐好气质，一看就是高素质人群，真是好马配好鞍，美女配美钻啊。许沁笑了，说我哪配得上美钻，钻戒不是我戴的。雨落怔了一下。玉敏说许姐昨天就说了，她买了钻戒送人的。两人边说边把许沁请进了办公室。

雨落先表示了歉意，说许姐，非常不好意思，请您来其实不是因为证书，而是想和您商量件事，一件非常重要的事。许沁略显诧异，笑道，什么事啊，搞得这么紧张兮兮的。玉敏刚要张口，雨落用手止住了，然后平静地说了。

许沁一下惊呆了。许沁显然没料到，如此戏剧性的事竟会发生在自己身上。许沁直直地盯着雨落，再转过脸看玉敏，似乎在向玉敏求证。玉敏点点头，表情凄然。许沁张着嘴，疑疑惑惑地说，那个钻戒不是三万多，是……三十多万？！许沁有点难以置信。雨落点点头，殷切地看着许沁，说您买了钻戒，回去没仔细看么？许沁摇摇头，脸上的表情变得风起云涌。玉敏眼睛又湿了，低着头说，对不起许姐，是我工作失误给您添麻烦了，请您见谅。雨落也说了歉意的话，希望许沁能合作，妥善解决此事。许沁的眉头拧在了一块，看上去很纠结，冷着脸好半天，才怔怔地说，这事……怎么解决呢？雨落说我们请您来，就是想和您商量。只有两个办法，要么退货，要么补款，别无他法。当然，我们争取给您最最优惠的价格。

许沁的脸色陡地变了，伴之而来的是惊慌，说话时双唇微微发抖。许沁足足沉默了两分钟，才紧张地说，你说……要我补款？补三十万？我怎么可能花三十多万去买钻戒呢？我没这个能力，我没富裕到这种消费水平。许沁情绪有些波动，不住地摇头。玉敏说许姐，不补款也行，你可以退货。雨落说是的，你也可以选择退货，或换一款，我们都会给您最最优惠的价格。许沁还是摇头，叹着气说，要是能退，我就不为难了。又对玉敏说，昨天我就和你说了，我是要送人的，我已经把钻戒送人了。玉敏点点头，说是的，我知道，你昨天是这么说的。只是现在……

雨落的思绪陷进了沼泽中，一时难以自拔。本以为这事只取决于许沁的态度，许沁不至于为难。现在许沁把钻戒送人了，牵扯到了第三方，许沁又没能力补上三十万，事情便变得复杂了。玉敏又一把鼻涕一把泪了，许沁也托着脑袋，一副力不从心的样子。雨落一时不知所措，气氛显得有些沉闷。

三人沉默了一阵，还是雨落先打破了沉闷。雨落站起来，坐到许沁身边，说许姐，你看能不能找你朋友把钻戒退回来，再换一款给她？既然是朋友，想必她也能理解您。您先不要有太多的顾虑，试试总可以吧？

雨落的口气很委婉，也很亲切。许沁却是摇头。不是无奈，而是否定了雨落。许沁似乎镇定下来了，说礼物送都送出去了，我还能再要回来么？这不是让我丢面子么？雨落带着歉意，说许姐，十分对不起，是我们让您丢面子了。又指着玉敏说，可这事于她来说，就不是丢面子那么简单了。她是打工妹，让她担当这么大的损失，那是螳臂当车，她根本承受不起。说难听的，你把刀架她脖子上，她也拿不出三十万来。雨落这么一说，玉敏的眼泪又簌簌而下，几乎要呜咽出声了。雨落让玉敏出去，然后说许姐，您也看到了，玉敏现在几乎崩溃了，一想到赔三十万，感觉天都塌下来了。她来凌州打工才几年，哪有那么大的能力？大家都是女人，权当是您帮她了。许沁说她没这个能力，我也没这个能力呀。我是做抛光加工的，有十来台抛光机，一年也就赚个十来万。可凌州消费这么高，除去吃喝拉撒，也不剩几个钱。雨落说，既然都没这个能力，你就找朋友要回来嘛。许沁摇摇头，说要不回来了。想想又道，不管怎么说，这个失误不是我造成的，不能让我承担吧？能帮，我肯定帮，但我实在无能为力。这件事，你们还是想别的办法吧，我真的没什么好办法。

许沁的话，玉敏在门外听到了。许沁显然是把路封了，把事情推得一干二净。玉敏感到了绝望，内心的恐惧剧增，一声不响地坐在收银台，不住地抹泪。

许沁现在已走出了惊讶，变得淡定了，口气沉稳，言词睿智。许沁从容地告诉雨落，钻戒是拿不回来了，她送国外的朋友了，今天一早上她从邮局寄走了。雨落没想到寄了国外，蓦地怔住了。雨落喃喃地说，钻戒……这么快……就寄走了？许沁点点头说，就今天早上的事。雨落坐不住了，从椅子上站起来，不住地念叨，这就麻烦了。在办公室里来回走着，拍着脑袋，一时全没了主意。许沁理了理头发，说你早上要是通知我，我就不寄了。雨落说我们是中午对帐才发现差错的。许沁说是啊，事已至此，覆水难收了。雨落说那倒不是，即使寄到国外，如果你朋友是通情达理之人，也能把钻戒退回来。许沁抬了抬眼皮，淡淡地说，即使我朋友通情达理，我也不能那么做。这不是三四岁孩子的智商吗？我弱智啊。雨落说许姐，帮个忙吧。有什么附加条件，你尽可提，只要我们能做到。许沁微微一笑，说哪有什么附加条件，要是能要回来，我马上奉还。只是现在，真的不可能了。边说边挎上坤包，说我还有事，先走了。你们再想想，想到法子了，我能配合的，我尽量。雨落定定地看了许沁十秒钟，说好吧许姐，我相信您。不管有什么法子，都离不开您的配合，请您无论如何帮我们。

许沁开门出来，玉敏赶紧抹了泪，从收银台走出来，抓着许沁的手，央求道，许姐，求您了，帮帮忙吧，否则我一辈子也还不起啊。许沁说，我想帮你，但我不知道怎么帮你，大家都冷静地想想吧。

雨落和玉敏把许沁送到了店外，客气地分了手。

三

许沁说东西寄国外了，玉敏有点信。玉敏对雨落说，许沁买钻戒时就说要送人的。雨落说钻戒送人了我信，但送国外了我不信。

玉敏说你是说她在说谎么？雨落说我只是在猜测，如果她真的送国外了，一开始就会说出来。她后来才这么说，就有点耐人寻味了。我分析，她用的是策略。玉敏说倒也是，她说寄国外了，我们就不好要她退货了。雨落说不好要也不能不要，这事不能就这么不了了之。过两天再找她，慢慢说服她吧。玉敏说如果她真的寄国外，要不回来了呢？雨落说，那就让她补款。不过难度就大了，谁能捧出三十万不咬牙呀？先别说许沁有没有三十万，就是有，她会愿意捧出三十万么，何况钻戒是送人的呢。

玉敏半晌不语，坐沙发上暗自饮泣。雨落说你先回去吧，不要哭哭啼啼的了，莫让小虫看出来。玉敏颓丧地缩着身子，猫在沙发里说，这么大的事，能瞒得了么？我做不到若无其事，我更无法坦然面对。

雨落把李琳叫进来，说你给小虫打个电话，让他来趟店里，不如挑明了说。玉敏没反对，李琳用玉敏手机拨了小虫电话，说虫哥，敏姐有点不舒服，你来店里接她吧。小虫没多问，说一会就到。小虫猜想玉敏昨晚兴奋了一夜，两人又折腾了半夜，大概是身体吃不消，着凉了。

小虫到了店里，才知道自己想错了。看玉敏泪水涟涟，更是吃惊。雨落让小虫镇静，才将事情原原本本地说了，小虫猛地打了个寒颤，像从热气腾腾的南非被挟持到了天寒地冻的冰岛。玉敏的脸上结满了天寒地冻的严霜，让小虫确信，雨落不是说着玩的。

小虫问玉敏，如果不能索回钻戒，我们就得赔三十万么？玉敏点点头。小虫一拳砸在墙上，说我他娘的要有三十万，还在凌州打工吗，老子早他娘的回老家买房了。小虫暴躁了起来，说这日子没法过了，这不是要我们为这个钻戒打一辈子工么？

玉敏不敢说话，她知道小虫脾气。小虫是个胸无大志的人，遇事了沉不住气，非得大吵大闹一回。好在这是在店里，小虫稍有收敛，即使火冒三丈，还是控制住了。雨落哄着小虫，说事情还没尘埃落定，就先别总往坏处想。玉敏现在压力比你大多了，都哭一上午了。你再给她施压，还让不让她活了？你要敢伤了玉敏，可别怪姐对你不客气哦。雨落这番话，戳到了玉敏的伤心处，玉敏禁不住哭出了声。小虫一屁股坐在沙发上，气呼呼地抽烟。李琳劝小虫，虫哥别急，你听店长说，会有办法的。雨落说急是没用的小虫，都冷静下来想办法嘛。雨落把刚才和许沁交涉的情况说了，小虫说人家要是就不退货也不补款呢？又不是人家的错，人家不偷不抢的，换了我也不退货。这年头，谁见便宜不会捡啊？雨落说你以为人人都这么想啊，那个客户还是有良心的，她听了这事后都快急哭了，因为她把钻戒送人了，送国外了，没法退货了。小虫马上讥笑，说，妇人之见！她说送国外你就信了？她还说发射到月球上去了呢。她这分明是借口，分明是不想退货！小虫一激动，便口不择言，发了一串牢骚。

小虫发牢骚，却给玉敏启发了。刚才雨落也说了，送国外可能是借口。现在小虫也这么说，玉敏想，许沁大概真的是撒谎了。如果许沁是撒谎，那就好办了，说明钻戒还在国内，甚至在凌州，或者在许沁手上。那么，索回钻戒就有希望了。

雨落见玉敏和小虫的情绪稳定了，又说，你俩莫要起内讧，回家先冷静下来想办法，看如何能探听到许沁的底细，最终将钻戒要回来。玉敏点点头，又怯怯地看小虫。小虫摇着头，没好气地说，能有什么办法？打工还债吧。

两人离开金店，不声不语地回了出租屋。玉敏还没吃饭，小虫问她想吃什么，玉敏摇摇头。小虫是体贴玉敏的，说事情都发生了，不吃饭又解决不了问题。玉敏说吃不下，小虫说下面条吧，被玉敏拦住。玉敏看小虫，认真地说，小虫你放心，真的要赔三十万，我不会拖累你的。我们离婚，然后我去做牢。小虫扫了玉敏一眼，说说什么傻话呢？我不还得花钱娶老婆么？然后掏出烟，呼哧呼哧地抽起来。玉敏听出来了，小虫是在乎自己的。玉敏心里宽慰了许多，眼睛一热，泪水又下来了。想自己平时并不那么爱小虫，不免有些愧疚。

两人坐到沙发上，各自想心事。玉敏说小虫，你说许沁真把钻戒寄国外了么？小虫吐了口烟，说鬼才相信呢，明摆着不想退嘛，白白拣了三十万，谁乐意还呀？玉敏说，不过她买钻戒，的确是要送人的。小虫说我敢打包票，钻戒肯定没寄国外。玉敏说她要是真的没寄国外就好了，我们可以和她慢慢磨。人心都是肉长的，总有一天会说服她的。小虫想了想，说这几天你不要上班了，那女人不是开了个抛光部吗，你就去她厂里坐着，天天和她磨。玉敏说明后天吧，看她怎么说，她要不回个上下，我就和她磨下去。小虫说能找到那女人么？玉敏说想找哪有找不到的，凌州就这么大。我们店里都是美女，哪行哪业都有熟人。她的身份证和家庭地址都留了，到工商局派出所准能调出她的资料来。

四

时间是个看不见摸不着的东西，有时跑得飞快，眨眨眼，一天过去了，再眨眨，一辈子就过去了。有时又走得很慢，如同蜗牛背着重重的壳，一步一步往前爬，你急也没用，它不会乱了脚步。

这两天对玉敏来说，是特别地漫长。日子像个炼丹炉，玉敏在日子里煎熬着，做什么都没心情，饭吃不香，觉睡不稳。玉敏在炼丹炉里炼了两天，虽没炼出火眼金睛来，却也炼出了坚强意志，炼出一点心理承受力来。小虫说，这叫绝望疗法，先让你颓废绝望，然后再一点点敛聚你的信心和智慧。小虫所言极是，玉敏熬了两天后，竟慢慢从哭哭啼啼中转入了安静，思想也走上了正轨，能够正面对待这件事了。许沁那边一直没来电话，玉敏料想许沁也没那么主动，便决定主动出击。玉敏给许沁打了电话，许沁淡淡地说，想到法子了？玉敏说没有。许沁说那你找我做什么？东西都寄国外了，生米做成熟饭了，我也拿不出三十万来。即使拿得出来，又不是皇亲国戚，我犯得上拿三十多万钻戒送人么？许沁语速变快，态度也没那么委婉了，劈头盖脸说了一通，像一捧雪花纷纷凉凉地落在了玉敏脸上。

玉敏不见怪许沁的态度。这两天玉敏和小虫还有雨落都分析了，钻戒一定在国内，甚至在凌州，寄到国外不过是许沁的托辞。索回钻戒的关键，不是国内国外的问题，而是许沁的态度。许沁的态度很明朗，轻易是不会配合的。

待许沁的雪花落定，玉敏才婉转地说，许姐，我知道你为难。将心比心吧，你是小老板，尚且拿不出三十万，我一打工妹又如何承担得起？你就开开恩，帮我要回钻戒吧，有什么条件你尽可说。许沁说这是开恩的事么，我有这个能力开恩么？其实呢，这事跟我并没有太多关系，我们之间是你情我愿的买卖关系，买卖结束了，关系也随之结束。我也同情你，但能力有限。要是钻戒在我手里，我自然会还你。许沁不等玉敏说话，道了声再见，就挂了电话。

此后玉敏再打电话，许沁要么挂断，要么不接。雨落和花奴换着号码找许沁，许沁有时接了，听说罗兰金店，就挂了。很显然，许沁不想理这茬事了。玉敏知道许沁的心情，无论钻戒在不在她手上，她都不想牵扯进来。但这事许沁无论如何都不能置身事外，没有许沁，事情无法解决，玉敏必须要找她。有一次许沁接了，口气很尖锐，说你们不要总骚扰我，我要工作的啊。

玉敏没有让步，坚持请许沁配合。玉敏不再脆弱了，脆弱是没有用的，就是把万里长城哭倒了，也不会飞来三十万。玉敏继续给许沁打电话，许沁一直未接。四五天后，许沁停机了。

手机停了，人跑不了，玉敏不担心。罗兰的店员们最擅长的就是拉关系，只要把她们的人脉打开，那本事比美国国安局搞电话监听逊色不了多少。只要许沁在凌州，她就是亚努科维奇搞神秘失踪，她就是萨达姆藏到地窖里，玉敏她们也能把她揪出来。花奴是美人鱼，美得令人叹为观止。在凌州这方水池里，没有花奴游不到的地方。玉敏说花奴，你帮我查查许沁的抛光部在哪儿。花奴打了个响指，说小意思啦，我能把她祖宗八代都刨出来。花奴打了两个电话，一个派出所，一个工商所。第二天许沁的住址和抛光部地址都弄来了。

玉敏决定去找许沁，雨落说我陪你去。雨落和玉敏便去了许沁的抛光部。

许沁的抛光部在凌源，一个五层楼民房的底层。抛光部不大，就一个大车间，有几排水泥大理石砌成的台面，安放着十来台抛光机。十来个男员工戴着单薄的头罩和灰不溜秋的口罩，举着小五金，对着抛光机上的砂轮打磨。

车间里很吵，只有轰轰的机器声，说话特费劲。雨落扯开嗓门问一个员工，许老板呢？员工没说话，用手往里面一指。雨落和玉敏进去了。

在车间的角落，有一个办公室，是许沁的办公室，像是闹市中一片净土。关上门，办公室清静了许多，说话不那么吃力了。许沁坐在电脑前，见玉敏和雨落来了，有些吃惊，说你们不简单嘛，竟找到这儿来了。雨落笑笑，说许姐，不好意思，打扰了。玉敏恭维道，许姐了不起啊，开了这么大的抛光部，生意不错吧。许沁淡淡地说，小生意啦，除去成本费用，一年落不了几个钱。又说，大老远来找我，莫不是有办法了？雨落说哪有什么办法，还得请许姐帮忙。许沁说我又没办法。玉敏挤出点笑容，说许姐，您和您朋友联系了么？她能把东西寄回来么？许沁脸上有些愠色，说这话我能说出口么，你要送人礼物了，还能要回来啊，何况还是国外。雨落说许姐别生气哈，这不是没有办法的办法嘛，总不能让您补三十万吧？您的抛光部也不是很大，估计一年也挣不了三十万。许沁说，一年挣再多，我也不能花三十多万送礼吧，除非我脑子进水了。玉敏说是啊是啊，您不会送这么贵重的礼物的，不过您送的的确是三十多万的礼物啊。许沁不接玉敏的茬，一字一顿地说，我明确告诉二位，我不会找朋友要回来的。

在许沁这儿碰壁，并不感到意外，这事不经几个回合，是不会有结果的。雨落和玉敏在路上分析，若让许沁补款是勉为其难，可许沁为什么坚持不退货呢？是贪心所致，还是另有隐情？两人都说不清。雨落说许沁如果坚持说寄国外了，下次你让她出示邮局存根。

第二趟，玉敏拉上了李琳。玉敏再次请求许沁与朋友联系，把钻戒退回来。李琳说许姐，你可以再换一款给朋友的。许沁不高兴地说，我收回三十多万，换个三万多的，换作你，心里能没想法么？这个国外朋友对我很重要，我儿子准备去她那儿读书呢，我能得罪得起吗？你们光考虑自己，怎么不替我考虑呢？李琳语塞。玉敏想了想，说许姐，如果这个朋友对您真的很重要，那就说明你花三十万是值的，那您就补款嘛。许沁说，除非我疯了。

李琳回来后在金店说了，店员们都很生气，说许沁分明是想赖账。花奴说玉敏，过两天我陪你去。我就不信姓许的是个啃不动的硬猪头。

玉敏现在是不受欢迎的人，许沁见了就皱眉，眼皮都不抬，说你老往我这跑，是赖上我了，好像我是个偷儿。玉敏尴尬地笑笑，说这事离不开您。许沁说找我也没用。花奴说您说东西寄国外了，我能看一下邮局存根么？许沁蓦地板起了脸，气乎乎地说，朋友早收到钻戒了，存根我扔了。花奴不看许沁的脸色，伶牙俐齿地说，你钻戒寄出的当天，玉敏就找你说这事了，存根这么至关重要的证据，你怎么可能扔了呢。许沁冷眉倒竖，说这是我的私事，用不着你管吧，我的存根凭什么要给你看呢。花奴说我是没资格看，可玉敏有资格看，她背着三十万的巨债，难道看下存根都没资格么？许沁转向玉敏说，你带她来，是来和我商量的么，分明是来挑衅的！玉敏说许姐，如果你是我，你不着急吗？我们想看下存根，不算很过分的要求吧。许沁说现在还不是时候，有必要的时候，我会给你们看存根。花奴说什么时候是时候？能给个具体时间吗？许沁狠狠地瞟了一眼花奴，拿着腔调说，什么时候你也没资格。花奴冷笑，如果我有资格，你就摊上大事了。花奴一拉玉敏的胳膊，走！

路上，花奴说，这女人不简单，你对付不了她。我们跟她来车轮战，金店十二美女挨个来，让她烦不胜烦。玉敏说这样不好吧？把她惹毛了，不利于事情解决。花奴说，这年头欺软怕硬，你不来硬的，她永远拿你不当回事。

晚上玉敏和小虫说了，小虫说花奴说得有道理，必须来硬的。许沁就应该出示存根，凭什么不让看！她要不给，就说明她根本没寄国外。小虫说明天我去，她必须把存根拿出来。玉敏拦着小虫，说你别去，你会把事情闹大的。小虫说这事就得闹大，不闹大没法解决。玉敏怎么劝，小虫坚决要找许沁。

第二天下午，下着沥沥小雨。小雨漫不经心的，像丝线似的，悠悠荡荡地缠绕着，缠得凌州湿漉漉的。小虫骑着摩托，玉敏坐在小虫的后车座上，给小虫撑伞。小虫骑得快，伞被风吹翻了。两人就在雨中穿越，头发和衣服都淋湿了。

小虫落汤鸡似地站在许沁面前，许沁吃了一惊。及看到水淋淋的玉敏，才知来者不善。许沁讥讽道，何必这般风雨兼程呢，我又不会跑了。小虫抹了一把脸上的雨水，提出要看存根。许沁斜睨了小虫一眼，说你谁呀，凭什么呀？玉敏刚要介绍，小虫指着玉敏，瞪着两眼道，我是她老公，她的事就是我的事！许沁说你什么意思，跑来闹事么？我这儿有员工上班，请你不要妨碍我工作。小虫梗着脖子，说看了存根我就走！许沁说，你没资格！又指着玉敏说，这是我的私人东西，你们都没资格！小虫控制不住了，嚷道，今天你必须把存根拿出来，不然就说明你没寄国外。你骗得了她们，骗不了我！这时门开了，进来了三个男员工，许沁说，把他轰走！三个员工抓住小虫的衣领，把小虫搡了出去。玉敏怕小虫吃亏，护在小虫前面。小虫嘴里骂骂咧咧的，一个胖员工想揍小虫，被许沁喝住。

小虫焉能咽下这口恶气。小虫来凌州七八年了，凌州没有他不熟悉的地方。虽然只是个打工仔，但他结识了一帮乡党，遇上什么事儿，都很仗义，所以小虫在凌州从来不怕惹事。从许沁那儿回来，小虫纠结了十来个人，第二天下午又去了凌源，挤进了许沁办公室。许沁的脸色都变了，心里很怵，仍强作镇定，指着小虫说，你是来解决问题的，还是要聚众闹事？这时有几个男员工进来，许沁挥挥手，说，你们干活去！许沁问小虫，你想把事情闹大么？想闹你就闹吧，闹大了就不是三十万了，一台抛光机几万块，有本事你砸吧！我在凌州做生意，从不怕闹事的。小虫呸了一口，说你少他妈的吓唬我，你今天不给我看存根，我就不让你走！许沁说我还是那句话，存根是我的私人物品，你没资格看！小虫一个老乡提起一张木椅，猛往地上砸，椅子立即散架了。许沁惊叫一声，说你们太风光了，七八个男人对付一个女人，太瞧得起我了。

小虫找许沁滋事，玉敏并不知道。到晚上九点下了班，发现小虫没回来，打电话给小虫。好长时间小虫才接电话，说他被关在凌源派出所了。玉敏吓了一大跳。一个警察接过电话说，他带人到许沁的抛光部闹事，被派出所抓来了。小虫在边上喊，那女人太嚣张，我饶不了她。玉敏急忙挂了电话，打电话给花奴。花奴听了，说没问题，该杀杀那女人的邪气。过了半小时，花奴来电话说，我找派出所朋友帮忙了，人今晚肯定放出来，不过朋友说，叫小虫以后不要再去闹事了，那女人和派出所关系很熟。今晚放小虫，派出所还和那女人商量了呢。

到了后半夜，小虫才回来。玉敏提心吊胆地坐在床上等小虫，脑子里像打架似的，想小虫对自己果真太好了，想自己嫁给小虫是对的，想以后要好好体贴小虫。小虫没文化，可小虫讲义气，有良心。玉敏感动得想流泪。

花奴打了电话后，小虫被罚了款后放了。从派出所出来，小虫不知道玉敏在等他，带一帮乡党去大排档喝酒，喝到半夜才回来。小虫喝高了，满嘴酒气，舌头像短了一截，对玉敏说，我……不会……放过她的。光脚不怕穿鞋的，不把钻戒要回来，老子决不罢休！玉敏看他醉醺醺的样子，什么也没说，只是紧紧地搂着小虫，一股温暖在心头荡漾。

五

嫁给小虫，玉敏一直觉得委屈，至少长相上委屈。玉敏是美女，小虫却与高富帅不沾边，所以玉敏一直不很看得上小虫，何况小虫还粗俗。小虫没多少文化，勉强在老家混了个初中毕业，姑妈把他弄到了凌州。小虫是姑妈唯一的侄子，姑妈看小虫书没念出来，就让小虫来凌州打工了。初中毕业能干什么呢，不是工地上的瓦工，就是车间里的操作工。姑妈心疼小虫，便让姑父给小虫安排工作。姑父是地税分局局长，找个工作自然不费吹灰之力。可姑妈不想小虫进厂，说小虫这点文化，进了厂在车间干一辈子重活，几时能熬出头？姑父说他那点文化，你还想他混出名堂来？让他做白领，他也得有那能耐呀。姑父说得没错，小虫的确没那个能耐，连名字都写得跟蟹子爬似的。

后来姑父在城管给他找了个临时工，做市场管理员，工资不高，二千多，比玉敏少了三分之一。姑妈嫌工资少了，姑父说，指望工资吃饭喝西北风啊。姑妈顿悟，同意让小虫干市场管理员了。事实证明，小虫虽然文化不高，但智商不低，姑父什么也没指点，他竟无师自通，不但自己吃喝不花钱，连姑妈家吃菜他都管着。姑父对姑妈说小虫是块料子，就是文化低了，否则前途无量。

小虫和玉敏结婚后，家里吃菜也不花钱，都是小虫拎回来的。起初玉敏不太适应，后来渐渐就失去免疫力了。

小虫长得黑瘦，配不上玉敏，谈恋爱时玉敏很犹豫。雨落说别挑三拣四了，在凌州，能攀上他这条件的，你就是烧高香了，多少卖菜卖肉的在巴结他呢，何况人家还有个当局长的姑父。雨落说得也是，玉敏是昭通人，在凌州举目无亲，能和凌州人攀亲结缘，多少打工妹都求之不得呢。雨落说你别看他工资不高，人家有隐形收入。油盐酱醋，平时白拿白吃不说，逢年过节了还有人送。玉敏迟疑未决的时候，小虫领玉敏去见了姑妈。姑妈家像殿堂一般，玉敏很震撼。姑妈见到漂亮的玉敏，眼睛直了，拉着玉敏夸了半天小虫，还特意送了对金耳环给玉敏。两个人的关系就这么晃悠了一年，剪不断理还乱，最终还是定下了，结了婚。

虽说小虫有这座靠山，而事实上玉敏从未靠过这座山，也没什么需要靠的。工作是自己找的，住房是自己租的，吃喝是小虫带回来的，衣服是自己买的。不过现在，玉敏和小虫商量，是该动用姑父这座靠山了。两人分析不出这座靠山能否靠得上，但有靠山不靠未免浪费了。

有时，小虫的脑瓜比玉敏活络。比如在找姑父这事上，玉敏认为肯定靠不上。即使姑父出面了，又能奈何许沁？不偷不抢，没有犯法，硬的根本来不了，还得和许沁有话好好说。小虫说你把问题想得简单了，许沁是没犯法，可她不是开抛光部么？只要做生意，哪有不和税务打交道的，没准姑父就能管着她呢。玉敏哦了一声，说我把这个疏忽了。一会又说，许沁在凌源那边，姑父管凌州大道这一带，相距十几公里呢，管得着么？小虫点了点玉敏脑门，说姑父不能直接管，还不能绕着管啊？凌源那边的税务，姑父能没个熟人么？玉敏点点头，想税务就像一张网，四通八达，只要在中国大地上，没有他们够不着的地方，便说去问问姑父吧，钻戒的事指望我俩，怕一辈子也要不回来。

当天晚上，小虫和玉敏去了姑妈家。两人散着步，一路看着凌州夜景。夜晚的凌州华灯齐放，流光溢彩，整座城市晶莹剔透，艳丽华美，劳累的人们从工作中解脱出来，在灯红酒绿中释放疲惫和激情。小虫说，凌州人真他妈的幸福死了。玉敏说我们是没指望了，没钻戒这事也没指望。

散步了个把小时，到了姑妈家。姑妈家白天基本没人，姑妈打麻将，姑父在上班。晚上姑父也未必在家，应酬太多。晚点来，才可能碰上姑父。姑父果然在家，姑父越来越胖了，少说有一百八九十斤。瘦弱的小虫唯唯诺诺地坐在姑父面前，显得很渺小。在堂堂局长面前，打工仔本来就很渺小，渺小得可以忽略不计。而在打工者面前，别说是局长，只要是凌州人，有凌州户口的，就很了不起。

姑父倚在沙发上，整个身子填满在沙发里，边看电视，边和小虫说话，半天一句，问小虫最近工作怎样，和领导关系怎样，小虫都说好。姑父又给了小虫一些教诲，工作认真些，手脚勤快些，脑子活泛些，别整天吊儿郎当的。小虫一直嗯着，脸上堆着谦卑的笑，不敢多言，怕说错了话。在姑父面前，小虫一直很拘束，很谨慎，不像在姑妈面前有说有笑，口无遮拦。

玉敏这会正陪着姑妈有说有笑，说些女人的话题。姑妈看着玉敏瘪瘪的肚子，说怎么一点没动静呀，几时能让姑妈抱上侄孙哪。玉敏不好意思地笑笑，说现在没钱没钞，有孩子养不起啊，连住的地方都没有，哪敢要孩子。姑妈说孩子愁生不愁养，有孩子了，就是天天喝稀饭吃咸菜，一样能养大。

姑父慢条斯理地讲完了道理，拿出烟来。小虫赶紧给姑父点上。然后站在姑父面前，搓着手说姑父，有个事想麻烦您。姑父的眼睛盯着电视，心不在焉地问，什么事？小虫小心翼翼地说了，姑父像被狗咬了，噌地从沙发上站起来，说小虫啊，你以为姑父三头六臂么，这种事别说我够不着，就是够着了，无凭无据的，我也奈何不了啊。姑父的音调有点高，把姑妈和玉敏从卧室里惊动出来了。姑妈紧张地说怎么啦怎么啦，小虫怎么啦？玉敏抓着姑妈的胳膊，不敢吭声。小虫唉了一声，说，玉敏惹事了。玉敏眼睛湿了，把事情大致又说了一遍。姑妈尖叫了起来，哎呀呀，这可如何是好，三十多万啊，如何赔得起？你们千万要和人家好好协商，无论如何把东西要回来啊。姑父板着脸说，要个屁，东西都寄国外了。姑妈又尖叫了一声，啊？那可如何是好？清明，你无论如何要帮孩子呀。清明是姑父的名字，姑妈都这么叫。姑父皱起眉头，说你就知道帮帮帮，我怎么帮？人家在完全不知情的情况下买东西，东西又寄国外了，我拿人家有什么办法？姑妈说你活动活动啊，这事总得有人管呀，警察管不到吗？凌源公安局那边你不是有熟人吗？这事你不帮，小虫和玉敏一辈子做牛做马都还不起啊。姑妈絮絮叨叨的，姑父抽着烟，一直不说话。玉敏说，找警察怕是不行，那人和警察熟着呢。上次小虫被派出所抓进去，派出所所长还找那人商量了才把小虫给放了。姑父两手一摊，说看看，人家的能耐比我还大呢，连派出所所长都能搬动。姑妈左手心拍着右手背，不住地唉声叹气，说这可糟了，这三十万哪辈子还得清啊。玉敏哽咽着，说姑妈你放心，实在不行我去坐牢，我不会连累小虫的。姑妈拍着玉敏的后背，说傻孩子，姑妈怎么会让你坐牢呢。又转脸对姑父说，清明，想想办法吧，总不能让这个骗子逍遥法外吧？姑父说人家是顾客，可不是骗子，这事错在玉敏，人家并没错。这样吧，我先给你们介绍个律师，具体情况你们和律师谈，看从法律途径能不能解决。

从姑妈家回来，小虫显得有些沮丧，说这事看来难办，连姑父都无能为力了，找律师有什么用。玉敏噘着嘴，说小虫，你莫担心，如果姑父帮不上忙，找律师也不管用，我就认命了。那时我们就离婚，一定离婚，我一个人扛着。反正我们一无所有，结婚是搭伙，离婚就是散伙。小虫瞪了她一眼，说你瞎扯什么呢，你把我看成什么人了，别说三十万，就是三百万三千万，我也不和你离婚。大不了我们慢慢还，用一辈子来还。我们不是有三四万存款嘛，还差二十来万，定个十年计划，一年还两万，也不是太多嘛，就当买房还贷了。小虫说得有些动情，拉过玉敏的手，说不过你要跟我住一辈子出租屋了。小虫重情重义，山一样立在玉敏身边。玉敏很感动，忍不住紧紧抱住小虫，流着泪在小虫脸上亲了几口。玉敏觉得小虫真是个好男人，那些帅哥俊男有几个能及小虫这般深情厚意的?

两人上了床，玉敏爬在小虫怀里，眼睫毛闪了几下，若有所思地说，小虫，今晚我看姑妈戴了枚钻戒，和我卖的那个很像呢。我问姑妈哪买的，姑妈说是姑父出差买的。我问多少钱，姑妈说不知道，姑父没说。姑妈说姑父从来都这样，给姑妈买东西从不说多少钱，叫她只管戴。玉敏在小虫鼻子上点了点，说姑父对姑妈多好啊，我这辈子别想戴钻戒了。玉敏的话题就跑偏了，但小虫思想没跑偏。小虫不说话，认真地想姑妈的钻戒。小虫说你肯定姑妈戴的和你卖的很像么？玉敏说是的，也是紫红色的，大小也差不多，克重不知道，姑妈也不知道。小虫咕噜道，有这么巧合的事？玉敏说，钻戒要是没了证书，看上去都差不多，谁能说得清值多少钱呢。小虫说只要你确定像就好办了。

六

第三天，姑父给玉敏找了个律师。姑妈在电话里说，律师姓杨，五十来岁。听你姑父说，杨律师在凌州很有名的。小虫向姑妈要杨律师的电话，姑妈在电话那头说我找找。窸窸窣窣了一会，大概没找到，姑妈说哎哟哟，律师的电话号码被我撂在家里茶几上了。我现在在打麻将，走不开，你晚上过来拿吧。姑妈是全职太太，天天以麻将为生，姑妈玩起麻将来，比小虫抽烟喝酒瘾大多了。小虫说好吧，就挂了电话。

小虫正在市场上，和一个卖调料的在喝啤酒。天很热，菜市场像个闷罐子，一丝风儿都透不进来。空气里混合着烂菜叶味鸡粪味鱼腥味，在菜场的角角落落里弥漫，融合在啤酒和饭菜里。小虫早习惯了这些味道，仍把啤酒喝得咕噜咕噜响。卖调料的和小虫很熟，见到小虫像见到首长似的，特别巴结小虫。小虫要什么，张个嘴就行，卖调料的求之不得。小虫能在他这儿喝顿啤酒，绝对是赏他光了，因而一个劲地和小虫干杯。小虫对他的关照自然也不少，水费电费摊位费，能少则少，城管工商这税那费的，小虫打个招呼能免了一半。有小虫替他撑腰，卖调料的在菜场里谁都不用惧。

菜市场下午没什么生意，出摊的商户很少。小虫接了姑妈电话后，又喝了一瓶，然后说，给我弄几袋火锅底料。卖调料的二话没说，捡了十来袋，装进黑塑料袋里。小虫往后备箱一放，骑上摩托，风一样地去了姑妈那儿。姑妈正在打麻将，见小虫来了，说不是说晚上的嘛，现在跑来干吗，我也走不开呀。小虫笑笑，说给您送几袋火锅底料。还有玉敏催我来取律师号码，她现在就要和律师联系。姑妈哦了一声。小虫说你玩你的，把钥匙给我，我去你家拿号码，正好把火锅底料送你家里。姑妈说了声，碰！碰了对八条，然后从包里拿出一串钥匙，挑出其中两把，说电话号码就在茶几上。

小虫接钥匙时，看了姑妈的手。姑妈的手上戴了枚铂金钻戒，紫红色的。钻戒的确漂亮，像一颗璀璨的星，静静地闪着晶亮的光。可惜钻戒落错户了，姑妈的手指太粗，皱褶像枯裂的树纹，钻戒戴在这双手上，光泽被皱褶吸纳了。小虫想，这么漂亮的钻戒，若戴在玉敏手上，肯定美极了。姑妈看小虫站着发呆，说这孩子，发什么愣呢，快去拿号码啊。

小虫收起钥匙，骑上摩托车，去了姑妈家。姑妈家住豪华小区，高层，要坐电梯。出了电梯，小虫开了姑妈家的门。茶几上果然有个纸条，写着杨律师的手机号码。小虫拿了纸条，出了门，跨上摩托车，快到姑妈那儿时，小虫忽然改变了方向，拐进一条巷子里。巷子深处，有个老者摆了个摊，上书：电子配匙。小虫配了两把钥匙后，才去找姑妈。想和姑妈唠两句，姑妈正忙着洗牌，没空搭理他。

太阳当头，热浪扑人。小虫把车骑得像风一样。小虫喜欢骑快车，很酷，很爽。小虫没去菜场，直接去了罗兰金店，把号码给了玉敏。玉敏马上给杨律师打了电话。杨律师听到姑父的名字，很客气，说见面谈。二十分钟后，杨律师来了金店，一身是汗，衣衫都湿透了。玉敏把杨律师请进办公室，李琳给杨律师泡了杯茶。杨律师先聊了会他和姑父的私交，熟识十来年了。然后话锋一转，说交情归交情，干我们这行的，用事实说话，不合法的事，交情再好也无济于事。玉敏想，姑父是高层次的人，认识的律师果然不一般，对法律太精通了，而且挺有责任感，顶着炎炎烈日跑来了。玉敏就钻戒的来龙去脉，和杨律师详详细细地说了，以及去凌源找许沁的事也说了。杨律师颇有些义愤填膺，说姑且不论法律如何规定，单从道义来衡量，对方也应该归还钻戒。寄到国外怎么了？寄到哪都应当还你。杨律师义正词严，令玉敏很感动。小虫也激动了，情不自禁地握起了拳头。玉敏说指望对方讲道义怕是不行，只有走法律这条路了。小虫说杨律师，你看这官司能打么？杨律师沉吟俄顷，咂着嘴说，官司打没问题，也有把握赢。玉敏和李琳对视了一眼，露出了惊喜。李琳说真的能赢么？杨律师点点头，说对方属于不当得利，理当归还。所谓不当得利，是指那些因致他人遭受损失而获得的利益。不当得利者虽然不偷不抢，没有犯罪，但他理应依法归还，否则就侵犯了他人权益。

玉敏不懂法律，不知道还有不当得利一说。原以为是自己失误造成的，无法挽回呢，没想到法律能帮自己。一时无语凝噎，眼泪簌簌落下。不禁又钦佩姑父，不愧是局长，站高望远，能想到法律这个途径。李琳拍拍玉敏的手，显得很兴奋。玉敏又在小虫肩上轻轻捶了一下，流着泪说，这下有救了。杨律师却摇摇头，说这年头打官司，即使赢了，也未必能赢钱。你们刚才也说了，对方把钻戒寄国外了，其实就是不想归还。她也不想还钱。如果她有房产什么的，尚可通过法院来执行，但也颇费周折。她若没有房产，官司赢了也是白打。玉敏说对方可能不很有钱，要不还会骑电瓶车么，有无房产也说不准。杨律师说所以你们要有心理准备，这场官司不是短期能见效的。玉敏说只是老总催得紧，要我想办法尽快解决，店里需要资金周转呢。杨律师说我尽力吧，不过我建议，最好是和对方协商。协商不成，再打官司。小虫说，协商过了，那女人不讲理。玉敏说或许有律师介入，她会拿出诚意来呢。

第二天下午，冒着酷暑，玉敏陪杨律师去了凌源。许沁在。见玉敏来了，许沁立即面若寒秋，也不睬玉敏，盯着电脑说，怎么，还没闹够？再关进去，怕没那么容易出来了。玉敏说我不是来闹的，我请了律师，想和你谈谈。许沁瞟了一眼杨律师，说请律师怎么了，我犯哪条王法了？玉敏刚想解释，杨律师插上话，说我们是带着诚意来的，我们并不希望把事情闹大，闹到法庭上。如果双方能协商解决岂不是更好？许沁不看杨律师，冲着玉敏冷冷道，你没告诉你的律师，我没三十万也没钻戒么？我什么都没有，你们要怎么协商？玉敏无语，看杨律师。杨律师说，从道理上讲，是我的当事人失误所致，你是无辜的，是被动卷入了事件之中。但这并不是说，你就没有责任了。作为律师，我想提醒你一句，从法律角度来说，你属于不当得利。不当得利必须依法归还，否则就侵犯了他人权益。

杨律师所言本是实话，许沁却听不进去，以为杨律师在威胁她，脸上挂不住了，尖着嗓门，冲杨律师就是一梭连环弹，说大律师是要给我定罪么？你说我不当得利，我得什么利了？我得了钻戒还是得了三十万？堂堂律师岂能信口雌黄！玉敏上前解围，说律师只是讲法律，没说你犯法。杨律师并不恼，沉声道，不管你有无得利，钻戒是交你手上了，你就必须承担相应后果。许沁面露愠色，说不知者不罪，这是古训。钻戒在送人之前，我知道值三十多万么？我既没打算送人三十万礼物，也没这个能力送这么大的礼物。钻戒在我手上还没焐热，我就寄出去了，我得利了吗？得利的是我的外国朋友。可是，我外国朋友会以为自己是不当得利么？我外国朋友绝不会以为我是送错了，肯定以为是我的本意了。请问大律师，这其中到底谁不当得利了？

许沁的一番舌战，轻而易举地把不当得利否决了。甚至玉敏都觉得，许沁说得有道理，谁都没有不当得利。不过杨律师坚持说，无论你和你朋友，只是不知情而已。但我的当事人告知你了，你便知情了，你有义务告知你朋友。在你和你朋友知道或者应当知道的情况下，都有义务归还物品，或补差价。

许沁抿了抿嘴，露出一丝讥笑，嘲讽道，我明确告诉你，她早加入了外国国籍。我不知道你所说的法律，对一个外国人来说，是否具有法律效力。

杨律师不和许沁唇枪舌剑了。既然商谈无果，只能法庭上见了。

晚上回到家，玉敏把杨律师找许沁的事说了。小虫把烟掐灭，踩在地上说，我早料到这女人不会配合的。玉敏说许沁态度很强硬，看来只有打官司了。小虫说打官司也未必管用的，杨律师不是说了，赢了官司拿不到钱，照样白忙乎。小虫摇头叹息。

小虫转身走进卧室，从抽屉里拿出新配的两把钥匙，在玉敏眼前晃了晃。玉敏正觉诧异，小虫兜出了他的想法，把玉敏大大吓了一跳。玉敏说小虫，你太卑鄙了，你在我心中好不容易建立起来的美好印象，叫你破坏了。你怎么能有这种想法呢，那是你亲姑妈啊。小虫说这是没有办法的办法，官司就算打赢了，三十万也是遥遥无期，所以我们不得不一颗红心两种准备啊。玉敏呸了他一口，忿然道，还红心呢，黑得跟煤渣似的，你是昧着良心！小虫说我这不是为了你嘛，要是讨不回钻戒要不来三十万，我们这后半辈子怎么活？连孩子都不敢要了。玉敏说就是穷疯了，我也不让你这么做！

小虫淡然一笑，走到玉敏后面，伸过手把玉敏揽在怀里，说玉敏，你想过吗？如果起诉许沁无果，老板必定要起诉你。我们无力偿还，你或许真要在冰冷的牢房里过上十年八载了。玉敏肩膀颤栗了一下。小虫的手从玉敏胸前，移到玉敏脸上，说你这么漂亮的女人，要是蹲了牢房，知道什么结果么？多苦多累多遭罪就不说了，那些狱警囚犯就不会放过你。玉敏胆怯了，使劲往小虫怀里钻。玉敏抓着小虫的手，颤着声说，可你要那样做，万一姑父把你告了，你不也要坐牢？小虫说我坐牢怕什么，我又不是美女。再说了，就算姑父想告我，姑妈能让吗？怎么说我和姑妈血脉相连，也是她的亲人呢。玉敏讷讷地说，可是姑妈把你弄到凌州来，姑父给你安排了工作，你那样做未免恩将仇报了。万一事情败露，我们还有脸见姑父姑妈么？小虫说这有什么，大不了认个错，求他们谅解。实在不行，我们从凌州滚蛋呗。其实你想多了，姑父是税务局长，钱来得容易呢。三十万对他来说，就是蹭破点皮，连肉都没伤着。姑妈家在凌州好几套房，哪套不是二三百万？

七

大凡热衷麻将的人，都近乎痴迷了，大把大把的时光，掷在了麻将桌上。姑妈便是这样，把麻将当作了事业和追求。玉敏约了几次姑妈，姑妈才腾出空来。玉敏很少单独和姑妈玩，逛街吧，姑妈出手太阔气；吃饭吧，姑妈要上高档酒店；唱歌吧，姑妈挑凌州最好的 KTV；打麻将吧，玉敏不会，也没那么闲。玉敏喜欢和李琳她们玩，玩什么都不显自己寒酸。

不过这次，小虫交给了玉敏一项任务，要玉敏单独约姑妈。这事也不好带上小虫，只有玉敏独立完成。小虫给了玉敏一张洗浴中心的 VIP 卡，让她陪姑妈去洗澡。玉敏本不太乐意，小虫开着玩笑，说这是政治任务。玉敏约了几次，姑妈都说没空。麻将场也有规矩，麻友们不是随便可以缺席的。就像一辆汽车的四个轮子，固定班子，缺了谁都不转。因而对于玉敏的请约，姑妈一拖再拖，直拖到四个轮子都要歇歇了，姑妈才抽出身来。玉敏对小虫说，姑妈太迷麻将了，比年轻人追捧明星还有激情，除了吃饭那点工夫，一刻都离不开麻将桌。小虫说这就是官太太的生活，有力气没地方使，有钱没地方花，麻将场是她们大显身手的疆场，赢多赢少无所谓，关健是个乐。玉敏咂着嘴，说人家这日子，赛神仙了。小虫说姑妈天天还抱怨忙死了，吃饭都没时间，早想雇保姆了，可姑父不让。姑父说要树立形象，清廉点好。玉敏说，姑父真是个好官。

姑妈允诺了两个多星期，才和玉敏去洗澡。

姑妈并不在乎洗浴中心条件多好，在乎的是玉敏陪着。玉敏说姑妈，我帮你搓背吧，我准备了几个搓澡巾呢。姑妈说这太好了，平时后背总也搓不到。玉敏开着玩笑说，我的手劲可大了，小心你的细皮嫩肉哟。

姑妈准备好了换身衣服，又找了个小篮子，将沐浴露洗发水洗发素之类的东西统统装了进去。玉敏说这些不用带，洗浴中心都有。姑妈说那里没有好东西，我得用自己的。这些都是你姑父朋友从韩国带来的，高档的。玉敏看姑妈过得这么讲究，不免又生寒酸之感，想自己这辈子都望尘莫及了。

准备完毕，姑妈要锁门时，玉敏指着姑妈手指上的钻戒，说这个拿下吧，带到洗澡中心不安全。弄上水了，还会影响光洁度。姑妈说对对，这玩艺是宝贝，莫让小偷盯上了。玉敏心里咯噔一下，脸有些发烫。姑妈取下钻戒，进了卧室，拉开床头柜最上层抽屉，将钻戒放了进去。

姑妈开了辆粉色的女式奥迪。玉敏说，开车去洗澡啊？太奢侈了吧，门票都不够油钱的，还是走着去吧。姑妈说傻孩子，大热天的，洗完澡了再走一身汗，还不如不洗呢。玉敏坐进姑妈车里，像坐上了金銮殿，妙不可言。姑妈开着车，说天太热时，打麻将我都开车去，车里空调多凉快。过了两条街，就到了洗浴中心。玉敏帮着拿钥匙，找衣柜，然后帮姑妈把脱下的衣服放进衣柜里。玉敏说姑妈你先进去吧，在水池里多泡会，我好帮你搓背。姑妈就进去了。玉敏开始脱衣服，脱到只剩胸罩内裤时，拿出手机飞快地发了条信息。然后锁了衣柜也进去了。

姑妈在水池里泡着。水很清，能看见姑妈凸凹起伏的身体，像个硕大的葫芦，在水中沉浮。玉敏也把身体泡在水中，像条鱼儿，婀娜地潜在水中。姑妈欣赏着玉敏雪白的肌肤，匀称的身材，说小虫这小子，摊上你这个美人，太有艳福了。玉敏噘着嘴说，他才不知足呢，还总嫌弃我，说我只顾上班，忙死忙活的，家务事做少了呢。

玉敏拿出搓澡巾，让姑妈转过身，帮她搓背。姑妈的背上并没什么灰垢，可姑妈说痒死了。玉敏慢慢搓，搓得又细又匀。那些姑妈光顾不到的角落，玉敏都帮搓了。姑妈懒洋洋地举着手，闭着眼，任玉敏轻搓细擦。玉敏手酸臂痛了，仍坚持着，她把姑妈雪白的身子当成了白纸，把搓澡巾当成一支画笔，左画一笔，右抹一下，在姑妈身上画了一幅没有图案的画。事后玉敏才反应过来，那幅没有图案的画，是一枚钻戒。

玉敏画得差不多了。姑妈闭着眼，说你们平时都来洗浴中心么？玉敏说我的姑妈啊，你拿我当富婆哪，说了不怕您见笑，我一次都没来过。姑妈咦了一声，说那你怎么请我来，还办了张卡？玉敏方知说漏了嘴，心里有些窘，幸好姑妈正闭眼享受呢。玉敏假装低头洗搓巾，过了会说，卡是别人送小虫的，被我要来了，我说要请你洗澡，他就答应了。姑妈哦了一声，说这小子还知道孝敬啊？还是你体贴姑妈，小虫就知道玩。

半个多月前，小虫给玉敏 VIP 卡时，玉敏还挺奇怪，说人家送你的？若是自己花钱，玉敏才舍不得去这种地方。小虫说里面有五百块，你去请姑妈洗澡。玉敏噢了一声，才知道小虫这般大方，原来是另有目的。小虫将他的计划和玉敏说了，玉敏又很为难，心里特别扭。小虫说你只管去洗澡，其他的事我来。

估摸时间差不多了，玉敏收起搓澡巾，说姑妈，好了。姑妈说我再帮你搓会？玉敏赶紧摆手，说你要折杀我啊，你是姑妈，我哪能劳驾你！再说我的背不用搓，每次都是小虫搓的。说完不好意思地笑了。两人又去冲了淋浴，半小时后回到休息室，闲聊了会。姑妈问起杨律师的事，玉敏说杨律师和那客户协商未成，已向法院提起诉讼了，过几天就开庭。姑妈说这官司有把握么，玉敏说杨律师说有，但没把握能拿到钱。姑妈叹息。玉敏又说杨律师说了，如果那客户有财产，可以执行的。姑妈不懂法律，哦了一声，说那就催杨律师抓紧吧。

其实不用玉敏催，杨律师很敬业，对玉敏的事特别上心。在和许沁协商未果后的第二天，杨律师便让玉敏准备了相关手续。玉敏向金店会计调出了进货清单，证书号，销售日报表，销售保单和发票等，交花奴复印了一套。杨律师看销售保单上有许沁的签字，以及身份证号码及联系方式，说这个很重要，有她的签字，这官司就有充足的证据了。杨律师写好了起诉状后，便递交到法院，以罗兰金店的名义，向法院提起了诉讼。杨律师告诉玉敏，就等法院开庭了。

姑妈说杨律师在凌州的律师界挺有名气的，和你姑父认识好多年了，他会对这事负责的。玉敏道了谢。两人穿好衣服，从洗浴中心出来，天快黑了。玉敏钻进姑妈的奥迪，回到了姑妈家。玉敏在姑妈家里看了看，没看出什么迹象。又朝姑妈卧室的床头柜瞄了瞄，也很正常，没什么乱象。玉敏放心了，和姑妈道别。姑妈说吃了饭回去吧，玉敏说不了，小虫在家等她呢。

八

事情进展得很顺利，小虫得手了。玉敏摸着黑到了家，小虫就把玉敏拉进屋，关上门，从箱子里拿出了紫红色钻戒。玉敏捏着钻戒，左瞅右瞅，惊奇地说，和我卖给许沁的那款太像了，款型大小都一样，色泽也差不多。小虫竖起拇指，说那就好办了，你明天拿回店里，对雨落她们就说，许沁把钻戒还了。玉敏说她们会信么?小虫说，就这么说，信不信由她们。玉敏点点头。小虫舒了口气，说钻戒总算还了，我们再不用愁肠百结了。玉敏的眼泪突然迸发出来，趴在小虫肩上说，小虫，谢谢你。小虫抹去玉敏的泪，说谢什么，我不只是帮你，也是帮我自己嘛。我老婆去坐牢，我的日子多难熬。玉敏含着泪，说我们把钻戒还了，可姑妈呢？小虫说对于姑妈，这是九牛一毛。

可以说，小虫的这次行动计划非常缜密。在姑妈进了水池后，玉敏迅速给小虫发了信息，告诉他钻戒放在床头柜抽屉里。小虫早就到了姑妈家的小区，候在大门外。接到了信息，小虫才进去。小虫知道姑父肯定不在家，为了安全起见，还是先编好借口，然后才上了电梯。敲了半天的门，确认姑父家里没人了，小虫又向对门看了看，然后开门进去了。进了屋，小虫叫了声姑父，无人回应。小虫直接进了卧室，小心地取出钻戒，放在兜里。出门时见对门的门仍关着，小虫放心地进了电梯，下了楼，骑上摩托车风驰电掣地走了。

玉敏又忧心忡忡了，说姑妈发现钻戒不见了，会怎么样呢？小虫说姑妈肯定不以为被偷了，因为门窗都关好好的呢，她会以为放哪儿不记得了。玉敏说那之后一直找不到，姑妈还能不怀疑被偷啊？小虫说不会，姑妈会怀疑自己记忆不好。小虫一个劲地安慰玉敏，让她别多虑。玉敏说姑父会骂姑妈么？小虫说骂几句有什么，不疼不痒的，骂完就完了，姑父才不在乎一个钻戒呢。他们家的宝贝多着呢，首饰都论盒子地装，丢个钻戒算什么？你看姑妈三天两头换首饰，恨不得生出三头六臂来，都戴上首饰才好呢。玉敏想了想，又说，姑妈实在找不到钻戒，会不会报案呢？小虫还是说不会。玉敏说我看会，钻戒三十来万呢。小虫心里没底，也有点紧张了，说我明天去姑妈家，看她有什么反应。

第二天上午，玉敏怕再有闪失，赶紧去了罗兰金店。玉敏是下午班，特地送钻戒来了。一进店里，玉敏就调动了全身的激情，故作兴奋地说，宣布个好消息。几个店员转过脸来，说，要请吃饭哪。玉敏用手指捏着钻戒，说大家看，这是什么？美女们围了过来。雨落哇地叫了起来，说钻戒追回来了？美女们盯着钻戒反反复复地看。

玉敏怕被看出破绽，万一发现冒牌货就惨了，说好了好了，先将钻戒放到柜里吧。雨落说玉敏，许沁怎么愿意的？玉敏早编好了台词，说我不是请律师了嘛，律师不是找她了嘛，她开始不是不肯给吗，律师就将法律规定给她看，告诉她这是不当得利，必须归还，否则就侵犯了别人权益，是犯法的。许沁被吓得不轻，便让她的海外朋友寄回来了。雨落说那我们得把三万五退给她。玉敏一怔，玉敏把这茬子事忘了。这三万五玉敏是绝对不敢拿的，拿了钱给谁呢？给姑妈不可能，给许沁更不可能，给自己留着？那也是不当得利，是犯法的。再说不是她的钱，她拿了心里不踏实。玉敏脑子转得飞快，马上找到理由了，说再等等，她的证书不是还没寄来嘛，等证书寄来了，再把钱退给她。玉敏这个谎编得还算圆满。钻石柜的店员雪微嚷着要玉敏请客，玉敏笑道，上次不是请过了吗？这笔生意又没做成，我上次请客都亏了呢。众人笑，雪微笑说玉敏小气。雨落为玉敏打抱不平，说玉敏才不小气，这顿酒我来请，今天晚上，川淮土菜馆。钻戒追回来了，一场虚惊，我要给玉敏压压惊。玉敏哪有心情喝酒，说喝酒就免了，今晚我还有事。雨落笑，说钻戒拿回来了，小俩口私下要庆祝一番了。

出了金店，玉敏就给杨律师打电话。玉敏要杨律师配合自己，要不事情迟早会穿帮。但也不能让杨律师知道钻戒还给店里的事，否则还打什么官司呢。杨律师说，案子过几天开庭，你来旁听么？开庭是大事，玉敏应该去旁听的，可玉敏没心情。钻戒交店里了，玉敏反而心事更重，说不清是为什么，反正心神不宁，抓也抓不掉，搔也搔不了。玉敏对杨律师说，我走不开呢，就全权委托你了。杨律师说那好，到时什么情况我告诉你。玉敏想了想又说，杨律师，近期你别来店里找我，有事我们换个地方谈。杨律师有些奇怪，说店里不方便么？玉敏吞吞吐吐地说，是的是的，老总逼得紧，天天追我要钻戒呢。你来了，又要触动他的神经了。其实玉敏担心杨律师要来金店了，一店美女都惶惑了，钻戒都还了，怎么还打官司呢。而杨律师更惶惑了，钻戒还了，怎么不叫我撤诉呢？被告人怎么突然转变了态度呢？钻戒几时还的呢？这些问号像一团团的云雾，杨律师怕要掉进云山雾海里了。

下午去上班，花奴一进钻石柜里，便惊叫起来，说钻戒回来啦。李琳她们也问来问去的。玉敏不得不继续伪装着，兴奋地敷衍着。但玉敏不去钻石柜，尤其不去看那枚钻戒。那枚钻戒冷艳而妖魔似的，显得特别地刺眼。花奴站在钻石柜里，没事就对着那枚钻戒出奇，像看一件失而复得的宝贝。玉敏怕她看出问题来，便调侃花奴，花痴呀你，有什么好看的，又不是帅哥。花奴嘁了一声，说帅哥哪有它值钱，钻戒丢了你心都碎了，帅哥丢了你会心碎吗？玉敏想，花奴说得没错，为了这钻戒，自己真的心都碎了。

九

小虫盯着姑妈的脸，足足盯了两分钟，终于从姑妈脸上，看出了些许悲戚。这两分钟里，姑妈始终没说话，眼皮耷拉着，两手在翻牌，脸上的色调一直冷着，表现出百年不遇的严峻来。而姑妈的四周，有大呼小叫的喜怒声，有稀里哗啦的搓牌声，尖叫声，咳嗽声，揉合成一支嘈杂难耐的交响曲。姑妈却不发出一丝声响，很沉闷，甚至连出牌都轻轻一丢，显得心不在焉。小虫知道，姑妈心情真的不好，很不好。姑妈平时不是这样的。姑妈是个一惊一乍的人，不管好牌坏牌，抓到她手里，就像抓了个烫山芋，必定要大呼小唤。而现在，姑妈看到小虫进来，轻轻说了声来啦，就低头看牌了。小虫心里有些难受，为姑妈难受，为自己的不齿行径难受。钻戒不见了，姑妈内心一定很受伤，像一头受了伤的鹿，伤口在汩汩流血。姑妈似乎不打算告诉别人她的伤痛，在独自舔着伤口。小虫看姑妈左手的无名指，那儿依然戴了枚戒指，是枚纯白钻戒。小虫见姑妈不言不语，便什么也没说，将一袋新鲜的韭菜放在姑妈脚下，说我回去了。姑妈说，哦。

晚上玉敏回来，小虫坐沙发上抽烟。玉敏看小虫郁郁寡欢的，问他怎么了。小虫说姑妈看上去很受伤，他实在愧疚。玉敏的心突然疼了，像被狠狠揪了一把。玉敏说我们把姑妈害惨了，不，不是我们，是我，是我害了姑妈。小虫吐了烟屁股，用脚把烟头踩烂，挥挥手说，别再自责了。事情都发生了，说什么也没用了，你抽空去安慰姑妈吧。玉敏难过地说，姑妈算沉得住气的，要是换成我，昨天刚丢了钻戒，今天无论如何都没心情打麻将了。小虫说你那小肚鸡肠，永远成不了气候。

姑妈的事，闹得玉敏一夜没合眼。想自己这不是嫁祸于人么？而且转嫁给了自己的亲姑妈，太没人味了。玉敏很难过，推醒了小虫。小虫迷迷糊糊地说，你莫盘这事了，姑妈没你那么想不开，三十多万压在我们头上是座大山，压在姑妈头上就是片乌云，风一吹就没了。玉敏说姑妈再有，也是辛苦挣来的，不能因为她富有，就让她为我们背损失吧。小虫说姑妈手不扶犁脚不着地，哪里辛苦了？她的钱来得太容易了，姑父手中的权力就是印钞机。我俩干上一辈子，也没有姑父大笔一挥赚的钱多。

玉敏仍是寝食不安，吃饭上班都发呆。发呆的时候就会想姑妈，姑妈的脸总在她眼前晃动。玉敏坐不住了，她要去看望姑妈。过了两天，玉敏和小虫晚上去了姑妈家。还是小虫陪姑父聊，玉敏陪姑妈在卧室聊。玉敏发现姑妈并不像小虫说的那么悲观，和之前并无两样，玉敏心里稍安了些。姑妈手上果然换了纯白钻戒，玉敏说这款钻戒挺漂亮的，不过没紫红色的温馨淡定，纯白钻戒色调有点冷。姑妈笑了笑，说换着戴嘛，就跟衣服似的，哪能总穿一件呢。玉敏根本看不出姑妈很受伤。看来小虫说对了，这件事对姑妈来说，就是一抹乌云，三两天一过，就飘得无影踪了。玉敏想试探姑妈的心理底线，便说，不过我蛮喜欢紫红色的那款，姑妈你戴着可漂亮了。边说边伸手去拉床头柜的抽屉。姑妈说你找什么，玉敏说我想试戴一下，看我戴了有没有你好看。姑妈说没在那儿，让我收起来了。然后哈哈笑了，说还用试吗，我一老太婆哪能和你比？你小媳妇戴什么都好看。又拉过玉敏的手，说这手长的，雪白细嫩的，什么不戴都好看。玉敏看姑妈果真没什么了，便和小虫起身告辞了。

回来的路上，玉敏一直沉默着，低着头看地砖板，不看街景，也不和小虫说话。到了家，小虫说怎么啦，又不高兴了？玉敏便将心中的疑窦对小虫说了。玉敏说奇怪了，姑妈竟然对我说谎。小虫愣了。玉敏说姑妈为什么要撒谎呢，明明钻戒丢了，却说收起来了。小虫说姑妈大概是怕我们替她担心吧。玉敏想了想，说大概是了。不过我真搞不懂姑妈，三十万钻戒丢了，像什么也没发生似的。小虫说你不懂，我也不懂。我们要懂了，我们就能当官了。玉敏说这样也好，至少不必担心姑妈精神崩溃了。看来，我之前的担心真是多余的。小虫笑，说你用穷人的逻辑去想象富人，就像用酒杯去舀大海里的水，是难以估量的。玉敏说但自己的良心永远都受到谴责。小虫逗她，姑妈都不当回事了，你谴责自己不是白费工夫了。

这日，玉敏在上班，杨律师来电话。玉敏接了电话，就出了金店。花奴笑，说大概有粉丝了，说话避人了。一店美女哄笑。玉敏到门外，站在一棵树下，询问杨律师情况。杨律师说昨天开庭，许沁去了。杨律师拿出了证据，许沁先是狡辩，说原告没有看错价，三万五是双方商谈的结果。连法官都听不下去了，反驳她说，你能把三十七万砍到三万五，罗兰不是暴利吗？许沁说，钻戒本来就是暴利。法官否决了许沁的狡辩，说你的说法太牵强，除非你拿出证据来。许沁说好，我回去找证据。杨律师说第一次开庭就这样，等被告找证据吧。玉敏说她能拿什么证据呢？杨律师说她能有什么证据，她可能是缓兵之计，去活动关系了。我们姑且拭目以待，看她能搬出什么关系来。我们证据凿凿，她找谁都没用。

十

还了钻戒，罗兰金店所有的人，从老总到员工，都很欣慰，喜悦之情溢于言表。他们不为钻戒愁也不为玉敏愁了，而玉敏依然心急如焚。而玉敏有愁却不能表现出来，丝毫马脚都不能露，必须藏着掖着，陪着一店人嘻嘻哈哈。花奴李琳她们不时还会说起这事，会为玉敏庆幸，玉敏不得不表现出冰火两重天的境界来，——表面如火，内心如冰。

玉敏悄悄给杨律师去过几次电话，杨律师说他一直在和法官交涉。

第二次开庭原定于半月后，但被一拖再拖。法官告知杨律师，被告还在搜集证据。杨律师说被告能搜集什么证据呢，明摆着是拖延时间嘛。法官开着玩笑，说天这么热，等凉快点的。杨律师明白了，对方的关系已伸到法官这儿了。

杨律师把情况和玉敏说了，玉敏说许沁一直拖着，是怕输了官司要赔钱吧？杨律师说没错，如果她输了，要么补款，要么退货。所以她要拖延时间，要四处找关系。中国人的关系就像线路图，只要有线路，电就能传递过去。不过她找谁也没用，这官司我们肯定赢。杨律师是耿直之人，说话直来直去，让玉敏很放心。

杨律师分析得没错，许沁确实在活动。她搞加工这些年，人脉自然有。这年头想要做点生意，公检法没人不行。许沁和凌源派出所所长关系就很不错，又通过所长找到了法院庭长。庭长看了卷宗，表示为难，案情没什么波折，像一盆清水，想玩个障眼法都难。庭长说只有两条路，一是推迟开庭时间，让许沁抓紧准备应诉材料，但这只是缓兵之计；二是和原告坐到一起，协商解决，能不能少赔点。许沁摇摇头，说协商是不可能的，因为我真的赔不了那么多钱。钻戒寄国外了，我并未得利，我拿什么赔？庭长说有没有得利是你的事，但从卷宗来看，你得利了，只不过你把得利赠予了别人。许沁说我是在不知情的情况下赠予了别人，这个损失是不是该由原告承担呢？庭长说不可以，除非你和原告协商解决。不管当时你知不知情，可你后来知情了，你就应当归还。就算你没有不当得利，受赠者得利了，他也理当归还。许沁摇着头，很无奈。

一个月后，第二次开庭。许沁态度似乎缓和了些，祭出了适当补偿的意愿。杨律师说适当补偿是多少，许沁说三万。杨律师说你开玩笑呢，三十多万的损失，你用三万来打发，有诚意么？许沁说，问题是我没有得到三十多万的利益，我能补偿三万，完全是出于同情原告。原告之所以蒙受这么大的损失，是她自己造成的，我毫不知情，凭什么她的损失让我来承担？杨律师答，因为原告的利益被你转给别人了，当然你来承担。还有，你说钻戒寄到国外，为什么不在法庭上出具邮局存根呢？许沁说，都下来这些天了，对方也收到东西了，我还留那干吗？早扔了。杨律师说，如果你真的寄到国外，你不会扔的，因为在交易发生的第二天，我的当事人就找你了，并要你出示存根，可你始终没有出示，这就难以证明你把钻戒寄国外了。法官支持杨律师的主张，说既然东西寄国外了，就应当出示邮局存根，任何证据都会对案情审理起到作用。许沁坚持说丢了，后来支吾了半天，说那我回去找找吧。法官又施恩许沁了，说那你抓紧找，一周后再开庭。杨律师对法官说，即使她找到这个证据，也不能证明她没有得利，除非她能提供她没有得利的证据。法官笑笑，说给被告点时间吧。又转向许沁说，如果下次提供不了有效证据，我们将当庭调解。调解不成，就下判决书了。

再半月，第三次开庭。许沁并未提供寄到国外的邮局存根，亦无其他有效证据。法官调解未决，杨律师请求法官判决。法官依法判决许沁或归还钻戒，或补足货款。

官司赢了。玉敏在川淮土菜馆订了桌餐，和小虫一起请杨律师吃饭。玉敏从杨律师手中接过判决书，长长地舒了一口气，一股心酸伴随而来，泪又滚动了。小虫频频敬酒，感谢杨律师。玉敏也说着感激的话。杨律师摆摆手，说这案情本来就很明了，让谁都能打赢。小虫问接下来呢。杨律师说，接下来就是索赔了。官司赢了，只是万里长征第一步。要依法讨回钻戒，可能会曲折而漫长。玉敏点点头，我想许沁不会这么善罢甘休的。杨律师也点了点头，说许沁在接过判决书时，我看见她眼里盛满了泪。小虫问为什么。杨律师说我分析有两种可能，一是太喜欢这枚戒指不舍得还，又不愿拿三十多万；二是真寄国外了，又不好意思要回来，或是要过了，但要不回来了。这年头见利忘义的人多着呢，即使是自家人，在金钱面前都会反目为仇。玉敏脸倏地红了，杨律师的话像支钢针，直插玉敏胸口。杨律师没看玉敏的脸色，继续说，耐心等着吧，按照法律规定，从立案之日起六个月内，如果被告不执行判决书，我们可以提请强制执行。现在都快三月了，再过三月，我们再采取进一步行动。

判决书下来了，那枚钻戒也还店里了，玉敏不那么焚心了。偷梁换柱归还钻戒后，老总和店员们都没看出破绽。老总看玉敏的眼光温和了，脸色也回暖些。不过老总常拿这事当反面教材说事，令玉敏很尴尬。玉敏把头埋得低低的，双手绞在一起，像一个得不到佛陀宽恕的信徒。李琳安慰她，说就说吧，他爱咋说咋说，咱这耳听那耳出。玉敏失神地点点头。雨落却赞同老总的做法，说我们必须引以为戒，再发生这样的事，怕没这么好的运气追回了。

小虫没事了就去凌源那边。小虫管市场，上班很自由，想去哪去哪，摩托车一发动，驰——就飞了出去。天气凉快多了，初秋的风拂面而来，人没那么烦躁了。小虫也不烦躁，官司赢了，只等着执行了。小虫去了凌源，就站在许沁抛光部的对面，站在树荫下，叼支烟，哼支小曲，远远窥视着。玉敏说你天天往那跑干吗，小虫说我这是监视许沁，防止她跑了。三十万不是小数目，万一许沁跑了就惨了。玉敏说不至于吧，就算她的抛光部搬走了，她的家还能搬走？花奴早把她家的地址和门牌号弄来了。小虫说她要不想还，三个月肯定能把房卖了。至于抛光部的房子，本来就是租的，分分秒秒都能搬走。

还好，许沁的抛光部天天在忙碌，没有要搬走的迹象。

当吹遍凌州的风一场冷似一场时，六个月的期限到了，许沁未能履约。杨律师向法院申请了强制执行。许沁虽然动用了方方面面的关系，重重包围了法官，但这些力量的力道不足，有的微弱，有的要钱，有的慑于事实而无奈。杨律师据理力争，坚决要求法院强制执行。法官们对杨律师也是有所敬畏，杨律师有个特别身份，他是凌州市律师协会副会长，在凌州的律师及法律界有一定的名望。这身份小虫和玉敏当然不知道，但小虫姑父是知道的。

最终法院决定对被告许沁强制执行。很快，法院的封条贴到了许沁抛光部的大门上，限许沁一月内履行判决，不然将变卖抛光部的设备和许沁的房产。无奈之下，许沁写下了还款计划，答应一个月内归还款或退货。

想到钻戒就要收回，巨额损失即将得到弥补，小虫和玉敏高兴得难以形容。人逢喜事，兴味盎然，两人滚到床上好好庆祝了一番。风雨过后，玉敏却又莫名地困惑上了，且犯起了愁。小虫说怎么了你，刚才小脸蛋还兴奋得跟猴屁股似的，怎么说变就变了？玉敏说你想过一个问题么，我们从姑妈那儿拿了钻戒还店里了，如果许沁再来店里还钻戒，一下冒出俩钻戒，店里怕要乱套了。玉敏举起左右手，将两个指头并拢在一起。小虫看玉敏左手，又看右手，冷静了下来，说是啊，这事要抖落出去，怕要传遍半个凌州了。玉敏焦虑地说，这事要漏陷了，我们的丑事就败露了，还有脸见人么。小虫点点头，喃喃地说，要想不败露，只有一个办法，就是不让许沁把钻戒还到店里。玉敏停顿了一下，说可能么？一，原告是罗兰金店，被告当然要把钻戒还到金店；二，如果许沁还了钻戒不再买的话，店里要退她三万五。许沁不来店里，三万五怎么给？三，许沁若想换款钻戒，你能不让她来店里么？小虫说再想想，看有没有别的办法。玉敏说许沁要是不来店里，就什么事都没有了。

一会，小虫又道，要是许沁不还钻戒，还钱呢？我们不是天上掉馅饼，白赚了三十万？玉敏踹了小虫一脚，不要脸，那是天上掉下来的吗？那是姑妈的钱。小虫说钻戒可以还，钱怎么还？玉敏想了想，说那就买下那钻戒，再还给姑妈。小虫点点头。玉敏又摇头，怕不行呢，店里卖钻戒，要登记身份证的。就算把姑妈的身份证拿来了，她们也会怀疑。谁买了三十多万的东西，本人连看都不来看呢？在内地，三十万能买房了。

两人商量了半夜，也没找到解决问题的绝佳方法，但意见基本统一了，就是如果许沁还钻戒，就还给姑妈；如果还钱，就买了钻戒还姑妈。玉敏说不然我们就大逆不道，太无耻了。小虫红着脸说，是太无耻了。小虫搔了搔头，又说，怎样才能把这事做到天衣无缝呢？玉敏一时也无计可施。玉敏说还有杨律师，我们又该如何瞒住他呢？小虫拍着脑袋，头都大了，说这事越弄越复杂了。玉敏打了个哈欠，说困了，睡吧。船到桥头自然直，办法总会有的。

十一

许沁起初一直没太拿这事当回事。依她的逻辑，自己属正当消费，拣来的便宜算不上犯法。没听说谁在路上捡了钱要被判刑的。

何况这事错在对方，自己并无违法行为。按许沁的理解，谁过错，谁担当。许沁本无过错，就不应担责。所以她对此一直持爱理不理的态度，且以为是天经地义的。玉敏三番五次地找她商谈，令她反感，便更加地不配合了。即使打官司了，她仍没引起足够的重视，甚至连个律师都没请。直至败诉了，又强制执行了，她才如梦初醒。那张在寒风中瑟瑟打抖的封条，突然封了她的财路，冻醒了她的神经，让她感到了无助和凄凉，才知道事态这么严重。

钻戒若在许沁手上，许沁大可不必惊慌，大不了退了钻戒——可钻戒不在她手里；如果钻戒真的寄国外朋友了，她也不必惊慌，让朋友再寄回来也不很难——事实上她并没有寄国外朋友；她的确把钻戒送人了，且送的人非亲非友，而是个当官的——给当官送礼，一般皆有求于官，焉能再索讨回来呢？东西要回来了，求人的事就泡汤了。

能给当官的送三四万的钻戒，说明要办的不是小事。许沁这事的确不小，她的抛光部被查出偷税了，两三年间偷了二十多万的税。税务局让她限期补缴，不然就勒令停业。许沁的本能反应不是补缴，而是找关系。许沁有不少熟人，当老板的，当官的，也包括财税部门。但她是小老板，认识的多是小兵疙瘩。大官们眼睛朝上，只认大老板，许沁巴结不上，那都是要烧钱的。小兵疙瘩平时称兄道妹，到了关键时候作用不大。许沁给一个关系不错的税务办事员王立送了张一千块购物卡，请王立帮忙。王立收了卡，却说没这个能力，不过答应帮她牵根线，说那人是局长，是我很铁的哥们。他出面了，你的事肯定摆平。王立把这根线牵到了税务一分局葛局长那儿。凌源这边是税务三分局，不归葛局长管。不过局长与局长哪有不认识的，三天两头开会交流，隔三差五参观学习，局长们免不了经常碰面，快碰到头破血流了。局长们手里都有大把的关系户，遍布整个凌州，局长间相互关照自然是必不可少的。葛局长虽说不管凌源，但以他的能力，足以解决许沁的问题。别说二十来万，就是二百来万，葛局长出面了，也能免个净光，最多象征性交点。

葛局长这根线，成了许沁的救命稻草。王立给许沁授计，许沁依计行事，先请葛局长吃饭，再送钻戒。三四万许沁也心疼，但相比二十来万是小巫见大巫。许沁送了钻戒，税务果然不找许沁麻烦了。

然而，为逃避二十来万税，送上三十多万钻戒，这是赔本交易，许沁不会这么做，谁也不会这么做。问题是，那三万五的钻戒竟值了三十多万，这是许沁始料不及的。她是在不知情的情况下，将钻戒送了出去。许沁猜测，葛局长看到标价时，肯定很吃惊，但他一定不会想到是弄错了，肯定以为许沁是放长线钓大鱼，谋求他能成为她永久的靠山。对一个税务局长来说，别说三十万，就是三百万都不嫌烫手，不然哪来那么些重量级贪官呢。

最初听说那枚钻戒值三十多万时，许沁太吃惊了，内心剧烈地波动。一种难以名状的惋惜，像头小鹿在心里横冲直撞，把许沁的心情撞复杂了。她本能地后悔过。想要是动作慢点，推迟到第二天，可能就不会送出去了。事实上她在买了钻戒的当天晚上，就送给了葛局长，自己连多看一眼都没来得及。那天晚上离开罗兰金店后，她马上约了葛局长。约局长见面不容易，局长太忙，白天忙，晚上也忙。给局长送礼更不容易，要选择合适的时间地点，要堆上谄媚的笑容，要说上宽慰的话。由于税务局给许沁的纳税期限快到了，所以许沁很急，买了钻戒就要送葛局长。那晚葛局长正好有时间，便让许沁去凌州大学那儿见面。葛局长是个聪明人，太会选地方了，凌州大学那儿人很多，但都是学生，在散步，在玩耍，在谈情说爱。在那样的人群里，局长应该不会遇上熟人。许沁想，这未免太具讽刺意味了。校园本是个塑造人类灵魂的地方，却成了贪官们玷污灵魂的绝佳场所。葛局长将车子开进了凌州大学内，等着许沁。许沁骑的是电瓶车，速度慢了点，骑了半个多小时，才到凌州大学。然后按葛局长的电话指示，骑进了校园，在没有灯光的操场上找到了葛局长，把钻戒给了葛局长，又谦卑地说也不知道葛局长缺点什么，就送枚钻戒给嫂子吧。葛局长说谢谢，你太客气了。许沁说，税务那边的事，就请葛局长帮忙了。葛局长说，我会尽力的。

在要不要回钻戒的问题上，许沁曾一度踌躇不决。这个捡来的便宜本该属于她，却砸中了葛局长。要吧，把葛局长得罪了，她会面临巨额纳税风险，还可能穿葛局长的小鞋。税务检查年年有，逃过初一逃不过十五。不要吧，自己吃了哑巴亏，二十来万的税，送三十来万的礼，捡了芝麻丢了黄豆。

许沁一直矛盾着，几次都动摇了想要回钻戒，几次又否定了这念头。抛光生意做十来年了，少缴税金何止二十万，税务风险像把利刃，一直悬在她头上。如今好不容易靠上了葛局长这座山，无论如何不能倒了。想这次送礼虽然倒贴了，但葛局长必定心中有数，日后税务方面的事全仗他了。许沁也忖度了要回钻戒的后果，哪怕是换一款稍便宜的钻戒，情形都可能截然相反。一是靠山从此倒了，别人还会说许沁过河拆桥；二是能否要回钻戒，许沁并没把握。虽说送葛局长钻戒时，许沁悄悄打开了录音笔，但谈话时只提钻戒，未提价格。葛局长随便还个三两万的钻戒，又能奈何?

如果不是法院强制执行，许沁是不打算要了，反正没剐自己的肉。但现在法院封门了，说不定还要冻结她的账户房产，问题就严重了。许沁若不讨回钻戒，只有自己掏腰包了。这便是剐自己的肉了，许沁无论如何都很怕疼。

许沁被迫无奈地找了葛局长。果如许沁所料，葛局长脸色变了，说话也生硬。葛局长冷冷地说，什么钻戒，我不知道你在说什么。许沁又说了一遍。葛局长说，你诬陷啊，诬陷国家公务人员是犯法的。就挂电话了。

第三次找葛局长，许沁提出要见面。葛局长先是不见，许沁便说要去局里找他，葛局长只得答应在皇嘉咖啡见面了。这次，许沁给葛局长放了段录音。葛局长听得很认真，听到最后青筋暴突，龙颜大怒，说没想到你竟如此卑鄙，简直是忘恩负义的小人！许沁说，不管你怎么看我，我也是出于万般无奈。葛局长点上烟，抽了几口，让自己平静了些，然后说，你想告发我么？许沁说没有，我只想要回钻戒，我可以再买个钻戒送你。葛局长冷笑一声，说即使你送金山，我也不要。过两天吧，我还你个钻戒。许沁说我要我原来的钻戒。葛局长说，原来的钻戒送人了。许沁说，我就是要原来的那枚钻戒。葛局长拍着沙发，说你这是胡搅蛮缠，我帮了你，免了你二三十万的税，你现在却反咬一口，太不道德了吧。许沁说我是被逼的。葛局长想了想，忽然说，钻戒我送国外的朋友了，明天还你个钻戒就是了。许沁婉笑，说我和法官也是这么解释的，但法官不予采纳。

葛局长是聪明之人，许沁的话惊醒了他。表面上他不动声色，心里却在求证某个答案。如果答案正确，那么这官司便太富戏剧性了。但现在还不是揭示答案的时候，他在听许沁的解释。许沁说葛局长，我真是被法院逼得无路可走了。你要不还我钻戒，我怕我会狗急跳墙，做事就不经大脑了。葛局长像被电击了，问许沁什么意思。许沁没抬头，说我是女人，承受力差，我怕我一旦控制不住情绪，会做出对您不利的事来。葛局长又愤懑了，手指微微发抖，说你可以告发我，不过你要想清楚，你偷的税要补缴，你还犯了行贿罪，你的下场也很糟糕。许沁淡淡一笑，说我怕什么，我最多坐五年牢。可葛局长您就可惜了，免职，退钱，威名扫地，还要坐牢，十年二十年就说不准了。葛局长怒目圆睁，狠狠瞪了许沁一眼，抓起包，愤然而去。

葛局长出了门，钻进车里，没有马上发动，坐车里发了会呆。

葛局长也犯难了。许沁坚持要回原来的钻戒，葛局长拿什么还呢，那枚钻戒不在他手上了。至于赔钱，葛局长更不愿意了。

葛局长掏出手机拨了个电话。电话通了，葛局长说小虫，和玉敏打官司的是不是叫许沁？过了会，葛局长说，你和玉敏晚上来我家。

等玉敏下了班，小虫就拉着玉敏到了姑妈家。姑父仍窝在沙发里，显得疲惫，无聊地吐着烟圈。在小虫他们没来之前，姑父一直在思考，想了几个假设：如果拒不承认收礼会如何，如果让玉敏撤诉会如何，如果赔钱给许沁会如何，这些假设最终都被一一否定了。为稳妥起见，还是还钻戒最安全了。

姑父吐烟圈时，姑妈小声对玉敏说，你姑父的心情不好。小虫和玉敏都不敢说话，毕恭毕敬地坐着。姑父抽完了烟，问玉敏，你卖给许沁的那款戒指，店里还有么？玉敏轻声道，有。姑父转脸对姑妈说，你去玉敏店里买一个，要一模一样的。姑妈愣愣地望着姑父，说清明，你买钻戒干吗？姑父硬生生地说，有用！过了会又补了句，送人！姑妈问玉敏，钻戒多少钱？玉敏刚要张口，姑父不耐烦地说，你戴了那么久，不知道多少钱么？三十七万五千八，标签上不是明码标价了吗？姑妈低声道，那么贵？玉敏点点头，说嗯，三十七万五千八。这个数是玉敏的心头之痛，玉敏记得滚瓜烂熟。姑父问玉敏，最便宜能多少钱？玉敏说钻戒利润大，如果找老板能打个七八折。姑妈啊了一声，说清明，这太贵了呀，你买它干嘛。姑父从沙发上站起来，指着姑妈怒气汹汹地说，还不是你惹的祸。姑妈莫名其妙，看着姑父发愣。姑父说玉敏，你帮我买一个吧。转身进了卧室。姑妈仍发愣，想不通清明买钻戒要送谁。玉敏和小虫小声劝姑妈，说姑父这么安排，自有他的用意，你就别多问了。

从姑妈家回来，小虫和玉敏都没了睡意，两人坐在床上，琢磨姑父买钻戒是什么意思。两人掰着指头，一点点捋。玉敏扬起头，望着天花板说，姑父买钻戒能送谁呢？上司？朋友？亲戚？小虫说肯定是女的。玉敏说不一定，或许是送人家老婆呢。小虫想了想说，也许。又暧昧地笑笑，说姑父莫不是外面有二奶了？玉敏也想到了，但没说，她想起了姑父的一句话。姑父说是姑妈惹的祸，什么意思呢？玉敏忽然哎呀一声，说我知道姑妈惹什么祸了，姑父肯定怨她把那个钻戒丢了，丢了三十多万，这不是惹祸了么？小虫顺着玉敏的话，边踱步边推理，那就是说，姑妈把钻戒丢了，现在姑父不得不买个同样的戒指，来弥补这个损失。难道姑父要买个同样的钻戒还给人家？玉敏说，他是要完璧归赵么，谁是这个赵呢？小虫说你们店里进了几枚这样的钻戒？玉敏说这个钻戒三十多万呢，进一枚就不错了，搁那放了一年多，一直没人问津。小虫说，凌州其他金店有这样的钻戒么？玉敏说这个说不准，不过即使一模一样，每个店的标价也不同。小虫点着头说，那么，姑父要归还的这个赵可能就是许沁了。玉敏哦了一声，惊道，对呀，姑父刚才不是提到许沁了么？说明他和许沁有关联。小虫也惊讶了，说姑父买了钻戒，是要还给许沁，而许沁再把钻戒还给你，不成了姑父买钻戒还你了？玉敏说是啊，感觉乱套了。想了想又说，原来姑妈戴的钻戒，是许沁送的。许沁为什么送钻戒给姑父呢？小虫说笨，姑父是局长，哪个老板不巴结？

推理推到这儿，夫妻俩思路基本清晰了。夫妻俩继续推理，渐渐豁然开朗了，也把事情推了个水落石出。

事情水落石出了。姑父买钻戒，最终是要还给玉敏的。而玉敏拿到这个钻戒后，自然不能还店里了，是要再还给姑父的。这就像是迷魂阵，让夫妻俩走不出来了。小虫忽然说，要不这样，你现在就撤诉，许沁不用还你钻戒，姑父就不用还许沁钻戒了，我们也不用还姑父钻戒了，这样岂不是三全齐美了？玉敏想了想，仍说不行，说姑父肯定要问你为什么撤诉，三十万你们拿什么还金店？小虫哑了。玉敏说再说了，姑父也不知道我们猜透了他的事，许沁也不知道我们和葛局长的关系，我们莫名地撤诉，怕要惹出一连串的莫名其妙了。小虫说那我把钻戒再偷出来，还给姑妈家，姑父就不用买钻戒了。玉敏说钻戒再还给姑妈，你就是不打自招了。何况金店的东西，岂是你能偷到手的？有监控，有保安，有店长，有店员，整天都在防贼呢。你一偷再偷，也不怕犯法啊？

两人怎么想，也没想出万全之策，本想谋求捷径，岂料处处有陷阱。唯有一个办法，就是钻戒怎么来，就让它怎么去，而且必须做得巧妙，不露声色。

十二

这便是作茧自缚了。小虫偷了钻戒，现在自己把自己绕进去了。玉敏苦思冥想，费了许多脑筋，才勉强想了个计策，但前提是要得到许沁的配合。

玉敏决定主动去找许沁。

许沁现在不好找。许沁的抛光部门关着，法院的封条被锋利的冷风割破了，挣扎着，嗷叫着。玉敏给许沁打电话，许沁概不接。玉敏换了个手机，许沁接了。玉敏非常真诚地说，有要事相商。这次许沁没有拒绝。

玉敏和许沁在海韵茶社见了面。自打官司以来，两人是第一次正面接触。玉敏依然保持着一如既往的热情，亲切地叫许姐，帮许沁把外套脱了。许沁却并未表现出友好来，大概受官司之累，显得有些苦闷，看着玉敏也很冷淡，且有些仇视。玉敏点了两杯奶茶，又要了些点心，待许沁散去了一身寒气后，才说许姐，不管这场官司对你构成了何等伤害，我仍要说我不是故意的，我也是不得已，我只能表示抱歉。许沁冷笑，你做错了事，让我吃官司，你看错了价，让我关了门，你赢了官司，把我推进了冰窟窿，一声抱歉就能轻描淡写一笔带过么？罗兰作为商家，把顾客告上法庭，你们根本就是欺诈！玉敏知道许沁心里负气，也不和她辩解，由她发泄好了。许沁絮絮叨叨地说了半天，玉敏始终赔着笑脸。等许沁说完了，玉敏说许姐，我想和你商量件事。许沁不露声色，唏嘘着喝着奶茶。玉敏说，等你把钻戒拿到手了，你把钻戒直接还我，我们马上结案，诉讼费之类的我都担着，你不用掏一分钱，行不？许沁嘲讽道，你太慷慨了，我以为你会免了钻戒呢。三十多万我都输了，还在乎区区诉讼费么？玉敏尴尬地笑笑，我只是为了表明我的诚意。许沁说，我会把钻戒还给原告，原告还得退我三万五呢。玉敏说，钱我会退，我会把所有的手续都退给你。

玉敏的企图，许沁敏锐地察觉了。许沁说你不让我去金店，这是为何，说清楚了，我会配合你。玉敏为难，一时不语，专心地吃着点心。许沁说你找我，就是商量这事？玉敏点点头。许沁摇摇头，说你不明说，我不会配合你。玉敏又低头，半晌，说，要不我多退你一千块，你别把东西送金店去，可以么？玉敏这么说，内心的破绽露得更多了，许沁又岂会轻易答应。许沁抓住了玉敏的蓄意心理，说你到底藏着怎样的计谋，直说吧。

玉敏沉思了一会，把事先编好的谎言暗自梳理了一遍，说许姐，你知道这事因我而起，老板逼我还钻戒。我也理解老板，他需要资金周转，能早点拿回钻戒，卖了就是钱。我被逼得无奈，从老家东挪西凑，凑够了钱买了同样的钻戒还给了店里。你当初付的钱和手续，都在我手里了。这事如果拖到现在，老板早开除我了。请许姐理解我，把钻戒还给我，我把钱和手续都退给你，咱就两清了。

许沁有点信了。许沁也是老板，她懂得老板的心态。她相信钻戒卖亏了，玉敏日子不好过，老板会逼她的。但许沁没有轻信，她要进一步试探玉敏，许沁说你觉得我还你现金好呢，还是还钻戒好呢？玉敏不假思索地说，钻戒。玉敏是想还钻戒了，小虫才好还给姑妈家。再说姑父让姑妈买钻戒了，自然不会还许沁现金。姑父是精明的，如果还现金，要还三十多万；如果还钻戒，打个折，只花二十来万。玉敏还是中了许沁的计，许沁这一试探，就探出问题了。许沁说，给你现金，你可以直接还老家的债。给你钻戒，你怎么还债？玉敏懵了，无言以对。许沁坏坏地笑了，笑得很狡黠，说你没对我讲实话，恕我不能配合。再说，钻戒真的不在我手里，人家到时还钱还钻戒，我也不知道。

回来的路上，玉敏忍不住捏了捏自己的嘴。想许沁果然狡猾，自己应付不了她。自己明知姑父不可能还现金，许沁又怎么可能还自己现金呢？这种担心根本是多余的，随许沁还什么好了。玉敏暗暗佩服许沁，看来老板不是人人都做得了的。

玉敏回来和小虫说了，小虫也说许沁狡猾，三两下就把玉敏绕进去了。玉敏说现在怎么办？小虫说你和她提姑父了么？玉敏说没，我怕提了不好。小虫思考一下，说提了可能不好，也可能好。如果提了，许沁会怎么想呢？玉敏说她会说钻戒给你姑父了，就等于还给你了。小虫皱起眉头，想了想说，应该不会。虽说钻戒给姑父了，但不等于还你，更不等于还店里。再说原告也不是你，是罗兰金店，这和姑父扯不上联系。玉敏想了想又说，许沁会不会说，东西给你姑父了，你直接找你姑父要吧。小虫也想了想，说这倒有可能，但是姑父肯定不愿意这么做，他肯定要把东西物归原主，按原路返回姑父才会放心。姑父是个心细的人，他不会给自己留下任何后患的。玉敏哦了一声，皱着眉说，如果我和许沁提起姑父，有没有这样一种可能，许沁因为与姑父间的利益关系而屈服，继而和我们达成妥协，直接把钻戒还给我呢？小虫说，有这种可能。玉敏说，那我对她再温和点，减少她的仇视，那样她才会配合我们。

两人又将设想梳理了一下。玉敏说，首先姑妈买了那枚钻戒，把钱给店里，这样店里没有损失了，但姑妈有了损失。然后姑父把钻戒还给许沁，许沁没有损失了。再然后许沁把钻戒还给我，我也没有损失了。再再然后，你把钻戒偷偷送给姑妈家，姑妈没损失了，便皆大欢喜了，是不是这样？小虫在玉敏脸上亲了一口，说太对了，就这样，大家都没损失。玉敏说如果这样，姑妈就成了钻戒真正的持有者和消费者。小虫说，姑妈本来就是钻戒的持有者和消费者，只不过之前是无偿消费，现在是有偿消费。玉敏说，不过姑妈花了二十来万，挺冤枉的。小虫说，对姑父来说，二三十万不过是沧海一粟。玉敏白了小虫一眼，说，你这个大逆不道之徒！

十三

最难估摸的是人心。有时你怎么琢磨，也猜不透一个人的心思。而有时就像找到了钥匙，轻轻一碰就把人的心思打开了。玉敏现在便找到了这把钥匙。

之前许沁很固执，根本不配合玉敏。玉敏用了点计谋，许沁便服软了。

玉敏是这么开场的。玉敏说许姐，我知道，钻戒你根本没送国外。许沁先以为玉敏使诈，不屑地笑笑，说你知道又怎么样，送没送国外不都要还你？玉敏自顾欣赏着涂了亮色指甲油的指甲，不紧不慢地卖着关子说，我还知道你送谁了。要没说错的话，他是个官儿。许沁心口咚咚跳了几跳，她相信玉敏真的掌握她的情况了。许沁掩盖了内心的慌乱，阴阳怪气道，是啊，这么贵重的礼物，当然送官了，普通百姓哪配得上啊。玉敏怪怪地笑，看着许沁神秘地说，许姐你信不，那个官儿我认识。许沁一惊，抬头盯着玉敏，说你在讲笑话吧。玉敏哈哈笑了，说许姐，这个笑话可不好笑，你听好了，那人姓葛！许沁的心几乎蹦了出来，眼睛跟着瞪大了，半天没眨一下。许沁说玉敏，你认识葛……玉敏不卖关子了，对许沁说，实话告诉你吧，他是我姑父！玉敏一字一顿地说，同时观察许沁的反应。像半空掉下东西砸了脑袋，许沁一时傻了，半天没反应过来。许沁看着玉敏，嘴巴动了几下，却什么也没说出来。玉敏也不说话，静静地看着许沁。

许沁其实没有傻，许沁的脑子像上了高速。她要在纷乱的思绪中寻找答案，求证内在的因果关系，进而发现问题的内核。等理清了思绪，许沁抛出一个结论，倒把玉敏吓傻了。许沁伸出右手，指着玉敏说，原来……莫不是……你和葛局长在合谋……敲诈我？玉敏听得一头雾水，万万没想到许沁发了半天呆，竟呆出这么个结论来。这是哪对哪啊，自己明明是受害者，怎么反成敲诈的了？许沁冷笑，说你装得还挺无辜，我来帮你分析吧。在卖我钻戒的时候，你故意将价格看错，把三十多万看成三万多，我糊里糊涂地买了。葛局长又不给我喘息机会，约我马上见面，我又糊里糊涂地将礼物送给了葛局长。这样，葛局长就得到了三十多万的礼物。如果不是我留了一手，握着葛局长的把柄，葛局长便可堂而皇之地占有钻戒了，赚了三十多万。然后，你再将我告上法庭，逼我补偿三十多万。——这出戏太精彩了，你和葛局长空手套白狼，凭空得到三十多万，你们太卑鄙了，太下作了，太阴险了。

玉敏急了，说许姐，你太会编故事了，你不觉得这故事编得漏洞百出吗？第一，我姑父帮你忙时，他暗示你要钻戒了吗？第二，我姑父暗示你到罗兰金店买钻戒了吗？第三，是你约我姑父的，还是我姑父约你的？冷静点吧许姐，不要异想天开了。我告诉你这件事，是想把事情妥善解决了，然后大家还是朋友，我姑父能关照你的时候会继续关照你。你是做生意的，难道不希望有人罩着吗？如果你刻意与我们为敌，后果我就不说了。

玉敏像炸鞭似的，噼哩叭啦炸了一串，把许沁炸醒了，抿着嘴半天没开口。玉敏说许姐，这事的来龙去脉已经很清楚了，只要我们配合，把事情圆满解决了，不但你我能成朋友，你和我姑父之间也不会弄僵，他肯定能理解你，因为你要钻戒最终是还给我的。

许沁静静地想了会，然后点点头，说好吧，我尊重你的意见。等葛局长把钻戒还我了，我就把钻戒直接还你，你把三万五和相关手续都给我。为这事，葛局长对我很有意见了，但现在，他知道我把钻戒还你了，应该相信我也是不得已。……对了，葛局长知道这事么？玉敏说当然知道，他不会对你有意见的。许沁说玉敏，你帮我在葛局长面前多多美言，以后劳烦他的地方还多着呢。玉敏爽快地一伸手，握着许沁的手说，许姐，我就等你表这个态了。姑父那儿，我会帮你说话的。

搞定了许沁，玉敏有说不出的轻松。一场弥天大谎，就这样被掩盖了。

接下来玉敏要做的，是帮姑妈买钻戒。玉敏找了老总，想打个大折。老总说既然是你姑父，就打个大折，三十万吧。玉敏噘着嘴说，这还叫大折啊，那款钻戒是我进的，进价才二十二万。老总说房租水电工资费用不都得摊点么。玉敏说摊三万可以了吧，二十五万行么？我姑父是税务局长，就管我们这片的。老总听说是税务局长，马上说，那就二十六万吧，罗兰可从没卖过利润率这么低的钻戒呢。玉敏说谢谢老总，我会转告姑父的。

晚上玉敏就对姑妈说了。姑妈要来，玉敏说姑妈您就歇着吧，有空搓两把麻将。我卖珠宝这些年了，您还不放心么，比您看得还准呢。姑妈说放心放心，我对你比对小虫还放心呢。再说那款钻戒我戴了那么久，不用看也知道模样了。玉敏笑了，说明早我让小虫去找您拿身份证，您再去银行把钱打到罗兰账上就行了。

翌日，小虫陪姑妈把款交了，玉敏将那款钻戒小心翼翼地包好。花奴开玩笑说，玉敏这回真的做了个大单，提成厚厚的。玉敏说这次是特价，没有提成哦。一店美女叹息，说喝不上酒了。玉敏将钻戒盒放进一个漂亮的手提袋里，回家让小虫送给姑妈。小虫送去时，姑妈在搓麻将，一边抓牌一边对小虫说，你直接给你姑父送去吧，不然他要把我吃了。

事情一步步朝着玉敏和小虫预想的方向进展。钻戒到了姑父手中，姑父冷冷地交给许沁，还让许沁写了收条。许沁难为情地说，葛局长，我再送您个钻戒吧。葛局长挥挥手，却不多说话了。许沁不想得罪葛局长，一个劲地致歉，解释说我和玉敏已经冰释前嫌成朋友了。姑父怕再被许沁录音，始终一言不发，任许沁唠叨。

许沁又约玉敏，两人坐到了海韵茶社。许沁将钻戒交给玉敏，玉敏按杨律师的吩咐，带来了盖有罗兰公章和玉敏签字的收据及各种手续，还有三万五现金，悉数交给了许沁。玉敏说了些客气话，并深深表示歉意。许沁笑了，说葛局长那儿，妹妹你得帮我，我感觉葛局长还没原谅我呢。玉敏满口应承了下来。

其实玉敏心里没有底。姑父不严自威，她平时都不敢和姑父说话，哪能替许沁说上话呢。后来的事实证明，玉敏根本帮不上许沁，姑父也根本不相信许沁。玉敏让姑妈从中周旋，亦无结果。

许沁走后，玉敏又约了杨律师，告诉他钻戒已还。杨律师说既如此，案件便可结了，我明天就去法院。

当天晚上，玉敏就和小虫商量，要把钻戒还给姑妈。这个自然难不住小虫，当初怎么拿过来，再怎么送回去，反正小虫有姑妈家钥匙。小虫说你陪姑妈再洗一次澡，就解决了。过了几天，玉敏又陪姑妈洗了次澡，两人照着上次的做法，如此这般地将钻戒送了回去。

事情总算圆满解决了。三十来万的损失，几经周折，终于尘埃落定，小俩口再不用愁眉苦脸了。不管历经多少坎坷，不管饱受多少折磨，如今皆是过眼云烟。小俩口觉得很幸福，很轻松。不过玉敏心里仍不是个滋味，缠着要和小虫谈谈。玉敏说很对不起姑父，让他破费了。小虫调侃道，姑父破费就对了，这是正当消费，没花冤枉钱，享用无偿消费心里并不踏实。玉敏点点头。小虫伸过胳膊，将玉敏搂住，两人再度把幸福感推向了高潮。

小虫呼呼睡了，玉敏没睡着，玉敏想了许多。她把这事前前后后反复地想了，竟生了若干感悟。玉敏最大的感悟，是在每个人的心里，其实都藏着一个魔。这个魔法力无边，驱使着每个人去做一些不道德甚至违心的事。如果不是这个魔，又怎么会上演这幕闹剧呢？

先说玉敏自己，如果最初不是为了多拿提成，不给花奴分一杯羹，就不会冒冒失失地看错价格。自己是利欲熏心，才出现了致命错误。利欲便是魔，盘踞在玉敏心中，驱使她做出了连她自己都难以想象的事。

再说许沁，为了偷税，为了多赚利润，竟不择手段去行贿公务人员。私欲就是魔，窝藏在许沁心里，迫使她做出此等肮脏之事。

至于姑父，为了得利，最终失利，为一己私利不惜牺牲国家利益。贪欲这个魔，隐居在姑父心里，引诱着姑父做出了违法之事。

而小虫便是无耻了，自己也是无耻的。为了弥补自己的损失，竟去偷姑妈的钻戒，实在是小人之举。无耻便是个魔，扭曲了两人的心灵，进而做出如此卑鄙的事来。

玉敏脸上一阵阵发热，睁着眼睛瞪着黑黑的房间。如果人的心中没有魔，都那么光明正大，又怎么会发生此等啼笑皆非的荒唐事呢？

那天再去姑妈家时，玉敏发现那枚钻戒又戴在姑妈手上了。钻戒失而复得，不知姑妈有何感想，玉敏不想问了。事情已圆满解决，他们对钻戒再没兴趣了。

钻戒归还之后，许沁和玉敏一直保持着某种友谊。这份友谊是镀了金的，华而不实，玉敏觉得这也是受了魔的驱使。彼此心中都藏着无法清除的魔，诱使她们去建立虚幻的友谊。

关于钻戒，到这里就画上句号了。后来的事，是眼下所预料不到的。

十四

后来，是在一年之后。一年之后，关于钻戒的事，已被罗兰人淡忘了。即使玉敏，也把它锁进了记忆深处，很少去回想了。然而事物是有因果关系的，时光可以把因果关系拉到无限长，但只要有因，果迟早要来。你今天咬了狼一口，狼惦记上了，迟早也要咬你一口。

钻戒的果，在一年半后意想不到地来了。

倘若不是税务检查，就不会诱发果了，或许就没有悲剧发生了。税务检查不是税务或葛局长蓄意安排的，而是许沁自己招惹的。许沁当然不想招惹税务，她是无意中触动了税务部门。一年后，许沁开除了一名员工。在中国，老板开除员工是再正常不过的事了，无论平与不平，员工都只能忍辱负重，卷囊而去，正常情况下是不会导致严重后果的。问题是许沁做得有点过了，她把员工扫地出门了，还不给这个员工把工资结了，让员工白白忙活了三个月，然后两手空空地走人。这个员工一定是忍无可忍，就去税务局把许沁举报了。这员工在许沁这儿干了四年，对抛光部情况了如指掌。抛光部看上去很不起眼，实际上每月产值都有三四万，却从不开发票。税只是象征性地缴纳，每月几百块而已。员工们流血流汗赚的钱，都流进了许沁的腰包里。及至员工举报了，税务部门才重视起来。税务很快锁定了抛光部的产值，核定许沁近几年偷税达六十万之多。这个数额在凌州可以买三室两厅了，许沁如何舍得出。许沁这时想到了葛局长。

钻戒归还之后，许沁和葛局长并无联系，没有理由，没有需求，也没有颜面。她只是和玉敏保持着交往，期冀抓住这根线能链接着葛局长，以备所需。

事实上，许沁想错了。许沁在葛局长的心中，早已没有任何位置了。当然这并不是位置的问题，而是为官之道。在葛局长看来，许沁是条狗，是条随时会咬人的狗，是条翻脸不认人的狗。一旦受到威胁或伤害，她会逮谁咬谁。葛局长不能不严加提防，因而断然割断了和许沁的任何联系。

许沁没有贸然去找葛局长，那样必定遭到拒绝。许沁找了玉敏，玉敏大包大揽地应下了。她之前答应过许沁，不能言而无信。玉敏表现出了一副成竹在胸的样子。

成竹在胸是做给许沁看的，事实上玉敏没有把握。玉敏去了姑妈家，见姑父问了声好，就和姑妈说话了。玉敏不敢直接对姑父说许沁的事，先和姑妈说了。姑妈知道许沁，一口回绝了，说那人害了你姑父，害我们花了二十多万，还想我们帮她？做梦吧她！她偷税，活该被查出来，这叫恶有恶报。玉敏想，姑妈看来并不是只懂麻将，也懂点偷税的事嘛。玉敏说姑妈，我都答应许沁了，她的意思只要能免税，你们要什么她都给。姑妈心就动了，说那你和你姑父说说看吧。姑妈出了卧室，对姑父说了，遭到姑父的断然拒绝。姑父说她就是送个金字塔，我也不稀罕！态度之坚决，令玉敏听而生畏，不敢多言。

许沁自然不是一般的女人，一般的女人也做不了老板。许沁很精明，玉敏碰壁在她的预料之中。许沁也没有找王立，她要亲自找葛局长。许沁这么做，是经过深思熟虑的，她相信她能够说服葛局长。

没有客套，没有掩饰，许沁直接约了葛局长，直截了当地提出来，请葛局长帮忙。拒绝是意料之中的，许沁没有灰心。许沁说我知道，在葛局长心中，我是个卑鄙的女人。我的确卑鄙，去年的那段录音我一直留着了。葛局长呸了一口，说知道自己卑鄙，还能继续卑鄙，足见你有多么卑鄙了。许沁哈哈笑了。葛局长说你手里有录音，又能把我怎么样？东西还你了，收据我也留着呢。许沁浅浅一笑，说葛局长，你肯定知道派出所是怎么圈定嫌疑人的吧。一般有犯罪前科的人，都会被列为重点审查对象。你把东西还了，只能说明这件事你清白了，但你从此便是有前科的人了。葛局长很吃惊，想不到许沁这女人如此难对付，比他料想中的还要卑鄙。许沁继续说，希望葛局长弄清利害关系，帮我一把，我也必定会报之以李。我是女人，女人肚量小，没脑子，一旦急火攻心，做出什么事来，自己都想不到，悔断肠子都没用。葛局长猛地拍案而起，指着许沁说，你少来威胁我，你去告吧，老子不怕！

葛局长当时真的不怕。人在激动的时候，什么都不怕。但冷静之后，就越想越怕了。葛局长记得他钻进车子时，许沁站在他的车窗外，慵懒地说，葛局长您再考虑考虑吧，这几天请给我个回话。哦，时间有点紧，税务那边催着呢，麻烦葛局长快点。

许沁走了，葛局长安静了下来，开始担忧了。想到许沁胜券在握的语气，不禁更担忧上了。税务局长哪有屁股干净的？不只许沁懂，地球人都懂。但是，帮许沁是绝对不可能的。葛局长对许沁恨之入骨，绝不肯做违背个人意志的事情。可是，如果不帮许沁，她必定要在那段录音上做文章，问题就闹大了。许沁有句话说得没错，即使钻戒还了，他也是有前科的人。有前科的人，就会进入办案人员的视线。打铁还需自身硬，葛局长知道自身并不硬。许沁现在就像是定时炸弹，让他感受到了巨大威胁。

这个夜，葛局长没睡好，许沁的事搅得他寝食难安。葛局长觉得自己的脖子上，被许沁这个卑鄙女人用一根绳索套住了。怎么解开这个绳索，葛局长苦思冥想了一夜。

第二天上班，葛局长眼里布满血丝，工作也集中不了心思。中午，葛局长提前下班了。葛局长没回家，给小虫打了个电话，约小虫到川淮土菜馆。葛局长点了几道菜，又从后备箱里拿了瓶五粮液。

姑父还从没对小虫这么客气呢。即使小虫去他家吃饭，也没拿过这么好的酒款待小虫。小虫不能不受宠若惊了。姑父今天心情不错，说了不少开心的事，边聊边喝，一瓶酒喝了个净光。小虫有点晕了。姑父久经沙场，面不改色。

姑父见小虫喝得差不多了，便停了筷子，问小虫，姑妈对你好么？小虫说还用说吗，姑妈和您是我凌州唯一的亲人。姑父说，姑父对你关心么？小虫羞赧一笑，说比姑妈还关心，我的工作都是您帮安排的呢。姑父笑了笑，忽然说，那，你有没有做过对不起姑妈的事呢？姑父问得突然，小虫的酒惊醒了一半。小虫支吾着说，姑父你想说什么？姑父说，你回答我，有，还是没有？小虫嗯嗯叽叽的，说我哪能做对不起姑妈的事呢。姑父点了支烟，又扔给小虫一支，然后说小虫啊，你瞒得了你姑妈，可瞒不了我，你以为我这个局长是混来的么？小虫不说话了，心口扑通扑通地跳。姑父轻声说，你姑妈的钻戒丢了，是你拿走的对吧？小虫慌乱地说，没没没，我怎么会拿姑妈的钻戒呢。姑父板起脸，严肃地说，小虫，你还抵赖么？钻戒是在玉敏陪你姑妈洗澡时丢了的，又是在玉敏陪你姑妈去洗澡时找到的，你当姑父和你姑妈一样傻瓜么？小虫脸唰地红了，嘴上仍不肯承认，说也许……巧合吧。姑父说，你不知道吧，钻戒丢了后，我在家里悄悄安装了监控，连你姑妈都不知道。

小虫低下头，搓着双手，不敢去看姑父。姑父说我咨询过杨律师，你的行为已构成犯罪，少说要在牢里呆上五至八年。小虫心头一震，全身都软了，结巴着说，姑父，你无论如何饶过我，我是被逼得没办法啊，为了帮玉敏还钻戒，我才出此下策的。姑父半天不语，任小虫一个劲地求饶。之后，姑父忽然笑了，拍拍小虫的肩，说小虫啊，我是你姑父，我没有许沁那么歹毒，我怎么能把你推进大牢呢？我就是告诉你，以后你缺什么，直接对我说，不用偷偷摸摸的。别看我平时板着脸，我心里和你姑妈一样，是非常疼你的。小虫眼睛顿时湿了，身子一颤，扑通跪到地上，说姑父，你打我一顿吧。

姑父挥挥手，说这页揭过去了，以后不提了。姑父拉起小虫，换了个话题，说许沁这女人太歹毒了。小虫以为姑父在说去年的事呢，姑父摇摇头，说她现在又要害我了。小虫睁圆了眼，捋起衣袖说，她敢！姑父将事情含含糊糊地说了，说许沁手里握着一段录音，一旦交到局纪委，我就会被削职，甚至倾家荡产。到那时，别说你姑妈流落街头，你那份工作都保不住了。

小虫不懂那段录音有多大威力，但姑父这么说，说明录音对姑父很重要，对姑妈对自己都很重要。小虫说，找杨律师帮你呢。姑父摇摇头，现在谁也帮不了我。小虫说姑父，我帮你要回录音吧。姑父就等小虫这句话了，点点头说，那女人很狡猾，我怕你对付不了她。小虫打了个酒嗝，酒劲又上来了，一拳砸在桌上，两个酒杯都震倒了。小虫说一个女人我都对付不了，我在凌州还怎么混？

十五

午后，天气晴暖，微风习习，凌州沐浴在温情的阳光里。街道像一条繁忙的河，街道两旁的高楼仿若河的堤岸，川流不息的车辆在河流里轻快地流淌着。小虫的摩托车像艘快艇，在比肩接踵的车辆中一路穿梭，豪情满怀。扑面而来的风，匆匆问候着奔驰而去的小虫。小虫的心情好极了。

小虫的心情极好与风无关，而是受了姑父的鼓舞。能被姑父器重，是小虫到凌州以来最大的心愿。平时，小虫和姑父之间像隔着一座高大的山坡，姑父在山巅，小虫在山谷。这些年小虫一直怀着无比崇敬的心情，就这么仰视着姑父。小虫非常希望自己能干件漂亮的活儿，让姑父瞧瞧。现在，机会来了。

姑父竟然拿五粮液款待自己，小虫心中有说不出的豪迈。小虫长这么大，从没喝过五粮液。今天喝了，真他妈的爽！姑父太看得起自己了，小虫打心眼里感激姑父。姑父帮自己找了份好工作，市场管理员多拽呀，小商小贩见了就点头哈腰。玉敏能嫁给自己，也是看中了这份工作，以及姑父这层关系。

小虫又想，姑父看上去冷若冰霜，其实内心是很疼爱自己的。明知自己偷了他钻戒，竟一直没说，也没报案。如果姑父报案了，小虫肯定要坐牢，连玉敏都要受牵累。

这么想着，小虫觉得无论如何都要办成姑父委托的事，否则太对不起姑父了，姑父也会从此看不起自己了。

小虫骑在摩托车上，一路狂奔，一路乱想，不知不觉到了凌源，到了许沁的抛光部。许沁的抛光部有十来个员工在挥汗如雨地干活，热烘烘的车间里飘荡着青腊和汗水的味道，机器的声音一浪高过一浪，刺耳的嘈杂声大得连对面说话都听不见。

小虫支好摩托车，进了抛光部。小虫走进来，干活的员工连头都不会抬，只顾盯着飞旋的砂轮。小虫径直到了车间最角落，推开许沁的办公室。许沁正趴在电脑前，小虫没敲门，推门的动静有点猛，把许沁吓了一跳。许沁嚯地从椅子上站起来，不解地看着小虫。小虫用脚一勾，将门关上，把嘈杂声都关在了门外。许沁说小虫，你干什么？我和玉敏可是好朋友呢。小虫不说话，噘起嘴，将满嘴的酒气吹出来，吹在许沁脸上。许沁有些恼，说你什么意思？小虫伸出手，把头偏向一边，用手指勾了勾，说，拿来！许沁莫名地说，什么？小虫说，录音！许沁说什么录音？小虫说，你录的我姑父的讲话。许沁从桌上拿起一支笔，在手里把玩着，说你姑父是谁？小虫一字一顿地说，葛——清——明！许沁说，哦，葛局长，他要什么录音？小虫说，你去年送他钻戒时的那段录音，给我！许沁说，那段录音为什么要给你？小虫说，我姑父让我来拿的，今天你给也得给，不给也得给！许沁说，你姑父是怕我告他吧。小虫说，你是个卑鄙的女人。许沁笑了，说老弟，先听段录音吧。

许沁将手中的笔按了一下，办公室里响起了声音，正是方才许沁和小虫的对话。许沁刚才故意问仔细，诱导小虫把葛局长的意图全说了出来。许沁放完录音，大笑，说太好了，我正愁证据不足呢，你帮我完成了心愿，谢谢。

小虫的双眼喷出了火，一步步逼近许沁。许沁惊慌地说，小虫，你想干什么，外面都是我的工人。你要乱来，我马上叫人。小虫直逼到和许沁面对面，许沁刚想喊，小虫迅速出手，一把掐住许沁的脖子，用力将许沁抵到了墙上。许沁的声音被扼杀在喉咙里，怎么也喊不出来了。小虫说，你不把录音交给我，我就掐死你！许沁摇摇头，小虫的手上用了点力。小虫的酒劲上来了，在一点点发作，手上的力道也在一点点增大。许沁快撑不住了，勉强点了下头。小虫才松了手，等许沁拿录音。许沁大口大口地喘了几口了，然后抬腿就要溜。小虫眼明手疾，一把拎过许沁，一手捂住许沁的嘴，另一手再次掐住许沁的脖子。这次小虫用了全力，许沁只反抗了几下，就不动弹了。等小虫松了手，许沁扑通倒在了地上。

小虫这一惊非同小可，酒彻底醒了。用手推了推许沁，许沁没有反应。小虫惊慌失色，周身都瘫软了。小虫强迫自己镇定下来，将许沁拖到椅子上坐着，再反锁了门，安步走出抛光部，并迅速跨上了摩托车。

姑妈正在麻将场上玩得难分难解时，手机响了。小虫打来的。

小虫说姑妈，你赶快到驰宇工地来一趟，我出大事了。姑妈啊地尖叫起来，说你怎么了？小虫大吼，你别大呼小叫的，赶快来！不要开车，打的！姑妈还没弄清怎么回事，小虫电话挂了。

姑妈哪敢怠慢，出门打了的，跌跌撞撞地进了驰宇工地。太阳已经偏西了，驰宇工地空无一人，有风肆虐，刮起黄尘嚣嚣，一片狼烟。姑妈用手拂面，四处张望，却不见小虫踪影。姑妈掏出手机，正欲打电话，小虫从一个毛坯楼梯口现身，向姑妈招手。姑妈提着裙子，踮着脚尖，颠着肥胖的身子，从碎石瓦砾中磕磕碰碰地小跑过去。小虫一把将姑妈拉进楼道里。

小虫脸色煞白，身子抖得厉害，见到姑妈了顿时热泪四溢，颤着双唇，说姑妈，我犯事了，我杀人了！姑妈心口像挨了一刀，刚要尖叫，被小虫一把死死捂住嘴。小虫向四周看了看，松了手。小虫刚一松手，姑妈就像一堆沙子瘫了下去。姑妈哆嗦着双手，双齿错叩，说我的小祖宗，你这如何是好啊，杀人要偿命的呀。小虫狠狠地说，闭嘴！然后道姑妈，我现在不能回去了，你快给我点钱，我要逃命去！姑妈是从麻将场上来的，全身上下翻了遍，只有千把块赌资。姑妈把赌资给了小虫，说你快回老家吧。小虫说，回老家不是自投罗网吗？快，这点钱不够，再给我些！姑妈说，我没带多钱啊。那你等下，我回去拿。小虫说来不及了，一会警察就来了。姑妈说，那怎么办啊？姑妈全身在颤悠，两手都麻木了，不听使唤。

这时风歇了，太阳已经西沉。夕阳艳红如血，映出了满天彩霞。姑妈不知所措地划着双手，像一个求救者绝望地挥舞着。夕阳将最后的余晖，洒遍了凌州的每个角落，也洒在了姑妈手上。姑妈的手在夕阳中闪着紫红色的光泽，温馨而耀眼，划出一道美丽的弧。小虫被这道弧吸引了，突然出手抓住，说快快，快摘下钻戒。姑妈也恍然大悟，说对对对，你把钻戒带上，这个钻戒能值二十多万呢，少了不能换呀。小虫说别啰唆，来不及了。姑妈用力抹钻戒。姑妈手胖，又抖得厉害，怎么也抹不下来。小虫猛地拽过姑妈手指，一用力，钻戒抹下来了。姑妈肥嘟嘟的手指上，被抹出了一道鲜红的血印来。

九 妹

天还没黑定呢，小学路上已是灯红酒绿。小酒店招牌都挂得高，门楼上、楼顶上，字大大的，接了电的，天未黑就亮了。足疗店的招牌没那么张扬，挂得比较低，但霓虹诡媚，缭得人眼花，缭得人心乱。这儿是繁华地段，白天热闹，晚上更不消停。这儿不是主干道。街道不长，东至通灌路，西至海昌路，不过五六百米。也不宽，二三十米而已，容得下两辆车相向而行。可你莫小看了，这地段虽说相比海昌路、通灌路是条小街，但小街自有小街的优势。不明不暗，不贵不贱，最容易滋生的是两类服务：一是小酒店，二是足疗店。小学路上有二十几家小酒店，还有二十几家足疗店，还有发廊、烟酒店、小吃部什么的。交通便利，房租不贵，且隐蔽僻静。你要打的来这儿，说小学路司机未必全明白，你说足疗街，司机全知道。

及至晚上，这里的交通就不那么便利了，有些拥挤。各式车子拥进来，在小学路上停了一溜边儿，只留半个道儿。冬林足浴就在小学路的中间，门面不大，就一间。这里的足疗店门面都不大，像酒瓶的颈，前面细小，往深里去就开阔了。“冬林足浴”四个字镶在正门上方，缠了霓虹灯，红色的，楷体，一到晚上亮起来，离老远就能看见。这还不够吸引人。小学路上长了许多杨树，遮天蔽日，换个角度招牌就遮了。店老板精明着呢，在靠路边的树下做了个灯箱牌，“足浴”二字大大的，服务项目写小点，贴在灯箱上。灯光一亮，字字如桩。别的足浴店也这样，总是把招牌弄得闪亮、惹眼、暧昧。以前还会弄俩低胸露背的美女坐门前招揽生意，现在管得严，不那么搞了。

奕菲走在前面，显得轻车熟路，直奔冬林足疗而来。店老板眼尖，一见奕菲，惊呼起来，九妹，哪阵风把你刮来了。信彤和陈娟跟在奕菲后面，都有些怪。奕菲咋叫九妹了？奕菲说了句笑话，便跟着店老板上二楼。楼梯较窄，且陡，十七个台阶，直棱棱地竖上去，然后左拐九十度弯，再上九个台阶，就到了二楼。

二楼宽敞，有个很大的厅。大厅的墙上顶上挂着明灭不定的灯，白的、红的、黄的，温馨暧昧。地上铺的是鲜红的地毯，踩在上面软软的。大厅南侧是四个大包间，东侧六个小包间。大包间较大，每间有三个沙发床，也有五个的，三朋四友可以一起做足疗。室内有电视、空调、饮水机、水杯、凳子、烟灰缸。穿过大厅往左，一条小走廊，两侧都是小包间。小包间只能放一张单人床，两张就摆不下了。也没有摆两张单人床的道理。小包间摆设简单，除了单人床、衣架、空调，没别的。听奕菲说，小包间是做按摩的。

三人边走边打量，迎面过来一女孩，突然尖叫，九妹！信彤和陈娟吓了一跳。再看奕菲，和那女孩蓦地抱在一起。陈娟悄悄对信彤说，看来奕菲是这里的常客。奕菲转过身，抓着女孩的手介绍说，十六妹，我的姐妹。这称呼当然不是名字，信彤和陈娟都笑了笑。奕菲说，她可是冬林足浴的金牌技师，今晚我们就点她的牌。

进了房间，奕菲让信彤和陈娟躺沙发床上。信彤让奕菲也躺下。奕菲说，我不是来做足疗的，我是来替你们做足疗的，这几天辛苦你们了。

前几天奕菲请了一周假，回了趟老家，是信彤和陈娟帮她顶的班。奕菲过意不去，要请她俩来洗个脚。十六妹说，一会儿你们就知道奕菲的手艺了，她曾经是冬林足浴响当当的头牌技师呢。

推让一番，信彤和陈娟顺从地躺了下来。一会儿，十六妹和奕菲从外面端了水桶来，让她们泡脚。奕菲帮信彤脱了鞋袜，动作很娴熟，蛮像足疗师的。十六妹说，那还有假，她在这儿做了好几年呢。那时她叫九妹，我叫十六妹。信彤和陈娟都吃惊，之前没听奕菲说过。奕菲笑，说在去罗兰金店之前，她在冬林足浴做了好几年。她在金店没说，是怕一双摸过无数脚的手再去摸那些金光闪闪的贵重物品，人家嫌弃。

奕菲熟练的手法，印证了她的手艺。果然是金牌技师，用力恒稳，轻重得体。十六妹大概很久没见到奕菲了，有些激动，说话便没个遮拦，把奕菲过去的事全倒了出来。当年，我和九妹是冬林足浴的顶梁柱。十六妹指着奕菲说，她是九号，我是十六号——足疗店一般不叫名字，就叫工号。后来客人就叫九妹、十六妹了。她的足疗手法好，我的按摩手法好，其他姐妹无人能及。冬林足浴的技师来来往往，就我俩从未挪窝儿，为店老板挣了不少钱。

奕菲在给信彤捏肩，插上话说，比起在金店做营业员，做足疗挣钱不容易。足疗店一般中午开始营业，晚上没个准儿，直到客人走光为止，一般要到凌晨。熬夜不说，这是力气活儿，一天下来精疲力竭。客人们舒舒服服躺着，我们从头捏到脚，连续四五十分钟，累得腰酸背痛。还要赔上笑脸，说着好话，装着开心。中途不敢喝水，怕往厕所跑。也不能偷懒，客人是按钟点服务的。赶上头疼伤风，便心有余力不足了，手使不上劲，笑容也木讷。遇上挑剔的客人，不是嫌力道不足，就是嫌服务不周，弄得疲惫不堪。每上一次钟，我们和老板各抽成一半。一次足疗四五十分钟，收四十元。加按摩就多了，腹摩六十，头摩八十，中式按摩一百，港式、泰式按摩更贵，最高达一百九十八。遇上老主顾，会打个六折，老板和我们都跟着少拿。

陈娟看奕菲和十六妹，说，做足疗长相重要吗，长得好是不是能多挣钱?

信彤说，那当然，咱金店不也是吗，雨落和花奴的业绩做得多好，人家长得漂亮啊。

十六妹说，哪儿呀，都是化妆的，糊弄那些男人。不过九妹长得好，天生丽质。有个戴眼镜的男客说过，九妹的笑很委婉，笑得温雅委婉，春意盈盈。不少客人都着迷九妹的笑。九妹的笑是招牌，浅浅的，暖暖的，不管心情如何，笑容从一而终。十六妹说完咯咯地笑。

奕菲笑道，你更迷人哟。常穿一袭白裙，走来走去，衣袂飘飘。还是个呱呱嘴，客人说什么，都能搭腔，顺着话题说，有滋有味。不过话说回来，我和十六妹可不是凭长相，手艺那是真的好。

陈娟笑说，感觉到了。十六妹正在给陈娟压脚，一双脚在十六妹手中如一对鸽子。

奕菲说，那时冬林足浴的技师来来去去的不少，数奕菲和十六妹的手艺好，态度也好。奕菲和十六妹上了钟，马上就进入工作状态，不管什么客人，有钱没钱一样，熟客生客一样，按操作程序走，一步不少。上钟时说笑归说笑，手上功夫不减，从不借机磨闲工。做哪行都讲个职业道德，足疗也是。有些顾客很介意这个，做得不好就不给钱。那些跑钟的，职业道德往往差些，她们不专一，在足疗界混饭吃，哪儿召唤往哪儿跑。城市那么大，足疗店那么多，她们不怕丢饭碗。

奕菲和十六妹关系铁，跟亲姐妹似的。两个人几乎无话不谈，手艺、情感、婚姻、家庭。十六妹看淡了情感，看透了男人，感情上伤痕累累。十六妹二十岁结婚，老公一直游手好闲。十六妹做足疗累死累活，深夜十二点多才回到出租屋。老公不问她多累，反倒怀疑她在足疗店干了坏事，有时还要检查她身体。怀疑归怀疑，老公却不会拦着她做足疗——老公没有职业，就指望十六妹赚钱养着呢。这倒也罢了。做足疗的女人，没一个家庭有背景的，没一个老公有本事的。可后来，老公竟用十六妹白天黑夜卖力挣的钱，养了个小情人。十六妹不能再忍，一怒之下离了婚。后来有个斯文的单身男客看好了十六妹，十六妹也动了真情，以为男客会娶她呢，结果男客把她睡了就把她甩了，理由是他不能娶个足疗妹回家。十六妹伤心欲绝了好些日子，奕菲陪她哭了好多回。两个人明白了，足疗妹是卑贱的，没哪个男人愿意娶足疗妹。十六妹就想找个情人，累了、倦了、无聊了、空虚了有个依靠。男客中相中十六妹的多了，二十六七的女人正是风华绝代的年龄。十六妹又相中了一个男客。那人没什么钱，感情却很真。几回眉目传情后，两个人开了房。那人从此视十六妹为私有财产，总管着她，看她给男客做足疗，便妒火中烧，和十六妹吵得不可开交。十六妹又不能不做足疗，那人没钱养十六妹，后来就分手了。

动什么别动感情，男人没一个靠得住的。十六妹气呼呼地说，手上不自觉地用了力，陈娟猛地缩了一下脚。

男人还是有靠得住的。奕菲反驳她。

信彤看了看奕菲，和陈娟相视一笑。

十六妹说，别再炫耀你那靠得住的老公了。

奕菲大笑。奕菲在金店很少提她老公。不过现在，她忽然想说说老公了。奕菲说她老公从不怀疑她，不管夜里几点回出租屋，老公都在等她，睡她边上帮她捶背揉肩，捏捏关节。奕菲的老公在工地干活儿，整天在太阳底下干活儿，汗如雨淋。但她老公很知足，说这活儿比农活儿赚得多，轻快得多。奕菲心疼老公，有时帮老公做个足疗或按摩。但总没那么认真，轻描淡写，不像在足疗店给客人做得那么投入。奕菲说那时她老公总怀疑她足疗做得不怎么样，说迟早要来实地考察她。奕菲笑着仰起了脸。

十六妹说，你老公是个好男人，这辈子我也修不到了。

奕菲说，好什么啊，苦命的瓦工。收入不稳定，忽高忽低，有时一两个月颗粒无收。工地上的活儿时有时没。好在我们知足，夫妻俩挣的钱够养家糊口的了。

屡遭挫折后，十六妹学会了逢场作戏。男人那点心思，十六妹一眼看穿。她都学会了从容对付，无论什么男人，她都没了胆怯。足疗做，按摩也做。按摩不累，赚得还多。进了小包间，帮男客脱了衣服，只留个裤衩。十六妹往男客身上打精油，然后推拿挤按，算不得是力气活儿。

陈娟说，这钱来得比我们容易，我们一天要站七八个小时，腿都站酸了。

十六妹噘了噘嘴，你腿酸，我手酸，有什么分别？你们又没风险，我们还要防色狼呢。

信彤问奕菲，你从来不做按摩？

从来不。奕菲说，我有老公啊，所以我只做足疗。

也有客人迷恋奕菲，要她做按摩。奕菲皆笑而婉拒。要是拒绝不了，就麻烦了。奕菲就曾遇上一个醉鬼，醉鬼看上了奕菲，一会儿用脚夹奕菲手指，一会儿用手碰奕菲的胸。奕菲心里反感，脸上仍带着笑。醉鬼说，美女，做那个多少钱？奕菲说，我只做足疗。醉鬼说，破个例，给你双倍钱。醉鬼起身抱住奕菲，正好十六妹过来，解了奕菲的围。十六妹把醉鬼拉开，说，老板，我陪你吧。醉鬼一把搂过十六妹，两个人去了小包间。十六妹脱了醉鬼外套，刚给他身上打了精油，醉鬼就呼呼睡了，睡到下半夜才回去。

陈娟和信彤笑出了泪。

十六妹说，奕菲也帮我挡了回箭。说完就大笑，手上的活儿也停了下来。不过这支箭射中了奕菲，把奕菲带跑了。

那天晚上八点多，来了个身材瘦高皮肤黝黑的男客。男客背了个瘪瘪的白帆布包，粗手粗脚，头发像鸟巢。看五官倒是周正，就是太黑，那种长期被阳光暴晒的黑。男客穿一身浅灰色粗布衫，上面沾满了泥浆白灰。黑客上了楼，与奕菲撞个正着。这时间生意好，奕菲和十六妹刚做了足疗下钟，坐大厅休息。奕菲见到男客，愣了一下。刚想说什么，十六妹做了个请的手势，把男客引进了大包间。其他包间客满，就剩这间了。奕菲跟了进去。男客坐在沙发上，白帆布包放在沙发边。奕菲说，你要做什么？男客说，足疗。十六妹背过脸对奕菲小声说，这是个黑客，你做吧。万一要特殊服务，我可不想被黑客入侵。十六妹最怕建筑工，又脏又臭，还想特殊服务。奕菲大笑，笑得不可抑制。十六妹也笑，大概是想到了某种被黑客入侵的场景。笑够了，奕菲小声说，好吧，姐帮你挡一回。

奕菲不管黑客白客，一样地服务。奕菲问黑客，中药足疗吗？黑客说，嗯。奕菲介绍，中药足疗包括足疗加肩部放松，四十五分钟。客人不说话，闭上眼，困了似的。奕菲一会儿端来木桶，挤了中药包，介绍说，老板，这是广西巴马大瑶山长寿乡的地道药材，能发汗排毒，温经通络，促进血液循环，增强抵抗力。黑客又嗯了一声。奕菲用手试了下水温，然后帮黑客脱了鞋袜，放进木桶里泡脚。奕菲问，老板烫吗？黑客皱了下眉，摇摇头。奕菲把黑客扶坐起，然后站到他身后，说老板，帮您捏肩。黑客半晌道，认真点哦。奕菲笑，说老板放心，这是我的职业。您是顾客，就是我们的上帝，做得不好不要钱。黑客不语，任由奕菲捏肩。奕菲两手搭在黑客的肩井穴上，四指在前，拇指在后，双手向上和向中间轻轻提捏两肩。按了五分钟，再按头部。奕菲边按边讲，这是按，这是摩，这是擦，这是拍，这是敲，这是拿捏。奕菲用指和掌在黑客头上拿捏、摩擦，动作轻而缓慢，有节奏地做着。之后是手臂按摩，后背按摩，腿部按摩。奕菲做得细致，环环相扣，额头沁出细汗。黑客说别那么认真了，累了就歇会儿。奕菲笑道，上钟有时间限制的，四十五分钟，超过了要多收您钱的。

按摩脚底了。奕菲将黑客双脚擦净，包好右脚，给左脚均匀抹油。然后，搓内侧，抱搓脚背。奕菲用了点力，问黑客，疼吗。黑客摇头。奕菲继续搓脚底，搓脚后跟，搓脚丫，牵拉脚趾，按脚心。黑客说，轻点。奕菲便轻了点。一会黑客说，再轻点。奕菲再轻点。一会儿黑客还要轻，奕菲说再轻就没效果了。

十六妹这时引来了两个男客。两个男客一个高大，一个矮小。十六妹挨着奕菲，给矮小的做。高大的在最里面，七号技师做。矮小的有些促狭，尽说些不怀好意的暗语，听起来很露骨。十六妹只是笑，不搭腔，边干活儿边转脸和奕菲说话。

左脚做好，再换右脚。奕菲说话时，手上力气丝毫不减。黑客又说轻点，奕菲笑了。十六妹也笑，说老板，你的脚是泥捏的吗，用点力就碎了？黑客说头回做足疗，怕疼。奕菲说，再轻就不是足疗，是搔痒痒了。黑客说，我是上帝，你得听我的。十六妹说，我们技师是讲口碑的，传出去了还以为我们不会做足疗，只会搔痒呢。

矮小男人见十六妹不搭理他，便侧过脸对奕菲说，美女，你那儿鼓鼓的，是不是隆胸了？又说十六妹，你也该隆胸，那儿还不够一握的呢。十六妹白了他一眼，说你个子这么小，咋不去增高呢？里边的高个听了，哈哈大笑。

奕菲也笑，手上不知不觉又用了点儿力。也不大，没达到正常的按摩力度，黑客马上又说重了。十六妹又说，老板你那脚是三寸金莲吗，一点儿力都不能受？勾过头看黑客的脚，跟铁板似的，别说奕菲那点儿力道，拿银针怕也刺不透。

黑客不说话，改用行动抗议。奕菲一用力，他就把脚往后缩。

奕菲拽过脚，轻轻地按。用力稍大点，黑客马上又缩脚。如此三番，奕菲笑得手上都没力气了。待奕菲手上有了力气，黑客说好了。奕菲说，才半小时呢。

这当儿矮个儿和十六妹开玩笑，问办一次多少钱。十六妹说，只按摩，不办事。矮个儿涎着脸说，办一次嘛。十六妹说，你去发廊吧，这儿没这项服务。高个儿插话道，五百办不办？我们俩办你们俩，刚好一千。矮个儿说，那不行，我五百，你八百，你个儿高嘛。

矮个儿很是过了把嘴瘾，和高个儿一起嘻笑。黑客一直在闭目养神。高个儿和矮个儿越说越粗俗，越说越得意时，黑客突然从沙发床上跃起，猛地一脚踹过去，矮个儿像个冬瓜从沙发床上骨碌碌滚了下去。事起突然，众人都没反应过来，矮个儿已摔在了地上。高个儿惊起，冲着黑客就是一拳。矮个儿怒不可遏，一脚踹向黑客。奕菲见势拦了过来，被矮个儿一脚踹在肚子上。奕菲一声惨叫。十六妹赶紧过来抱住奕菲。十六妹知道奕菲来那个了，这两天肚子疼得厉害。

黑客手上忽然多了把瓦刀。瓦刀上都是白泥灰，沉甸甸的。黑客一手揪住矮个儿头发，一手高高擎起瓦刀。矮个儿吓得哇哇叫，高个儿光着脚逃了。瓦刀在接近矮个头顶时，奕菲猛地尖叫。黑客愣了下，瓦刀顿时翻飞。黑客拨溜着矮个儿的头，瓦刀在头的四周挥舞。十六妹发现黑客并非乱舞，他是有章法的。右边舞一下，左边舞一下，再前后各舞一下，又用瓦刀的面在矮个儿的头顶、两颊，分别敲了敲，比她们做足疗的手法还娴熟，动作还干练。瓦刀像片叶子，轻盈、自如、飘忽。矮个儿傻了眼，头似乎没长在自己肩上，像一块砖被黑客玩弄于刀光之中。

奕菲弯着腰，捂着肚子，额头冒出了汗。十六妹说，你怎么样，要不要去看医生？奕菲摆摆手。黑客闻声，丢下矮个儿，过来抱住奕菲，说，我送你去医院吧？奕菲摆手，说，你把瓦刀扔了，太吓人了。黑客嗯了一声，瓦刀扔在了地上。

矮个儿趁这空当跑了。下楼梯时，跑得太急，一脚踩空，骨碌碌滚了下去，跌得鼻青脸肿。

奕菲额头出了不少汗。十六妹说，快去看医生。黑客二话没说，把奕菲背到肩上，下楼大步往外走。十六妹也跟着往外跑。黑客走出门外，又折回来，走到吧台前。店老板哆嗦着。楼上发生的事，七号技师跑下来跟他说了，店老板吓得不知所措。高个儿和矮个儿连滚带爬地跑了，吓得他钱都没敢要。店老板颤着声说，老板，有事吗？黑客背着奕菲，说，刚才……多少钱？店老板嗫嚅着说……啥钱？黑客说，做足疗的钱。店老板这才有了底气，说，算了，交个朋友吧。黑客说，不行，多少钱？十六妹说，哦，四十。

黑客从裤袋里掏了张五十的，放在吧台上，转身便走。十六妹跟了出来。黑客转过身，说，我送她去医院好了，我是她男人。

十六妹愕然，看奕菲顺从地趴他背上，似乎是那么回事。十六妹甚为诧异，用目光向奕菲求证。奕菲点了点头。十六妹愣了愣，眼睛变湿润了，哽咽着说，等等。

十六妹转身跑上楼，将奕菲老公的白包和瓦刀提了下来。奕菲接了。奕菲老公走了两步，奕菲说，等等。十六妹跑过来。奕菲取出瓦刀送给十六妹，说，妹妹，还是瓦刀靠得住。

十六妹怔了怔，接过了瓦刀。

听到这里，信彤插上话，说，我明白了，奕菲，你就是这之后辞职去了罗兰金店的。

奕菲说，没错，要不是这件事，我可能还在这儿做呢。

陈娟有些奇怪，说，你给她瓦刀，是让她防身吗？

十六妹和奕菲听了，哄然大笑。

奕菲问十六妹，那把瓦刀还在吗？

十六妹给陈娟擦拭双脚后，起身去了另一个包间，一会儿拿了个黑包来，从里面取出了一把瓦刀。瓦刀坚硬，闪着喑哑的钝光。奕菲接过瓦刀，倏然飘泪。

足疗做好，陈娟和信彤穿上鞋子。十六妹说，九妹你是宝刀未老啊，手艺还那么好。信彤说，是的呢，做得好细致，好舒服。奕菲浅浅一笑，说，也真奇怪，往这儿一坐，仿佛又是技师了，双手马上有了感觉。

四人出了房间。奕菲环视着，忍不住要看个遍。看到小走廊时，奕菲很惊诧，说小包间都打通了？十六妹说，是的，都改成足疗房，不做按摩了。奕菲说，老板为什么做这样的决定呢？十六妹说，他看到了瓦刀。

奕菲若有所悟，看着每个熟悉的地方都有些依依不舍。十六妹笑道，怀旧了吧？要不就回来重操旧业啊？老板肯定欢迎你，我也欢迎你，就怕你老公不答应。

奕菲有了些心动，说，也不一定，他那人实在，只要是凭实实在在的劳动挣来的钱，他都能答应。

信彤点着奕菲的鼻子，对陈娟说，就算她老公答应，我们也不答应。转脸对十六妹说，在金店在足疗店，都是靠劳动挣钱，在哪儿不一样呢？奕菲在金店干得那么好，和我们亲如姐妹，我们能放了她吗？

十六妹耸耸肩，说，那没办法了。再说，在金店做营业员多鲜亮呀，我们做技师的是下九流的活儿，天天捧着别人的臭脚，还像捧了宝贝似的。

奕菲说，妹妹错了，只要凭力气挣钱，何来的尊卑。

陈娟说，我们回去了，也不会说奕菲在足疗店做过，免得别人有误会。

奕菲摆摆手，没必要吧，你们说，我在金店业绩做得如何？可你们知道吗，我的客户里，有一半以上是以前做足疗时结识的人脉。

十六妹竖起了拇指，说，你牛！

四人下楼，店老板起身招呼。奕菲要付钱，店老板挥手，免了免了，以后方便时过来跑个钟。十六妹说，人家在金店像个高贵的公主，会来跑你的钟？奕菲说，十六妹此言差矣，我在金店是半天班，正想接点私活儿呢。我现在就答应老板，以后要在冬林足浴兼份职，赚了外块，大家吃喜面哈。哦对了，我这手一会儿摸脚板，一会儿摸项链，邓老板不会有意见吧？奕菲哈哈大笑，几个人都跟着笑。

十六妹捏了捏奕菲的鼻子，说，太好了，我们又能在一起了。

奕菲对店老板说，以后买首饰送女友，找我哟，我给你最优惠价。我们罗兰金店的首饰全城第一！

三个女人嘻嘻哈哈出了冬林足浴。夜未央，人来人往。三个女人边走边聊，清脆的笑声愉悦了所有的夜色。

一场腐败的风花雪月

李琳的爱情就像彩票中奖那么突然，令我们措手不及。其实这与我们无关。爱情是她的，她想怎么陶醉就怎么陶醉，即便她呵出口浓浓的爱情气息来，也不会陶醉我们。我们不看好这段爱情，就像不信会中奖一样。主要是两人年龄相差大了，整整一轮。李琳总是用甜如蜜饯的笑靥溶解我们的情绪，说大点好，懂得疼我。

李琳说对了，许白云很疼她。想吃什么，去高档酒店。想穿什么，去品牌专卖店。想用什么，除了国产的都好。不高兴了，购物，看海，想怎么都行。李琳从没享受过这样的爱情待遇。仿佛一双上帝之手将她高高擎起，她的双手如翼在云雾里展翅。李琳感觉不太真实，可爱情不都是不真实的么？

许白云是真实的，他一直稳稳地站在地上，像个巨人擎起李琳。他很庄重，给了李琳不同的满足，就像大人陪小孩，却不陪着李琳疯。尤其白天，许白云从不陪李琳外出。

爱情不是这个样子的。爱情是两个人的游戏，谁都不能置身事外。我们觉得他们不似爱情，似父女情。许白云四十了，日子雁过留声地划过他的脸，眼角的鱼尾纹倾诉着和蔼与慈祥。许白云五官清朗，高而消瘦，给我们的感觉有些孱弱，像被劲风压迫的竹竿。李琳二十八，一米六二，生得丰满，胖而鲜活。两人走在一起，就像电线杆上挂了个变压器，风景别样。

这样的风景持续两个多月了。他们是在我们金店邂逅的。这种邂逅在金店很平常，天天都在发生，却很少擦出火花来。许白云第一次来店里买项链，是在夏天的晚上。街上灯火昏黄，金店金碧辉煌。夏天天长，我们八点半才下班。这时没有顾客，我们仍猎狩着，陪着时光虚度。因而许白云这时出现便有些唐突，不该来的时候来了。当时李琳不当班。许白云没看饰品，只是在每人脸上匆匆一瞥就走了。第二天晚上许白云又来了。李琳当班。许白云的头发吹了风，像雕塑镌刻头顶，和他的表情一样古板。他穿了件黑色西装，打鲜红领带，看上去优雅、沉稳，不像大款像大官。李琳在给顾客打包，玉器柜的信彤马上过来接待许白云。许白云心不在焉，有边看边等的意思。等李琳过来，许白云才进入状态。李琳刚介绍了三款项链，许白云就买了。李琳暗自吃惊。一般客人买项链都要左挑右捡，挑得自己都累了才掏钱。许白云不是。许白云买了项链后，还向李琳要了名片。即使他不要李琳也会给的。营业员都这样，指望回头客呢。至于回不回头，谁知道呢。

许白云真就成了回头客。他没有来店里，而是给李琳打了电话，想买个三四千的钻戒自己戴。李琳当时还犯了迷糊，不知对方是谁。许白云介绍了自己，说你明晚把项链送到凌州公园拱桥上，我在那儿等你。李琳到了拱桥才认出许白云来，并用心记住了这个男人。两人在公园里走了走，沿着小径走着聊着。聊的都是金店的事。许白云问得仔细，连李琳入职多久月薪多少籍贯何处有无恋爱都问了，跟警察似的。这是个细致入微的男人，李琳喜欢。公园里有路灯，还有成片成片的树林，夜风中影影绰绰。灯黑处有情侣，吞噬着彼此。走出公园时，李琳芳心萌动，说不清为男神还是为财神。

就这样，李琳和许白云踏上了货真价实的爱情征程，显得迫不及待，仿佛在抢购，生怕错过。大龄男女嘛，我们理解。听信彤说，是许白云追李琳的。我们不怀疑许白云的诚意，他没必要骗李琳的色。李琳算不得美女，身材不占优势。许白云频繁约请，吃得李琳该胖不该胖的地方都胖了。

信彤不反对李琳的爱情。信彤和李琳玩得好。她说许白云是凌州本地人，还是个老板。何况他对李琳那么好，只是年龄大了点，但也没大到无法接受的地步。这让我们心服口服。打工妹嫁老板便是翻身农奴把歌唱了。即使不是老板，能嫁个凌州土著，在凌州便有了靠山。打工者就这么悲催，都期望有一天能像株植物在凌州成活。李琳的根须已然植入凌州大地，而我们只是过客像浪打浮萍。

我们统统哑了声，羡慕，嫉妒，恨。别样的眼光像电波在金店无声穿梭。

那些日子，李琳在爱情里狂飙。她的笑容渗出了蜜，像塑料花永恒盛开。爱情从来都是美好的，即使是不真实的爱情。女人需要爱情，与虚实无关。爱情来临，她们就像淋了场细雨。她们喜欢这样的感觉，头发湿漉漉的，衣服湿漉漉的，却清新浪漫，世界一片洁净。李琳被细雨淋湿了翅膀，却越飞越高，越飞越忘情。

许白云几乎每个晚上都来接李琳——他坐在枫树湾茶社，品茶，抽烟，静等，或思考。枫树湾茶社在金店对面，隔着街道能看到许白云的窗影。下了班李琳像只小鸟直扑枫树湾，她现在更丰满了，但飞往枫树湾的体态是轻盈的，像小白兔欢快地横穿街道。我们怀疑许白云肯定和李琳开房了，至少车震了——这是顺理成章的事——许白云的陆虎车很宽敞，足够两人排山倒海摇旗呐喊。李琳酝酿了二十八年的欲望以及被欲望膨胀了的浑圆体态足以催化许白云储蓄四十年的荷尔蒙，唤醒火山喷发且能燃起不分昼夜的熊熊烈火。但信彤说没有，连车震都没有。许白云是谦谦君子，从不带李琳去开房或回家。除了亲吻，什么都没发生。甚至李琳都心揣撞鹿有那意思了，许白云仍不越雷池一步。我们不信，这怎么可能呢？四十年的干柴，二十八年的烈火，吹口气都能熊熊燃烧。我们问李琳，引火烧身了吧？没烧坏你吧？李琳说你们脑子烧坏了吧？尽想歪事。除了牵手，我们什么都没有。

李琳一反常态地郁郁寡欢了。

许白云都在晚上约李琳。他是老板，白天有太多的事情要处理。而李琳是半天班，另个半天只能窝在床上思念郎君，如皇上的三千宠妃，翘望皇上宠幸，是何等煎熬。

但这不妨碍爱情的茁壮成长。李琳喜欢许白云，喜欢他的持重，喜欢他的真诚，喜欢他对她的珍惜，渴望他的风般抚摸雨般滋润。许白云也渴望，他的手抚慰过李琳的动感地带，却从不亮出真枪实弹，说李琳是他的一瓶佳酿，宁愿守着也不舍得打开。这让李琳幸福得落泪。

二十八岁的李琳已不是处女，否则就太没阅历了。李琳谈过两次恋爱，都是外来工。第一个是江西男孩，两人在网上认识，很快同居。江西男孩在破落的出租屋里拓垦了李琳的处女地。后来李琳怀孕，男孩拔腿溜了，顺手带走了他出资购买的电视和空调。第二个男孩安徽的，在酒店做厨师。他们在海边认识，很快陷入热恋。同居半年后男孩去英国做厨师，年薪十五万,一年后音讯全无。李琳哭了几回，从此把男人踩在脚底，也把自己拖成了剩女。

许白云如何铁马金戈撞开李琳锈迹斑斑的心扉，我们认为除却厚实的钞票再没别的。钱比男人可靠，这是无数女人嚼透甜枣品尽苦核后的普遍共识。许白云的钱有多厚李琳未必知情，但两人自牵了手就没放开。许白云舍得在李琳身上投资，两个月就把李琳彻底时尚化了，投足间贵妃再世，回眸时百媚顿生。我们眼花缭乱地目睹着李琳一点点时尚起来，一点点有了上等人的狂狷气息。

裙子好几百吧？

不贵，八百。

包呢？

一千。李琳伸出小拇指。

化妆品韩国的？

法国的！白云说韩国的质量不好。

李琳现在飞黄腾达腾云驾雾了！

不，不是腾云驾雾，是嫁云腾雾，嫁白云了。

不不，不是她驾白云，是白云驾她。

我们笑成一团。李琳举着粉拳乱舞。

许白云决定去趟李琳老家，这让李琳兴奋不已。李琳本想笑，泪却止不住了。父母即将跟着她金光闪闪了。从山村走出来时，她就有这样的梦想。贫穷的斗笠在父母头上戴了大半辈子，身子卑微得都弯了。现在，她终于让父母抬头走路了。

金首饰是从我们店里买的，项链、手镯、戒指、耳环，花了六万多。李琳让我们又羡慕妒嫉了一回。

李琳家在湖南，离凌州不远，开陆虎仅十来个小时。山区的贫穷和风景像直角三角形的两个锐角那样互补着。李琳依偎着许白云亮相小山村时，和奥巴马夫妇亮相舷梯上一样风光。气魄非凡的陆虎闪着黑色锃亮的光芒，照亮了整个山村。隔壁少年想摸一把陆虎，被爷爷坚决制止。爷爷活了一辈子没见过这么酷的虎，也只是远远地看着。李琳父母灿笑着给乡邻敬烟——许白云带来的高档烟。乡邻们接了，却不舍得抽，留着找几个老哥们一起分享尼古丁的顶级芬芳。

这回李琳许白云该睡一张床了。不是我们思想不健康，我们是担心他们的爱情不健康。都这个岁数了，狼吞虎咽才是，藏着掖着给谁看呢？李琳却说我们思想肮脏，光关心那事，不关心她的安危。

湖南归来，水光山色，崇山峻岭间峰回路转。下了高速，离凌州不足六十公里。往凌州是一级公路，四车道。李琳没走过，李琳回家都是坐大巴。许白云说这条路新建的，还没修好，路灯还没安上呢。天色暗下来，一轮弯月悬天际。迷人的夜景，醉人的辰光，许白云难得一见地吹着口哨，张杰的《看月亮爬上来》，车也开得飞快。开到一个岔路口时，后面一辆白色轿车眨着远光灯急速超上来，然后转身横在路上。紧急的刹车声像一把寒刀划破了淡淡的月夜。许白云急忙刹车，和李琳愣望着。李琳之前并未发现后面有车跟着，许白云也未在意。白车上下来一高大男人，戴着墨镜，拎着木柄锤，走进陆虎的光柱里。李琳特紧张，紧盯那人。那人一米八多，如一杆木柄，精瘦，走路昂首阔步。鼻梁高，尖薄，像东欧一带的人，脸上腾着杀气。许白云淡定地说，他是凌州人，我合作伙伴雇来的杀手。李琳猛一哆嗦，指甲几乎掐到许白云肉里，颤声说，打劫么？许白云说要这样就好办了，可他是杀手，要命不要车。李琳立即成了女神经，触电似地痉挛。美好生活才开始，刚让父母风光了一回，不想厄运这么快就照头一棒了。莫非自己没享福的命？李琳胡想着，被许白云一双手紧紧箍住。

木柄驰步而至，举手拍窗。许白云没动。拍了几下，木柄嚎叫，口气极为嚣张。许白云松开李琳，一双手在黑暗中蠕动。木柄举起了手中的木柄锤。木柄个高，手中的木柄很长，锤扬至半空再如炸弹投向车窗。情况危急。李琳几近晕厥，感觉那枚“炸弹”正不偏不倚地向自己飞来。

炸弹并没有落在李琳身上，也没落车窗上。千钧一发之际——李琳学过这个词，此时才真正理解——许白云出手了。他处变不惊，在“炸弹”快临近车窗时，一踩油门。陆虎虎啸着蹿了出去，惊得李琳抱头尖叫。陆虎迅速从岔路口冲出去，像一头归山的虎在漆黑里逃逸。

从岔路口出去，是一条蜿蜒的山路。山上杂树丛生，枝蔓交错，在风摇月映中影影绰绰，如无数魑魅向陆虎伸出魔爪。进入山林，月色被枝叶封锁，一柱车灯外，黑漆漆的世界，像深不可测的巨渊。山路坑洼不平，陆虎东摇西摆，摇得李琳尖叫声此起彼伏，胸脯更是波涛汹涌。陆虎底盘高，跑山路有优势。后面追来的白轿就不利索了，虽然不断按喇叭，咬着陆虎不放，但还是被甩下一段距离。李琳捏紧拳，哭声嘤嘤，像怕招来狼似地压抑着。许白云很镇定，紧握方向盘，顺着山路往前开。李琳后来说，那时候他就是男神，很有成熟男人的魅力。我们敬佩李琳如此惊心动魄之际仍能梨花带雨地欣赏她的男神。车子渐上半山腰，不时贴着悬崖绝壁。有的路段异常惊险，眼看路没了，却又柳暗花明。公路盘桓在山腰上，像条粗硕的蛇缠着大山。

再往前，山路在一个较为开阔的停车场处戛然而止。许白云说，下车吧。李琳呆滞未动。许白云说，山足够大，容得下我们，快！李琳打着晃，说有扳手么？许白云竟然笑了，说，不用。

那头白色蜗牛顶着雪亮的光柱在山林里时隐时现了十来分钟，才呼哧呼哧赶上来，停在陆虎边上。此时许白云和李琳就潜伏在离陆虎不足百米的丛林里。李琳的心脏快跳出来了，蹲在树丛里打着摆儿，额头上全是汗。许白云很沉着，一手揽着李琳，另一只手捂着李琳的嘴。手指上的烟味熏得李琳想打喷嚏。

木柄下车，提着木柄锤冲到陆虎跟前，然后四周张望。山里黑压压的，有风呼啸，树叶哗哗地响。一只鸟从头顶上突然蹿飞，惊得许白云一屁股坐在地上。李琳那个喷嚏终于没憋住，喷出来时被许白云攥在了手里，没落在地上。李琳的手脚像踩在鼓点上，身体疲瘫，还有些尿急。木柄听到点动静，朝这边望了望，却没过来。略略踌躇后，木柄往山顶追去。木柄似乎忽略了凶手应有的基本常识，最危险的地方最安全。狡兔就在身边。

过了约二十分钟，许白云拉着李琳躬着身摸回车上，然后发动车子，调头往山下跑。那人快到山顶了，闻声返回，边跑边嚎叫，在山林里回荡。陆虎恰似猛虎下山，迅雷不及掩耳，冲上一级公路便如鱼归深渊，飘然而去。

到凌州已是凌晨，李琳紧抱着许白云的胳膊，半是惊吓半是甜蜜。别丢下我，我想和你在一起。许白云心照不宣地将车子开到世纪缘大酒店，进了房便是缠绵悱恻。经历了深山老林的惊心动魄后，又一场惊心动魄终于来了，让两人爱到深处。李琳肌体丰腴，饱满鲜活，许白云像个孜孜不倦的探索者，在山高水低间深入浅出如鱼得水。直至筋疲力尽，两人汗津津地拥着，许白云才开口说，和你说件事。

无须多说李琳也懂，生意场上难免纠纷。木柄便是例证。许白云说何止他一个，还有呢。他们妒嫉他的成功，几欲谋财掠钱。且手段狠辣，用假合同骗财，去政府部门举报，上法院打官司，找黑道来敲诈，或雇凶追杀。许白云坐起来，点上烟，立遗嘱似地对李琳认真地说，保不准哪天我会遇上麻烦，你一定要坚强，要有足够的心理准备。李琳伏在许白云胸前涕泗横流，倾泻在许白云赤热的胸脯上。李琳紧搂着许白云，生怕一松手这片云会飘走。许白云再度燃烧，吻李琳的泪、脸、唇。野火烧不尽，春风吹又生，二人水到渠成泛舟在惊涛骇浪中。

激情消退，许白云深沉再现，聊起黄金走势。李琳不懂，说我只是营业员。不过市场行情不好，价格总在三百左右涨落。许白云说黄金能升值么？李琳说升什么呀都跌回两年前了，也不会再跌了。许白云哦了一声，说既如此，便是最低价，购买黄金的最佳时间来了。李琳始明白许白云的用意。许白云托出想法时，把李琳吓了一大跳，说你买那么多金条干吗？许白云说，我现在处境危险，财产恐遭仇家暗算。如果变成金条寄存金店，连老鼠都找不到。

李琳没有兴奋，我们却兴奋不已。许白云一下买了一百二十多万的金条，而且金条全寄存在我们店里，他只拿走了一纸证书。这意味着，金条一件不少，我们白白多了一百二十多万的周转资金。这比卖多少饰品都划算啊。黄金若是升值，许白云就发大财了。哦，李琳也跟着发了。我们想酬谢许白云，可他连脸都没露，这么大的事都交李琳办了。李琳嗲声嗲气地说，当然啦，我是他太太啦。金店里除了李琳是太太，其他女人都是老婆。从老婆到太太，分水岭非富即贵。

许白云没给支票，而是让李琳小心翼翼手提密码箱，像提了件易碎的玻璃鱼缸，由我护送她去隔壁中行存钱。累得中行小姐都嘟嘴，说转账多好，点得手都发麻。出门时，我才发现陆虎就停在不远处。

之后两三个月，李琳安静了下来。没见许白云来消费，也没见他坐在枫树湾喝咖啡。这样的日子对我们来说还是一样地过。天一样地长，夜一样地短。但对李琳来说日子有点漫长，漫长得没有顾客时她会发呆，也发笑。我们担心她害了严重的相思病。信彤说害相思，没害病。这段日子李琳沉默多了，信彤便成了她的代言人。信彤说许白云出国了，要好多个月呢，或许两人要定居国外吧。信彤只是猜想，我们便对李琳更加刮目相看了。别迷恋姐，姐只是传说。李琳调侃，也显无奈。李琳真的走狗屎运了。她在金店算不上漂亮。论长相，圆圆的脸在一堆瓜子脸中像豌豆那么不起眼；论身材，水桶腰无法与金蛇腰共舞；论谈吐，大专学历丰富不了一个村姑的才学。要说优势呢也有，一胖三分呆，胖并性感着，容易让男人陷进去。许白云可能就陷得太深不能自拔了。

凌州的天越来越高，云在淡淡游走，风像把刀一点点磨得锋快。大街上的汽车一晃而过，汽笛声在秋风里尖锐地回荡着。我们不自觉地淡忘了许白云，事实上他在我们的生活里本来就很虚无。有次信彤说，许白云有段时间没联系了，李琳说的。我惊讶，莫非他变心了？信彤说，李琳说不会的。李琳担心许白云在国外别出什么意外。我说他到底去哪儿了，没去马来西亚乌克兰吧。信彤白了我一眼，说这么久总该来个信息吧？我没吭声。但我相信许白云不会消失，不是因为爱情，而是因为他的金条在我们这儿呢。

我的预感没错，许白云果然出现了。时至中秋，天空湛蓝，寒意阵阵袭向凌州。我缩在被窝里看电视。电视上提到许白云的名字，说某局处长许白云利用职务之便涉嫌受贿，已被检察机关带走。我知道纯属巧合，仍有些惊愕，惊得我踹了被子就给李琳打电话。李琳笑，说我的白云飘在美国呢。我才安下心来，问李琳你那白云开什么公司？李琳说不知道，白云不让她介入。

后来电视上又提及许白云，说他受贿罪证确凿，案件正在审理中。检察机关搜查了许白云的财产，除藏在煤气罐里的十几万外别无所获。检察机关欢迎知情者举报。

我庆幸这是片乌云，不是李琳的白云。虽然我不看好这桩婚姻，但毕竟李琳付出了全部感情。那两天我脑子里不时浮现两片云，一乌一白，不是白遮住乌，就是乌染了白。二者不断碰撞，逐渐合二为一，合为一片乌云。我预感它们本来就是一片云，面白核乌而已。我没问李琳，也没问信彤，她们会认为我在胡说八道。我的确在胡说八道。

我的猜想后来得到证实，我无法面对。我是在互联网上证实了乌云即白云。那天我送走一个顾客，站在店外对着天空仰望良久，东边一片白云和西边一团乌云在头顶上交汇。我分不清白云和乌云的层次，乌云像墨汁似地悠悠侵染了白云。白云起初尚能守身如玉，透明地穿行于乌云之间。可没坚持多久，白云就和乌云“同流合污”了。于是我想到了许白云，想搜狗一下许白云。回办公室一搜，配了照片的许白云就触目惊心地出来了，正是那个受贿处长。我胸口像重重挨了一拳。李琳倘若得知，怕心都碎了。失去许白云，便失去了荣华富贵，以及依俯于许白云的若干瑰梦。

我悄悄让信彤看了照片。照片上许白云意气风发，熠熠生辉，有着年少得志的桀骜，完全不同于我们眼里的许白云。这张脸我们太熟，绝对是他。信彤这么说。继而提了个问题，信彤说既然是处长，为什么说是老板呢？既然在国内，为什么说在国外呢？我说当官的脑子九曲回肠，不是我等能想明白的。但可以肯定的是，许白云一直在欺骗李琳，从认识之初便是。信彤说他骗李琳意欲何求？我无言以对。

现在最重要的，是要李琳从乌云中脱身而出，让这场沾上腐败气息的爱情谢幕。

直言相告，李琳必定崩溃。水中浸纸，李琳或能接受。先把李琳这张纸慢慢浸泡水中，渐渐湿透了，再把她捞起。显然，信彤是实施此方案的最佳人选。

信彤试探李琳，问他来电话了么？李琳摇头，一声吁叹。信彤说他不会变心了吧？李琳摇头，说我们有约定的。信彤笑，男人的破嘴你也信？李琳说，不是说的，是写下字据的。信彤捂嘴笑，说怎么写的？李琳像老先生摇头低吟，陶醉在诗意中：

不管时空跨越多久远，爱情之光必将照尽头。

信彤拍手，好浪漫哦。他果然清高儒雅，一点不像老板，更像个斯斯文文的公务员。心里却在暗忖，许白云莫非早知会有今天？这个海誓山盟是有备而来。信彤说，字据有用么？领了结婚证还离婚呢。

我们还有担保。李琳说。

信彤愕然，说爱情还有担保？又不是放贷。

李琳说，金条哪，你忘了。金条就是担保。

信彤更惊愕。

李琳说，他说了如果变心，金条全归我。

信彤说，你又拿什么担保?

李琳笑笑，不说。

信彤说，信不过我不是?

李琳说不是。李琳支吾半天，红着脸套在信彤耳朵上说，他拍了我的裸照。如果我毁约，他会公布出去。

信彤大笑，说这个也能做担保啊，闻所未闻。

李琳说除了这身肉，我还能拿什么担保?

信彤说这个约定很有意思，我想看看。

李琳说，字据在他那儿，我没有。

那便是不平等条约了。既然是协议，就应各执一份。李琳却没有。我和信彤以此为切入点，开始说教李琳，让她明白她被骗了，莫再抱幻想了。如此，便让李琳的双脚先泡水里了。

晚上，我们和李琳去枫树湾喝茶。虽然和枫树湾毗邻而居，但我们没坐这儿消费过。为了拯救李琳不得不出点血了。

我说，以前许白云天天坐这儿接你，我们好生羡慕。现在你形单影只像折翅的鸟儿，我们又好生心疼。

触景生情，李琳眼眶变得潮湿。

信彤说，他若爱你，何以数月失联?除非他出事了。

我说，爱情协议本来就是儿戏，没有法律效力，莫拿它当圣旨。你以为许白云变心，金条就归你了?他愿意我们还不愿意呢。金条归你了，许白云捧着证书来，我们拿什么给他?何况你手中也没有爱情协议，告都没凭据。

李琳莞笑，说你们不懂的。莞笑得神秘。

我说他都失联了，你还藏着掖着?我几想说破，又恐她心碎崩溃。

我和信彤轮番轰炸，李琳告饶，说亲们，别再折磨我了，我们的事他不让我说出去，那份协议里都明明白白写着呢。按理我都不该和你们说协议的事。

我看信彤，信彤看我，还能说什么呢？信彤说好吧，不问了。不过我们分析，许白云一定藏有阴谋，他根本没出国，就在国内或凌州。

李琳如无缝的汤圆，汤都渗不进去。我很着急。信彤说我会撬开她的嘴。

信彤如影随形地跟着李琳，天天来去同行。信彤要在李琳身上找到缝。秋雨来了，信彤给李琳撑伞。寒流来了，信彤陪李琳逛街。李琳一感动，果然招了，说许白云的一百二十多万证书其实就握在她手里呢。

我惊出一身冷汗。我知道许白云有招，但没料到如此高招。他何以修炼得如此精到，连检察机关都无计可施呢。钞票换成金条，金条证书交李琳保管，他落了一身清净。许白云以爱情的名义遥控着李琳，让她在甜蜜而光鲜的幌子下成为他看家守舍的忠犬。

天气干燥，秋风劲吹，纸片枯叶打着卷儿幽灵般在街道回旋。我和信彤商量得举报此事。信彤说最好让李琳自己举报。我叫好，说得对，那样才能改变李琳。我们仍陪李琳喝茶，李琳感觉出了异常。信彤说了实话，说许白云被检察机关抓了。李琳怔怔地，愣了半天，忽然起身跑进了卫生间。过了会，信彤也去了卫生间。又过了一刻钟，信彤挽着李琳，李琳踉跄着，眼睛红红的。

我们劝李琳举报，李琳不答应。她很爱许白云。看得出她并非爱钱财，而是爱那个男人。我说了些法律知识，知情不报窝藏赃物可能产生的法律后果。李琳问，他会被判多少年？我说不清楚，但退了赃款能够减刑。

最后，李琳在我和信彤的陪同下，去了检察机关，交出了金条和证书。检查官说我们提供的证据很重要很及时，然后立即提审了许白云。许白云坦陈，李琳是无辜的，他利用了她。他买金条是想转移赃款。先让下属就是追杀他们的木柄帮他物色到了李琳，再把李琳包装了，让李琳相信他的爱让出。而那场追杀闹剧，不过是为了让李琳相信，许白云随时有突然消失的可能。至于协议裸照，许白云根本没留着，都是说给李琳听的，是想控制李琳帮他保管赃物。我问检察官，他爱过李琳吗？检察官笑笑，说这个不知道。许白云结过婚，不过离婚两年多了。许白云其实素质还不错，据说是被他老婆逼上了这条路。离婚时许白云是净身出户，一无所有。

李琳对检察官说，我能见见他么？检察官想了想，说你是重要证人，可以。

李琳跟着检察官去见了许白云，见面情形我们不知道。李琳出来时，面色似乎颇有些呆滞。问她，什么也不说。后来听检察官说，李琳只问了许白云一个问题，有没有爱过她？许白云答说，起初是利用她，后来，他们分开的那两三个月，就是在李琳朝思暮想许白云的时候，许白云也在朝思暮想李琳。就是说，后来许白云也爱上了李琳。

这应该是李琳想要的答案。而事实上，李琳却做出了意外之举。就在从检察院回来的第二天中午，李琳下班后，没吃午饭，径自回了出租房。下午快三点时，信彤去李琳的宿舍找她逛街，发现李琳睡在了床上，衣冠不整。桌上倒着酒瓶和杯子，没有菜，床头有一瓶安眠药。信彤吓得面如土灰，连忙去试李琳微弱的鼻息，并马上拨了 120。不一会儿，120 风驰电掣而来，把李琳送进了医院。

投石冲开水底天

我到天街小雨的时候，天上飘忽着纷纷飞扬的小雨。天街小雨是个小酒馆的名字，也可以喝茶。我不喝酒，我只喝茶。天街小雨有些偏僻，在一个旧巷的深处。木格子的门窗，弥漫着腐朽的气味，招牌也是那种黑底绿字夹着旧况的草书。天街小雨在这个巷子里开十多年了，老板这么告诉我。我却是第一次来。我以为如此腐朽的酒馆必定有个腐朽的老板呢，事实不然。老板是个颇时尚的女人。我随口说了韩愈的那句诗："天街小雨润如酥，草色遥看近却无。"女老板笑了，摇摇头，表示听不懂。女老板笑的时候，有个浅浅的盛满热情的酒窝，说她起这个名字，取自于一首曲子，叫《天街の雨》，日本歌曲。她不喜欢日本，就改成了天街小雨。她站在吧台里，善意地笑着，把脸蛋托在两个掌心里，像托着一朵盛开的白莲。细嫩的胳膊支在吧台上，露出几分娇媚。

我和女老板闲聊了一会，信彤就来了。信彤是我要等的人，是罗兰金店的店员，我的同事。已经有一整月没见信彤了——她没上班，她失联了。直到昨天，她才浮出水面。我猜想她失联归来，肯定有话要说。我便约她在天街小雨见面——这儿偏僻。

我担心信彤可能找不到天街小雨，女老板说："怎么会？天街小雨开了这些年，凌州出租车司机都知道。"女老板眉飞色舞，有些自豪。信彤收起花伞，我始看清，她瘦了，比一月前。一月前她在店里上班时，比现在丰满，水花白净。看得出信彤精心打扮了，皮肤格外白，遮了风尘仆仆的疲惫，也遮了惊悚之后在她身上留下的痕迹。

信彤穿了件橘黄色的紧身上衣，洗得发白的牛仔裤紧绷在臀部，细嫩的身材凸凹毕现。可能刚做了头发，晶亮的黄发散披肩上，散发出草莓味的清香。我幽幽吸了几口——我喜欢女人的发香，尤其草莓味。

女老板见我来客人了，便从酒吧间走出来，看了信彤两眼——或许是想从信彤脸上捕捉些信息，比如我比信彤大多少，又比如我和信彤是什么关系——或许这是小酒馆老板的习惯，能从客人身上收获形形色色的信息。从我和信彤过于谦让的问候中，女老板感到了索然无趣，转身引着我和信彤进了房间。

房间简陋，倒是干净。普通的小方桌，四张木椅，有点像《新龙门客栈》里的场景。《新龙门客栈》里没装空调，天街小雨的房间装了挂壁式空调，丝丝地吹风。女老板说："简洁和怀旧是我们的风格，这种风格在凌州失传了。哦，两位客官，喝酒还是喝茶？"我看了下信彤，信彤说："白水。"我说："白茶。"

一会，茶上了。木门"吱呀"一声被带上，女老板出去了。

屋里剩下了我和信彤，相向而坐，一时无语。不是无话，是不知从何说起。我看信彤，信彤看手中水杯。"对不起，信彤。"我这样的开场白并不好，本就尴尬的气氛更尴尬了。可我又不能不这么说，像一段绕不过的独木桥。信彤说："没什么，他对我还好。"声音细腻如梦呓，听不出幽恨。我感觉被针尖扎了，酸酸的有点麻。

我说："你受了此等惊吓，无论如何我都心有不安。你被挟持后，我们四处打听，但一直没你消息。"信彤抬头看我，说："不说了吧？过去了，我不想抱怨谁。"顿了顿又说："他对我真的很好。"我相信信彤的话。她或许真的很好——一个月的时间，足以化腐朽为神奇，何况是一男一女？我想信彤和劫匪之间一定发生了什么，可能完全颠覆了我们的想象，包括性。先性后情还是先情后性，不是我能想象得了的。我推想是先性后情，是劫匪强迫了信彤，之后再在朝夕相处中产生感情。先情后性也有可能，信彤对劫匪有了好感，然后给了劫匪。但我仍歉意地说："苦了你，信彤。"逃亡毕竟是逃亡，不是度蜜月，担惊受怕，苦不待言。信彤说："后来我都不知道自己是被逃亡，还是就在逃亡。"

我锁着眉头，不太明白信彤的话。

一个月时间于我们只在谈笑之间，但于信彤则是一次逃亡之旅。她从我们眼前消失时，不是"轻轻地我走了"那么潇洒，也不是"来不及说再见"那样告别，而是被挟持了。当时她白皙的颈上抵着一把寒光闪闪的尖刀，死亡如悬崖在她脚下。这场景在我脑海里盘踞了一个月，那把刀如同抵在我颈上。直到昨天——离信彤被挟持一个月后，信彤的电话忽然来了。我当时正在店里调整金价。金价最近又跌了，跌得邓老板心烦，可顾客高兴，尤其是大妈们，一听说金价跌了，蜂拥着往金店挤，恨不得将金店一扫而空。顾客蜂拥而至，就把信彤从我们的日子里挤出去了。但我们的淡忘是暂时的，我们不会忘记信彤。信彤一天不回来，我们就一天牵挂她。

信彤在电话里说："老总，是我，信彤。"我是罗兰金店的总经理，店员们都叫我老总。信彤离开一个月了还叫我老总，说明她没忘记金店。信彤的声音像午后阳光那么自然，语气平静。我平静地说："哦，回来了。"我是出于本能，但刹那间的本能之后，我的心猛地吊了起来。我对手机惊叫："你回来了？真回来了？你是……

信彤？”我平时不是这个样子的。我是个沉得住气的人。可这会不行。这会的我在陌生人眼里一定是个没有修养喜欢大声喧哗的人。信彤仍安静地说：“我是信彤，我回来了。”我拿着手机的手在颤抖，我说：“你在哪？现在安全吗？我马上去接你。”信彤说：“我很安全……明天晚上吧，我想找你聊聊。”听得出信彤有些疲惫。我渐渐恢复平静，说：“好，好好休息，明儿见。”我转身告诉金器柜的陈娟：“信彤回来了。”“信彤？”陈娟“啊”了一声，像被人踩了脚，又急忙捂着嘴。店里二十来个顾客在挑饰品，我和陈娟一惊一乍，顾客都掉头看我们。几个店员马上嘀咕了起来。

信彤抿了口茶，说：“谢谢，让你们担心了。或许我的处境没你们想得那么糟糕——后来我和他相处还好。但不管怎样，这都是件痛苦的事。”信彤说话时，很少看我，要么看水杯，要么低眉弄手，显得心事重重。信彤不是个活泼的女孩，偶尔和同事说笑，更多时候缄默不语，听别人说话。

我说：“那个劫匪呢？他逃了吗？”

信彤轻声道，“他回来了，去派出所自首了。”

我已习惯信彤把“劫匪”称作“他”了。可我没想到劫匪会去自首，或许是信彤感化了他？劫持事件发生后，邓老板坚决不让报案。邓老板当时很镇定，说：“不就是丢了副玉镯嘛，才两三千。要是报了案，派出所狮子大张口，要个两三万，划算么？”我和店员们都急，我说：“信彤在劫匪手上呢，有生命危险。”邓老板摇摇头：“劫匪是冲着玉镯来的，不是冲着信彤来的。信彤不过是个人质。你不报案，他很快就把人质放了。报案了，人质更危险。”我们就没报案。我不知道邓老板是否担心信彤，我和店员们都担心，我们通过各个渠道打听信彤的下落。

“没报案？”信彤呆了，双眼盯着我，表情很陌生，“可当时明明听到警车声的。”我说：“可能是巧合吧，凌州这么大，治安这么差，警车满街跑很正常。”信彤讷讷地说：“也许真是巧合。但即使是巧合，他抢劫了就是犯罪，犯罪了就要受法律制裁。这是天经地义的事。”

我说：“没错。自首是他最好的选择。”信彤点点头，说：“我约你来，是想聊聊他的事。他自首了，那对玉镯也交派出所了，还会判刑么？判多少年呢？”“这个……”这个我真说不好，我不大懂刑法。当然，自首能宽大处理，这个我懂。至于判刑多久，我说不准。信彤说：“我知道你和警察熟，你帮打听打听。”

我和警察也不是很熟。金店装有监控，警察常来店里查看，一般都是我接待他们，喝杯水，抽支烟。信彤说：“是我说服他去自首的，但我不想他蹲监狱。毕竟他还年轻，进了监狱，好人都被带坏了——他不算是好人，但也不算是很坏的人。”我说：“你约我见面，就是为了帮他？看来你们相处甚好，你似乎一点不恨他。”信彤玩着自己的发梢，说：“我不是藏恨于心的人。事情发生了，就坦然面对，再多的仇恨也能化解。”我笑笑：“好吧，我答应你，作为被劫持者，你如此关心伤你的人，我有说不出的敬佩。”

关于信彤，我并非完全了解。她是个不善言辞的人。店员大都能说会道，不说不笑做不了营业员。信彤是个例外。信彤也能说点，但不像别的店员那么侃侃而谈，滔滔不绝。信彤总是淡淡地笑，淡淡地说，她的销售业绩也是淡淡的。她属于那种优雅清柔总带着淡淡忧伤的女孩，从不大声说话，也不作出令人咂舌的表现。在一群无话不谈的美女中，她这般少言寡语，反倒是种魅力了——这是我作为男人的观点。金店十二美女，个个崇山峻岭，信彤像是个盆地，显得安详而温和，倒让人有几分向往了。

听说信彤回来，周末晚上邓老板特地在农村大锅菜摆了一桌，为信彤压惊。信彤进了门，邓老板便迎上去，拽着信彤的手说：“回来了好，终于回来了。”信彤勉强笑笑，把手从邓老板手中挣脱出来，和美女们一一拥抱。奕菲和陈娟抱着信彤，眼睛都湿了。信彤使劲眨了眨眼，微笑着坐在奕菲和陈娟之间，仍是不怎么言语。奕菲说："信彤瘦了。"陈娟抓着信彤的手，也说："果真瘦了。"信彤"嗯"了一声，并不多言。美女们看信彤言寡，一时难以揣摩她的心情，本来准备安慰的话，便都不去说了。拣些无关紧要的话说，凌州房价又涨了，二手车市场火爆了。邓老板没女孩们细心，他坐在主宾席上，比谁都高兴，演讲起来唾液飞扬："看，信彤安然无恙吧？我当时就说了，不要报警，报警会让事情复杂。劫匪劫持人质，是为钱财，非不得已不会伤人。如果报警，把劫匪逼得走投无路了，反而不利了。我的决策英明吧，看，信彤毫发无损，连点外伤都没有。"

信彤平时能喝点酒，这次却滴酒未沾。美女们个个好酒量，本来要敬信彤，后来转向了我和邓老板。邓老板格外高兴，来者不拒，一杯接一杯，喝了个脸红。邓老板说："我就知道，信彤不久就能回来，所以信彤走后，我一直留着位置，没填补新员工。"这话没错，信彤离开后，店里少了个人，就这么将就着过来了。至于邓老板说他知道信彤不久就能回来，他没对我说过。他只是说，信彤不会有事的。那口气不是断言，而是安慰。安慰我们还是他自己，只有邓老板清楚。虽说信彤是打工的，但这事出在他店里，他是有责任的。何况是他不让报警的。

第二天是周一，信彤上班了，还在玉器柜。玉器柜的生意一直不算好，不比金器柜人来人往。没顾客的时候，我过去和信彤闲聊。信彤小声问我派出所去了没。我说去了。天街小雨喝茶的第二天我就去了，找了老季。我在金店认识的第一个警察就是老季。老季爽直，喜怒形于色，说话呛人，吊儿郎当的不大像警察，发怒时像个披着羊皮的狼，高兴时像个披着狼皮的羊。老季嘴里叼了根牙签，和我开玩笑："总经理不在金店待着，跑派出所来干吗？莫非金店被抢了？”我扯几句闲话，问老季：“前几天有个抢劫金店的来自首了么？”老季想都没想，说：“有，不到三十岁的小青年。”我问：“还在派出所么？”老季说：“你问这干吗？他是你朋友？”我说：“不是我朋友，是我同事的朋友。哦不，他劫持了我同事。他抢劫的就是我们金店。”老季瞪大了眼：“你们没报案啊？”我才发现我忽略了这个基本问题。作为失窃者，被劫时不报案，劫匪自首了却来咨三询四，显然不合逻辑。我被老季问住了，含糊着说：“邓老板可能怕报复吧，抑或有其他原因，我不太清楚……我那天没在班上。”最后一句我是信口雌黄。其实那天我上班，案发现场历历在目。老季对我的回答不太满意，说：“你们被抢了活该。”我便转移话题，说：“估计劫匪能判多少年？”老季说：“这个我说了不算，法院说了才算。我是警察，只管治安。”我知道他说了不算，但他是干这行的，大概能掌握量刑尺度。“抢劫就是犯法了，还劫持人质，这罪不轻，估计得十年八年的。”我说：“人家是自首，应该从轻吧？”老季怪怪地瞅我，咂嘴道：“你这胳膊弯儿向哪拐呢，他抢了你们，劫了你同事，你还巴不得少判劫匪几年，你什么心态啊？”我这才意识到，我来找老季的心态是有问题的。我是失窃方，怎能对劫匪表现出关心呢？老季不理解我，我自己也被老季突然问糊涂了。想了想，我觉得不是我心态有问题，是信彤有问题。是信彤让我来的——可信彤为什么要帮劫匪呢？我断定信彤和劫匪间一定发生了什么，继而消除了信彤对劫匪的仇恨。这情况我不好对老季说，也说不清。说得越多，老季会问得越多，我会越无言以对。我只好潦草地结束了向老季打听的念头。

信彤下班了，说请我吃饭。中午我们都在街上吃便餐。西边一家臊子面馆，两人边吃边聊。中午吃面条的人少，我们选了个安静的角落。信彤吃面条轻而优雅，几乎逐条吸进去，不像我那么大快朵颐。信彤说：“我去派出所看望他了，听警察说，他表现很好。”

我应该想到信彤会去看望劫匪，不过听信彤这么说，我还是吃惊。我把老季的问题托了出来："他劫了玉镯和你，你非但不仇视，反而仇将恩报，你持的是什么心态？""这个……"信彤支吾着："有些事，也许不能单纯看表象，比如有的人披着羊皮，有的人披着狼皮。"我没想到信彤也用了这个比喻。"你是说，劫匪是披着狼皮的羊？"信彤点点头："别总叫劫匪，听着刺耳。他叫福海。其实他也算不上劫匪。"我知道劫匪叫福海，老季和我说了。问题是我不喜欢称呼劫匪名字，仿佛在叫一个老朋友，我有被玷污之感。为了不惹信彤生气，我学信彤称"他"——我不想叫"福海"。

信彤未免罔顾事实。光天化日之下行劫，信彤又是受害者，怎能说劫匪算不上劫匪呢。我停下筷子说："信彤，不管你和劫匪——哦，他——之间发生了什么，也改变不了他是劫匪这个事实。""可是，他真的不是劫匪——你应该相信我。"信彤说。

"他抢玉镯了么？"我问。

"嗯。"信彤小声说。

"他劫持了你么？"。

"嗯。"信彤更小声。

"这不就得了？"我说。

信彤说："我不想讨论这个。我想知道，玉镯退了，能从轻发落他么？"

"警察说可以。但他劫持人质，事态较严重。"老季就这么说的。

"如果——我是说如果，作为被劫持人，如果我否认被劫持，他是不是就能从轻了呢？他和我说过，他当时并非想劫持，是听到警车呼啸而至，才顺手抄起柜台上的剪刀劫持了我。"

信彤的想法未免荒谬。我说："法律不是儿戏，不是我们随便可以钻空子的。你承不承认无关紧要，警察会以事实为根据。你出具假证词，那是戏弄法律。"

“他真的没劫持我。如果他劫持我，我还会完好无损地回来么？”

信彤的确完好无损。五官齐全，四肢完整，一件也不少。这能说明她完好无损么？女人的完好无损只有自己知道。比如初吻，失去了也不会成为兔唇；比如初夜，失去了也能挺直走路。我不言语，低头吃臊子面。我不喜欢吃臊子面，混了波菜的绿色面条像一条条青虫钻进了肚里。我把臊子面吸得呼呼响。信彤“唉”了一声，说：“以后，或许你会懂的。”

“现在就让我懂吧。”我没必要为一个劫匪的清白去长久地等待。

信彤放下碗筷，和我忆述那天的事。

那天是中午，信彤站在玉器柜内，笑迎顾客。劫匪几时进店的，没人注意。后来我调了监控，跷蹊的是，那天监控系统没接电源。陈娟之后回忆说，那天不是周末，顾客稀稀拉拉的，劫匪先去黄金柜，陈娟接待了他。陈娟介绍了几款项链，劫匪没什么兴趣。我当时和陈娟说，如果劫匪对项链有兴趣，被劫持的或许就是你了。陈娟听了，脸色煞白。劫匪又去了玉器柜。信彤记得他始终低着头，隔着柜台看手镯，后来用手指了一款，是对绛红色的玉镯，光泽如水。信彤先拿了一只，小心递给他。信彤介绍说，这玉镯特别适合中老年女性。劫匪让信彤又拿了另一只。劫匪问多少钱，信彤说两千八。劫匪说：“够了”。信彤正觉诧异，不知“够了”何意，劫匪呼啦伸出两只手臂，将玉镯套到手腕上，然后又指另一款让信彤拿出来。信彤弯腰拿货时，劫匪拔腿就溜。信彤喊了声“抢劫啦——”细小的身子闪出柜台，在店门口缠住了劫匪。店堂顿时乱了套。几个顾客吓得跑了，我和店员都跑出来，堵在了店门口。劫匪用力掰信彤的手，信彤的葱指竟如铁钳，死死钳住了劫匪的胳膊。我和陈娟几人拦在门口，断了劫匪的退路。奕菲掏出手机，要拨110。邓老板那天刚好在办公室——他一般不来店里，工作上的事全甩给我了。

听到外面吵闹，邓老板走出来，看到劫匪时并未紧张，看到奕菲打电话，反倒紧张了，快步走过去掐断手机，说先别报警，免得事态扩大。然后向着劫匪说："把玉镯放下，你走吧。"劫匪不听，继续和信彤纠缠着，不肯褪下玉镯。这时突然传来警车声，由远及近。劫匪顿时暴躁起来，甩开信彤的手，一脚跨到柜台旁。柜台上有把小剪刀，店员平时给饰品串线用的。手忙脚乱之际，店员都忽略了它可能成为凶器。劫匪抓了剪刀，扳过信彤，将剪刀顶在了信彤的颈项。信彤感觉到了疼痛，额头冒汗，大滴大滴滚下来。劫匪要我们让出道儿。我们纷纷让了。到了门外，劫匪立即撤了剪刀，拉住信彤往东跑。等我们惊魂未定地跑出去，劫匪和信彤已没了踪影。我急忙掏手机，又被邓老板按住，说："报警了信彤更危险，狗急还跳墙呢。"

"这个过程还不足以说明劫匪实施了抢劫么？"我推开碗，不雅地打了个饱嗝。"作为受害者，你怎么倒矢口否认了呢？"

信彤的面条吃了一半，已经凉了。信彤也推开碗，说："他的确实施了抢劫，但后面的事，是你所不知的了。"

信彤说了后面的事，说了她与劫匪亡命天涯的时光。这个时光并不美好，一直在逃亡路上。信彤语气平淡，似乎没多少沧桑。这里请容许我还原信彤的口气，姑且称劫匪叫福海。我不是尊重劫匪，是不想伤信彤的心——没错，信彤反感我说劫匪，反感到了伤心的地步。

我肯定那天我们没有报警。为了这事，我和邓老板还争执了。我和店员坚持报警，但邓老板拒不同意。然后压低声音对我说："大不了把信彤睡了，多大的事啊。"邓老板又大声宣布："谁报警，信彤出了事谁负责！"陈娟和奕菲脸色变了，拿眼睛瞅我。我也负不起这个责任。我们甚至不敢把这事往外说。邓老板说了，这事说出去有损金店形象。

至于那天的警笛声肯定是个巧合，却严重刺激了福海。福海听到警笛声，拉起信彤狂跑，剪刀也暂时撤了。两人出了店门拐向东，又迅速拐进一条窄仄的羊肠巷，一路狂奔。信彤跑不动了，被福海拉着跑。福海甚至不顾信彤反抗，背起信彤跑。两人穿过渔湾大街和东磊大街后，上了中巴。福海牵着信彤坐下，让信彤把手机交给他。信彤眼里含着泪，说她没带手机，手机在吧台了。福海露了露衣袖，信彤看到了那把她熟悉的剪刀，正对着她闪着尖尖的寒光。福海低声威逼信彤："若叫喊，就杀了你。"信彤身子不住地哆嗦，福海用一只手紧紧攥着信彤。

中巴车是开往水绿镇的。水绿镇离凌州市区有点远，约七八十里地。信彤在凌州打工五六年，听说过水绿镇，却从没去过。中巴车一路载客，走走停停，开了个把小时。福海始终攥着信彤，情侣似的紧挨着。

我说："路上你没想过要逃跑？哪怕是喊声救命，或许就有人拔刀相助了。"信彤说："没想过。我怕我喊了，没人拔刀相助，福海会拔刀杀了我。这年头，哪还有拔刀相助的人？"

水绿镇在凌州不算大镇，有些落寞的繁华。几十家工厂，百十幢楼房，夹杂在田野中。水绿镇后面是座小山，三百来米高。福海下了车，不知何往，就拉着信彤往山根走，边走边用眼睛余光扫视着。

我想象他们当时的情形，一定像情侣或小夫妻。信彤说："当时我怕死了，望着茂密的山，风吹草动，树摇枝晃，不敢往前走。"福海就露出寒冷的刀尖，信彤只能跟着他走，边走边往四周瞅。福海怕警察从天而降，信彤盼警察从天而降。但是，没有。一路上没碰上民警。信彤说："我还以为警察早布下天罗地网，下了车福海就束手就擒呢。我哪想到你们竟没报案。我为了金店被劫持，我在劫匪的刀尖下亡命，你们怎么能不报案呢？而且是邓老板阻止了报警。"

福海拉着信彤到了山根，犹豫着往山上爬。

山顶上有座院落，失修多年，破损的门半敞着。福海很兴奋。院内有五六间瓦房，墙上一排白字依稀可辨："提高警惕，保卫祖国。"是废弃了的部队营房。福海拽着信彤进了院子，挨个房间查看。房间很破，四处透风，有的墙都塌陷了。房间里堆了些干草，还有破木板。墙没有完整的，破破烂烂像老人的脸。几株青草占据墙头，随风摇摆。福海很警惕，拽着信彤沿着院墙走了一圈。院墙有一人多高，没有破损之处，体力稍好的男人可以翻进来。但可以肯定的是，信彤是翻不出去的。

地上落了厚厚的树叶，踩在上面发出不堪承受的呻吟。院内东南角堆着枯树枝藤。福海站着发了会呆，对信彤说："你不要想跑，这是个生地方，跑出去会出事的。山上有野兽出没，还有——还有坏人。虽然我不是好人，但我不会伤害你。"信彤不说话，心里慌慌的。现在即使福海放信彤走，信彤也不敢走。暮色四合，山风像鬼一样打转，要不是有福海在，信彤肯定吓破了胆。信彤不逃跑的另一个想法，是山上树木茂密，逃出去了可能会迷路，成为野兽的美餐。若被福海抓回来则更惨，福海一怒之下什么事都能做出来。

福海松开手时，信彤已被他攥了两个多小时。虽然天色暗了，福海仍能看见信彤手腕上红红的印痕。福海做了件令信彤意想不到的事——他一手捧着信彤的手，另一只手轻轻拍打，为信彤的手舒筋活血。信彤冷冷地看了眼福海——一路奔跑，信彤没有认真看他。现在看来，这无耻之徒实在对不住爹妈给他的脸——长得小鼻小嘴，眼睛中不溜秋的，有股江南水乡的细腻味儿。

福海走到墙角，抱来枯枝，堆在了大门口。又找了些破木板、棍棒、旧铁丝，将大门牢牢实实堵死。福海说："这下野兽就进不来了。"这话是说给信彤听的，但他并没有看信彤。信彤没答腔，心想他哪是防野兽，是防信彤逃了。

信彤说："第一夜最恐怖，她一夜未睡。"福海抱了许多干草铺在地上。信彤坐在干草上。福海脱了外套披在信彤身上。信彤甩了。福海躺下，又起身，把两人的手捆在了一起。信彤没躺下，一直坐着。信彤说她其实困死了，但不敢睡，连盹都不敢打，她怕福海动了邪念——男人有时禽兽不如。信彤说如果福海强迫她，她就用剪刀和他拼——那把剪刀在福海外套口袋里，外套在信彤的另一只手边上。好在福海没那样做，甚至还装成了正人君子，刻意和信彤保留些距离。夜里山风大，呼呼灌进房里。信彤又冷又饿，冻得直打颤。福海睡得也不踏实，醒了几次，大概是被冻醒了。醒来又把外套披在信彤身上。信彤不甩了，信彤好冷。

到了凌晨四五点——信彤估摸是这个时间——福海起来，解开信彤的手，说他不睡了，让信彤睡会。信彤实在撑不住了，蜷缩在干草上迷迷糊糊打了个盹。福海怕信彤睡不踏实，解开信彤的手，自己去了外面。等信彤醒来，竟闻到一股饭香。睁开惺忪的眼，见手边有个塑料袋，里面是冒着热气的鸡蛋饼。信彤不敢吃，她信不过福海。一会福海进来，说："吃吧，我下山刚买的。"信彤没动。福海伸手拽了块鸡蛋饼，吃了。信彤沉默了一会，说："大哥，能答应我一个要求么？"福海茫然地看着信彤。信彤说："放了我行么？"福海摇摇头。信彤眼泪滚下来。福海哄着信彤："吃了再说，不吃什么都免谈。"信彤犹豫着把鸡蛋饼吃了。

我说："饱暖无忧后，你对他的好感开始了对吧？"

信彤摇头，说："现在我们还是敌我矛盾，没那么容易化解。"

我淡笑。信彤说起初他们相互提防，她提防他起歹意，他提防她跑了。福海有时故意在院子里消失，掩在山体后，看信彤会不会溜走。在他们关系逆转后，福海告诉她的。信彤不是不想跑，是人生地不熟不敢跑。福海说过，山上有野兽。还有一点，福海没对她构成威胁。

我说："后来是什么原因，让你改变了对他的态度。"

信彤说："相互了解吧。"他们白天困在院子里，不敢下山，脸都不敢露，就猫在一堆干草上度日。时间长了，两人就说话了。信彤问福海："你几时放我回去？"福海说："等这事说清楚了的。"信彤说："你犯了抢劫，到天边也说不清楚。"福海不说话了。一会，福海从怀里拿出手镯，问信彤："这副玉镯真能值两千八么？"信彤剜了他一眼，冷言道："现在不止两千八了，还搭上我一条人命呢。"福海说："对不起，劫持你不是我的本意。如果他们不报警，我丢下手镯就跑了。他们报警，就把你牵累了。我知道，你也是打工的，在凌州谋生不容易，我不想加害你。人在异乡，总有亲人牵挂我们。"信彤被福海一叨弄，就想家想父母了，眼泪簌簌的，流到腮边。福海也揉揉眼，嘶哑着说："我现在也走投无路了，我怕我奶奶找不到我，我每天都要给奶奶打电话的。"信彤抽噎着说："我每过两天会和爸妈在网上视频，你把我害死了。"信彤哭出了声，坐在干草上用脚踢了一下福海。福海一个劲地说对不起："等这事解决了，马上送你回去。"信彤说："除非你去自首，没别的办法解决。"福海说："那我就得坐牢。我坐牢，我奶奶肯定受不了——她七十多了，身体很差。"

我明白了，"莫非他抢玉镯，就是孝敬奶奶？"

信彤点点头，说："一个劫匪，能怀有这份孝心，你说我能不受感染么？我开始理解他了。"

信彤说窝藏在山上的前几天，都是福海趁着天黑，鬼鬼祟祟摸到山下，买些食物回来。后来又买了衣服和被褥。再后来，信彤真的不打算离开福海了。福海就让信彤下山买，他在暗中接应。

我想信彤是爱上福海了，拿棍撵她她都不离开了。她若是想离开，肯定有机会，福海不可能亦步亦趋跟着她，也不可能天天把剪刀藏在袖子里。

他们想不到金店没报警，所以格外谨慎。福海和信彤商量，无论谁被警方发现，都不要回山上。有两回，福海真的与警察相遇了，可警察并未留意他，甚至连看他一眼的兴趣都没有。

信彤说："他很懂得体贴人，可能与他小时候和奶奶一起生活有关。别的孩子躺在父母怀里撒娇时，他就学会了自食其力。"福海对信彤关怀备至，在那个破烂的院落里，他们像小夫妻那样生活，吃穿不愁，冷暖相知。信彤红着脸说："我们的床铺就是一堆干草，各睡各的，中间用砖头隔开了。"我笑道："男人要是有那歪心，别说几块砖，万里长城都翻过去了。"

信彤对这个话题没有兴趣，又转移到福海身上，说："其实他也是可怜人，他没有父母。"我微微一怔。

福海父母当年就是在凌州打工认识的，结了婚生下福海，像母鸡下个蛋把他扔给了奶奶，夫妻俩又回凌州赚生活。夫妻俩很少回老家，一两年回一次。奶奶独自把福海抚养大，所以福海和奶奶最亲。福海十一岁那年，父亲死了，加班太多，劳累成疾，最后猝死在流水线上。厂里赔了十几万，都给了福海母亲。福海母亲在男人死后两三年，还回来看过福海。后来就没音讯了，估计嫁人了。福海外婆家在外省，奶奶没去过。福海小时候去过，那时太小，记不清哪个省了。

"这女人真狠心。"我承认，我现在有些同情福海了。

信彤说福海后来再没见过母亲，和奶奶清汤寡水的日子便可想而知。福海长到十八岁时，奶奶七十多了，身体大不如从前。福海对奶奶说，他要去凌州找母亲。奶奶说凌州那么大，上哪找去？福海不听奶奶劝阻，硬着头皮来凌州了。

我说："那么多年了，怕连母亲模样都不记得，怎么找？"

信彤说："他知道母亲以前上班的工厂。可凌州几千家工厂，找个普通女工太难了。母亲是否还在凌州都难说。"福海找了几个月，没一点关于母亲的讯息。福海终于失去了信心，放弃了寻母念头，因为他面临生存危机了。

“他应该没读多少书。跟奶奶在一起，学习可想而知。”

“是的。他小学毕业就帮奶奶干农活了。他想在凌州呆下去不容易，进厂几乎不可能，一时半会又找不到活。人逼急了容易走歪路，他学会了偷。先偷吃的，后偷东西，偷钱，小偷变大偷——你可能想到了，我们被困在山上时，他不断买来吃用，钱就是偷的。但那时我不知情。”

“山上一月，全是偷来的生活？”

信彤摇摇头，说：“后来下山了，租了房，起早贪黑倒些蔬菜谋生。半夜进货，天亮收摊，这样警察发现不了。”

“看来日子还过得去，就是提心吊胆了。”我说。

信彤说：“福海刚开始偷东西时，挨了很多打，失主发现了要打，警察抓住了要踹，得罪同行了要抽……他后来认识不少同行，都是在凌州做小偷的。”

我说：“他找到组织了，就偷得变本加厉了。小偷变大偷，偷到金店来了。”

信彤摆摆手，说：“你想错了。别以为他没文化，可他是惯偷，他知道金店防范森严，有监控报警，夜间还有保安，他才不会偷金店呢。何况还是白天。”

“可他还是偷了金店。”

“这个——”信彤没想到我会这么说，一时答不上话，捡起筷子转悠着，心不在焉地说：“被逼吧。”

被逼是有可能的，否则不会冒冒失失向金店伸黑手。偷金店的一般都蓄谋很久，福海显然不是。无论时间地点还是手法，都欠思量，连起码的头罩手套这些作案工具他都没带。

信彤说：“福海偷东西是有针对的，不偷打工的，不偷百姓的，专偷老板款爷富婆的。”

“因为他父亲死在了工厂，所以他恨老板吧。”

信彤说：“或许有这个因素。他在凌州呆久了，目睹了老板的花天酒地。打工者黑夜白天地干活，老板们酒色财气地享受，他觉得不公平，所以他专偷有钱人的。”

但这不能证明福海的偷就是义举，只能说明福海有点正义感。不过我还是说：“他想做个好小偷，但不可能。小偷就是小偷，他的行为注定不光彩。”

“他知道不光彩，所以他从不告诉奶奶他在凌州做什么。他骗奶奶说找到母亲了。他怕用偷来的钱孝敬奶奶，奶奶嫌脏。”信彤眼泪亮晶晶的，说：“偷来的钱不干净，可除了偷，他挣不来钱。他的日子很苦，常常不知道明天的早餐在哪里。但只要兜里有钱，他一定会寄给奶奶。他想让奶奶过得好点。他对奶奶有感情，奶奶是他的根，是他内心强大的支撑。”

我理解了信彤，也可以说是理解了福海。我说：“信彤，你不用说了，我知道他是怎样的人，我再和派出所说说。”信彤点头，“谢谢老总。”

信彤叫来老板结账，我抢先付了钱。

信彤这次放开了，和我说了许多。那次在天街小雨，她有些拘谨。这次说话仍有些遮掩，但对于信彤，当是一次井喷。

现在我能够回答老季的问题了，于是我去找老季。我真的不是为了谁，就凭着一股激越劲儿。我觉得法律应该对福海宽大点。老季接过我递给的两包中华烟，在手里掂量着说：“行贿公务人员是犯法的。”我说：“那好，我们一起抽了，一起抽烟犯法么？”老季笑了，自己抽了一支，又扔了支给我。吐了几个烟圈，老季说：“有事就说吧。”我说还是上次那事，劫匪福海的事。老季用手指着我说：“想明白啦，这回是提供线索，还是来要玉镯呢。”我直接把信彤的话背给了老季，老季一张脸在烟雾里摇来晃去，说："情不能大于法。别说偷玉镯给他奶奶，就是捐给灾区也没用。抢劫就是抢劫，他的行为已触犯了法律，无可挽回。"我说："他没有双亲，奶奶抚养他成人，他给奶奶弄副玉镯也是人之常情。他若坐牢，弄不好要出人命。他奶奶七十多了，儿子早逝，媳妇改嫁，孙子坐牢，老人哪堪此等打击？"老季弹了弹烟灰，斟酌着说："我去问问所长，要不白抽你的烟了。"一会，老季叫我过去，"所长找你。"

所长我认识，去金店查过监控，也买过金项链，我给了他特价。所长说："老季和我说了。福海这现象其实不是个案，好多犯法的年轻人都是跟着爷爷奶奶长大的，从小放纵惯了，长大便无法无天。我们同情留守长大的这代人，但法律不容许我们法外施恩。"我说："他奶奶七十多了，弄不好会出事，事情就复杂了。再说福海是自首的，能不能量刑上从轻些。"所长说："自首肯定会宽大，何况福海这案子另有隐情，查清了才能定案。"我诧异："另有隐情？莫非和信彤有牵连？"所长没回答我，说："对了，信彤是你们营业员吧，我正想找她问话呢。"我找出信彤的手机号，老季拿笔记下了。我有些忐忑，说："信彤是无辜的，她是受害人，这事和她无关。"所长起身，拍拍我的肩，说："我们只想和她聊聊。"

后来我问了信彤，所长和她聊了些什么。信彤说就是福海的事。我想所长可能要证实福海所言真伪。

过了一周，老季来找我，说所长找我。所长找我，肯定为福海的事，难道福海会从轻处理么。

所长在等我，表情比那天严肃。所长说："能说说那次金店被抢的经过么？"我这一生就遇上这次抢劫，记忆清晰。我照实说了。所长听了后劈头问我："你们为什么不报警？"我说："邓老板怕福海伤了信彤，没敢报警。"所长愠怒："你们这是不相信警察，是在纵容犯罪。你作为总经理，怎能置下属生命安全于不顾呢？"我说："我……"我没提邓老板，我也的确有责任，难逃其咎。"如果你和邓老板是公务人员，我非指控你们渎职不可！"所长愤怒地把烟屁股掐灭在烟缸里，说："你想过没有，如果信彤被劫匪杀了，你和邓老板将负何责？"所长这一问，我顿觉脊梁透着寒气，身体在打颤。

在我谈话之后，邓老板也被召去谈话，可能不止一次。回来后邓老板对我有些不悦，说我不该交待他阻拦报警的事。我不会说谎，没邓老板圆滑。邓老板是生意人，知道到什么山唱什么歌。我不会。

我本以为劫匪自首了，案情明了，能马上结案呢。但案情似乎越来越蹊跷了。我问老季，老季这回很严肃，说："案件在审理中，无可奉告。"

案情越发跷蹊了，我越发估摸不透。实在憋不住了，我再次约了信彤。我让信彤下班后去天街小雨。

我先到了天街小雨。女老板还是那么热络，对我还有印象，说："你有两周没来了。"我说："没什么秘密的事，就不来你这儿了。你这远了点，但僻静。"女老板咯咯笑了，笑得意味深长，说："都拿我这儿当接头地了，你别说，还真这样。在我这儿幽会，比宾馆还安全，一些网友就选我这儿见面。前次有对男女，男的长得还行，女的不咋的。他们在我房间喝茶，走了后我去收盘。满地纸巾，女人的红和男人的白都在上面，还有那混合了的难闻气味，熏死我了。你说现在这人，做那事跟狗差不多了。"我担心她把我想歪了，即刻解释："我约的是我同事，谈工作的，不是幽会。"我打开包："看，没带纸巾吧？"女老板哈哈大笑："我只管赚银子，别的不归我管。"

女老板领我进了房间，问我喝点什么。我知道信彤喝不惯茶叶，遂要了壶大红袍，男女皆宜。女老板上了茶，送了盘瓜子，倚着门框说："你到我这儿要多久？"我一时没反应过来，愣了下说：

“二十分钟。”女老板说：“果然远。看来谈的工作还很重要，不，还很秘密。”我斟上茶喝了，说：“其实也不纯是工作，如果纯为工作，就在单位谈了。”女老板小声道：“还渗了点私情？”我刚要回话，信彤来了，敲了敲门。女老板知趣地走了。信彤下班后回去化了淡妆，眉梢也画了点线。我说：“红茶喝得惯么？”信彤说：“不喝茶，我喝水。”又笑道：“到茶社不喝茶，是不是说不过去？”我说：“来杯红茶吧，暖胃的，当饮料喝。”信彤接杯喝了，皱了下眉头，说：“味道还不错。”

我们自然又聊到福海。信彤说：“这个千刀万剐的福海，烦人。”我奇怪信彤态度的反差。信彤一手捏着空杯旋转，一手托着额头，欲言又止。我说：“看来你有顾虑，那就不说，毕竟这与案子有关。”信彤眨了下眼睛，说：“你可能怀疑我向你隐瞒了什么。没错，可我也很无奈。福海自首之前，我们说好了，进去了就交待自己，别搭上别人，尤其邓老板。福海也答应了的，没想到在里面他架不住了，就把邓老板给交待了。”我摆摆手：“信彤你弄错了，不是福海，是我交待了邓老板。”信彤懵了，说：“你交待什么？”我说：“我交待说邓老板不让报警的。”信彤顿了顿，摇头说：“不是，不是这个，是别的，福海交待的，结果警察就找我问话了。”

接下来，信彤的话，也是福海交待的内容，让我实在难以置信。此次抢劫竟事出有因，这个因就在邓老板身上。福海只会偷，但不抢劫。本来只想偷一根银项链，几百块而已。以福海的手艺，偷根项链不难，几秒钟的工夫，便能唾手可得。金店有监控没错，但那天关了，福海知道。但福海在挑银项链时，看到了摆在一起的玉镯。他忽然改变了主意，想偷玉镯了——他想到了奶奶，奶奶一辈子没戴过镯。

“且慢，”我迷糊：“他怎么知道监控关了呢？”

“我怀疑福海就在这个细节被警察问出马脚了，结果扯出了邓老板。你可能没听明白，关监控的是邓老板。”

我难以置信。哪有引贼入室，还主动为小偷扫平障碍的？信彤说：“你可能会有好多疑问，我照直和你说吧，反正我在警察那儿也都交待了——本来我不想说，邓老板月月付我薪水，我应该感恩才是。”我说：“这是两回事。涉及法律问题时，不能感情用事。”

信彤说邓老板和福海早就认识，而且是邓老板指使福海来偷银项链的。“我知道，你又疑惑了。先不说这个，先说他们是怎么认识的。”福海干这行，认识很多人，但人家不认识他。每次下手前，他都会对对方观摩一番，然后下手。他记性好，偷过的人都有印象。一次他在乐天玛特偷邓老板手机，被邓老板发现了。手机还没来得及关，就响了。”

我说：“他够倒霉了。邓老板的铃声特别，是《黄金大劫案》里的歌曲《迷失的季节》，恐怕全世界找不到第二个了。”

“是的，没错。”信彤说：“邓老板马上抓到了福海。福海告饶，邓老板放过了他。不过从此，福海被邓老板捏在了手里。”

顿了一下，信彤说：“现在说说福海为什么要偷项链了。这事说了你肯定想不到，我也想不到，想不到邓老板会出此卑劣下策。”

我说：“我预感到了，这是一场阴谋。”

信彤说：“和你直说了吧。我曾经得罪过邓老板。”

我不太相信，信彤是那种低调随和的人，不会去得罪自己的老板。

“两个月前的一个晚上，邓老板在他的办公室问我玉器销售情况。我在汇报时，他就站我边上。我正说着呢，他忽然把手按在我的胸口上。他很用力，我感觉那儿被他握得很痛。我猛地推开他，本能地朝邓老板脸上吐了口水。”我吃惊：“你会朝老板吐口水？”信彤说：“出于本能吧，也是恼羞成怒，才没给他一点情面。”我说：“当时没有第三者在场吧。”信彤说：“没有。但邓老板觉得颜面扫地了。他想报复我，就想到了福海。”

我明白了，却没想到邓老板如此小肚鸡肠。信彤说开始她也不信，福海说他对他奶奶发誓，他的话全是真的。邓老板指使福海去偷银项链，银项链不值钱。罗兰金店有规定，丢一赔三。如果信彤丢了项链，就得三倍赔偿。邓老板特地关了监控，配合福海行窃。“哦——难怪邓老板不让报警呢。”我说，“太不可理喻了。”信彤苦笑：“老板嘛，不奇怪。”

我们都不想说什么，闷头喝茶。几杯后，我说：“这个案子会如何了结呢？”信彤说：“不知道，那是警察的事。”我说：“福海自首，玉镯也退了，应该不会重判。只是你，成了最大的受害者。”信彤点头，眼里有了泪。“过去就过去了，我不想有人再受伤害。”

这时，我想到一个猜想好久的问题。“告诉我，是不是爱上福海了？”

信彤说：“还不是下结论的时候。他对奶奶的爱，让我觉得朽木可雕。”

我说：“看得出来，你对他有点意思。”

信彤淡笑，说：“爱没那么简单。”

走出天街小雨时，女老板和我打招呼，说：“街上起风了。”我看了看街道，有几片落叶在滚跑。我怕信彤着凉，想给她打个的。信彤说：“不了，走走也好，生活哪能不着凉？风雨总是有的。”

我陪信彤风中同行。晚风扬起信彤的长发，信彤的步子轻盈而淡定。信彤所言极是，生活哪能不着凉呢，从容淡定便是。

与金店有关的事（后记）

我怎么就写成了十二个金店女人的故事，我自己都说不清。

我以为是不小心，因为这的确是始料不及的事。我在金店不过工作了一年零三个月，时间不算长。那间金店也很平常，和其他金店并无二致，没什么可写的。而我却写了十二个中短篇小说，想来实在匪夷所思。

当然，事情总是有因果的。若没有与金店的亲密接触，断然不会有十二个故事的问世。所以若说是不小心，肯定不够贴切，何况还是十二个？

我是2011年4月至2012年7月在金店工作。这期间国际形势风云变幻，发生了一件大事，便是利比亚战争。中国人远离战争，对战争不很敏感，只是看个热闹。而小小的金店却对远在北非的战争很敏感。利比亚战争持续了几个月，随着战争的推进，金价天天跟着高涨。特别是快攻下的黎波里时，金价纵然不是瞬息万变，也是朝价夕改。我敏锐地感觉到，这是个很不错的小说素材，可以写点什么。但到底写什么，此时并不清楚，只是先记下了当时金价的波动。后来果然写下了短篇小说《的黎波里的硝烟》，先后被三家杂志依次发表。

看来，这不是不小心，而是很小心了。

作家往往如此。作家具有反刍动物的天性，本能地产生反刍效应，像一头老牛，在获悉了生活中的某些镜像后，开始细细淡淡地反刍，反刍生活，反刍现实，反刍社会。许多的艺术创作亦是如此，都是在事件过后去咀嚼，品出其中的真味。作家尤其小说作家，往往不会马上对某种事态及现象作出评判，有时甚至连一点反应都没有。毕竟他们不是街头巷尾的唠叨客，不会一触即发。但他们最终是要写点什么的。写东西不比说东西，说完就完了，写完了却没个完，写下的东西是字据。所以作家的反应是滞后的，延时的，仔细掂量的。他们睁着犀利的双眼，不言不语，不急不躁，冷静观察，理智分析，直至深思熟虑瓜熟蒂落后，才会动笔，写下自己的观点，或者不持观点的叙述。他们的叙述或许时过境迁，但留下的往往意义深远，也许有耐心的读者会在反刍后才明了作家的真正内涵。

我是业余作家，业余作家首要的任务是求职谋生。求职谋生时是不带有写作使命的。也就是说，入职金店时我没想过要在金店挖掘写作资源，想的是好好赚钱，养家糊口。金店的颜值那是相当地高，金婵玉媛，佳丽俏俊。这些自然与我无关。我和佳丽们主要是工作上的关系，极少涉及个人生活。至于她们的私生活，我更是无从介入，亦无心介入。但恰恰是她们，日后给了我创作灵感，丰富了我的想象。她们的言谈举止为我打开了故事的缺口，她们的鲜明个性撑起了我故事的骨骼。尽管这十二个故事没一个原型符合她们，但她们又真真实实地成了故事的原型。她们都不曾走进我的故事，但她们或站在女主人公背后，或站在离女主人公不远的地方，她们的身影在我的故事里影影绰绰。

最早动笔写金店故事，是 2013 年 5 月份。先是看了一位金店女同事QQ里的文章，叫《最高境界》，写的是男女间交往的最高境界。我有所感触，便动了笔。于是我的第一个金店故事便诞生了，也叫《最高境界》。当时是随兴而写，并未想到还会继续。之后偶然想起利比亚战争，想起当时记下的金价波动，便又琢磨再写个金店故事。不久便写成了第二个金店小说《的黎波里的硝烟》。再后来，不知怎么，就萌生了写十二个金店女性故事的念头。有了这个念头，就会反复回想金店的一些人和事。金店平淡，并无多少新鲜事，回想最多的是人，那些金店的女同事。想起她们，就会有林林总总的故事被想象在她们身上。在这里，我不能不提及金店一些女同事的名字：沈爱平、何先花、支海兰、罗萍、孙爱萍、邓丽丽、陈风云、张清，等等。她们被我多次想象后，就仿佛觉得她们在敦促我，要我为她们写点什么。但我没有写她们，我也不知道她们的故事。只是在创作每一个故事时，她们都会在我脑海里跳跃。跳跃的不只是她们的身姿，更有她们特立独行的生活方式。于是我请她们入戏，在我的故事里扮演主角。一旦有了主角，故事马上活了起来，像一片慵懒的野藤被搭在了架子上，有骨有形，有声有色。她们推动着故事进程，引领着故事的方向，让故事更真切，更富有戏剧性。

到了2015年上半年，十二个女性故事全部写完。十二个故事，十二份女性情感，相比这个多棱镜的时代，显然是微不足道的。它不能为所有女性代言，也不能为金店女性代言，甚至不能为这十二个女性代言。它不过是一个作家在用自己的眼光洞察世界，在向读者奉献自己的见闻和见解。仅此而已。

于一个作家而言，十二个故事，二十多万字，无论如何都算作一点业绩了。提到这点业绩，我就不能不提到一个人，也是我应该感激的人，即我的学友何成飞。何成飞是我的高中学友，相识于初中之时。按年龄，他比我长两岁；按辈份，他比我低一辈；按职别，他是我老板——那间金店的老板。2011年春节，他邀请我加盟他的团队，我欣然应允。在金店工作，我自然收获了他支付的高薪。但我想说的不是这个，值得我言谢的，是他给了我这份生活体验，给了我鲜活的写作场景。没有金店的那段时光，必定没有《金店十二钗》的诞生。我走过不少企业，也写过不少企业故事，但一家企业写了十二个故事的，金店是唯一。

为本书作序的李建军先生，是我的良师益友。建军年龄与我相仿，但三十年前他才二十岁时，已与莫言、陈忠实、胡发云等在《北京文学》同期发表短篇小说《狐狸谷》，名噪一时。这些年来我一直受他的鼓励和指导，才得以突破商业重围，将文学坚持了下来。他对文学的独到见解以及独特的鉴赏力，令我钦佩并受益。在写作十二个金店女性小说的过程中，也得到了他的关心和鞭策。本书付梓在即，在此一并致谢！

何尤之

2015 年 9 月于连云港供销小区